KB136868

아이스크림 메이커

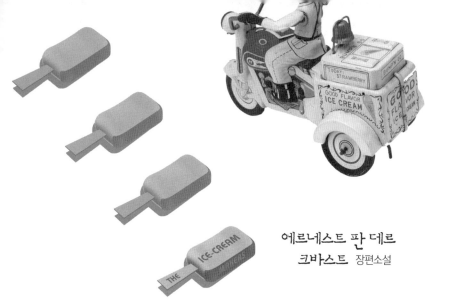

에르네스트 판 데르
크바스트 장편소설

아이스크림 메이커

임종기 옮김

차례

일러두기

1. 숫자로 된 각주는 모두 옮긴이의 주입니다.
2. 시를 인용한 경우에는 알파벳 대문자로 주를 달았습니다.
   시의 출처는 책의 말미에서 찾아볼 수 있습니다.

ICE-CREAM MAKERS

아버지는 어떻게 83킬로그램 해머던지기 선수에게 마음을 빼앗겼을까?

여든 살 생일을 코앞에 두고 아버지는 사랑에 빠졌다. 첫눈에 반한 사랑이었다. 마른하늘에서 떨어지는 날벼락 같은 사랑이자 한 그루 나무에 내리친 번개 같은 사랑이었다. 어머니는 내게 전화를 걸어 "베피Beppi가 제정신을 잃었다"라고 말했다.

아버지에게 새로운 사랑이 찾아온 것은 런던 올림픽이 생중계되던 때의 일이었다. 정확히 말하자면 그 일은 여자 해머던지기 결승전 중에 발생했다. 지붕에 위성방송 수신기를 설치하자 텔레비전에 1000개가 넘는 채널이 나오기 시작했다. 아버지는 온종일 그 멋진 평면 스크린 앞에 죽치고 앉아 쉴 새 없이 빠른 템포로 리모컨 버튼을 눌러댄다. 일본 축구 경기, 북극 다큐멘터리, 스페인 예술영화, 엘살바도르와 타지키스탄과 피지의 재난 뉴스 보도 따위가 순식간에 아버지의 눈을 스쳐간다. 물론 전 세계 곳곳의 고혹적이고 눈부시게 아름다운 여인들도 스쳐 지나간다. 가슴이 풍만한 브라질 여성 방송 진행자들, 거의 발가벗다시피 한 그리스 쇼걸들, 외국어는 제쳐두고라도(마케도니아어? 슬로베니아어?) 시선을 사로잡는 화려한 빛깔의 두툼한 입술 탓에 아버지의 귀에 들어갈 리 없는 뉴스를 전하는 진행자들 말이다.

아버지의 시선이 채널 하나에 머무는 시간은 보통 5~6초 정도에 불과하다. 하지만 가끔은 좀체 자리를 뜨지 못하고 한밤중까지 멕시코 선거 방송이나 보석처럼 푸른 폴리네시아 열대 바다에 관한 다큐멘터리를 보기도 한다.

그러던 어느 날이었다. 아버지는 굳은살이 박인 엄지손가락으로 리모컨 버튼을 누르다가 우연히 터키 스포츠 채널을 발견했다. 수많은 멜로드라마에 나오는 배우들 얼굴만큼이나 매력이 없었던 이집트 연속극은 아버지의 시선을 5초밖에 끌지 못했다. 베피는 리모컨 버튼을 계속 눌러댔다. 원래 검은색이었던 버튼은 그처럼 밤낮없이 눌러대는 통에 점차 회색으로 바래는가 싶더니 이제는 하얀색으로 변해버렸다. 아니, 투명해졌다고 하는 게 정확할 것이다. 바로 그 순간 아버지는 벼락이 내린 듯 엄청난 충격을 받았다. 텔레비전 화면에 공주가 짠 하고 나타났던 것이다. 백옥같이 하얀 피부에 머리칼은 산호가 생각날 만큼 붉고 이두박근은 푸주한의 알통처럼 단단해 보이는 여인이었다. 그녀는 올림픽 주경기장의 투척 서클 안으로 들어가 체인 끝에 달린 손잡이를 움켜잡았다. 그러고는 쇠구슬을 왼쪽 어깨 위로 끌어올려 한 번, 두 번, 세 번, 네 번, 다섯 번을 빙빙 돌린 후 힘껏 던졌다. 흡사 대기권으로 날아가는 유성과도 같았던 그 쇠구슬은 윙윙, 쉭쉭 하는 소리를 내며 런던의 검푸른 하늘을 갈랐다. 그 유성이 지상에 내려앉았을 때 깔끔히 다듬어진 잔디밭에는 갈색 구덩이가 패였다.

아버지는 리모컨을 손에서 놓치고 말았다. 리모컨의 후면 덮개가 벗겨져 날아갔고 배터리가 빠져 마룻바닥에 나뒹굴었다. 터키 해설자는 해머 선수의 투척을 극찬하며 열을 올렸지만 아버지의 귀에는 들리지 않았다. 뒤이어 나온 반복 영상에서 어깨가 떡 벌어진 아버지의 발레리나를 재차 보여주었다. 점점 속도를 내며 회전하다가 일순간 해머를 던지고 무릎과 상체를 굽혀 정말 놀랍도록 우아한 모습으로 인사하듯 마무리하는 그녀의 몸짓이 시선을 사로잡았다.

아버지는 자기 몸이 빙글빙글 도는 기분을 느꼈다. 세상이 점점 더 빨리 회전했다. 베피는 마치 4킬로그램짜리 쇠구슬에 머리를 맞은 듯 넋이 나가 소파에 털썩 주저앉았다. 사랑에 빠져버린 것이다.

그녀의 이름은 베티 하이들러Betty Heidler로 밝혀졌다. 작년 독일의 할레에서 개최된 한 국제 경기에서 기존의 기록을 112센티미터 차이로 깬 세계 기록 보유자였다. 바람 한 점 없는 따뜻한 5월의 어느 날이었다. 어디서든 선글라스와 짧은 소매 차림의 사람들이 보였다. 활기찬 발걸음으로 녹색 망을 친 투척 서클 안으로 들어선 선수는 해머를 건성으로 던지는 듯했지만 그것은 어마어마하게 먼 곳에 떨어졌다. 해머는 경기장에 달랑 하나의 분화구를 남기는 대신 근처 후파이센 호수에서 아이들이 돌을 던져 물수제비를 뜰 때처럼 몇 차례 튕겨 나갔다. 그녀는 경찰대 소속으로 참가했던 몇몇 메이저 대회에서는 질끈 동여맨 붉은색 머리를 하고 양쪽 견장에 네 개의 별이 달린 짙은 청색 유니폼을 차려 입었다. 그녀는 '하이들러 경사'였다.

런던에서 베티 하이들러가 해머를 던진 거리는 동메달감이었다. 하지만 계측 장치가 오작동하는 바람에 결과가 나올 때까지 40분이나 걸렸다. 이 40분은 아버지의 입장에서는 로맨스 영화를 보는 시간과 같았다. 황홀경에 빠진 아버지는 화면에 끊임없이 나오는 붉은 머리의 해머던지기 선수를 뚫어지게 쳐다보았다. 텔레비전은 금방이라도 눈물을 쏟을 것만 같은 그녀의 눈자위까지 비춰주었다. 하이들러의 라이벌인 통통한 몸집의 중국 선수 장 웬시우※文秀는 떡 벌어진 어깨에 황색 별들이 그려진 오성홍기를 두르고 경기장을 한 바퀴 돌며 세레모니를 마친 뒤였다.

"아니야! 저 10톤짜리 중국 여자는 아니라고!"

아버지가 소리쳤다. 미묘한 뉘앙스이기는 했지만 터키 해설자도 장 웬시우보다는 베티 하이들러가 동메달감이라는 의견을 피력했다. 덧붙이자면 중국 선수의 체중은 113킬로그램이었다. 연한 적갈색 빛깔의 해머 님프보다 무려 30킬로그램이나 더 나가는 무게였다.

"그 국기 당장 치우지 못해? 이 불어터진 식은 고기 완자 같으니!"

아버지가 거친 말을 내뱉었다. 이어 베티 하이들러가 화면에 등장하자 아버지는 이렇게 말했다.

"울지 말아요, 나의 귀여운 공주님. 슬퍼하지 말아요. 내 사랑, 발 빠른 아가씨."

이 표현은 내가 그래머 스쿨에 다니던 35년 전의 과거에서 부지불식간에 길어낸 '장식적 형용어'였다. 그 시절 나는 누구든 놀래주고 싶을 때면 이처럼 눈먼 시인의 다채로운 형용사로 의사를 전하곤 했다. 아버지는 이런 표현 방식이 나와 가족 사이의 거리를 멀게 만드는 화근이 됐다고 생각해서 "바로 그때가 모든 게 뒤틀리기 시작한 때였어"라는 말을 입버릇처럼 즐겨 한다.

내가 치근대던 긴 갈기를 가진 소녀들, 어머니가 탐탁지 않아 하던 구름에 휘감긴 빌딩들, 아버지가 만든 자주색 와인 빛깔의 체리 아이스크림. 내가 이런 말을 쓰면 아버지는 몹시 화를 냈다. 그랬던 아버지가 이제 백옥 같은 팔로 해머를 던지는 선수에게 마음을 뺏겨 장식적 형용어로 그녀를 찬양하는 것이다.

화면이 헤어스프레이 광고로 넘어갔다. 얼굴에 미소를 띤 신부가 등장해서 적어도 일주일은 그대로 있을 것만 같은 헤어스타일을 선보였다.

"베티! 얼른 나와!"

아버지는 신부의 구불거리는 밤색 머리에 스프레이가 안개처럼 분사되는 모습이 고화질의 슬로모션으로 나오는 평면 스크린을 향해 소리쳤다. 굳은살 박인 아버지의 늙은 엄지손가락이 절로 움직였다. 아이스크림 제조기 카타브리카에 달린 원통에서 아이스크림을 퍼낼 때 쓰던 커다란 국자의 금속 손잡이를 오랜 세월 거머쥐었던 그 엄지손가락 말이다.

"오, 베티."

아버지는 탄식하며 말했다. 그 탄식이 메아리라도 되듯 연정을 담아 베티의 이름을 불렀을 수많은 남자들의 음성이 귀청을 울렸다. 베티 개럿Betty Garrett, 베티 허턴Betty Hutton, 베티 그레이블Betty Grable. 매혹적인 여배우들, 이제는 거의 잊힌 이름들.

해머던지기 선수 베티 하이들러를 주인공으로 내세운 영화와 같은 경기가 재개됐다. 그녀는 타탄 무늬 벤치에 앉아 참담한 표정으로 경기장을 응시했다. 그사이에도 해설자는 계속 중

얼거렸다. 가끔 아버지는 선수들의 이름을 알아들었다고 생각
했겠지만 그마저도 아마 터키어였을 것이다. 아버지는 그 경기
를 생중계하는 다른 위성 채널이 많다는 것을 잘 알았다. 덴마
크어, 독일어, 이탈리아어, 네덜란드어로 중계하는 채널이 있었
다. 하지만 리모컨은 마룻바닥에 널브러진 채였고 아버지는 그
것을 낚아채 채널을 돌리지 않았다. 단 1초도 놓치고 싶지 않
았던 것이다.

그녀의 왼쪽 눈 밑에 맺힌 작은 은빛 물방울은 눈물이었을
까? 마치 그녀와 아버지가 한 영화 속에 있기라도 한 듯, 아버
지는 그녀에게 어떤 말이나 위안을 건네야 했다. 그사이에 어머
니는 벽에 거대한 텔레비전이 그림처럼 걸린 그 작은 방의 문간
에 서 있었다. 방금 전에 아버지가 떠드는 소리를 들은 어머니
는 주방에서 "베피? 무슨 일이야?" 하고 외쳤다.

아버지의 이름은 주세페 바티스타 탈라미니다. 하지만 어머
니는 평생 아버지를 베피라고 불렀다.

"사랑해."

아버지가 말했다. 아마 어머니는 20년, 30년, 아니, 40년 만에
처음으로 그 말을 들었을 것이다.

"뭐라고?"

"사랑한다고."

아버지가 부드럽게 대답했다.

"당신, 정말 아름다워 보여."

어머니는 침묵했다. 베티 하이들러의 눈에는 여전히 눈물이 글썽였다.

"당신의 주근깨, 당신의 억센 팔뚝……. 당신의 근육에 입 맞추고 싶어."

"대체 왜 그래? 어디 아파?"

"내 생애 가장 사랑하는 사람은 당신이야. 꺼져줄래!"

이윽고 어머니는 천천히 상황을 깨달았다. 첫 대목은 텔레비전 화면을 향한 말이었고, 두 번째 대목은 문간에 선 아내에게 보내는 대답이었다.

오랜 시간이 흐른 뒤 소매에 넓은 띠를 두른 한 여성 심판위원장이 베티 하이들러에게 악수를 청했다. 선수의 얼굴에 천천히 녹는 아이스크림처럼 미소가 번졌다. 그리고 포옹이 이어졌다. 이런 일이 벌어지는 동안 어머니는 이미 간 쇠고기가 스토브 위에서 지글지글 끓는 주방으로 돌아가 있었다. 내일은 토요일이었다. 얼룩이 번지듯 다가올 오후에는 파스티치오[1]와 연한 레드 와인을 채운 잔으로 상을 차릴 것이다. 누구나 아는 비밀이지만 라자냐는 티라미수처럼 하룻밤을 재우면 맛이 더 좋아진다.

---

1 pasticcio. 일부 지역에서는 라자냐를 파스티치오라고 부르기도 한다.

텔레비전이 있는 방에서 외치는 환호성이 주방까지 들렸다.

"그래! 이겼어! 베티가 동메달이지!"

아버지가 소리쳤다.

"그렇지! 그렇지!"

기쁨에 겨운 아버지가 어린아이처럼 펄쩍펄쩍 뛰기 시작하자 어머니는 내게 전화를 걸었다. 봄여름마다 어머니는 무슨 일이 있으면 항상 전화를 걸어왔다. 그 순간 동생 루카는 일하는 중이었다. 루카가 일하는 모습은 머릿속에 자연스럽게 떠오르는 하나의 이미지다. 수화기 저편에서 들려오는 어머니의 목소리가 귀에 닿자 로테르담에서 아이스크림 뒤편에 서서 일하던 루카의 모습이 생생히 떠올랐다. 나 역시 일하는 중이었지만 전화 정도는 받을 수 있었다.

"어디니?"

어머니의 첫마디는 언제나 이 질문이었다.

"아일랜드 퍼모이예요."

잠시 침묵이 흐른다. 일흔넷인 어머니는 아직도 휴대전화가 없다. 한 번도 가져본 적이 없다. 산으로 둘러싸인 베나스 디 카도레에 있는 자신의 주방에서 전화기를 들고 선 어머니는 우리가 언제 어디서든 통화할 수 있다는 사실에 항상 놀란다. 내가 지구 반대편에 있을 때 어머니로부터 전화가 걸려온다면 난 졸린 목소리로 이렇게 답할 것이다. "호주 브리즈번이예요." 침묵이 이어지는 동안 침대 머리맡 탁자에 놓인 손목시계가 몇 시를 가리키는지 확인했다. 전화를 할 때마다 내가 어딘가 다른 곳에 있다는 점은 휴대전화가 출현하기 훨씬 전부터 어머니에게는 익숙한 사실이었다.

내게도 집은 있지만 그 공간은 집이라는 느낌이 들지 않는다. 화분도 없고 냉장고에는 우유도 없다. 아침 신문도 오지 않는다. 커튼과 수건은 있지만 과일 그릇은 없다. 이스라엘 시인 누리트 자르치Nurit Zarchi는 짧은 시 「오늘」에서 이렇게 썼다. "지칠 대로 지친 나, 세상의 끝에 올라앉아, 일을 내팽개치고 싶다. / 그러나 일을 계속 해나가고 있다. 그러니 누구도 알지 못하리라, / 나와 노숙인 사이의 짧은 거리를."A 나와 내 가족 사이의 실제 거리는 짧고 시시해 보이지만 다른 거리 때문에 멀다. 그 거리를 측정하는 장치가 오작동한 날들도 있다.

"날씨는 어떠니?"

어머니는 날씨에 집착한다. 예전에 로테르담 아이스크림 가게에서 일할 때 어머니는 항상 신문의 날씨 면을 펼쳐 봤다. 그리고 슈퍼마켓 계산대 앞에 서서 소나기나 서리가 내릴지 아닐지를 두고 사람들이 하는 이야기를 엿들었다. 이제 어머니는 일손을 놓았고 아이스크림 가게와 멀리 떨어져 살지만 지금도 누구에게든 날씨를 묻는다. 어머니는 오늘, 내일, 모레, 다음 주의 날씨를 늘 궁금해한다. 그리고 날씨에 관한 한 모든 길은 로테르담으로 통했다. 어머니는 네덜란드 상공이 비와 바람과 서리가 모이는 소용돌이라고 생각한다. 한 마리의 나비가 브라질에서 날갯짓을 하면 아이스크림 가게 상공의 광대한 지역에 우박을 동반한 폭풍을 야기할 수 있는 것이다.

"화창해요."

내가 답한다.

"늘 평온한 여름철 날씨예요. 아침에는 안개가 끼는 곳도 있지만요."

그러고는 이렇게 덧붙인다.

"구름에 휘감긴 빌딩은 없어요."

어머니는 아무 말도 하지 않았지만 나는 어머니가 웃고 있다는 것을 안다. 어머니는 내가 선택한 다른 삶을 크게 문제시하지 않는다. 어머니가 날씨에 집착하듯이 나는 시를 사랑하고 아버지는 공구를 사랑한다. 여전히 아이스크림을 만드는 사람은 동생뿐이다.

"베피가 실성했어."

어머니는 아버지가 한 이야기들을 전해주었다. 근육에 입 맞추고 싶다고 말했다는 대목에서 절로 웃음이 나온다.

"알츠하이머라도 걸린 모양이야."

어머니가 말한다.

"요즘 파우스토 올리보는 팬티를 머리에 뒤집어쓰곤 해. 의사가 그러는데 그 양반 치매를 앓고 있대."

어머니는 레이턴에 사는 베네치아 출신의 늙은 아이스크림 장수 이야기를 하고 있다. 그는 은퇴한 지 2년밖에 되지 않았다. 이제 가업은 그의 장남이 이어간다.

"올리보 부인 말로는 파우스토가 자기를 이웃이라고 생각하고 계속 엉덩이를 꼬집는다는구나."

어머니는 휴대전화보다 알츠하이머병에 대해서 더 많이 안다. 어머니가 잠시 말을 끊었다. 아마 주방 찬장에 붙여놓은 사진들, 특히 일주일 전에 멕시코로 떠난 손자의 사진을 바라보고 있을 것이다.

"붉은 머리 여자란다."

어머니가 다시 말을 잇는다.

"네 아버지의 새로운 사랑은 긴 붉은 머리 여자야."

나는 이곳 거리에서 본 여자들을 생각해봤다. 아일랜드에는 붉은 머리의 여자들이 많다. 그들의 얼굴은 금방 붉어진다. 피부가 얇아 피가 더 잘 내비치기 때문이다. 또 그들은 눈이 마주치면 재빨리 눈길을 피한다. 하지만 퍼모이 국제 시 축제에서 손님을 맞이했던 한 젊은 여성은 그렇지 않았다. 그녀는 작은 책상 뒤에 서 있었는데 눈여겨보니 블라우스 속에 연분홍색 브래지어를 입고 있었다. 얼굴은 주근깨투성이였다. 그녀를 다시 보았을 때 나는 눈을 똑바로 응시했지만 그녀는 비유적으로는 물론이고 말 그대로도 눈 하나 깜짝하지 않았다. 그녀는 내가 쳐다보는 것을 그대로 느꼈다. 결국 나는 시선을 거두고 책상 위에 놓인 종이를 바라보았다.

"네 아버지에게 뭐라고 말하련?"

어머니가 묻는다.

"네 아버지는 요즘 들어 좀 우울해. 봄이 무섭고 인생을 즐기는 게 어려운가 봐. 자기 삶이 끝났다고 생각하거든. 나는 늘 네 아버지 옷을 골라줘야 한단다. 그렇지 않으면 날마다 같은 옷만 입을 사람이거든."

어떤 사람들의 삶은 숙성된 좋은 와인처럼 시간이 흐를수록 더욱 아름다워진다. 숙성된 모든 것—살면서 배운 것, 경험, 중요한 사건들—이 삶을 연장해주지는 않지만 인생을 빛내는 영약으로 변해 그들의 성품을 다듬고 가꿔주기 때문이다. 이는 아버지가 모든 것을 망각했다는 것이 아니라 모든 것이 아버지의 성품을 망쳤다는 이야기다.

"네 아버지는 아직도 텔레비전한테 말하고 있단다."

어머니가 말한다.

"한번 들어볼래? 전화기를 들고 네 아버지 쪽으로 가볼까?"

"됐어요."

내가 답한다. 그러나 어머니가 주방을 나서는 소리가 들린다.

"내일 아침에 의사를 불러야겠다."

어머니가 마음을 정했는지 이렇게 말한다.

"토요일이지만 의사를 꼭 불러야겠어. 응급 상황이야."

"'이성이 말해요, 그건 어리석은 짓이라고.'"

나는 독일 시인 에리히 프리트Erich Fried의 유명한 시구를 인용한다.

"'사랑이 말해요, 그건 본래 그렇다고.'"B

"무슨 말이니?"

내 시선은 호텔 방에 걸린 푸른 초원을 화폭에 담은 수채화에 잠시 머문다. 저 멀리 한 소년이 떠나간다.

"시예요."

내가 말한다.

"사랑, 있는 모습 그대로에 대한."

"미쳤다고. 바로 그거야."

어머니가 말한다.

"네 아버지, 이제 텔레비전을 꼭 껴안고 있다!"

나 역시 간혹 호텔 방에서 나를 반기는 평면 스크린과 접촉해보려 한다. '친애하는 조반니 탈라미니 씨, 애스컷 호텔에 모시게 돼 기쁩니다', 'G. 탈라미니 씨, 환영합니다! 래디슨 블루에 머무시는 동안 즐거운 시간 보내시기 바랍니다', '친애하는 탈라미니 씨, 크라운 플라자 호텔에 모시게 돼 영광입니다. 계속 들으시려면 OK 버튼을 누르십시오.'

"믿겨지니?"

어머니의 목소리가 다시 귀청을 때린다. 잠시 잡음이 흘러나왔다. 어머니의 음성을 실은 전파가 베나스 디 카도레의 텔레비전 방으로 수신되는 베티 하이들러 경기의 중계 영상 전파와 혼선이 됐던 모양이다.

"차라리 평소처럼 자기 인생과 네 인생에 대한 푸념을 듣는 게 낫겠다."

마침내 기억이 스멀스멀 떠오른다. 아이스크림 가게에 있는 동생이 보인다. 동생은 머리에 하얀 모자를 쓰고, 오른손에는 작은 아이스크림 주걱을 쥐었다. 늦저녁이지만 바깥은 아직도 따스하다. 검은 새들이 공기를 가르며 날고 그보다 훨씬 높은 하늘에는 미국행 에어버스가 떠간다. 지상에서는 보이지 않지만 객실 조명은 어둡다. 거리로 나온 젊은 여성들이 눈에 띈다. 몇몇은 치마를 입었고 몇몇은 주머니가 밖으로 삐져나온 데님 반바지 차림이다. 루카의 시선이 그들의 엉덩이에 걸렸다. 그의 아내는 헤엄치는 사람처럼 한 팔은 머리 위로 길게 뻗고 다른 쪽 팔은 몸통 옆에 붙인 채 술에 취해 곯아떨어졌다. 마지막 남은 손님들이 바깥 테라스에 죽치고 있다. 영화를 보고 나온 청춘 남녀들은 딸기와 망고 아이스크림콘을 즐기고 자정 직전, 한 노인은 밀크세이크에서 위안을 얻는다.

1881년, 증조할아버지가
아이스크림을 발견하다

증조할아버지의 이름도 주세페 탈라미니였다. 곱슬머리에 큰 코, 짙은 파란색의 반짝이는 두 눈을 가지고 있었다. 할아버지는 도망친 암소와 관련된 사고로 목숨을 잃었다고 한다. 900킬로그램에 달하는 티롤산 암소 녀석이 목장 울타리를 뚫고 도망쳤다. 농장 쪽으로 이어진 가파른 비탈을 후다닥 내달린 암소는 할아버지가 평소처럼 호젓한 분위기 속에서 조용히 낮잠을 자던 작은 건초 창고의 지붕 위로 가까스로 기어올랐다.

은회색 빛깔의 암소는 목재 지붕을 뚫고 일흔여섯 살이던 증조할아버지 위에 떨어졌다. 할아버지는 당장 목숨을 잃지는 않았지만 이 사고로 입은 상처 때문에 결국 돌아가신 것 같다. 할아버지가 저녁 식사 자리에 모습을 드러내지 않자 가족이 찾아 나섰지만 해가 산 너머로 질 때까지 모습이 보이지 않았다. 소는 그때까지도 할아버지 위에 누워 옷을 핥고 있었다. 할아버지의 얼굴은 놀라울 정도로 평온한 표정이었다. 미소를 짓고 있는 듯이 보였다.

그날 저녁 사람들이 할아버지의 몸에서 소를 끌어내렸다. 소의 앞다리가 둘 다 부러졌기 때문에 어쩔 수 없었다. 이윽고 서서히 밤이 돼 낮 동안 숲속에 있던 여우들이 나타나자 개들이 짖어대기 시작했다. 이튿날 아침, 사람들은 주세페 탈라미니의 갑작스러운 죽음을 두고 이러쿵저러쿵 떠들더니 곧 증조할아버지의 죽음이 이상하기는 해도 그에게 걸맞는 죽음이라고 결론 내렸다. 그의 인생은 예기치 않은 굴곡과 남다른 우여곡절로 가득했다. 할아버지는 죽을 때까지 극대치를 추구하며 살았다. 아마도 그런 연유 덕에 미소 지을 수 있었을 것이다.

아무도 자신을 구조하러 오지 않는 것이 분명한 상황에서 생명이 꺼져감을 느꼈을 할아버지는 무슨 생각을 했을까? 당신이라면 죽어갈 때 무슨 생각을 할까? 아우렐리아노 부엔디아 대령[2]은 총살당하는 순간 아주 옛날 어느 오후에 아버지를 따라나서 얼음을 발견했던 일을 떠올렸다. 그 일과 비슷한 이미지가

---

[2] 콜롬비아의 소설가 가브리엘 가르시아 마르케스(Gabriel Garcia Marquez)의 소설 『백년 동안의 고독』에 등장하는 인물.

주세페 탈라미니의 머릿속에도 떠올랐다. 이웃 소녀 마리아 그라치아의 드레스 속에서 이는 잔물결이 관능적인 곡선으로 변했던 그해 여름, 음란한 기적이 일어났다.

두 사람은 함께 자랐다. 그들은 어린 시절 숲속에서 함께 솔방울을 찾아다녔고 손을 잡은 채 누워 맑은 하늘을 바라보곤 했다. 마리아 그라치아는 태양을 사랑했고 태양은 그녀의 벌꿀 색 피부를 사랑했다. 주세페는 그녀를 지라솔레, 즉 해바라기라고 불렀다. 태양이 10억 년만큼이나 느리게 서쪽으로 향하는 동안 마리아 그라치아는 태양의 움직임을 따라 몸을 조금씩 움직이며 햇볕을 쬐었고 그늘은 거들떠보지도 않았다. 반면에 주세페는 절대 움직이지 않았기 때문에 두 사람의 모습은 마치 사람 크기의 괘종시계가 누워 있는 것 같은 모양새였다.

어느덧 어린 시절의 마지막 여름이 찾아왔다. 주세페는 이웃 친구를 쳐다보기가 두려워졌다. 마리아의 가슴은 오븐 안에서 둥글게 부푸는 빵처럼 날이 갈수록 햇볕을 받아 점점 더 풍만해지는 것 같았다. 주세페는 마리아의 젖꼭지 색깔을 상상했다. 어느 날은 입술과 비슷한 분홍색이었고 그다음 날에는 그녀의 손바닥처럼 엷고 투명했다. 때로는 개암이 떠오르는 짙은 빛깔이었다. 어느 날, 부드러운 산들바람이 산 너머에서 불어왔을 때 주세페는 블라우스를 쑥 밀고 삐죽 고개를 내민 그녀의 젖꼭지를 보았다. 매미가 울고 왕풍뎅이가 윙윙거리는 동안 마리아 그라치아는 높이 자란 풀밭에 누워 있었다. 둘은 손을 맞잡고 맑은 하늘을 올려다보았다. 모든 것이 같았지만 모든 것이 변해 있었다.

그래서였는지 여름이 끝나갈 무렵부터 주세페는 매일 아침마다 두드렸던 문을 그냥 지나쳤다. 그는 휘파람 불기를 좋아하는 벌목꾼 아버지와 함께였다. 가끔 주세페는 어떤 멜로디를 떠올리고는 아버지를 따라 휘파람을 불었다. 9월 말, 산에 뿌리 내린 나무들이 잘려 나갔다. 하늘 위로 가지를 쭉쭉 뻗은 20미터 길이의 낙엽송들이었다. 벌목은 위험 부담이 큰 고된 노동이었다. 나무가 어디로 어떻게 쓰러질지 정확히 알 방법은 없다. 베고, 쪼개고, 넘어뜨리기를 반복한다. 다른 나무들과 거세게 부딪치는 소리에 이어 기관차가 지나가기라도 하듯 지축을 뒤흔드는 소리가 들린다. 1년 후, 다른 쪽 비탈에 선 커다란 나무가 한 벌목꾼을 덮쳤다. 그는 즉사했다.

주세페는 도끼로 가지를 싹 쳐낸 다음 나무를 벌거벗기는 일을 도왔다. 그러고 나서 아버지와 함께 줄기를 5미터씩 베어 통나무들을 만들어냈다. 톱날에 땀방울이 떨어지고 송진이 몸에 들러붙었다. 송진에서 코를 찌르는 독한 냄새가 진동해 눈까지 몹시 따가웠다. 그때까지 오랫동안 숲에서 지내면서 이렇게 지쳤던 적은 처음이었다.

전 지역이 순백의 눈으로 뒤덮인 크리스마스 무렵, 그 통나무들은 남쪽으로 거의 200킬로미터나 떨어진 베니스까지 이어진 피아베 강가로 끌어 내려질 운명이었다. 그곳에서 통나무들은 커다란 뗏목에 묶여 강물을 타고 흘러갔다. 며칠 뒤 베니스에 도착한 통나무들은 진흙투성이 모래땅에 깊숙이 처박히는 신세가 됐다. 1제곱미터당 여덟 개가 쌓였다. 주세페는 수없이 많은 다리와 교회와 높다란 천장의 궁전이 가득한 동화 속의 도시로 베니스라는 도시를 상상했다. 그리고 특별한 밤이면 은빛 샹들리에에서 빛나는 촛불들이 끝없이 이어지는 이야기들을 담은 프레스코 벽화를 은은하게 비출 거라고도 상상했다.

그러나 겨울이 본격적으로 시작되려면 아직 멀었다. 눈은 산의 가장 높은 봉우리만을 장식하고 있었다. 어느 날 아침, 아버지가 평소보다 일찍 주세페를 깨웠다. 집 밖은 여전히 어두웠고 맑은 밤하늘에는 별들이 반짝였다. 주세페의 귓가에 사람들의 목소리가 들렸다. 금속세공사 안토니오 자두스의 낭랑한 목소리였다. 몸집 큰 남자들이 서로를 향해 몸을 숙인 채 낮은 목소리로 말하고 있었다. 주세페는 어떤 은밀한 공모의 목격자가 된 기분이었다. 이윽고 그들은 승합마차를 타고 출발했다. 일곱 남자들 중에 주세페가 가장 어렸다. 마차가 마을을 벗어나자 모두들 주세페를 향해 미소 지었다. 그는 아버지 친구들의 달빛처럼 하얀 치아를 보았다.

그들은 태양이 산 위로 떠오를 때까지 침묵을 지키면서 달리는 말발굽 소리에 귀를 기울였다. 장밋빛 손가락을 가진 황금빛 새벽[3] 호메로스의 시가 떠오르는 풍경이었다. 이제 주세페는 다른 얼굴들도 알아보았다. 옆에는 땜장이가 앉았고 맞은편에는 열쇠공이 있었다. 두 사람 모두 강인한 사나이들이었다.

"봐라."

주세페의 아버지가 소나무들 사이에 노루 두 마리가 선 비탈을 가리키며 말했다. 노루들은 마차 소리에 깜짝 놀란 듯 조각상처럼 굳어 미동조차 하지 않았다. 그러더니 일순간 숲속으로 줄행랑을 쳤다.

안토니오 자두스는 빵 하나를 쪼겠고 열쇠공은 마른고기 한 덩어리에서 몇 조각의 살을 베어냈다. 그들은 입을 크게 벌려 음식을 아주 맛있게 먹었다. 승합마차의 목재 바닥에 깔린 곡괭이와 삽 들은 말들의 리드미컬한 발걸음에 맞춰 흔들렸다. 주세페는 이 사람들과 자신이 곧 무슨 일을 하게 될지 전혀 몰랐다. 아침에 아버지는 그를 깨우고 별 설명이 없었기 때문이다. 그는 침대에서 뛰쳐나와 성급히 옷을 입었을 뿐이었다.

"그 사람들은 저걸 만드는 데 거의 10년을 보냈어."

주세페는 누군가가 말하는 소리를 들었다.

---

3 호메로스는 『일리아스』 110행에서 "장밋빛 손가락을 가진 새벽의 여신이 다가왔다"라고 말한다.

"작업조들은 서로 마주보고 일했어. 양편으로 1000명이 넘는 사람들이 말이야."

자기 머리털보다도 많은 소를 가진 엔리코 장그란도가 말했다. 다른 사람들은 가끔 그의 대머리를 찰싹 쳐서 아름다운 소리를 만들어내곤 했다. 그는 태어날 때부터 상당히 많은 땅을 소유했지만 그 어떤 사람도 얕보지 않았다.

"저게 세상에서 가장 긴 철도 터널이지."

엔리코가 동료들에게 말했다.

"생고타르 산속으로 15킬로미터나 이어지거든. 그 사람들은 압축 공기로 작동되는 터널 굴착기로 작업을 시작했지. 하지만 단단한 바위를 뚫을 수 없을 때는 다이너마이트를 터뜨렸어."

그 터널을 만들 때 터뜨린 다이너마이트 폭발음은 전쟁의 굉음처럼 엄청났다. 결국 우르너 호수[4]와 그리 멀지 않은 북부 지역에 폭발물 공장이 들어섰다. 대략 1미터 깊이의 구멍들을 뚫고 그 안에 설치된 다이너마이트를 폭발시켰다. 터널은 작업자들의 눈과 폐에 염증을 일으킬 수 있는 유독가스로 가득 찼다. 1880년 2월 28일, 마침내 터널을 뚫는 데 성공할 때까지 마흔여섯 명이나 되는 사람들이 폭발로 목숨을 잃었다. 해머와 곡

---

4 스위스 우리주와 슈비츠주에 걸친 호수로 수면 면적은 20제곱킬로미터, 최대 깊이는 192미터이다.

괭이를 움켜쥔 손들이 그 구멍을 넓혔다. 마침내 터널 공사가 끝나고 그곳을 통과한 최초의 인간이 될 한 사나이가 발을 내딛었다. 그것은 마치 다른 세계로 향하는 여정을 시작하는 것처럼 비현실적인 일이었다.

"우리는 이제 산을 뚫고 여행할 수 있어."

엔리코가 말했다. 100년 전 사람들은 열기구를 타고 구름 사이를 가까스로 여행했다. 그러고 보면 산을 뚫고 여행한다는 것은 그야말로 장엄한 사건이다. 산을 넘을 필요 없이 광대하고 밀도 높은 지역을 곧장 뚫고 통과하는 것이다.

주세페는 피어오르는 의구심을 억눌렀다. 엔리코는 그 기차를 타봤을까? 그 터널을 통과하는 데까지 얼마나 걸릴까? 반대편 끝의 불빛이 보일까? 다른 사람들은 무표정한 얼굴이었고 아버지만이 주세페에게 눈짓했다. 주세페는 잠시 마차의 박자에 홀려 뜬눈으로 생고타르 터널을 지나는 꿈을 꿨다. 꿈속에서 주세페는 암흑에 휩싸인 무한한 우주를 가로지르는 혜성처럼 그 터널을 쌩하고 순식간에 통과했다.

한편 베나스 디 카도레의 마리아 그라치아는 창가에 서서 창밖을 내다보는 중이었다. 집 밖으로 뛰어나가 풀밭에 눕고 싶었지만 농부들이 풀을 막 베어낸 뒤라 그러지 못했다. 그녀는 가슴에 상처를 입었다. 때때로 거리에서 그녀는 자신의 몸을 뚫어지게 쳐다보는 남자들을 봤다. 집에 있을 때면 거실에서 가끔 몇 시간씩 가슴을 움켜쥐곤 했다. 엉덩이도 커졌다. 엉덩이도 가슴만큼 상처를 입었다. 마리아 그라치아는 여자가 돼갔다. 이제 그녀는 남자가, 자신을 끌어안아 줄 남자가 필요했다.

칠흑같이 검은 말 두 필이 끄는 승합마차가 산을 올랐다. 꼬불꼬불 길게 이어진 길이었다. 주세페는 어디인지는 모르겠지만 목적지에 가까이 왔다고 생각했다. 엔리코 장그란도가 하얀 소매를 걷어 올렸다. 다른 사람들도 그를 따라 소매를 걷었다. 그러고는 모두 곡괭이와 삽을 집어 들고 곧추 앉았다.

마차는 철도 선로 앞에 섰다. 그 선로 위에는 여덟 개의 객차를 장착한 열차 한 대가 있었다. 객차의 커다란 미닫이문들은 열린 채였다. 주세페는 마차 밖으로 뛰어내려 주위를 둘러보았다. 그들은 두 개의 산등성이 사이에 있었다. 태양은 어디에도 보이지 않았다. 태양은 오후 늦게까지 비탈 위로 떠오를 것 같지 않았다. 그 대신 눈에 보이는 곳 어디에나 최소한 정강이까지 올 것 같은 눈이 쌓여 있었다. 눈 밑으로는 물이 골짜기로 졸졸 흘러내렸다. 차가운 얼음물이었다. 사내들은 무릎 선에 닿는 깊이의 물에 몸을 담그고 뼈가 시릴 때까지 그대로 있었다. 차가운 얼음물이 혈액 순환에 좋다고들 했기 때문이다.

얼어붙은 눈도 있었다. 그들은 객차를 이 눈으로 채울 생각이었다. 주세페는 지금 벌어지는 일을 믿을 수 없었다. 그들은 농부들이 목초를 모으듯 곡괭이로 눈을 끌어모아 철도 선로로 옮겼다. 꽤 큰 눈덩이들에는 모래와 진흙이 딸려왔지만 문제가 되지 않았다.

이따금씩 주세폐는 곡괭이 손잡이에 기대서 다른 사람들을 유심히 지켜보았다. 금속세공사는 땀을 흘리며 더운 숨을 내뿜었다. 반짝반짝 빛나는 근육질의 팔뚝에서 김이 모락모락 피어올랐다. 다른 사람들도 뿌연 수증기에 둘러싸였다. 주세폐는 행여 이런 장면─반짝이는 눈 속에서 시커먼 손으로 작업에 열을 올리는 일꾼들, 눈으로 점점 채워지는 객차들─을 방해할까 싶어 조심스레 움직였다. 깨어나는 순간 자취를 감추는 꿈처럼 한순간에 사라질까 봐 두려운 장면들이었다.

엔리코는 주세폐를 부르더니 여자애들을 상상하느냐고 물었다. 그러자 아버지를 비롯해 모두들 배꼽을 잡고 웃었다.

두 시간 뒤에야 그들은 잠시 쉬었다. 어느새 세 대의 객차가 눈으로 가득 찼고 미닫이문이 닫혔다. 그들은 쓰러진 낙엽송의 줄기 위에 앉아 쉬었다. 일꾼들이 석재 물병을 돌렸으나 주세폐는 목이 마르지 않았다. 여러 번 눈밭에 구멍을 파고 물을 떠 마셨던 터였다. 그럴 때마다 한기 때문에 손가락이 얼얼했다.

처음에는 누구도 주세폐의 목소리를 듣지 못했다. 질문을 하더라도 귓속말로 속삭였기 때문이다. 주세폐는 마침내 용기를 내 큰소리로 물었다.

"왜 객차로 눈을 퍼 나르는 겁니까?"

모두가 주세페를 쳐다보았다. 주세페는 젊고 호기심이 많았지만 평범한 것들에는 큰 관심이 없었다. 그는 자신이 알지 못하는 완전한 세계가, 터널 끝에서 찬란하게 반짝이는 빛이 존재하지 않을까 하고 생각했다.

"우리는 눈을 수확하는 거야."

아버지가 말했다.

"눈을 거두는 거야."

'수확'이라는 말을 듣자 주세페의 머릿속에 감자와 사탕무와 사과가 떠올랐다. 산에 쌓인 눈은 절대 떠오르지 않았다. 주세페는 문 닫힌 객차들을 바라보았다. 여전히 종잡을 수 없었다. 이번에는 엔리코가 대답했다.

"눈이 얼음으로 변하거든."

"얼음이요?"

"너한테 친숙한 그 얼음은 아냐. 위로 걷거나 스케이트를 탈수 있는 얼음을 말하는 거야."

"다른 종류의 얼음도 있나요?"

"특별한 맛이 나는 얼음이 있지. 딸기 맛, 바닐라 맛, 모카 맛얼음. 그런 얼음을 도시에서 팔아. 여자보다 훨씬 더 맛있지."

한 줄기 환한 불빛이 머리 위로 비쳤다. 뇌에도 곧장 비추는것만 같았다.

"빈에서 스페인산 오렌지로 만든 얼음을 먹어본 적이 있지."

"못 믿겠는데."

안토니오 자두스가 음울하고 깊은 목소리로 단호하게 말했다. 엔리코는 자두스의 말을 무시했다.

"빈에서는 그런 얼음을 거리에서 팔아. 손수레에 담긴 구리통에서 퍼주지."

주세페는 뜨거운 사랑에 빠지는 것처럼 엔리코 장그란도가 설명한 얼음을 당장에 갈망하기 시작했다. 몇 년이 지난 후에도 그는 이때 주고받은 말을 정확히 기억했다.

"그걸 작은 스푼으로 떠먹어. 입에서 살살 녹지."

주세페는 딸기 맛 얼음이 혓바닥에서 녹는 것을 상상하려 애썼지만 그것은 그의 상상력을 초월하는 일이었다. 얼어붙은 더러운 눈덩이를 보며 매혹적이고 멋진 얼음을 떠올리기란 어려웠다. 어릴 적에 그는 모든 아이들이 그러하듯 가슴에 기대를 가득 품고 지난밤에 내린 눈을 맛본 적이 있다. 입안에 넣은 눈은 물 같았지만 쇠붙이 맛이 나는 데다 더러웠다. 누구나 실망할 수밖에 없는 맛이었다. 하지만 주세페는 도로와 들판에 조용히 내려앉아 장관을 이루는 눈에 현혹됐다. 동생이 작년에 본 눈을 기억하지 못하는 두 살배기일 때 주세페는 밖을 바라보며 이렇게 말했다.

"저걸 어루만져보고 싶어."

눈은 마치 세상을 추위에서 보호하는 모피 코트 같았다.

엔리코는 동료들에게 다양한 맛의 얼음을 만드는 과정을 설명했다. 마치 연금술 같은 이야기였다. 우선 작은 망치로 눈을 분쇄해 나무통에 넣은 뒤 용해점을 낮추기 위해 소금을 더한다. 이어 아이스크림 제조기의 원통을 나무통 안에 장착시키고 제조하는 사람이 수동 휠을 조작해서 원통의 차가운 벽면에 붙은 내용물을 그러모았다. 휘돌리고, 휘돌리고, 휘돌리고를 반복한다.5 벽면을 따라 만들어진 첫 번째 얼음은 부서지기 쉽다. 공기가 얼음 사이에 들어가면 부피가 증가한다. 다시 휘돌리고, 휘돌리고, 휘돌리며 처닝하는 사이에 색깔이 점점 엷어진다. 이렇게 연분홍색 딸기 아이스크림, 잿빛을 띤 녹색 피스타치오 아이스크림, 황갈색 초콜릿 아이스크림이 만들어진다.

"굳고 진득해지고 맛이 좋아질 때까지."

아이스크림을 만드는 과정은 사랑의 완성에 관해 떠도는 이야기와 같았다. 아주 상세하게 설명할 수는 있지만, 결코 현실과 똑같이 설명할 수는 없는 이야기 말이다.

"자, 서두릅시다!"

금속세공사가 말했다. 한 사람씩 자리에서 일어났다. 주세페만 그대로 앉아 있었다. 몸이 빙빙 도는 기분이었다. 100년이

---

5 아이스크림의 재료를 냉동시키면서 빠르게 저어주는 과정을 처닝(churning)이라고 한다. 여기에서는 수동 휠을 돌려 처닝을 한다.

홀쩍 지난 세상에 자기 이름을 물려받은 자손이 베티 하이들러의 해머를 따라 빙빙 돌듯이. 그는 욕망에 사로잡힌 표정으로 나무줄기에 앉아 일어날 줄을 몰랐다. 아버지가 그를 끌어 일으켰다.

"애야, 이제 일해야지."

격려하듯이 말했다.

"내가 도와줄게."

잠시 후 주세페의 귓가에 아버지가 휘파람으로 부는 민요 가락이 들려왔다. 주세페는 피곤하지 않았다. 그는 젊고 힘도 셌다. 손으로 동전을 구부릴 수 있다는 안토니오 자두스의 힘에는 미치지 못하지만. 주세페는 빈에 있다는 아이스크림 손수레 이야기와 달콤한 맛에 도취돼 정신이 아찔했다. 그의 상상력은 날개를 달고 날아가 눈 덮인 대지를 벗어나 산을 넘어가려 했다. 아마도 여자 맛이 어떤지 알았더라면 그는 어떻게든 아이스크림의 달콤한 맛을 상상해냈을 것이나(성발 그냈더라면 훨씬 더 그럴듯한 상상력을 발휘했을 것이다). 지금 그는 이미 본 것을 볼 뿐이었다. 산 너머에는 더 많은 산이 존재했다.

그도, 다른 사내들도, 심지어 엔리코 장그란도조차 자신들이 더 큰 전체의 일부라는 사실은 몰랐다. 세계 곳곳의 셀 수 없을 만큼 많은 장소에서 차가운 달^ℬ의 수확이 이루어지는 중이었다. 보스턴에서는 유명한 판사의 아들 프레더릭 튜더^{Frederic Tudor}

가 아이스크림 제국을 건설했다. 이 위대한 모험가는 스물세 살이라는 새파란 나이에 배를 사서 얼음을 카리브해의 마르티니크섬까지 운송했다. 그는 아버지의 사유지에 있는 연못에서 얼음을 채취했다. 모든 사람들이 미친 짓이라고 말했다. 신문들은 그의 모험을 조롱했다. 3주간의 여정 중에 많은 얼음이 녹았지만 튜더는 남은 매사추세츠주의 얼음을 섬사람들에게 그럭저럭 팔았다. 그 사람들의 표정을, 그들의 눈빛을 상상해보라. 2400킬로미터를 항해해온 배에서 내린 투명한 사각 덩어리들을 본 섬사람들의 얼굴에 믿을 수 없다는 표정과 황홀함이 넘쳤다. 그가 얼음 사업을 시작한 해는 1806년이었다.

튜더는 수천 달러에 달하는 손실을 입었다. 배에 얼어붙은 호수를 싣고 아바나로 향한 이듬해에도 그는 엄청난 부채를 졌다. 그래서 돌아오자마자 감옥에 갇혔고 다음번에 출항할 때는 보안관들이 그를 조선소까지 호위했다. 그곳에는 '삼지창'이라는 대담한 이름을 단 튜더의 배가 있었다.

튜더는 건초, 나뭇조각, 톱밥, 왕겨 등 여러 재료를 실험해서 배에 알맞은 단열재를 찾아냈다. 하지만 튜더가 이끄는 제빙 회사의 획기적인 약진은 아이스 플라우6의 발명과 함께 찾아왔다. 아이스 플라우가 없을 때는 뉴잉글랜드의 얼어붙은 강에서

---

6 ice plow. 강이나 호수의 얼음을 블록 모양으로 자르는 쟁기 모양의 장비.

손수 얼음을 절단해야 했다. 하지만 이제는 얼음을 대량으로 가공하는 일이 쉬워졌다. 우아한 흑마들에게 금속 톱이 장착된 아이스 플라우 마구를 채운다. 한 사람이 말을 끌고 다른 사람이 플라우를 조종한다. 그렇게 격자 문양의 완벽한 정육면체 얼음들이 생성된다. 그러면 그 얼음덩어리들을 강 밖으로 꺼내면 됐다. 곧 특수한 도구들이 잇달아 발명됐고, 세계 곳곳에서 항구는 물론 강둑을 따라서도 얼음 저장고들이 들어섰다. 몇 개월의 겨울 동안 고용된 사람들 수천 명이 광대한 체스판으로 변한 호수 위에서 톱과 손도끼를 휘둘렀다.

1833년에 튜더의 배 투스카니는 180톤의 얼음을 싣고 보스턴에서 캘커타로 향하는 항해에 나섰다. 이후 네 달 만인 9월에 벵골만에 도착해 신성한 갠지스강으로 향했다. 곧 얼음을 실은 배가 들어온다는 소식이 지역 사람들 사이에 퍼졌다. 거짓말이라고 생각하는 사람들도 많았다. 몇 달 동안 그늘마저도 섭씨 30도가 넘는 날이 지속됐기 때문이다. 그러나 얼음 배가 캘커타 항구에 도착했을 때 푸른빛이 감도는 수정처럼 맑은 얼음이 여전히 100톤이나 되는 것으로 밝혀졌다.

이 사건은 뉴잉글랜드 강에서 막대한 양의 얼음을 채취해 인도로 운송하는 사업의 시작을 알렸다. 곧 하얀 돌로 만든 벽을 이중으로 쌓은 얼음 창고가 캘커타에 들어섰다. 그때부터 캘커타는 튜더 아이스 컴퍼니 소속 선박들의 수익을 최대로 보장하는 목적지가 됐다. 한동안 남들의 비웃음에 시달리며 2년 동안 철창신세를 져야 했던 무모한 모험가 프레더릭 튜더는 마침내 엄청난 부를 축적하고 '얼음 왕'이라는 별명도 얻었다. 그는 인도에 이어 브라질과 오스트레일리아와 중국을 향해 나섰다.

뉴욕의 니커보커 아이스 컴퍼니와 필라델피아 아이스 컴퍼니를 비롯해 다른 여러 기업들도 얼음 시장에 뛰어들었다. 그리고 미 전역을 횡단하는 증기기관차로 운송 속도를 높이기 위해 철도가 건설됐다. 증기기관차의 연료는 활활 타는 석탄이었지만 객차에 실린 화물은 투명하고 차가웠다.

노르웨이와 영국 간에 얼음 무역이 활발히 진행됐다. 검은 모자를 쓴 남자들이 광활한 호수에서 집게를 이용해 블록 모양의 얼음 덩어리를 낚았다. 이 얼음 블록들은 긴 목재 트랙을 타고 미끄러져 내려가 런던을 비롯해 영국의 여러 항구들에 정박한 배들에 적재됐다. 이 덕분에 이탈리아계 스위스인 카를로 가티는 스위스 수도에 많은 가게를 열 수 있었다. 그는 아이스크림 사업을 하기로 결정하기 전에 밤과 와플을 팔며 운을 시험해보았다. 손수레 몇 대로 시작한 거리 장사는 이내 사람들의 왕래가 잦은 헝거포드 시장에 자리를 잡았다. 가티는 조개껍질에 담은 아이스크림 한 개를 1페니에 팔았다. 조개껍질이 곧 작은 유리잔으로 바뀌면서 이 유리잔 아이스크림은 '페니 릭스'라는 이름으로 유명해졌다. 그전까지만 해도 아이스크림은 부유충만이 누리는 특별한 음식이었다. 카를로스 가티는 냉동 진미를 대중화한 인물이 됐다. 이로써 꿈으로 난 문을 그가 활짝 연 것만 같았다.

주세페 탈라미니가 사는 세계의 경계가 되는 산들, 그 너머 고향에 좀 더 가까운 오스트리아 잘펠덴에서도 사내들이 곡괭이를 휘둘렀다. 그들도 커다란 눈덩이들을 열차 안으로 퍼 날랐다. 구름 한 점 없는 하늘을 두둥실 떠다니는 열기구를 탄 사람들의 눈에 눈덩이를 수확 중인 그들의 모습이 들어왔을지도 모른다. 하지만 작업자들은 다양한 곳에서 서로의 존재를 모른 채 눈밭에서 죽어라 일하며 따뜻한 한 끼 식사를 갈망할 뿐이었다.

주세페의 동료들은 네 시간을 더 일한 끝에 객차들을 눈으로 꽉 채웠다. 하늘 높이 떠올랐던 태양은 이제 산등성이 사이에 걸려 있었다. 말들은 눈을 한 입 받아먹었고 사내들은 마차 안으로 다시 들어갔다. 피로에 지쳐 아무도 입을 열지 않았다. 곧 그들은 서로의 어깨에 기댄 채 잠에 빠져 들었다. 주세페만이 눈을 뜬 채였다. 꿈으로 통하는 문이 빠끔히 열렸다. 그는 오로지 그 안으로 걸어 들어가고만 싶었다.

왜 주세페 탈라미니는
새로운 세계로 도주했을까?

옆집 소녀는 터질 듯이 풍만한 몸을 가진 여자가 됐다. 거의 하룻밤 새 일어난 일이었다. 그녀는 곡선미가 돋보이는 육감적인 미인으로 변신했다. 스스로도 자신의 새로운 몸을 부끄러워하지 않았다. 이제 마리아 그라치아는 거리를 지나거나 빵집에서 마주치는 남자들의 시선에 적극적으로 응했다. 그녀는 입을 살짝 열거나 입술을 살며시 뗄 때의 효과가 어떤지 잘 알았다. 외설스러우면서도 우아한 몸짓, 그것은 상상할 수 있는 최고의 조합들 중 하나였다.

주세페는 거리에서 그녀를 보면 즉시 눈길을 돌렸다. 그는 마리아 그라치아가 두려웠다. 등으로 느슨하게 늘어뜨린 물결치는 머리칼을 흘끗 보기만 해도 가슴이 쿵쾅거렸다. 요즘 그들은 서로 말을 하지 않았지만 주세페의 오른손은 그녀의 왼손을 그리워했다. 여러 해 동안 여름이면 늘 잡고 다니던 그 손이 그리웠다.

나의 증조할아버지는 내가 성장한 바로 그 집에 살았다. 그집은 옛날에 비해서도 그리 크지 않은 마을의 끝자락에 있다. 지금 이 마을에 있는 대부분의 집들은 100년도 더 된 두터운 벽들로 둘러싸여 있다. 하지만 요즘에는 그런 집에 사는 사람이 많지 않다. 거리도 그리 활기차지 않다. 나와 같은 세대의 많은 사람들이 도회지와 대도시로 이사를 갔다. 그러나 아이스크림 시즌이 끝나는 가을이 오면 동생 부부는 산악 지방으로 돌아온다. 동생은 예외적인 인물이다. 베나스 디 카도레는 남자든 여자든 노인만 늘어나는 마을로 변해가는 중이다. 사람들이 점차 하나둘씩 줄어드는 마을이 된 것이다.

젊은 증조할아버지가 아이스크림을 꿈꿀 때 베나스는 여전히 농부와 장인이 주류를 이루는 마을이었다. 때때로 행운을 좇는 사람이 여행 가방을 들고 대양을 건너갔지만 거대한 이주의 물결이 아직 시작되지는 않은 시기였다. 사람들은 태어난 곳에서 살고 살아온 곳에서 땅으로 돌아갔다. 가족은 점점 커졌고 해체되지도 않았다. 루카와 내가 각자 방을 가졌던 집에서 증조할아버지의 가족 여덟 식구가 살았다고 한다. 주세페는 장남이었지만 일흔을 훌쩍 넘긴 꼬장꼬장한 그의 할머니가 집안

의 가장 웃어른이었다. 그 집은 그야말로 많은 식구들의 목소리
와 살림들로 북적북적한 곳이었다.

가을이 다가왔을 때 아버지는 아들을 불렀다.

"너한테 알맞은 직장을 알아봤다. 브루노가 자기를 도와줄
사람을 찾더구나."

주세페는 활짝 웃었다. 브루노는 매년 빈으로 여행을 가서 군
밤을 파는 벌목꾼이었다. 군밤 냄새가 사람들의 눈길을 끄는
멋진 건물들이 잔뜩 늘어선 아름다운 거리를 가득 채웠다. 옛
겨울날의 향수를 불러일으키는 냄새였다. 사이렌의 매혹적인
노래에 저항하지 못하듯이 사람들은 군밤 냄새에 이끌렸다. 행
인들은 발걸음을 멈추고는 손가락 끝에 재가 묻는 것도 모른
채 봉투에서 군밤을 꺼내 먹었다. 그러나 빈은 아이스크림을
파는 도시이기도 했다.

그날 오후에 브루노가 잠시 들러 주세페의 어깨를 살펴보았
다. 밤을 굽기 위해서는 난로를 가져가야만 했기 때문이다.

"좋군."

벌목꾼이 마치 소라도 한 마리 사는 것처럼 주세페의 등을
찰싹 때리며 말했다. 주세페는 어머니의 표정을 살폈다. 뿌듯한
얼굴이었지만 말이 없었다. 그녀는 아들을 좀 더 품 안에 두고
싶어 했다. 여태껏 길러오며 겁먹을 때마다 머리를 쓰다듬어주
던 아들이었다. 그녀는 아들이 잘생겼다고, 정말 너무나 잘생겼

다고 생각했고 그렇게 말해주고 싶었다. 매일 네가 얼마나 훌륭한 아들인지 말해줄 때처럼 그의 귓가에 입술을 대고 너는 너무나 잘생긴 아들이라고 속삭여주고 싶었다.

그들은 그 당시 사람들이 그랬던 것처럼 걸어서 여행했다. 여행 거리는 지금에 비해 훨씬 길었다. 한 장소에서 다른 장소로 가는 데 몇 주가 걸렸다. 빈까지는 걸어서 3주나 걸렸다. 난로의 무게가 1톤은 됨 직했지만 그들은 그것을 번갈아 가며 둘러메고 다녔다. 첫 몇 주 동안에는 브루노가 더 오랫동안 난로를 맡았다. 그는 아틀라스 같은 거인, 타이탄이었다. 얼굴이 쭈글쭈글하고 충치가 많은 농부들이 하룻밤 묵게 해주었다. 때로는 바로 곁에 암소들이 드러눕기도 했다. 동이 트기 전에 그들은 산에서 내려오는 차가운 물로 몸을 씻었다.

일주일 후에 주세페는 일이 좀 더 수월해졌다고 느꼈다. 짐이 가벼워진 듯했다. 실은 근육이 붙어서 그랬던 것이다. 처음 일을 시작하고 며칠 동안 그는 이 난로를 짊어지고는 절대로 빈까지 갈 수 없다고 생각했다. 하지만 마침내 그는 대도시에 도착했고, 그의 목은 황소의 목만큼이나 굵직하게 변해 있었다.

그들은 지그문트 프로이트가 커피를 마시던 곳이자 예술가들과 정치인들이 만나는 장소로 애용하는 카페 란트만에서 그리 멀지 않은 시민정원의 모퉁이에서 군밤을 팔았다. 주세페는 하루 만에 군밤 파는 방법을 터득했다. 어렵지 않았다. 밤을 태우지 말고 불에 달궈진 철에 화상을 입지 않도록 조심하기만 하면 끝이었다. 이튿날 브루노는 작년에 보관해두었던 난로 하나를 회수했다. 그는 도로 아래쪽에 자리를 잡고 장사를 시작했다. 두 사람은 그 일대를 구수한 군밤 냄새로 채우고 시민과 한량 들을 유혹했다. 줄을 선 사람들은 자기 차례가 되기만을 기다렸다. 시커멓게 잘 구워진 밤 껍데기가 싹 벗겨지면 달콤한 향기가 퍼져 나왔다. 사람들은 입김을 불어가며 호박 빛깔을 띠는 맛 좋은 살점을 베어 물었다.

눈이 내렸다. 커다란 눈송이들이 어린 소녀들의 니트 보닛 위로 떨어졌다. 어린아이들은 부모들이 끄는 썰매를 타고 즐거워했다. 지난겨울, 주세페는 마리아 그라치아와 함께 썰매에 올라 언덕을 내달렸다. 그러다 썰매에서 떨어져 한쪽 발이 눈 속에 깊이 처박혔다. 주세페는 그녀의 발그레한 양쪽 뺨에 한 번씩 입을 맞췄다. 하지만 그들은 어린 소년과 소녀였고, 이웃이었다. 둘은 얼른 일어나 저 멀리 달아난 썰매를 쫓아 달렸다.

새하얀 빈에서 주세페는 마리아 그라치아의 몸을 생각했다. 그는 여러 시간을 그렇게 그녀의 몸을 상상하며 보냈다. 눈 덮인 침묵에 귀가 먹먹해지는 시간이 찾아오면 상상에 빠질 여유가 생겼다.

며칠 뒤 추위가 찾아왔다. 아침 햇빛은 분필처럼 새하얗게 빛났고 바람은 칼날처럼 매서웠다. 난로 앞에 모여든 사람들이 몸을 녹였다. 군밤은 금세 바닥났다. 그는 마지막 몫을 한 노인에게 모두 팔았다.

"고맙소Danke."

노인이 팔락이는 종이처럼 가냘픈 목소리로 말했다. 주세페는 빈에 있는 동안 간단한 독일어를 익혔다. 그는 아주 멀리weit weg 살고 "걸어서zu Fuss" 빈에 왔다. "네, 종일 걸어서요Jawohl, den ganzen Weg." 난로를 짊어지고 걸어서 여기까지 왔다는 말을 들은 사람들은 마치 그가 물 위를 걷는 사람이라도 되는 듯이 주세페를 쳐다보았다.

"이제 집에 갈 수 있겠다. 어머니가 널 무척 그리워하고 계실 거야."

브루노가 말했다. 주세페는 고개를 끄덕였다. 그는 집으로 돌아갈 날을 고대했지만 우선 일주일 전에 난로를 쬐며 이런저런 이야기를 나눴던 이탈리아 사람을 만나고 싶었다. 그는 빈에 사는 수제 아이스크림 장수였는데 주세페에게 아이스크림 제조기를 팔겠다고 말했다.

"그걸 어떻게 작동시키는지 아나?"

두 사람이 그 남자의 일터에서 만났을 때 그가 물었다. 주세페는 엔리코 장그란도가 했던 말을 생각했다. '휘돌리고, 휘돌리고, 휘돌리고.' 그러면 통 안에 든 재료들이 반짝반짝 윤이 나는 아이스크림으로 변할 것이다. 그는 고개를 끄덕였다.

"가장 중요한 점은 훌륭한 제조법이라네."

그 남자가 말했다.

"어떻게 훌륭한 제조법을 알 수 있을까요?"

"최고 비법은 비밀이지만 한 가지만큼은 기꺼이 알려주겠네. 그 비법의 결과가 좋으면 꼭 시도해봐야 하네."

그는 무의식적으로 목소리를 조금 낮추었다.

"뭐든 다 돼. 무엇이든지 아이스크림으로 만들 수 있지."

마치 예언자의 설교를 듣는 것만 같았다. 그 남자는 50대 초반으로 키는 작았지만 근육질이었다. 그는 마시밀리아노라는 멋진 이름을 가졌지만 빈에서는 막스라고 불렸다. 주세페가 여행했던 길은 가을에 고향으로 돌아가기 전 수도 없이 걸었던 길이었다. 봄에 그 길을 걸을 때면 구름 한 점 없는 담청색 하늘을 배경으로 산이 뚜렷한 윤곽을 자랑하곤 했다.

수제 아이스크림 장수 중에서는 안토니오 토메오 바레타가 가장 처음 빈에 온 사람이었다. 그는 베나스 디 카도레로부터 그리 멀지 않은 돌로미티[7]에 자리한 작은 마을 졸도 출신이었다. 그는 1865년에 오스트리아 수도에서 '제프로레네스' 아이스크림을 팔 수 있는 정식 면허를 취득했다. 그리고 이듬해에 라이프치히로 가서 스물네 개의 아이스크림 카트를 보유한 사업

---

7 이탈리아 북부 산맥.

을 이끌었다. 그 뒤에는 부다페스트에 정착해서 아이스크림 가게들을 개점했을 뿐 아니라 카트를 몰고 도시 곳곳을 누비는 행상인 60명을 고용했다. 모두 남자들로 모자를 쓰고 가죽으로 만든 돈주머니를 찼다. 그렇게 사업을 확장한 바레타가 빈에서 제프로레네스 아이스크림을 팔 수 있는 면허를 마시밀리아노에게 판 것이다.

주세페는 원통과 작은 수동 휠이 하나씩 장착된 아이스크림 제조기를 집으로 가져갔다. 브루노의 도움은 필요치 않았다.

고향에 돌아온 뒤 브루노는 주세페에게 자신의 제재소에서 일하지 않겠냐고 제안했다. 하지만 주세페는 통나무 베는 일에는 관심이 없었다. 아버지는 고개를 가로저었다.

"그럼 앞으로 무슨 일을 할 생각이냐? 넌 남자야. 그러니 일을 해야지."

"전 아이스크림을 만들 거예요."

"겨울에?"

"이제 곧 봄이에요."

"정신 나갔구나!"

할머니가 둘의 대화에 끼어들었다.

"그건 집안 내력이지."

할머니는 덧붙여 말했다.

"첫날밤에 네 할아버지도 정신이 나갔었거든."

목소리들이 집안을 가득 채웠다. 주세페의 어머니만이 조용했다. 어린 남동생과 여동생 들은 복도에 서서 눈을 동그랗게 뜨고 반짝이는 원통을 쳐다보며 이러쿵저러쿵 숙덕거렸다. 가장 어린 동생이 망설이다가 수동 휠을 살짝 돌려보더니 종종걸음으로 도망쳤다.

그가 마시밀리아노로부터 얻은 제조법은 체리 아이스크림을 만드는 방법이었지만 지금은 2월이었다. 체리는 6월이 돼서야 익는다. 아무리 빨리 익는다 해도 5월 말은 돼야 맛을 볼 수 있었다. 매년 여름이면 주세페는 엔리코 장그란도의 땅에 있는 한 그루 고목에 몰래 올라갔다가 그 열매의 달콤함에 취해 떨어지곤 했다.

어머니는 체리를 시장에서 사와 잼을 만들었다. 가족은 식빵 한 조각에 체리잼을 발라 먹었다. 잼들은 지하실에 보관했다. 주세페는 잼 세 병을 청했다. 어머니는 아들에게 가지고 있던 잼 다섯 병을 모두 주었다.

그는 이른 아침 햇살을 받으며 여름에 가장 가파른 비탈에서 건초를 옮길 때 쓰던 커다란 바구니를 등에 짊어지고 산으로 올라갔다. 따뜻하고 화창한 날이었다. 주세페는 신발에 눈이 밟히는 소리가 들릴 때까지 계속해서 산을 올랐다. 이윽고 그는 돌로미티의 왕으로 불리는 산 안텔라오의 6500피트 높이에 올라섰다. 피라미드 모양의 봉우리 북향에는 훨씬 더 높이 치솟은 두 개의 빙하가 보석으로 장식한 목걸이처럼 반짝였다. 주세페는 등에 진 바구니를 바닥에 내려놓고 눈밭을 파기 시작했다. 사방에 그 말고는 아무도 없었다. 얼음이 바위에 부딪히는 소리만이 그와 함께했다. 눈을 채취하는 일은 수확이라기보다 도둑질처럼 느껴졌다. 그는 왕으로부터 눈을 훔쳤다.

마리아 그라치아는 주세페가 짚으로 엮은 바구니를 짊어지고 산에서 내려오는 모습을 봤다. 그를 마지막으로 본 지 몇 달 만이었다. 주세페의 어깨는 전보다 벌어졌고 팔뚝에는 근육이 새겨져 있었다. 주세페가 가까이 다가오자 마리아 그라치아는 그의 짙은 푸른 눈에 어린 표정도 보았다. 수줍은 기색이 엿보이는 수수께끼 같은 표정이었다. 그 표정을 보자 그녀는 자신이 왜 추파를 던지는 다른 남자들이 아닌 주세페와 사랑에 빠졌는지 알 수 있을 것 같았다.

그는 싱그럽고 매혹적인 마리아 그라치아를 이미 알아보았다. 그녀는 사람을 매료시키는 황홀한 아름다움을 가졌다. 아치형 윗입술과 검은 두 눈, 몸매가 그랬다. 또 한겨울처럼 파리한 낯빛은 신성한 느낌마저 주었다.

주세페는 일순간 마리아 그라치아를 흘낏 쳐다보았다. '내 마술에 걸려라.' 그녀의 검은 두 눈이 그렇게 말하는 것만 같았다. 주세페는 황급히 집 안으로 뛰어들며 마술을 피했다고 느꼈다. 하지만 그는 그곳에서 마술이, 다른 모든 것의 빛을 꺼뜨리는 아름다운 것이 자신을 기다리고 있음을 알았다.

주세페는 달걀을 깨고 흰자에서 노른자를 분리했다. 따로 덜어낸 노른자에 아르헨티나와 미국에 다녀온 상인 티치아노 데 로렌조에게서 구입한 설탕을 섞었다. 데 로렌조는 개척자의 아들로 언젠가 코가 부러진 적이 있었다. 그가 열기구에 타서 내려다본 세계는 작았다. 주세페는 눈에 첨가해야만 하는 소금도 그의 가게에서 샀다.

주세페는 노른자와 설탕을 섞은 것이 거의 하얗게 될 때까지 열심히 휘저었다. 그는 이 방법이 마시밀리아노의 가르침을 정확히 옮긴 것인지 확신하지 못했다. "달걀 혼합물에 우유를 천천히 부어 더하고 부글부글 끓이게나." 이 모든 과정을 차분하게 하나하나 해내는 것은 쉽지 않았다. 재빨리 해치워버리고 싶었다. 마음속으로는 이미 수동 휠을 한참 돌려 마침내 완성된 첫 번째 아이스크림을 시식하고 있었다.

주세페는 어머니에게 얻은 잼을 우유와 달걀을 섞은 물에 따라 붓고 조금 남은 잼을 스푼으로 퍼냈다. 스푼을 핥지 않을 수 없었다. 그의 미뢰는 상상력의 수레바퀴를 힘차게 돌렸다. 잠시 그는 엔리코 장그란도의 나무에 올라갔던 때를 생각했다.

"모든 것을 식히게나." 끓인 혼합물을 식히는 사이에 주세페는 눈덩이를 나무통 안에 잘게 부숴 넣고 소금을 뿌렸다. 주세페와 아이스크림 제조기는 집에 딸린 지하실에 있었다. 다른 식구들에게 폐를 끼치고 싶지 않아 계단으로 난 문을 잠가두었지만 동생들이 위층에서 마음을 졸이며 기다린다는 것을 알았다.

드디어 기다리던 순간이 왔다. 주세페는 충분히 식힌 혼합물을 눈으로 둘러싸인 원통 안에 쏟아붓고 수동 휠로 손을 뻗었다. 마음이 급해 완성된 것을 볼 때까지 기다리기가 벅찼지만 목재 휠을 천천히 돌리기 시작했다. 이 제조법은 물과 설탕과 과일의 비율을 정확히 규정한 것이었기 때문에 그는 어머니의 잼이 요건을 충족시켰기를 간절히 바랐다.

주세페는 수동 휠을 좀 더 빠르게 돌렸다. 위층에 있던 어린 여동생은 나무 바닥에 누웠다.

"빨리빨리!"

여동생이 외쳤다.

"들어봐."

동생들은 모두 마룻바닥에 누워 오른쪽 귀를 나무판자에 댔다. 그들의 큰형이자 큰오빠가 수동 휠을 돌리는 소리가 들리자 아이들 머릿속 상상력의 바퀴도 함께 돌았다.

"오빠가 아이스크림을 만들어."

한 소녀가 말했다.

"아이스크림은 눈보다 차갑고 설탕보다 달콤해."

"그걸 꿀꺽 삼키면 넌 둥둥 떠오를 거야."

잠시 후 부서지기 쉬운 얼음 층이 원통의 벽면을 따라 만들어졌다. 주세페는 그것을 지켜보았다. 그 광경은 넋을 잃고 처음 흘끗 봤던 여자의 허릿살이 그랬듯이 전에 본 그 어떤 것과도 달랐다. 색깔은 점점 옅어졌고 부피는 점점 커졌다. 문을 세차게 두드리는 주먹처럼 심장이 쿵쾅거렸다.

'휘돌리고 휘돌리고 휘돌리고.' 그는 어머니의 주방에서 빌려온 커다란 나무 스푼을 손에 들었다. 그의 엄지손가락이 자연스럽게 손잡이를 감쌌다. 아직 엄지손가락에 굳은살이 박일 조짐은 안 보였지만 이때야말로 앞으로 오랫동안 이어질 일상과 아버지에게서 아들에게 전해질 꺼칠꺼칠한 엄지손가락이 어떻게 시작됐는지를 알려주는 순간이었다.

드디어 아이스크림이 완성됐다. 연분홍 빛깔을 띤 진득한 것이었다. 주세페는 입을 크게 벌리고 아이스크림을 입안에 넣었다. 소녀와 키스하듯이 눈을 감고 아이스크림을 먹었다. 한 입 더 먹었다. 미뢰 감각이 주세페를 이리저리 뒤흔들었다. 아이스크림은 주세페를 다시 한번 취해서 떨어지려고 체리 고목에 기어 올라가는 꼴로 만들었다. 아이스크림을 급하게 한 번 더 베어 물었다. 혀에서 살살 녹았다. 주세페는 입안에 든 것을 단번에 삼켰다. 그러고 나서 아이스크림을 조금 더 팠다. 정말 맛있었다. 이 정도 먹은 것으로는 부족했다. 결국 주세페는 아이스크림 통을 절반이나 비웠다.

주세페는 이내 금단의 열매를 맛보기라도 한 것 같은 죄책감을 느꼈다. 잠시도 가만히 있지 못하고 부스럭대는 동생들 소리에 마음이 찔렸던 것이다. 동생들은 급기야 주세페의 이름을 부르며 문을 두드렸다. 대중이 왕의 붉은 피를 요구하는 소리였다. 주세페는 차가운 원통과 스푼을 들고 위층으로 올라갔다. 동생들은 줄을 서서 눈을 감으라는 소리를 들었다. 그는 차례로 동생들에게 아이스크림을 떠먹이면서 얼굴을 살폈다. 아이들은 뺨을 붉히는가 싶더니 펄쩍 뛰어오르며 눈을 떴다.

"한 입 더 줘!"

가장 어린 남동생이 소리쳤다.

"나도!"

다른 동생이 외쳤다.

"더 줘!"

동생들 모두 아이스크림을 더 달라고 소리쳤다. 그 소리에 어머니가 주방에서 나오더니 자기도 맛보고 싶다고 했다. 그녀는 주세페 앞에 서서 눈 하나 깜빡이지 않고 그를 똑바로 쳐다보았다. 그는 체리 아이스크림이 담긴 나무 스푼을 어머니의 입술 사이로 가져갔다. 어머니가 입을 벌리는 순간 주세페는 더없이 아름다운 그녀를 바라보았다. 볼에 홍조를 띤 마흔 살의 여인을.

아버지는 뻣뻣한 태도로 시식하기를 거부했다.

"제발 조금만 드셔보세요."

주세페가 간곡히 권했다.

"네 애비가 싫다면 내가 두 입 먹을게."

방금 잠에서 깬 할머니가 투덜대듯 말했다.

"좋아, 먹어볼게."

마침내 아버지가 유혹을 뿌리치지 못하고 고집을 꺾었다. 주세페는 아버지의 눈가에 생긴 주름을 보고 그가 아이스크림을 좋아하게 됐다는 것을 알아차렸다.

시간이 조금 흐르고 엔리코 장그란도가 문간에 나타났다. 그는 우연히 근처를 지나가다 신이 나 떠드는 소리를 듣고 와봤다고 했다. 원통 안에는 한 입 정도 되는 아이스크림이 남아 있었다. 주세페는 체리 아이스크림을 들고 엔리코에게 다가갔다. 지주는 벌목꾼의 아들이 잘 성장해 근육질의 남자가 됐다는 것을 알아보았다. 스푼이 다가오자 그는 스르르 눈을 감았다. 아이스크림이 얼마나 맛있는지 그가 채 말하기도 전에 주세페가 엔리코의 대머리를 찰싹 때렸다. 경쾌한 소리가 울렸다.

마침내 봄이 오고 대지가 겨울잠에서 깨어났다. 땅은 매일 조금씩 생기를 되찾아갔다. 점점 따뜻해지는 햇볕에도 대부분은 소생하지 못했지만 일부는 초록빛을 띠었다.

사람들은 강가에서 통나무를 널빤지로 잘랐고 헛간 지붕을 수리했다. 밤에 나다니는 유령들처럼 슬금슬금 어떤 이미지가 기어오르는 날들도 있었다. 젖은 풀, 젖은 잎, 부서진 빛. 천천히 흩어지는 안개의 바다, 나무들 사이에 걸린 성긴 구름, 산에 쌓인 눈.

민들레가 필 무렵 주세페는 검붉은 산딸기 아이스크림과 연노랑 살구 아이스크림을 만들었다. 엔리코의 충고에 따라 그는 우유와 달걀 없이 아이스크림들을 만들었다. 어머니의 잼으로 시도한 실험은 신묘한 셔벗을 탄생시켰다. 갈수록 더 많은 사람들이 그의 집을 지나가는 길에 들렀다. 주세페는 햇볕이 드는 밖에서 아이스크림을 맛보게 해주었다. 기적이나 다름없는 맛이었다. 누군가는 두 눈을 감은 채 소리쳤다.

"난 아이스크림 색깔을 마음속에 그릴 수 있어!"

마리아 그라치아가 용기를 내어 주세페의 집 문을 두드렸다. 아버지가 그녀를 맞았다. 그는 여자가 된 소녀를 보았다. 그녀는 손에 딸기잼 단지 네 개를 들고 있었다. 잼의 빛깔은 마리아 그라치아의 입술 색보다 엷었다. 아버지는 당장 아들을 불렀다.

"아이스크림을 먹어보고 싶어."

주세페가 계속 침묵을 지키자 그녀가 말했다. 주세페의 시선이 그녀의 눈에서 잼으로 향했다. 그 순간에 시선이 그녀의 가슴에 머물렀다. 우연이었다. 주세페로서는 어쩔 도리가 없었다. 그녀의 가슴은 사람들의 시선을 끌만큼 아름다웠다. 우선 그는 본인이 침을 꿀꺽 삼키는 소리를 들었고 그다음에는 이웃 소녀의 목소리를 들었다.

"눈 모으는 일은 나도 도울 수 있어."

그녀는 새하얀 이를 드러내며 미소 지었다. 주세페는 불현듯 겁이 났다. 그녀의 목, 손, 허리를 쳐다보는 것조차 무서웠다. 마리아 그라치아가 아기를 그의 품에 넘기듯이 잼 단지들을 내밀었다.

"고마워."

그가 잼을 받으며 말했다. 하지만 그는 그밖에 다른 할 말도 있다는 것을 알았다. 짧은 침묵이 흐른 후 그는 시선을 바닥에 두고 말을 덧붙였다.

"내일 아침에 봐. 내가 데리러 갈게."

그 말과 함께 주세페는 재빨리 현관문을 닫았다.

그들은 화창한 날 일찌감치 안텔라오산을 올랐다. 저지대 들판은 여기저기 흩뿌려진 민들레로 노랗게 물들어 있었다. 어릴 때 두 사람은 민들레 줄기를 꺾어 똑똑 떨어지는 하얀 분비액을 피부에 바르는 게임을 했었다. 마리아 그라치아가 시작한 놀이였다.

"약간 끈적끈적해."

그 시절, 어린 마리아 그라치아가 양팔에 그 분비액을 바르면서 말했다.

"독은 없을까?"

"난 이게 좋아."

"그거 맛본 적 있어?"

그녀는 고개를 가로저었다.

"기분 좋은데."

그녀가 말했다.

"상쾌해."

그녀는 주세페의 양팔에도 민들레 분비액을 약간 발라주었다. 이튿날 주세페는 민들레 꽃 수십 송이를 꺾었다. 그는 줄기에서 분비액을 짜내 그녀의 몸 곳곳에 방울방울 자국을 남겼다. 발등, 햇볕에 탄 다리, 손, 허리, 호리호리한 팔에 자국을 남겼다.

"머리에도 해줘."

마리아 그라치아가 말했다. 그는 재빨리 민들레를 몇 송이 더 꺾어 그녀의 얼굴에도 방울 자국을 남겼다. 입가에도 약간 똑똑 떨어뜨렸다. 그러자 그녀가 재빠르게 혀를 내밀어 몰래 맛을 보았다.

"써."

그녀가 말하고는 킥킥 웃기 시작했다.

"먹어볼래?"

주세페가 고개를 저었다.

"겁나니?"

그는 대답하지 않았다. 하지만 마리아 그라치아가 벌떡 일어서자 주세페는 소리쳤다.

"싫어, 안 먹을래!"

그들은 둘 다 키가 크고 힘도 셌다. 그러나 마리아 그라치아가 좀 더 크고 강했을 것이다. 결국 그녀는 주세페의 몸 위에 올라타 그의 두 손을 풀밭에 찍어 눌렀다. 그는 마리아 그라치아의 손아귀에서 빠져나올 수 없었다. 그녀는 정강이로 그의 팔을 힘껏 누른 채 민들레 한 송이를 재빨리 꺾었다. 주세페는 물고기처럼 퍼덕였지만 마리아 그라치아는 양 무릎으로 그의 머리를 꽉 죄었다. 그녀는 민들레 줄기에서 나오는 분비액을 그의 입술에 뿌리고는 펄쩍 일어나 신나게 웃었다.

그 후로 몇 년이 지난 지금 그들은 한마디 말도 없이 들판과 들판을 걸었다. 주세페가 앞서고 마리아 그라치아가 뒤를 따랐다. 그들은 처음에 올랐던 곳보다 훨씬 더 높이 가야만 했다. 가끔 그는 어깨 너머를 흘끗 보며 마리아 그라치아가 따라오기를 기다렸다.

"저 빙하 곁으로 가야 해."

주세페가 산꼭대기를 두른, 얼어붙은 차가운 목걸이를 가리키며 말했다. 그녀는 주세페가 둘러멘 바구니의 가죽끈에 맞닿은 부분이 축축이 젖은 것을 알아챘다. 그녀도 땀을 흘렸다. 구슬 같은 땀방울들이 코 주위에 방울방울 맺혔다. 하지만 그들은 쉬지 않고 계속 올라갔다. 풍경은 더욱더 을씨년스럽게 변하고 정적이 감돌았다. 처음에는 새들이 안 보이기 시작하더니, 어느새 나무들도 사라지고 결국에는 아침을 찬양하는 매미들도 사라졌다. 이제 존재하는 것은 희박한 공기를 들이마시는 그들의 숨소리뿐이었다. 둘은 소매를 걷어붙였다.

잠시 동안 그 무엇도 변하지 않은 것처럼 보였다. 그게 아니면 겉보기에만 그런 것인지도 몰랐다. 주세페와 마리아 그라치아는 만년설에 서 있었다. 강렬한 빛 때문에 눈을 뜰 수가 없었다. 두 사람의 손은 다시 서로를 찾았다. 햇빛 속에서 느끼는 아이 같은 천진한 기쁨만 있을 뿐 어색함도 두려움도 없었다.

주세페는 바구니를 내려놓고 눈밭에 구덩이를 하나 팠다. 그는 얼음을 한 줌 쥐고 마리아 그라치아에게 내밀었다. 그녀는 얼음을 핥고 수정 같은 얼음을 씹었다. 차가운 탄환이 그녀의 머리에 명중했다.

"아야."

그녀가 얼굴을 잔뜩 찌푸리며 말했다. 주세페는 두개골에 단도가 파고드는 것 같은 그 느낌을 알았다. 마리아 그라치아는 고통을 무시하고 고집을 부렸다.

"더 줘."

그녀는 목이 마르고 더웠다. 얼음을 목과 가슴에 문지르고 싶었다. 가슴골에 눈을 느끼고 싶었다. 이런 일을 암시하는 것만으로 그녀는 현기증을 느꼈고 그는 전율했다.

주세페가 수확물을 거둬들이는 동안 마리아 그라치아는 그의 팔에서 피어오르는 김을 바라보았다. 그는 얼음 덩어리를 커다란 블록 모양으로 잘라내 그녀가 든 짚으로 엮은 바구니에 넣었다.

아무 일도 일어나지 않았다. 두 사람이 가을 태양 아래 누워 있을 때 아무 일도 일어나지 않았듯이 말이다.

그들은 베나스 디 카도레로 돌아가기 위해 다시 먼 길을 걸었다. 피레네 산맥[8]의 얼음 짐꾼들과 에트나산[9]의 얼음길을 내려오는 가난한 사람들처럼 주세페의 다리가 가끔 휘청거렸다. 팔다리에 납 주머니라도 단 것 같았다. 얼음덩이들은 몇 자루의 밀가루와 몇 자루의 커피콩보다도 무거웠다. 그 무게에 견줄 만한 것은 없었다. 밀가루와 커피콩의 짐과 비교해 얼음의 유일한 장점은 녹는다는 것이다. 녹은 얼음물이 바구니에서 똑똑 떨어져 목마른 대지 위로 떨어짐에 따라 그의 멍에가 가벼워졌다. 그들이 집에 이르렀을 무렵 수확물은 확실히 줄어든 상태였다. 주세페가 그 얼음을 나무통에 넣는 것을 마리아 그라치아가 구경하듯 지켜보았다.

---

8 프랑스와 에스파냐의 국경에 걸친 산맥.
9 이탈리아 시칠리아섬의 동쪽 해안에 있는 활화산.

"그걸로 충분해?"

그녀가 물었다. 집에 놀러 왔을 때면 늘 그랬던 것처럼 마리아 그라치아는 주세페를 따라 안으로 들어와 있었다. 그들이 예전에 만든 게임이 있었다. 규칙에 따라 그가 셔츠를 벗은 채 등을 대고 누우면 그녀가 폭포수처럼 물이 흐르는 머리카락으로 그의 가슴에 물을 튀겼다. 주세페가 자비를 구하면 게임에서 패하는 것이었다.

위층에는 주세페의 어린 동생들이 마룻바닥에 누워 있었다. 그들은 모든 소리를 놓치지 않고 들으려 애썼다. 이윽고 휠이 돌아가는 소리가 났다.

주세페는 한결같은 속도로 수동 휠을 돌려 혼합물을 휘저으면서 마치 자신이 그 기계의 일부인 양 원통에서 절대로 눈을 떼지 않았다.

"내가 해볼까?"

마리아 그라치아가 물었다. 주세페는 그녀를 위해 옆으로 살짝 움직였다. 그녀가 아이스크림 제조기의 핸들을 잡고 돌리기 시작했다. 이윽고 주세페는 그녀의 피부에서 열이 나는 것을 느꼈고 가빠지는 숨소리도 들었다. '휘돌리고 휘돌리고 휘돌리고.' 그녀는 거의 느낄 수 없을 정도로 살짝 그의 몸과 닿아 있었다. 그러던 어느 순간 두 사람은 기적을 목격했다. 마리아 그라치아는 원통 내부의 가장자리를 따라 붙은 잼의 붉은

색이 점점 연해지는 것과 얼음에 가까운 덩어리가 조금씩 섬세한 크림 구조로 변하는 과정을 목격했다. 주세페는 그녀의 가슴이 부드럽다는 사실을 알게 됐다. 여름빛보다도 부드러웠다. 심장이 거세게 쿵쾅댔기 때문에 주세페의 가슴이 진동했다. 그는 마리아 그라치아가 이 사실을 알아챌까 봐 두려웠다. 고동치는 심장 소리를 들킬까 봐 두려웠다. 동물들은 공포의 냄새도 맡을 수 있다.

"아주아주 궁금해."

그녀가 말했다.

"이제 얼마 안 남았어."

그가 커다란 스푼을 꼭 잡았다. 주세페의 엄지손가락이 핸들을 단단히 감싸 쥐었다. 작고 검은 점들이 콕콕 박힌 아이스크림은 붉은 빛깔이 감도는 연분홍색이었다.

마리아 그라치아가 아이스크림을 한 입 베어 물었다. 아이스크림이 혀에 녹아들자 그의 공포 또한 흐물흐물 녹았다. 그녀가 눈을 감자 주세페는 그녀의 입술, 맨팔, 호흡에 따라 오르락내리락 하는 가슴을 쳐다보았다.

"놀라워."

마리아 그라치아가 말했다.

"세상 그 어떤 음식보다 훌륭한 맛이야."

그녀는 그렇게 주세페의 시선을 사로잡았지만, 아무런 뜻도 내비치지 않았다. 그는 다시 스푼을 들어 올렸다. 마리아 그라치아는 더 많은 아이스크림을 덥석 먹었다. 이번에는 마치 깊은 잠에 빠진 것처럼 더 오랫동안 눈을 감고 있었다. 그런 행동은 옛날에 하던 게임을 떠올리게 했다. 하지만 주세페에게 이 상황은 새롭기만 했다. 그는 반격할 생각을 전혀 하지 못했다.

1분이 지났다. 마리아 그라치아가 눈을 떴다. 주세페는 옷 위로 드러난 그녀의 젖꼭지 윤곽을 계속 봤다. 그는 그녀의 젖꼭지가 아이스크림과 같은 색깔인지 궁금했다.

두 사람은 함께 원통을 비웠다. 그들이 위층으로 올라가자 동생들이 깔깔거리며 놀려댔다. 아이들은 딸기 셔벗을 먹고 싶었지만 아이스크림 제조자들의 흐뭇한 표정으로 대리 만족을 해야 했다. 마리아 그라치아의 입술이 금단의 열매처럼 반짝였다.

어느새 여름이 불쑥 다가왔다. 어디든 더위와 가뭄이 극성이었고 건초 냄새가 가득했다. 낮은 길고 햇볕은 강렬했다. 하늘은 맑고 푸르렀다. 저녁에는 라벤더와 레몬 향기가 주위에 진동했다. 아침마다 주세페는 빙하를 향해 안텔라오산을 올랐다. 그는 얼음을 수확하고 땀과 물에 흠뻑 젖어 돌아왔다. 마리아 그라치아는 숲에서 윤이 나는 블랙베리와 검은색을 띠는 블루베리를 땄다. 그들은 이 과일들로 파란빛과 보랏빛이 오묘하게 섞인 아름다운 빛깔의 아이스크림을 만들어 길가에서 팔았다. 사람들은 날마다 줄을 서서 기다렸고 아이스크림의 새로운 빛깔,

새로운 맛에 기꺼이 감탄했다.

주세페는 볼차노에서 살구와 복숭아를 샀다. 농부들은 자두, 배, 늦은 무화과도 내놓았다. 그는 과일들을 노란색, 회색, 연분홍색을 띠는 결빙 물질로 변형시켰다. 이 아이스크림들은 그 자리에서 먹어야 했지만 어떤 아이들은 할머니에게 주려고 집으로 가져가기도 했다.

"발에 불이 나게 달려라."

주세페는 그런 아이들에게 이렇게 말하곤 했다.

'휘돌리고 휘돌리고 휘돌리고.'

마리아 그라치아는 머리가 빙글빙글 돌면서 어지러웠다. 며칠이 되도록 그들은 붉은 과일과 설탕 냄새로 물든 주방 혹은 지하실에 나란히 서 있었다. 손은 끈끈했고 숨결에서조차 산딸기 냄새가 풍길 지경이었다. 그녀는 한 달을 더 기다렸지만 여전히 아무 일도 없었다. 다시 말해 마리아 그라치아가 바라는 일, 그녀가 갈망하는 일은 일어나지 않았다. 그 대신 다른 일이 일어났다.

지금 와서 돌이켜보면, 사람들은 주세페가 제조한, 갈수록 이국적인 색채를 띠는 빛깔과 맛과 관계된 어떤 연관성을 인식했다. 사람들은 거기가 모든 것이 시작된 곳이라고 말했다. 바로 그때가 우리가 깨달았어야 하는 시점이다.

어느 날 오후, 주세페는 마을의 큰길에서 연한 오렌지색 셔벗을 팔았다. 처음에 사람들은 셔벗을 아주 조심스럽게 베어 물었지만 곧 그 맛을 사랑하게 됐다.

"토마토 맛이 나네."

한 남자가 소리쳤다.

"진짜 토마토 맛이 나!"

주세페는 산양유, 딱총나무꽃, 신선한 박하와 솔잎으로도 아이스크림을 만들었다. 마리아 그라치아가 솔잎을 따면 주세페는 그것을 물과 설탕과 함께 냄비에 담았다. 제조자는 혼합물의 배합 비율을 정확히 지켜야 한다. 설탕을 너무 많이 넣으면 아이스크림은 너무 달고 지나치게 부드러워진다.

마리아 그라치아는 이 새로운 아이스크림을 시식했을 때, 어린 시절에 솔방울을 따고 오두막을 짓고 나뭇가지를 칼처럼 휘두르며 보냈던 숲속으로 돌아간 듯한 기분을 느꼈다. 나무줄기들 사이로 떨어진 바큇살 모양의 빛, 식물들의 뿌리로 가득한 땅을 밟는 순간 울리는 자신의 공허한 발소리까지 떠올랐다. 이 모든 것은 그녀의 눈으로 본 기억들이었다. 마리아 그라치아는 주세페가 이러한 감정을 불러일으킬 수 있다는 사실을, 자신을 동시에 두 장소에 데려다줄 능력을 가졌다는 사실을 이미 알고 있었다.

이튿날 주세페는 에스프레소 아이스크림을 만들었다. 그는 티치아노 데 로렌조에게서 구입한 스위스 초콜릿 한 토막을 아이스크림에 넣었다. 달콤쌉싸름한 맛을 감지한 이들이 있었지만 주세페는 그 맛의 정체를 절대 밝히지 않았다. 빈의 아이스크림 장수가 말했듯이, 최고의 제조법은 바로 비밀이었다.

"카밀레[10]인가요?"

누군가가 물었다. 주세페는 아무 말도 하지 않았다.

"그럼 계피?"

그날 밤 많은 사람들이 쉽게 잠들지 못했다. 시식으로 아이스크림을 많이 먹은 마리아 그라치아도 이리저리 뒤척였다. 주세페의 단단한 팔과 손에 온 신경이 쏠렸다. 그의 팔과 손은 동전을 구부릴 수는 없어도 살구씨를 제거하는 데는 탁월했다. 한밤중에 그녀는 촛불을 들고 살금살금 밖으로 나가 주세페의 침실 창문 아래 섰다. 그러고는 부드러운 목소리로 그의 이름을 불렀다. 주세페의 대답이 들리지 않자 그녀는 작은 조약돌을 유리창에 던지기 시작했다. 드디어 주세페가 졸린 듯 멍한 표정으로 얼굴을 내밀었다.

"너한테 보여주고 싶은 게 있어."

그녀가 말했다.

"지금?"

"응."

---

10 camomile. 유럽이 원산인 국화과 약용 식물.

더는 기다릴 수 없었다. 잠시 후 문이 열리고 주세페가 잠옷을 걸치고 나왔다. 그는 마리아 그라치아의 눈에 서린 사나운 표정을 보았다. 하지만 그가 말할 기회도 없이 그녀가 먼저 입을 열었다.

"나, 너 사랑해."

주세페는 아무 말도 하지 못했다. 무슨 말을 해야 할지 몰랐다. 그는 사랑의 언어를 말할 줄 몰랐다. 마리아 그라치아가 앞으로 다가왔다. 그러고는 잠옷의 단추를 풀었다. 그녀는 속에 아무것도 입고 있지 않았다. 그는 쳐다보기가 두려웠지만 어쨌든 고개를 들었다.

그녀의 가슴이 촛불 빛에 어슴푸레 빛났다. 현기증을 일으키는 그녀의 쌍둥이 가슴은 배보다도 희었다. 그러나 주세페의 시선을 강렬히 사로잡은 것은 젖꼭지였다. 젖꼭지는 호박색과 군밤의 빛나는 속살처럼 황금빛 색채를 띠었다.

마리아 그라치아는 바로 이 모습을 주세페에게 보여주고 싶었던 것이다. 주세페는 앞에 선 여자가 마리아 그라치아라는 사실을 믿을 수가 없었다. 그는 아름드리나무를 반 토막 낸 적도 있고 난로를 메고 산을 넘은 적도 있다. 하지만 이렇게 아름다운 존재는 감당할 수 없었다.

"아기를 낳게 해줘."

그녀가 말했다. 별이 가득한 하늘 아래에서 그녀를 차지하기 위해 잠옷을 벗기고 주저하며 키스하기는커녕 주세페는 거의 들리지도 않는 목소리로 이렇게 속삭였다.

"자비를."

*

8월 초였다. 두 밤만 지나면 약 2000년 전 붉게 달궈진 석쇠 위에서 순교한 성 로렌조의 축일이다. 이미 대기권에 들어선 페르세우스 유성들이 목격됐다. 로렌조의 눈물인 별똥별은 매 시간마다 수십 개가 떨어져 8월 13일 이른 아침에 절정을 이룰 것이다. 그 무렵 주세페는 오지를 걸어서 횡단 중이었다. 그는 생고타르 터널까지 걸어가 그 길로 곧장 산을 통과할 셈이었다. 하지만 쏟아지는 유성우 아래에서 방향 감각을 잃었고, 그 바람에 결국 제노바에 이르게 됐다. 그곳에서 주세페는 항구에 정박한 위풍당당한 원양 정기선, 카이저 빌헬름 2세를 발견했다. 주세페는 그때까지 바다 냄새를 맡아본 적이 없었다. 선박을 본 것도 처음이었다.

해운 회사 노르드도이처로이트의 140여 미터짜리 원양 정기선은 뉴욕으로의 출항을 준비 중이었다. 트렁크들이 선상으로 운반되고 사람들은 여행 가방을 들고 좁은 트랩을 건넜다. 1등석은 180명, 2등석은 86명의 선객을 수용했다. 그리고 갑판과

갑판 사이의 공간에는 644명의 선객이 쓸 침대들이 마련됐다. 선체는 새하얀 색이었다.

주세페의 어머니는 그의 방에서 창문을 열어놓고 아들을 마냥 기다렸다. 마리아 그라치아는 며칠 동안 계속 울기만 했다. 그녀의 구불구불한 검은 머리가 미망인의 면사포처럼 얼굴 앞에 드리워졌다. 그녀는 양손을 서로 움켜잡았지만 상실감은 여전했다. 이 느낌은 그녀의 핏속까지 순식간에 번졌다. 그녀는 주세페를 두 번 다시 볼 수 없을까 봐 두려웠다.

처음 며칠 동안 사람들은 길가에서 오랫동안 서성이며 만들기 어려운 새롭고 특별한 아이스크림에 대해 곰곰이 생각했다. 밤이 되면 그 길이 짙은 푸른빛을 띤다는 이야기가 돌았다. 하지만 일주일이 지나도 아이스크림 장수가 나타나지 않자 사람들은 마치 그가 처음부터 존재하지 않았다는 듯이, 아이스크림 사 먹던 일이 다 꿈이었다는 듯이 그 자리를 미련 없이 지나쳤다.

한편 제노바 항구의 푸른 근해에서는 카이저 빌헬름 2세가 출항했다. 위풍당당한 모습의 그 선박은 뱃머리 앞으로 작은 파도를 일으키며 바다로 질주했다. 작은 흔들림조차 없었다. 별안간 선객들은 항해를 시작했다. 그들은 움직이고 있었다. 높다란 기중기들 그리고 손수건과 모자를 흔들며 배웅하는 사람들을 부둣가에 남겨놓고 떠나가는 선박은 마치 움직이지 않는 것처럼 보였지만 항적에서는 바닷물이 거세게 튀어 오르며 부글부글 거품이 일었다. 불 때는 사람들이 고되게 일하는 배 안에서는 보일러들이 활활 타올랐고, 둥근 굴뚝에서는 커다란 연기구름이 소용돌이치며 피어올랐다. 이별은 마음 아픈 일이었지만 새로운 삶에 대한 기대가 주는 기쁨도 있었다. 후갑판에 선 사람들은 해안이 시야에서 희미해지는 것을 바라봤다. 선박의 경적이 마지막 고동을 울렸다.

그날 이후 며칠이 지난 해질녘, 주세페 탈라미니는 배의 가장자리 울타리 앞에 홀로 섰다. 선박은 검은 파도를 헤치며 전속력인 16노트로 항해했다. 주세페는 산을 관통하지 못했다. 터널 끝에서 반짝이는 빛도 보지 못했다. 하지만 지금 그가 보는 것은 눈만큼이나 빛났다. 육지가 보였다. 그 육지 위에 거대한 태양이 걸려 있었다.

"하나의 대상을 창조하는 정신"

베나스 디 카도레의 우리 집 복도에는 아메리카 원주민의 인상적인 머리 장식이 있다. 거기 달린 깃털은 "세상에서 가장 크고 가장 강한 새"인 독수리의 것이다. 이 머리 장식은 증조할아버지가 미국에서 돌아올 때 가지고 온 것이라고 한다. 캐슬 클린턴[11]에 도착한 할아버지는 고층 건물 건설 공사장에서 일하기 위해 이민자 그룹에 가입했다. 건축 당시의 벽돌들은 아직도

---

11 Castle Clinton. 뉴욕 맨해튼 배터리 파크에 위치한 1808~1811년에 세워진 요새. 1855~1890년 사이에 미국에 도착한 800만 명이 넘는 사람들이 이곳을 통해 입국했다. 원래 이름은 웨스트 배터리(West Battery)였으나, 이후 뉴욕시의 소유가 되면서 당시 뉴욕 주지사 디윗 클린턴(Dewitt Clinton)의 이름을 따 캐슬 클린턴으로 바뀌었다.

그 자리에 그대로 있을 테지만, 창문이 많은 그 성채의 원래 이름은 우리에게까지 전해져 내려오지는 않았다. 그 공사장에 이어 그는 다른 이탈리아인들과 함께 북부의 철도 부설 현장에서 일한 것 같다. 나무를 베어 넘어뜨리고 침목을 배설하고 선로를 연장하며 저 멀리로 사라져갔을 것이다. 삶이 불투명해질수록 상황은 더욱 모호해진다. 아무튼 그는 와이오밍주로 가서 커다란 머리와 강한 뿔을 가진 버펄로를 사냥했다고 한다. 내 생각에 증조할아버지는 그런 일을 하는 동안 수족에 속한 블랙풋 인디언들—그 무렵에 이미 사우스다코타의 인디언 보호구역에서 살던 사람들—을 만났던 것 같다. 그들 사이에서 전설적인 추장이었던 빨간 구름은 라라미 요새 조약[12]을 체결한 이후에 그곳에서 자기 부족을 이끌었다. 그가 쓴 전투모를 장식한 각각의 깃은 다른 부족들—포니족, 크로우족, 이후에 맞서 싸운 식민지 개척자들—과 벌인 전투에서 발휘한 용맹성을 상징했다. 사실상 번개와 같은 하얀 깃들은 땅이 정복되고 또 정복됐다는 것을, 결국에는 땅을 영원히 빼앗기고 말았다는 것을 보여준다.

---

12 1851년, 1868년에 사우스다코타주의 블랙힐스 일대를 인디언 보호구역으로 지정하기 위해 미국 정부가 수족, 쇼쇼니족, 샤이엔족, 아라파호족 등 서부 인디언들과 맺은 평화조약. 그러나 미국 정부는 1870년대 중반 블랙힐스에서 황금이 발견되자 이 조약을 깨뜨렸다.

주세페는 북부 이탈리아의 산악 지방으로 돌아오던 중에 만난 남자에게 말했다.

"안녕하시오, 페일페이스[13]."

아무튼 이 이야기는 몇 세대를 걸쳐 내려온 이야기다. 나의 아버지인 또 한 명의 주세페 탈라미니는 아메리카 원주민의 머리 장식 곁을 지나쳐 계단을 내려간 후 더 깊이 파고 새로운 기둥들로 보강한 지하실로 향했다. 그는 스위치를 눌렀다. 조명 불빛이 콘크리트 혼합기와 충돌하며 흩어지고 드릴 프레스를 향해 마구 쏟아졌다. 빛은 벽 곳곳에 걸린 수천 개의 드라이버, 멍키렌치, 줄, 펜치, 받침대 따위의 도구들을 스치고 조각칼, 솔, 샌더와 작업대에도 부딪쳤다. 그곳은 보물창고였다. 아버지가 이룬 필생의 업적, 좀 더 정확히 말하면 필생의 설욕을 구현한 장소였다. 아버지는 57년 동안 수제 아이스크림 장수로 일했지만 실은 발명가가 되고 싶어 했다.

할아버지는 고집불통이었다. 그는 아들의 꿈과 야망을 신뢰하지 않았다. 게다가 아이스크림 가게에는 아들이 꼭 필요했다. 열다섯 살 때 아버지는 아이스크림 카트를 끌고 로테르담 거리 곳곳을 돌아다녀야 했다.

---

13 paleface. 북아메리카 원주민이 백인을 일컫는 말로 '창백한 얼굴'이라는 의미가 담겼다.

"너희들도 나처럼 아이스크림을 팔아봤다면 알았을 거야. 어떤 날에는 팔아치우기도 전에 아이스크림이 녹아버렸다는 걸."

우리가 일에 대해서 불평할 때면 아버지는 이렇게 말했다.

"하루가 다 끝나갈 때쯤이면 등과 양팔은 물론이고 두 다리까지 몹시 욱신거려 죽을 지경이었을 거다."

겨울 몇 달 동안 아버지는 칼랄조의 작업장에서 눈을 가늘게 뜨고 커다란 강철 토막을 너트와 볼트로 만드는 데 열을 올렸다. 아버지는 매년 번 돈을 새로운 공구를 사는 데 썼다. 아마 특수한 공구들 말고 집집마다 갖춘 기본 공구들을 구입하면서 아버지의 수집벽이 시작됐을 것이다. 하지만 일단 부친의 아이스크림 가게를 떠맡아 스스로 돈을 벌기 시작하자 아버지는 처음으로 드릴, 샌더, 연마기, 절단기를 구입했다. 아버지는 시계수리공과 판화가 들이 사용하는 아주 작은 공구들뿐만 아니라 미세한 조절이 가능한 예쁜 렌치와 커다란 작업대가 장착된, 비명을 질러대는 괴물 같은 공구들도 샀다. 아버지는 7인치 못, 캡 너트, 로크너트, 리벳 너트, 오른나사, 왼나사, 양쪽으로 쓸 수 있는 나사, 무한 나사, 블라인드 볼트 등을 비롯해 아직 가지지 못한 것이라면 무엇이든 사들였다.

어느 날, 한 트럭이 베나스 집 앞에 멈춰 섰다. 벨루노[14]에 있

---

14 Belluno. 이탈리아의 북부 베네토주에 있는 도시.

는 철물점의 소개를 받아 거기까지 온 것이다. 그 트럭을 타고 온 남자는 수년 동안 특별한 너트 하나를 찾아다녔다고 했다. 아버지는 아이가 동화에 귀를 기울이듯이 남자의 설명을 듣고 나서 그를 데리고 지하실로 내려갔다. 아버지가 전등을 켜자 보물창고가 눈부시게 반짝였다. 남자의 두 눈이 휘둥그레졌다. 자신의 눈을 믿을 수가 없었다. 그때는 지금 있는 공구들의 절 반밖에 없었는데도 말이다. 요즘에는 승용차 두 대를 세울 수 있는 차고까지 번쩍이는 금속들로 가득하다.

아버지는 그때 딱 한 번 말고는 남에게 자신의 수집품을 절 대 보여주지 않았다.

"아무도 이해하지 못하거든."

대부분의 사람들은 그런 수집을 일종의 병으로 생각한다. 그 러나 그 남자는 아버지가 공구와 기계를 엄청나게 수집한 것을 축하했다.

"전 이런 걸 본 적이 없어요."

그가 말했다. 아마도 그랬을 것이다. 아버지는 두 개의 금속 상자를 샅샅이 뒤지더니 너트 하나를 찾아냈다.

"맞아요."

그것이 남자가 처음 꺼낸 말의 전부였다. 그의 두 눈에 눈물 이 가득 고였다.

"정말 믿을 수 없어요. 바로 이거예요. 맞아요, 이거예요. 이

너트예요."

그날은 그 남자의 인생에서 최고로 행복한 날이었다. 아마 아버지도 마찬가지였을 것이다. 어머니가 새 드릴이나 샌더에 대해 불만을 토로할 때면 아버지는 그날의 이야기를 늘어놓기 시작했다. 그러면 어머니는 이렇게 대답하곤 했다.

"언젠가는 당신 머릿속에서 풀린 나사를 찾았으면 해."

"아무도 이해 못 해. 심지어 아내조차도."

한번은 어머니가 아버지에게 최후통첩을 했다.

"베피, 당신이 그 작업대를 산다면 난 당신 곁을 떠날 거야."

아버지는 그 작업대를 구입했고 어머니는 떠나지 않았다. 동생과 나는 이해할 수 없었다. 어렸던 우리는 결혼 생활에 대해, 그런 으름장과 타협과 허풍에 대해 잘 몰랐다. 어머니는 아버지의 수집품에 대해서 다시는 어떤 말도 꺼내지 않았다. 하지만 어머니의 이마에는 주름살이 깊어만 갔다. 누가 조각칼로 새겨 놓은 것 같은 모양이었다.

아버지는 자신이 영위한 삶을 공구들을 사기 위한 구실로 이용했다. 그는 아이스크림 장수가 되고 싶지도, 부친의 아이스크림 가게를 물려받고 싶지도 않았다. 그러나 어쨌든 아버지는 아이스크림 가게를 떠안았다.

"75년 동안 난 여름을 보낸 적이 없어."

아버지는 은퇴한 이후로 종종 그렇게 말하곤 했다. 반세기가 넘는 동안 뙤약볕이 내리쬐는 긴 여름도, 초여름도, 허탈한 여름도, 시원한 여름도, 달콤한 여름도, 우울한 여름도, 해변의 여름도 없었다. 나는 아버지와 자주 결실 없는 토론을 벌였다.

"아버지는 왜 다른 일을 하지 않으신 거죠?"

"불가능했단다."

"불가능한 일은 없어요."

"아니, 그 시절엔 불가능한 일도 있었어."

"아버지는 자기 길을 개척했어야 해요."

"내 길은 이미 정해져 있었어."

아버지가 말했다.

"그리고 그 길에서 벗어날 작은 틈이 열렸을 때, 마침내 어떤 여지가 생겼을 때 네 녀석이 도망치고 말았지."

아버지는 일흔두 살까지 아이스크림을 만들어 돈을 벌어야 했던 사실이 나 때문이라며 책망하길 좋아했다.

"네 녀석이 시 나부랭이에 홀린 동안 나는 루카를 도와야만 했다."

"홀린 적 없어요."

"그럼 세뇌당했거나."

"그게 아니라 열정이라고 하는 거예요."

이 말은 원래 의도보다 훨씬 드라마틱하게 들렸지만 다른 표현을 얼떨결에 찾을 수는 없었다.

"아버지가 전기톱을 사랑하는 것처럼 저는 시를 사랑하는 거예요."

"넌 세뇌된 거야."

아버지는 '세계 시 축제'를 뒤에서 이끄는 팀, 그러니까 디렉터, 편집자들, 아름다운 인턴들을 언급했다. 그들의 사무실은 아이스크림 가게 건너편에 있었다. 여름이 되면 그들은 퇴근하는 길에 아이스크림을 사 먹으러 자주 왔다. 디렉터는 가게 문을 연 지 얼마 안 된 조용한 아침에도 들러 에스프레소를 마시곤 했다. 리처드 하이만이라는 이름의 이 남자는 연푸른 눈과 굵고 낮은 목소리를 가지고 있었다. 손에는 언제나 시집을 든 채였다. 그는 테이블에 앉아 에스프레소를 홀짝이며 시를 읽었다.

그의 에스프레소 주문을 처음 받았을 때 그가 무슨 시집을 읽고 있었는지는 모른다. 커버 없는 붉은색 표지였다는 것만 기억난다. 검붉은 바탕에 황금빛 문자가 새겨져 있었다. 손으로 한 글자 한 글자 따라가며 만져보았다면 문자를 감지할 수도 있었을 것이다. 누구든 특정한 나이에 이르기 전까지는 아름다움이란 것을 인식하지 못한다. 그래서 아이들의 눈에는 보이지 않는다. 그것은 거기 있으나 아이들은 무시해버린다. 나는 디렉터가 읽던 시집에 쓰인 번쩍이는 그 문자들이 내게 생애 처음으로 아름다움을 엿볼 수 있는 기회를 주었다고 생각하고 싶다.

아이스크림 가게 안이나 바깥 테이블에서 무엇인가를 읽는 손님들은 무수히 많았다. 사람들이 바닐라나 헤이즐넛이나 초콜릿 아이스크림을 먹으면서 읽는 것은 보통 신문이었지만 어떤 여자는 표지가 화려한 페이퍼백을 읽기도 했다.

"손님, 아이스크림이 녹아요."

아버지가 가끔 이렇게 카운터 뒤에서 말하면 여자는 마치 마음을 들키기라도 한 듯, 문장이 불러낸 열정의 심상을 아버지가 엿보기라도 한 듯 얼굴이 빨개지곤 했다. 리처드 하이만은 내가 지금껏 본 책들 중에서 가장 아름다운 책을 읽고 있었다. 열다섯 살이었던 나는 발리 디 카도레의 중등학교에 다녔지만 여름방학 3개월 동안에는 부모님과 로테르담에서 보냈다. 그때 처음으로 하이만을 만났다. 그는 시 한 편에 완전히 사로잡혀 내가 옆에 온 것도 눈치채지 못했다.

오랜 세월이 흐른 지금까지도 나는 마음속으로 그 황금빛 문자들을 읽어내려 애쓴다. 그 시집은 조지프 브로드스키[15]의 『유레이니아에게』였을까? 필립 라킨[16]의 『높은 창문들』이었을까? 안나 아흐마토바[17]의 『마지막 장미』는 아니었을까? 아니면

---

15 Joseph Brodsky(1940~1996). 러시아 출신의 유대계 미국 시인으로 1987년에 노벨 문학상을 받았다.

16 Philip Larkin(1922~1985). 2차 세계대전 이후 영국 시 문학에 지대한 영향을 끼친 20세기의 대표적인 시인.

17 Anna Akhmatova(1889~1966). 제정 러시아의 시인.

파울 첼란[18]의 시선집? 하지만 이제 더 이상 그에게 질문을 던질 수 없다. 그는 모든 기억과 함께 죽음의 강을 건넜다.

"뭘 주문하시겠습니까?"

내가 물었다. 그가 깜짝 놀라며 고개를 들었다.

"죄송합니다."

한마디 말과 함께 푸른 두 눈이 나를 빤히 응시했다.

"선생님, 제가 너무 오래 기다리게 했나 보군요?"

그때까지 나를 '선생님'이라고 부른 손님은 없었다. 사실 '선생님'은 그의 성품에 어울리는 말이었다. 나는 그를 그토록 정중해 보이게 하는 것이 무엇인지 궁금했다. 가끔 그는 전혀 다른 시대에서 온 사람처럼 보였다. 그가 그토록 친애하는 호반 시인들인 워즈워스, 콜리지, 사우디[19] 그리고 셸리, 키츠, 바이런의 시대 말이다.[20]

그날 하이만은 에스프레소 한 잔을 주문했다. 이튿날, 그는 다른 책을 펼쳤다. 나는 그에게 무엇을 주문하겠냐고 묻지 않기로 마음먹고 에스프레소 한 잔을 가져다주었다. 놀랍게도 그는 읽던 책에서 얼굴을 들더니 입을 열었다.

---

18 Paul Celan(1920~1970). 홀로코스트 생존자인 루마니아 출신의 독일 시인.

19 영국의 호수 지방인 레이크 디스트릭트에서 살며 시를 쓴 시인들.

20 호반 시인들과 셸리, 키츠, 바이런은 모두 18세기 후반에 태어나 19세기 초중반까지 살다 간 영국의 시인들이다.

"선생님, 정말 친절하시군요."

그러고는 시선을 다시 책으로 옮겼다. 그로부터 한 달 후에 나는 용기를 내어 무슨 시를 읽느냐고 물었다.

"이 작품은,"

하이만이 대답했다.

"이 작품은 가끔 아주 명료한 이미지를 보이는 난해한 현대 시입니다. 우선 다른 시로 시작해보죠."

그가 자리를 권하는 대로 맞은편에 앉자 하이만은 퍼시 비시 셸리[21]의 자전적인 시 「에피사이키디온」을 암송하기 시작했다. 영어로 읽은 다음 번역된 네덜란드어로 읽었다.

"나는 그런 위대한 종파에 속한 적이 없었지 / 그 종파의 교리는, 각자가 / 군중 속에서 연인이나 친구를 선택해야 한다는 것이라네 / 나머지 존재들은 모두 공정하고 현명하더라도 / 차가운 망각에 맡겨질 뿐이라네."

그는 꽉 찬 객석 앞에서 시를 읊기라도 하듯 양손을 움직였다. 다른 손님들이 우리를 쳐다보았다. 심지어 어린 소녀에게 줄 아이스크림을 푸던 어머니도 우리를 보고 있었다.

"해협 / 하나의 대상을, 하나의 형상을 / 사랑하는 심장, 숙고

---

21 Percy Bysshe Shelley(1792~1822). 영국 낭만파 시인이자 극작가. 기존 관습에 대한 저항 정신과 철학적인 사유가 가득한 작품으로 유명했으며 바이런과 함께 낭만주의 시대의 가장 사랑받는 작가였다.

하는 두뇌, / 걸치고 있는 인생, 창조하는 정신 / 결국 그 덕분에 / 그것은 자신의 영원성의 무덤을 세운다."[C]

그것으로 끝이었다. 그는 노인의 눈빛을 닮은 젖은 눈으로 나를 빤히 쳐다보았다. 그가 읊은 구절에서 어떤 냄새나 향기가 퍼져 나오는 것만 같았다.

나는 그가 왜 이 시를 선택했는지, 「에피사이키디온」에서도 왜 하필 이 특별한 연을 골라 읊었는지 계속해서 의구심을 품었다. 동시에 나는 스스로에게 질문했다. 만일 내가 누군가에게 시의 아름다움을 가르칠 기회를 얻는다면 어떤 시를 가장 처음 소개해야 할까? 어느 구절을 읊어야 할까? 너무나 많은 교사들이 학생들이 시를 접할 기회를 멀어지게 만든다. 더 나쁘게는 학생들이 평생토록 시를 혐오하게 만든다. 선택할 수 있는 시는 무한한 듯하나 실제로는 단 한 가지의 선택권밖에 없다. 각각의 영혼에 어울리는 상이한 시를 선택해야 한다. 시는 전체 학생들 앞에서 읊어져서는 안 된다.

하이만은 시에 대해 어떻게 생각하는지 물었다. 어떻게 말해야 할지 알 수 없었다. 그때 나는 어린아이였다. 변성기도 채 지나지 않았던 내가 무슨 말을 할 수 있었겠는가? 내 인생의 길을 바꾸겠다고? 이제 내 인생의 연인인 100명의 여인 모두에게 마음을 열겠다고? 아니면 시가 이미 그렇게 하지 않았느냐고? 여러 방들 중 하나로 통하는 문은 내가 모르는 사이에 조금 열리지 않았을까? 나는 가끔 그렇게 생각한다.

하이만은 서른 살에 죽은 셸리의 요절에 관해 말하는 것으로 침묵을 깼다.

"그는 자신의 배, 돈 후안호가 침몰하는 바람에 레리시만에서 익사했어요."

퍼시 비시 셸리는 이틀 후에 마사와 비아레조[22] 사이의 해변으로 떠밀려 왔다. 그가 입은 하얀 선원 바지의 주머니에는 존 키츠의 시집이 들어 있었다. 시인의 몸뿐 아니라 그 시집도 해변에서 불에 타 사라졌다. 그때는 콜레라와 페스트의 시대였다. 그래서 해변으로 밀려 올라온 것들은 전부 불에 태워야만 했다. 시인의 재는 로마의 프로테스탄트 묘지—'바람이 나뭇잎들 사이로 속삭이는, 성벽 옆 기복이 있는 초록의 잔디밭'으로 3년 전에 그의 어린 아들 윌리엄이 잠든 곳—에 묻혔다.

"셸리의 심장은 타지 않았을 겁니다."

하이만이 말했다.

"그래서 아내인 메리에게 보내졌어요."

1851년에 아내 메리가 죽은 이후 시인의 심장이 그녀의 책상 서랍에서 발견됐다. 그것은 시 「아도나이스」에 싸인 채 바스러

---

22 마사는 이탈리아 중부인 토스카나주 북서부에 있는 도시이고, 비아레조는 토스카나주 북부에 있는 도시이다.

져 먼지가 돼 있었다.

> 아직 잠깐만 머물러다오! 내게 다시 한번 말해다오!
> 키스해다오. 오래도록, 할 수 있는 한까지.
> 그러면 내 심장 없는 가슴과 불타오르는 두뇌 속에
> 그 말은, 그 입맞춤은 다른 모든 생각들을 제치고 살아남으
> 리라.[]

가장 오랫동안 산 아들 퍼시 플로렌스가 사망하고 나서 남은 심장의 잔존물은 메리 또한 잠든 본머스에 묻혔다. 그때 셸리의 정부 클레어 클레어먼트는 이미 세상을 떠난 뒤였다. 그녀는 자신의 바람대로 셸리에게 받은 숄과 함께 묻혔다.

리처드 하이만은 세계 시 축제의 디렉터가 되기 전에 암스테르담 대학의 영어영문학과에서 강사로 일했다. 그전에는 낮은 사암 건물과 줄기를 기어오르는 다람쥐가 보이는 오동나무들의 장소라 할 수 있는 스탠퍼드 대학에서 얼마간 보냈다. 주지사는 그가 뜻을 추진하도록 지원했고, 대학 총장 또한 그의 계획을 실행할 수 있도록 도왔다. 그러나 하이만은 거의 스무 살이나 어린, 한 저명한 공증인의 딸과 불륜을 저질렀다. 이 때문에 하이만은 동료들로부터 받은 높은 평가에도 불구하고 지위를 지킬 수 없었다. 그 일은 하이만의 삶을 파괴했지만 정작 그

는 그렇게 생각하지 않았다. 그는 항상 캘리포니아를 좋게 기억했다. 길고 감미로운 저녁 시간, 영원히 빛날 것 같은 태양. 나탈리라는 이름을 가진 그 여학생의 아름답기 그지없는 얼굴과 꿀벌 모양의 장식이 달린 가느다란 목걸이. 그는 정확하게 기억하지 못했지만 그 목걸이는 그녀가 아버지 아니면 첫 번째 남자 친구로부터 받은 선물이었다.

하지만 그는 시인에 관해서라면 모든 것을 정확히 기억했다. 그는 어느 누구보다도 시를 잘 알았다. 그러니 시가 없는 삶은 상상할 수 없었다.

"터무니없는 소리야."

아버지가 말했다.

"너는 시 없이도 아주 잘 살 수 있어. 난 말이야, 그런 거 없이도 40년 넘게 잘 살아왔어."

리처드 하이만이 말하고자 한 것은 다른 삶이었다. 아름다움이 없는 삶 말이다. 그는 아무 주저 없이 그런 말을 썼지만 결코 엘리트인 척하려는 것은 아니었다. 그는 환자에게 오렌지를 먹으라고 처방했던 옛날 의사들 같았다. 그는 다른 사람들에게 시가 삶을 풍요롭게 해준다고 말했다. 연단에서 말할 때면 양손을 움직이며 시를 찬양했다.

그는 네덜란드어, 영어, 프랑스어, 독일어, 라틴어로 시를 암송했고 시인들에게 얽힌 일화를 잘 알았다.

"샤를 보들레르는 머리를 초록색으로 염색하고 파티에 참석할 때마다 모든 사람들에게 아이들의 두뇌 맛은 호두를 떠올리게 한다고 말하곤 했어요."

"제라르 드 네르발[23]은 바닷가재를 키웠는데 녀석을 푸른색 실크 리본에 묶어 팔레 루아얄 정원에서 산책시켰어요."

"안나 아흐마토바는 비밀경찰의 감시를 받고 있을 때는 담배 마는 종이에 시를 썼어요. 그녀는 손님들에게 자신의 시를 기억해달라고 청하고는 그 종이에 성냥불을 붙였어요."

"요니 판 도른[24]은 효험 좋은 마늘 수프를 만들어요! 마흔 가지 재료로 만든 그 수프는 우울증, 변비, 민감한 피부, 생리 문제, 현기증을 치료하는 데 효과가 있어요."

"에드윈 알링턴 로빈슨[25]은 가족에게 자기 침대를 밖으로 옮겨달라고 해서 별하늘 아래에서 영원히 잠들 수 있었어요."

아버지는 열다섯 살에 아이스크림 카트를 끌고 거리를 돌아다녀야 했다. 하지만 나는 시에 귀 기울였다. 하이만이 아이스크림 가게를 자주 찾아오던 몇 년 동안 나는 이솝[Aesop]에서 20세기 네덜란드의 시인 코르넬리스 바스티안 판드래허[Cornelis

---

23 Gerard de Nerval(1808~1855). 프랑스의 선구적인 상징주의 시인.

24 Johnny van Doorn(1944~1991). 네덜란드의 시인.

25 Edwin Arlington Robinson(1869~1935). 뉴잉글랜드 이상주의의 전통을 구현한 것으로 유명한 미국의 시인으로 두 차례 퓰리처상을 받았다.

Bastiaan Vaandrager에 이르기까지 매일매일 시 강의를 받았다. 그 강의는 짧은 소풍과도 같았다. 나는 바로 그 가을날들과 고요한 내륙 호수의 세계에서, 하얀 꽃들과 광대한 대양의 세계에서 범위를 더욱 넓혀가며 머물기를 열망하기 시작했다.

"우선은 그걸로 됐어."

아버지는 아침마다 말했다.

"할 일이 있다."

이른 아침이면 아버지는 하이만을 미소로 맞았다. 돌이켜 보면 그때는 우리가 스포츠카인 양 최신식 에스프레소 머신인 '페마Faema E61'를 처음 들여놓은 때였다. 그것은 밀라노에서 탄생한 기계였기 때문에 로테르담에 사는 이탈리아인들의 큰 관심을 끌었다. 그들은 기계의 아름다운 곡선을 칭찬했고 에스프레소 맛은 더욱 크게 칭찬했다.

"부오니시모Buonissimo."26

"페르페타민테Perfettamente."27

에스프레소에서 장미향이 난다는 이들도 있었다. 네덜란드인들은 과장된 표현을 삼갔다. 아버지로부터 에스프레소를 받은 첫 손님은 잔을 보더니 소스라치게 놀랐다.

---

26 이탈리아어로 "아주 맛있어요"라는 뜻.
27 이탈리아어로 "더할 나위 없이"라는 뜻.

"이게 뭐죠?"

"에스프레소입니다."

"잔에 든 게 거의 없잖아요."

"원래 그래요."

"바닥도 보이겠네요."

일주일 후 에스프레소 머신 옆에 양동이 하나가 등장했다. 누군가가 가격에 비해 커피 양이 적다고 불평할 때마다 아버지는 보통 이렇게 반응했다.

"물은 얼마든지 공짜로 타 드실 수 있습니다."

에스프레소를 이탈리아인처럼 마시는 사람은 하이만뿐이었다. 그는 그것을 마치 하이쿠[28]라도 되는 듯이 음미하며 마셨다.

내가 그의 테이블 앞에 마주앉기 시작한 지 한 달이 지나자 아버지는 그를 더 이상 따뜻하게 맞이하지 않았다. 그의 방문은 사이렌이 부르는 노래와 같았다. 오디세우스는 돛대에 자기 몸을 묶었다. 할 수만 있다면 아버지는 나를 아이스크림 제조기에 묶었을 것이다.

"넌 시로 먹고살 수 없어. 파리 떼처럼 그 사람 주변에 몰려드는 시인들 못 봤니?"

가끔 하이만은 두어 명의 시인들과 테라스에 앉아 그들에게

---

28 5·7·5의 3구 17자로 된 일본 특유의 짧은 시.

아이스크림을 사주곤 했다.

"저기 저 젊은이는 테이프로 신발 밑창을 붙였어."

아버지가 나지막이 말했다.

"너도 봤지?"

혹은 이렇게 속삭이기도 했다.

"하이만이 없었다면 나는 그 시인들이 부랑자인 줄 알고 내쫓았을 거야."

하이만은 다른 사람들을 결코 얕보지 않았다. 그의 수트는 수제품이었고 항상 넥타이를 맸지만 자신의 뿌리를 잊지 않았다. 그의 부모는 장갑 제조업자였던 셰익스피어의 부모처럼 평범한 사람들이었다. 하이만의 가장 생생한 어릴 적 기억은 튀긴 소 젖통 냄새였다. 그의 가족은 토요일마다 그것을 먹었다. 그의 어머니는 항상 가장 작은 것으로 끼니를 때웠다. 하이만은 시인들보다 자신이 높다고 여기지 않았다. 그는 대부분의 시인들을 흠모했다. 그 이유는 단순히 재능의 문제 때문만이 아니라 말로 표현하기 힘든 다른 것 때문이었다. 그것은 물욕과 소유욕으로부터의 초연함뿐만 아니라 은둔과 인내와도 관계가 있었다. 그들에게 필요한 것은 테이블 하나와 종이 한 장뿐이었다. 수사修士들의 경우와 마찬가지로 그런 삶의 양식은 다른 삶을 위한 선택이었다. 그런 삶을 견디지 못하는 시인들도 있었다. 어떤 시인은 알코올이나 마약에 중독됐다. 또 어떤 시인은 자살을 택했다. 이런 사람들의 이름이 적힌 명단은 길디길다. 하이만이 아는 사람도 두 명이나 그렇게 세상을 떠났다. 그들은 셸리보다도 어린 나이에 생을 마감했다.

나는 시인이 되고 싶지는 않았다. 재능이 부족했기 때문이다. 내 피에는 시인의 재능이, 다른 모든 재능을 희생하고서야 얻을 수 있는 그런 신성한 재능이 없었다. 물론 나는 그 시절의 초창기 몇 년 동안은 고통에 시달렸던 영혼들과 저명한 고인들의 언어에 감동받아 시를 써보려 부단히 노력했다. 나는 보클뤼즈의 시인 프란체스코 페트라르카[29] 스타일로 쓴 소네트를 포함해 세 편의 시를 썼다. 내 소네트는『칸초니에레』의 모든 시보다도 더 풍부한 서정성을 추구했다. 나는 베니스의 시인이었다. 비록 안개 낀 아침과 평온한 운하를 내려다보는 사자들이 있는 석호 도시의 시인이 아니라, 무지개 빛깔의 달콤한 아이스크림을 파는 가게의 시인이지만 말이다.

나는 적어도 한 해에 두 번은 세계 모처에서 열리는 시 축제에 초대받는다. 두 축제 모두 하찮은 축세는 아니다. 가끔 나는 축제에 앞서 포스터에 등장하기도 한다. 내 이름—저명한 이탈리아계 네덜란드 시인 조반니 탈라미니—을 내건 여러 프로그

---

29 Francesco Petrarca(1304~1374). 인문주의의 선구자라고 평가받는 이탈리아 시인으로 프랑스의 보클뤼즈에 20여 년간 은거하며 저술 활동을 했다. 366편의 시를 담은 시집『칸초니에레(Canzoniere)』를 남겼다.

램에 참여하기도 했다. 나의 시는 "인간 정신에 대한 날카로운 통찰력"과 내가 "죽을 운명에 대한 섬세한 감각"을 결합한 세상을 초월한 "낙관주의"라는 특징이 있다는 이유로 호평받는다.

많은 시 축제의 디렉터들은 가장 유명한 시 축제 무대인 세계 시 축제에 서고 싶어 하는 시인들이다. 그들은 그것이 보상이라고 생각한다. 2년 전에 나는 한 이스라엘 시인과 옥신각신한 적이 있다. 그는 내게 전화를 걸어 로테르담에서 시 낭송을 하고 싶다고 했다. 이야기가 한창 진행됐을 때였다.

"그건 그렇게 하는 게 아니라니, 무슨 뜻입니까?"

그가 성을 내며 물었다.

"원칙에 따라 디렉터 직을 맡은 시인들은 명부에 올리지 않습니다."

그 이스라엘 시인은 샤르 국제 시 축제의 디렉터였다. 그 축제는 히브리어권 문화와 아랍어권 문화 간의 대화에 중점을 두고, 사회적인 활동을 왕성하게 하는 세계 곳곳의 시인들을 위한 자리를 마련했다. 그런 만큼 중요한 축제였다.

"그럼 내 축제에서 당신도 낭송을 하면 되겠군요."

그가 제안했다.

"나는 그러고 싶지 않아요."

"메인 무대에 서세요."

"난 시인이 아니에요."

"당신은 기이한 시를 썼잖소?"

"난 그 시를 낭송하고 싶지 않아요. 머리에 총을 들이댄대도 안 할 거예요."

전화선 너머로 잠시 침묵이 흘렀다.

"나는 세계 곳곳에서 개최된 축제에서 시 낭송을 했어요."

이스라엘 시인이 다시 말을 이었다.

"메데인, 베를린, 스트루가에서 했었죠."

그 세 곳의 디렉터들 혹은 프로그래머들 또한 텔아비브에서 시 낭송회를 가졌을 것이 분명하다. 하지만 나는 그러고 싶지 않았다.

"당신이 디렉터 자리에서 물러나면 그걸 고려해봐야겠군요."

이스라엘 시인이 몹시 화가 나서 전화를 끊었다. 하지만 얼마 전에 그에게서 다시 전화가 왔다.

"난 이제 디렉터가 아니에요."

그가 의기양양하게 말했다.

"그러니 이제 당신은 나를 목록에 올릴 수 있을 거요."

나는 우리가 그의 작품이 만족스럽다고 생각하면 적절한 때에 초청하겠노라고 말했다.

"내가 초청을 받지 못한다면 내 작품이 탐탁지 않다는 의미겠군요."

핵심적인 지적이었다. 하지만 많은 시인들은 이 점을 받아들이지 못한다. 그는 또다시 화를 내며 전화를 끊었다.

　세계 시 축제의 디렉터가 된 이후로 나는 인정받지 못한 시인들이 분노를 담아 쓴 이메일을 받는 입장이었다. 또한 전국 곳곳에서 열리는 문학 축제의 주최 측으로부터 빈번하게 문의를 받았다. 시인이 만취하면 사태가 악화되기 십상이다.

　"왜 세계 시 축제에 참여하고 싶나요?"

　나는 항상 이렇게 묻는다.

　"난 세계 최고의 시인이니까요."

　"그런데 왜 이 축제를 그토록 중요하게 생각하십니까?"

　"축제가 중요한 게 아니에요. 내가 중요한 시인인 거지!"

　나는 프로다운 자세로 세계 시 축제는 늙은 시인을 절대 받아들이지 않아 중요한 축제로 성장했다는 사실과 우리는 우리 조직의 자율성을 자랑스럽게 여긴다는 사실을 설명하고자 애쓴다. 그 어떤 스폰서도, 시장도, 대사관도, 재단도, 혹은 정부 부처도 프로그램에 간섭하지 못한다.

　리처드 하이만은 이 축제가 가진 지위를 알렉산드리아의 등대[30]에 비유했다. 그는 "우리는 빛나는 훌륭한 본보기입니다"라고 말하곤 했다. 만일 내가 그렇게 말하면 시인들은 불평을 늘

---

30 기원전 3세기 당시 이집트 알렉산드리아의 파로스섬에 세워진 거대한 건축물로 모든 등대의 원형으로 알려져 있다.

어놓으며 나더러 건방진 등신이라고 쏘아붙일 것이다. 그러나 하이만은 그들에게 어떤 말이든 할 수 있었다. 심지어 그들을 웃게 만들 수도 있었을 것이다. 그는 조지프 브로드스키 흉내를 잘 냈다. 브로드스키처럼 단조로운 목소리로 그의 악센트를 똑같이 따라 했다. 심지어 브로드스키 본인도 재밌어했다. 국민적이며 국제적인 여러 시인들이 웨스트제이데크에 있는 하이만의 아파트—1930년대의 뉴 헤이그 스쿨 양식으로 지은 건물—에서 저녁 식사를 함께했다. 가끔 그는 예전에 하인들의 숙소로 쓰인 지하실에서 시집 한 무더기와 함께 틀어박혀 있곤 했지만 여름에는 장미와 눈처럼 하얀 수국이 아름다운 커다란 공용 정원에서 시간을 보냈다.

"넌 선택해야만 해."

내가 열여덟 살 때 하이만이 말했다. 우리는 잔디밭에 놓인 둥근 철제 테이블에 앉았다. 와인 냉각기에는 소아베[31]가 들어 있었다.

"너, 인생을 시에 바칠래? 아니면 아이스크림 장수가 될래?"

나의 아버지는 아이스크림 장수고 할아버지도 아이스크림 장수였다. 증조할아버지는 처음 이 일을 일군 사람이다. 그들 모두 굳은살이 박인 강한 엄지손가락을 가지고 있었다. 나는

---

31 이탈리아 북부 베네토 지역에서 생산되는 화이트 와인.

첫 아이스크림을 네 살 때 만들었다. 배 셔벗이었다. 그것을 본 아버지는 눈물을 글썽였다.

"세이 운 피코로 젤라타이오*Sei un piccolo gelataio*."[32]

아버지가 자랑스럽게 선언했다. 나는 성장했고, 교육받았고, 면도를 하기 시작했다. 실연을 겪었지만 아버지의 눈에 나는 늘 아이스크림 장수였다.

"가문의 전통과 절연하고 싶어요."

내가 말했다.

"그럴 거라 생각했어."

하이만이 말했다. 그는 와인을 한 모금 마시고 나를 바라보았다. 그에게는 소년 같은 구석이 있었다. 아마도 말끔히 면도한 얼굴과 자전거를 탈 때면 붉게 물드는 뺨 때문일 것이다. 머리칼에는 금발의 흔적이 노란 치커리 빛깔로 남아 있었다. 그는 그런 머리를 이따금씩 쓸어 넘겼다.

이윽고 하이만은 결심한 듯 별안간 "축하해"라고 말했다. 그러고는 미소를 지으며 잔을 들었다. 우리는 황금빛 액체를 비추는 태양과 함께 축배를 들자고 제의했다.

"행운은 대담한 사람에게 호의를 베풀지."

"그리고 겁쟁이는 사절하죠."

---

32 이탈리아어로 "넌 꼬마 아이스크림 장수로다"라는 뜻.

내가 던진 말은 가장 훌륭한 로마 시인의 말이었다. 그러나 그날 저녁 늦게 아이스크림 가게에 들어선 나는 여름 이후부터 암스테르담 대학에서 영문학을 공부하겠다는 말을 하지 못했다. 마치 아버지, 동생 루카, 한밤중까지 주걱을 쥐고 일하는 어머니를 배신하는 것 같은 기분이 들었다. 어머니는 농장 노동자들이 감자를 캐기 위해 몸을 숙이듯 아이스크림 통을 내려다보며 항상 몸을 숙이고 있었다.

장미와 수국이 핀 정원에서 한 결심은 전통이라는 거미줄과 절연하고 자유를 향해 나아가는 것처럼 느껴졌다. 그것은 착각이었다. 너무 가늘어서 잘 보이지 않지만 거미줄로 엮인 거미집은 그대로였다. 그 당시에는 이것을 깨닫지 못했지만 나는 결코 그 거미집에서 완전히 벗어날 수는 없었다.

그 뒤로 나는 점점 더 아이스크림 가게를 멀리했다. 대학에 진학하고 암스테르담으로 이사하고 토파니 아이스크림 가게에서 아르바이트를 했다. 그러나 가느다란 가족의 거미줄은 여전히 나를 붙들고 늘어졌다.

"토파니 아이스크림 가게에서?"

아버지가 고함쳤다.

"너 돌았니?"

"돈이 필요해요."

"그자들은 모두 바그니 디 루카 출신이야. 토스카나 사람들이라고!"

대부분의 네덜란드 아이스크림 장수들은 카도레 골짜기의 보도나 베나스 출신이었다. 이들은 장식용 조각상을 팔다가 이제는 아이스크림을 팔아 생계를 꾸리는 토스카나 사람들을 업신여겼다. 카도레 출신의 아이스크림 공급업자들은 토스카나 사람들을 모방꾼으로 생각했고, 그들의 아이스크림을 저질로 여겼다.

"우리 제조법을 가로채려고 너한테 일자리를 줬구나! 도둑놈들이야!"

"저는 아이스크림을 만들지 않아요. 그냥 푸는 일만 해요."

"너 샌드위치도 팔지?"

아버지가 경멸조로 물었다. 토파니 가게는 아이스크림뿐 아니라 샌드위치도 팔았다. 사실 토파니 가족은 암스테르담에 프렌치프라이도 파는 아이스크림 가게 2호점 가지고 있었다. 아버지 입장에서 프렌치프라이를 파는 아이스크림 가게는 악취를 풍기는 최악의 점포였다.

"다음엔 또 뭘 팔까?"

언젠가 아버지가 저녁 식사 자리에서 토스카나 사람들을 욕하던 중에 물었다.

"소프트 아이스크림?"

나는 적을 위해 일하고 있지 않았다. 나는 야만인들을 위해 일하고 있었던 것이다. 루카는 더 이상 내게 말을 걸지 않았다. 내가 아이스크림 가게에 있을 때면 루카는 나를 못 본 척하거나 아이스크림을 만드는 주방을 떠나려 하지 않았다. 내가 아이스크림 가게에서 일하지 않았기 때문에 루카가 그 일을 해야만 했다. 루카는 내가 그 사실을 알고 느끼기를 바랐다. 어머니만이 내가 어떻게 공부하는지 물었고 토파니의 아이스크림은 정말 어떠한지 궁금해했다.

"그 사람들의 과일 맛 아이스크림은 우리 것만 못해요."

내가 어머니에게 말했다.

"하지만 그 사람들은 구미를 당기는 잣으로도 아이스크림을 만들어요."

*

대학의 학부 과정은 예상했던 대로였다. 모든 수업은 영어로 이루어졌다. 교수들은 하이만처럼 헌신적으로 강의했다. 세미나에서 우리는 작은 그룹별로 문학 텍스트—토머스 키드Thomas Kyd의 『스페인의 비극』, 크리스토퍼 말로Christopher Marlowe의 『포스터스 박사』, 셰익스피어의 소네트—를 토론했다. 이런 세미나에 참여하노라면 엘리자베스 시대의 귀족이 된 듯한 기분이 들수밖에 없었다. 그래서 결국 그 시절의 귀족처럼 말하게 됐다.

화려하고 우아한 말들만 나오기 마련이었다. 물론 그것이 모든 학생들의 취향에 맞지는 않았다. 어떤 학생들은 한 달 후에 다른 과로 옮겼다.

나는 대부분의 시간을 도서관에서 보내며 위대한 영국 최초의 시인 제프리 초서 Geoffrey Chaucer가 쓴 『캔터베리 이야기』와 『트로일러스와 크리세이드』를 읽었다. 이는 그야말로 다른 삶을 위한 선택이었다. 그러한 삶이 젊은 여성들로 하여금 묵직한 학술서에 코를 묻게 만든다는 것을 제외하면, 수사들을 둘러싼 침묵과도 같은 성격을 띠었다. 한번은 셰익스피어의 비극을 읽는 한 소녀가 내 앞에 앉았던 적이 있다. 그 에이번의 시인은 불과 몇 년 만에 가장 위대하고 강렬한 작품인 『오셀로』, 『햄릿』, 『리어왕』, 『맥베스』를 썼다. 하이만은 이 네 작품을 셰익스피어가 쓴 최고의 희곡으로 평가했다. 그 작품들은 영혼을 뭉개는 비극이지만 『리처드 3세』와 같은 사극 속에서 볼 수 있는 허식과 혼란을 안기는 인물들이 없었다. 셰익스피어는 두 편의 로맨스에 이어 『맥베스』를 썼지만 그 어떤 것도 최고의 작품이 가진 깊이를 성취하지는 못했다.

금발에 들창코였던 그 소녀는 바우[33]라고 불리는 브라반트의 한 마을 출신이었다. 이튿날 아침, 그녀는 잠에서 깨어나자

---

33 Wouw. 솔개.

마자 말했다.

"어이쿠, 넌 잘 때 몸을 너무 뒤척이는구나."

"나는 우리가 한 일을 꿈꿨어."

그녀는 두 눈을 비비고 하품했다. 그런 모습은 그녀를 순진하고 어려 보이게 했다. 어쩌면 주근깨투성이에 끝이 살짝 올라간 들창코 때문에 그렇게 보였는지도 모른다. 그녀는 기지개를 켜는 순간 어린 소녀로 변신했다.

그녀는 내가 조금이라도 시끄러운 소리를 내는 것을 용납하지 않았다. 그녀의 룸메이트는 벌써 자는 중이었고 벽은 마분지 같았다. 실은 그녀를 따라 집으로 오기 전에 우리는 한 카페에서 잔으로 시작해 나중에는 아예 병째 와인을 마셨다. 원래는 그저 식사를 하러 나간 것이었지만 저녁이 끝날 무렵에 마신 와인이 허기를 물리쳤다. 그리고 다른 허기가 그 자리를 차지했다.

"네가 자전거 몰아."

그녀가 말했다. 암스테르담에서 나는 자전거를 타지 않고 어디든 걸어서 다녔다. 그러나 지금 나는 그녀의 권유에 따라 노란 페인트를 칠한 구식 할머니 자전거를 몰고 있다. 왼쪽으로 다리를 늘어뜨린 한 소녀를 뒤에 태운 채였다. 지나가는 차들의 헤드라이트 불빛에 그녀가 신은 나일론 타이즈가 어른거렸다.

그리하여 나는 어딘가에서, 정확히 말해 예이츠^{William Butler}

Yeats의 시집과 엘리엇Thomas Stearns Eliot의 시집이 꽂힌 책장 아래에서 동정을 잃었다. 그녀가 내 입을 손으로 눌렀다. 그녀는 이미 열다섯 살 때 순결을 잃었다. 우리가 아침에 서로의 곁에서 깨어났을 때 그녀는 자신의 순결을 빼앗은 상대는 악동이었다고 말했다. 그녀보다 훨씬 나이가 많은 사람이었으며 그녀의 가장 친한 친구와도 잤다고 한다. 그녀는 단 한 번 줄 수 있는 처녀성을 잃는 특별한 경험이 되리라 기대했건만 첫 경험은 기대에 못 미쳤던 모양이다. 두 번째는 훨씬 더 나았다. 두 번째 상대는 어릴 적 연인이었던 한 소년으로 지금도 바우에 있다고 한다. 그는 툴툴거리는 오토바이를 가졌고 올백 머리를 하고 다닌다.

나는 그녀에게 동정을 잃었다고 말하기가 두려웠다. 우리는 남은 아침 시간을 침대에서 보냈다. 우리는 키스하고, 다시 한번 섹스했다. 그러고 나서 세 번째 섹스를 했다. 그녀의 이름은 라우라였다. 그날은 화창한 9월의 토요일이었다. 그때 아마 어머니는 아이스크림을 향해 상체를 굽히고 있었을 것이고, 아버지는 커피를 받친 쟁반을 들고 있었을 것이고, 동생은 카타브리카 원통에 우유와 설탕과 달걀노른자와 잘게 부순 아몬드를 섞은 혼합물을 채우는 중이었을 것이다.

일요일에 집으로 향하는 기차 안에서 나는 라우라와의 섹스를 생각했다. 그 생각을 떨칠 수가 없었다. 나는 그곳에, 내 것보다 훨씬 더 강한 충동을 가진 그곳에 입을 맞췄었다.

"너 뭐 하는 거야?"

나 자신을 어찌할 수 없었다. 심장이 문을 두드리는 주먹처럼 쿵쿵 뛰었다. 나는 그녀가 단호하면서도 부드럽게 속삭이듯이 "내 안에 들어와 줘"라고 말하기 전까지 그녀의 몸에서 가장 하얀 부분에 입맞춤을 했다.

집에 돌아왔을 때 나는 루카가 내가 한 짓을 눈치챌 것이라고 짐작했다. 아이스크림 가게에 들어서는 순간 루카가 거의 하얀 빛깔의 파인애플 아이스크림 통을 들고 주방에서 나왔다. 눈이 마주쳤다. 루카의 눈은 칼라마타 올리브처럼 검었다. 그는 내가 한 짓을 알아챘다. 사실 누구든 분간할 수 있다. 때로는 그 냄새를 맡을 수도 있다. 특유의 홍조, 특유의 페르몬 때문이다. 국제 시 축제가 진행되는 동안 너무 지친 나머지 시 낭송마저 힘겨워지면 나는 간단한 게임을 했다. 누가 방금 섹스를 했는지 추측해보는 것이다. 이른 아침의 비행이 최고다. 우선 생기 넘치는 얼굴, 뺨에 도는 장밋빛 홍조, 방금 감은 머리로 아침에 섹스를 한 여성들을 알아보기 어렵지 않다. 그다음으로는 그들의 부은 눈과 눈 아래 처진 살을 발견할 수 있다. 알람을 일부러 이른 시간에 설정해놓았기 때문에 그들에게는 얼마간 꾸벅꾸벅 졸 시간이 있을 것이다. 상하이로 출장을 떠나는 남자와 그에게 바싹 파고들며 몸 위로 올라타는 그의 아내를 상상해볼 수도 있다. 또한 서둘러야 하는 스튜어디스와 그녀를 그냥 가게 놔두고 싶지 않은 듯, 스커트를 획 끌어올리고는 머리가 채 마르지도 않은 그녀를 차지하는 그녀의 남자 친구를 상상할 수도 있다. 언젠가 나는 공항으로 향하는 기차에서 하늘색 유니폼을 착용한 거무스름한 피부의 한 여성이 재킷에 묻은 얼룩 하나를 문질러 지우는 모습을 봤다.

잠시 나는 동생이 아이스크림 통을 떨어뜨리지는 않을까 걱정했다. 하지만 루카는 과묵한 표정을 지은 채 곧장 가게 앞으로 나갔다. 그곳에서는 어머니가 한 노부인을 상대하는 중이었다. 동생은 아이스크림 통을 냉동 진열창에 넣고는 주방으로 성큼성큼 돌아갔다. 루카는 내 눈을 피했다.

어머니가 일을 거들 시간이 있냐고 물었다. 오늘은 날이 더울 것이다. 나는 고개를 끄덕이고는 뒤편으로 가 앞치마를 가지고 나왔다.

"양심에 찔리니?"

아버지가 나를 보자 물었다.

"아뇨, 그냥 돕고 싶어서요."

"우리는 오늘 새벽 여섯 시부터 여기 나와 아이스크림을 만들었다."

알고 있었다. 아버지의 부은 눈, 눈 아래 처진 살을 보면 알 수 있었다. 그것이 내가 본 전부였다. 그것이 내가 보기를 원했던 전부였다. 나는 밖으로 나가 햇빛 아래에 앉은 한 쌍의 커플에게 다가갔다. 그 테이블의 여자가 주문을 두 번이나 말한 뒤였다. 봄처럼 느껴지는 늦은 여름날이었다. 시인 J. C. 블룸은 「봄의 첫날」에서 "심장이 두근거린다. 여기서는 말고"라고 썼다.ᵗ 나는 라우라를 생각했다. 그녀의 콧등에 앉은 주근깨와 섹스에 대해 생각했다.

그날 아이스크림 가게로 들어갈 때마다 나는 주방문에 달린 작은 창으로 동생을 봤다. 루카는 오른손에 거대한 남근 같은 아이스크림 국자를 쥐고 있었다. 그는 섹스를 해본 적이 없었다. 아이스크림 가게는 동생의 미래였다. 한때 그것이 내 몫이었을 때 내 길은 정해져 있었다. 우리 둘은 토파니 형제가 자기 부모의 아이스크림 가게를 이어받았듯이 베네치아를 이어받을 예정이었다. 토파니 형제는 가게를 떠맡고 나서 아내를 합류시켰고, 형은 동생이 아이스크림 가게를 열도록 도와주었다. 나의 아버지와 아버지의 동생이 이미 엮어낸 이야기처럼 말이다.

초저녁이 돼 나는 앞치마를 풀어 의자에 걸쳐놓았다. 가장 바쁜 시간은 지나갔다. 좋은 하루였다.

"어딜 또 가려는 거냐?"

아버지가 알고 싶어 했다.

"밖에 나가서 저녁 먹으려고요."

"우린 아홉 시까지는 식사하지 않아."

우리는 항상 저녁을 늦게 먹었다. 우선 루카와 나부터 먹었고 그다음에 아버지와 어머니가 식탁에 앉았다. 우리는 아이스크림 가게 위층에서 살았다. 식당과 부모님의 침실은 2층에 있었다. 루카와 나는 고미다락에서 잤다

"나가야 해요."

내가 말했다

"난 일해야 한다."

아버지가 응수했다.

"난 네 동생을 도와야 해."

아버지는 다른 일은 결코 할 수 없었다. 왜냐하면 그 시절에 다른 일을 한다는 것은 꿈도 꿀 수 없었거나 아버지가 그럴 만한 배짱을 가지지 못했기 때문이다. 하지만 내게도 그렇게 말할 수 있는 배짱이 없었다.

"가봐라."

아버지가 말했다.

"시 패거리한테 가봐."

몇 년 후 나는 마치 정부에게 갈 때처럼 한 여자의 집에서 살금살금 빠져나올 것이다. 그 여자는 내 첫 번째 여자 친구, 유일하게 오래 사귄 파트너일 것이다. 물론 나는 그날 저녁 아이스크림 가게의 빨간색과 하얀색 줄무늬 차양 밑을 지나 늦여름 저녁 속으로 걸어갈 때 죄의식을 느꼈다. 거미집의 얇은 거

미줄은 계속 나를 잡아당겼다. 모든 것은 다른 모든 것과 연결된다. 나의 위는 진동하는 아이스크림 제조기와 연결되고, 심장은 주방의 나이프와 연결된다. 붉게 물든 그 칼날은 딸기 주스와 연결된다. 내 머리는 베나스에 있는 집과 연결되고, 내 발은 소나무 숲 그리고 뿌리를 내린 땅과 연결된다.

하이만은 이미 음식점에 도착해 있었다. 그는 항상 약속 시간보다 일찍 나타났다. 그래서 하이만을 만날 때는 어딘가로 들어가 시집을 읽는 그를 찾게 된다. 하이만은 항상 책과 함께다. 심지어 바 의자에서도 그렇다. 그를 모르는 사람들은 하이만이 좀처럼 말을 하지 않는 사람이라고 생각할지도 모른다. 사실은 오히려 그 반대다. 대화가 띄엄띄엄 끊어질 때 다시 물꼬를 트는 쪽은 하이만이다. 그는 마르지 않는 이야기의 샘이었다. 시인들에 얽힌 일화나 주요 상의 후보로 누가 거론되고 있는지 알려주고, 때로는 사람들 앞에서 깊이를 헤아릴 수 없을 정도로 심도 깊은 시를 몇 구절 읊었다.

하이만은 내가 침울하다는 것을 금방 알아챘다.

"네가 내 아들이었다면 지금 널 꼭 껴안았을 거다."

내가 아무런 반응이 없자 그가 다시 말했다.

"무슨 일이니?"

나는 아이스크림 가게 일을 도왔다고 말했다.

"모두를 배신한 기분이 들어요."

나는 그가 내가 아직 모르는, 내 감정을 송두리째 사로잡을 만한 고대 영문 사행시로 위로해주기 바랐다. 그가 들려주는 시는 내가 우려하는 모든 것, 감정에 흠뻑 젖은 모든 것, 즉 달빛, 죽은 나무들, 공허한 마음에 달콤한 설탕이 돼줄 것이다.

"오, 이런."

하이만은 시를 읊는 대신 이렇게 말을 꺼냈다.

"우리 모두 가끔 그런 기분이 들지. 나도 그래. 열여덟 살에, 세상에 나 혼자라는 기분 말이다. 괜찮아. 다 지나갈 거야."

나는 하이만이 나와 같은 심정이었던 적이 있을 것이라고 상상할 수 없었다. 하이만은 난공불락이라는 말을 떠올리게 하는 사람이었다. 그가 결혼한 적이 없다는 사실이 하이만을 다른 사람에 비해 완벽하지 못한 존재로 만들지는 않았다. 그에게 결혼이 일생에서 가장 중요한 것일 리 없었다. 하이만은 화가 친구들로부터 선물받은 그림들이 수두룩하게 걸린 넓은 아파트를 가졌다. 시 축제의 디렉터였고 특별한 동료들이 있었다. 여성들은 그를 찬미했다. 시 축제에서 일하는 가장 예쁜 인턴들이 그에게 홀딱 빠졌다.

"시인들만이 우울감에서 혜택을 봐."

그가 말했다.

"우리 같은 보통 사람들은 행복할 의무가 있어."

그는 행복했다. 그리고 수 세기 동안 선원들이 파로스섬에 선

등대의 안내를 받아 입항했듯이 나는 그의 안내를 갈구했다. 지금까지도 어려운 결정을 내려야 할 때면 하이만을 떠올린다. 그러면 어떻게 했을까? 하이만은 이것이 가치 있는 일이라고 생각했을까?

"메뉴 봤어?"

그가 물었다.

"가리비 카르파치오가 있더군. 먹어봤어?"

나는 가리비를 먹어본 적이 없었다.

"굴 종류야."

하이만이 말했다.

"굴도 먹어본 적이 없니?"

"없어요."

"그럼 우선 굴을 시키자. 굴 먹는 방법을 아는 것은 시 낭송하는 법을 배우는 것만큼이나 중요하거든."

사람들은 풀을 먹인 리넨을 깐 나무 식탁에 앉은 우리를 아버지와 아들이라고 생각했을지도 모른다. 아마 아버지는 나를 시기할 뿐 아니라 나와 하이만의 유대감도 시기할지 모른다.

나는 학부 과정에 대해서 이야기했다. 그는 대학 강사들 중 일부를 잘 알았다.

"파울 델리센!"

하이만이 소리쳤다.

"선박 부호의 아들이야. 알고 있었어? 그 사람 아버지는 예술가들에게 기념물 조각과 그림 들을 의뢰해서 박물관들에 기증한 추잡한 부호야. 그 고결한 기품을 파울이 고스란히 물려받았지. 그리고 동생은 헝가리에 파프리카 맛, 토마토 맛, 허브 맛 등등 온갖 풍미를 자랑하는 스프레더블 치즈 생산 공장을 가지고 있어. 역겨운 치즈들이지만 미친 듯이 팔려나가더군."

두 형제 중 어느 쪽이 더 행복했을까? 궁금하다. 그들의 삶의 이면은 어떨까? 하이만은 주문한 화이트 와인을 한 모금 홀짝였다.

"파울의 아내는 베피 블룸이라는 여자였지. 이름이 참! 여전히 함께 사는지 모르겠군."

그가 속삭였다.

"그(저) 남자의 아내는 시인들의 눈 색깔을 훤히 알아."

그는 항상 그러한 것들에 호기심을 가졌다. 어쩌면 저쪽 사람들 틈에 있는 한 커플을 가리켜 말한 것인지도 모른다.

나는 그에게 내가 읽고 있는 작가들—그가 자신의 이웃들보다도 더 잘 아는 시인들—에 대해서 말했고 결국 들창코 소녀 라우라 이야기도 털어놨다.

"사랑에 빠진 거군?"

하이만이 물었다.

"모르겠어요."

"그 애를 다시 보고 싶어?"

"물론이죠!"

그는 웃었다.

"그 애가 쓴 시 읽어봤어?"

"그럴 시간이 없었어요."

음식이 나왔다. 작은 숭어 요리였다. 마타리 상추 그리고 버터, 레몬, 사철쑥으로 만든 소스도 나왔다. 웨이터는 그 모든 요리를 실수 없이 척척 내놓았다. 정말 맛있는 음식들이었다. 이것이 리처드 하이만의 세계였다. 깜박이는 촛불, 훌륭한 요리, 음식점 중앙에 놓인 받침대를 장식하는 화려한 꽃다발.

저녁이 끝나갈 무렵 웨이터가 우리에게 다가와 코트 걸치는 것을 도왔다.

"안녕히 가십시오, 하이만 씨."

"잘 있게, 마르셀."

우리는 보도에 나란히 섰다. 기분이 아주 좋았다. 취기 때문이었는지도 모른다. 나는 하이만을 안아주고 싶었지만 문간에 서서 우리를 쳐다보는 웨이터가 신경 쓰였다.

우리는 많은 세월이 흐른 뒤에야 서로를 포옹하게 됐다. 그때는 이미 너무 늦은 뒤였다. 쉰 목소리와 슬픔에 잠긴 목소리로 몇 마디 나누고 포옹이 오갔다. 하지만 그로부터 18개월이 흐르고 나서 진단이 내려졌다. 루게릭병이었다. 갑작스러운 복통과 통제할 수 없는 근육 경련이 나타나기 시작한 때였다. 하이만은 갑자기 장딴지를 움켜잡곤 했는데 그럴 때마다 얼굴이 고통으로 일그러졌다. 그는 근육 이완제를 처방받았다. 그것 말고는 다른 뾰족한 치료 방법이 없었다. 하이만은 남은 시간이 3년이라는 시한부 선고를 받았다.

나는 지금도 자신의 아파트에 달린 커다란 창문 앞에 서서 정원과 나무들을 내려다보는 하이만의 모습을 떠올릴 수 있다. 휠체어에 앉은 하이만은 더 이상 단어들을 정확히 발음할 수 없다는 사실을 서글퍼했다. 시간이 흐를수록 침을 삼키기도 힘들어졌다.

하이만은 루게릭병 진단을 받자마자 직책에서 물러났다. 나는 그 소식을 가장 처음 들은 사람이었다.

"말기라는군. 앞으로도 계속 진행될 거고."

아마도 하이만은 그 병이 자신을 죽일 거라는 사실보다 후자를 더 받아들이기 어려웠을 것이다. 그의 인생에 닥친 겨울은 눈보라처럼 몰아쳤다. 뇌에서 전달하는 신호가 근육에 이르지 못하자 몸이 시들기 시작했다. 우선 다리가 마비됐다. 그다음은 팔이었다. 이때쯤 그는 남에게 완전히 의존하게 됐다. 나는 하이만이 넥타이를 매지 않은 모습을 처음 봤다. 그는 수리남 출신 여자의 간호를 받았는데, 아마 넥타이를 매는 방법을 몰랐거나 그가 항상 넥타이를 맸다는 것을 몰랐던 모양이다.

하지만 그는 더 이상 말할 수도 없었다.

하이만의 목소리는 사라졌다. 그의 기억하는 수많은 시를 암송할 때면 들리던 그 아름답고 깊었던 목소리가 사라진 것이다. 시를 기억한다는 것은 단순히 그의 타고난 재능만이 아니라 원칙의 문제, 즉 신념이기도 했다. 아이들이 학교에서 시를 암기하던 시절은 옛것이 돼버렸다. 그는 이것을 통탄스럽게 여겼다. 하이만에게는 모든 시인들과 모든 시행들이 인생의 지반이었다. 그는 이제 더 이상 시를 암송할 수 없었지만 마음만은 질병에서 자유로웠다. 그러니 시들은 여전히 머릿속에 그대로였을 것이다. 정신을 집중하면 틀림없이 호반의 시인들과 존 키츠와 에밀리 디킨슨[34]의 시어들이 차례로 떠올랐을 것이다. 다른 시인들의 감동적인 시어들도 그 뒤를 이었을 것이다. 파블로 네루다[35], 체스와프 미워시[36], 라이너 마리아 릴케[37]. 형언할 수 없는 위로를 주는 릴케의 시어 "주여, 때가 됐나이다"[38]도.

시가 없는 삶은 아름다움이 사라진 삶이었다. 나는 거의 매

---

34 Emily Dickinson(1830~1886). 미국 매사추세츠주 암허스트에서 평생 독신으로 살며 19세기 미국에서 가장 독창적인 시를 쓴 시인.

35 Pablo Neruda(1904~1973). 1971년에 노벨 문학상을 수상한 칠레의 시인.

36 Czeslaw Milosz(1911~2004). 1980년에 노벨 문학상을 수상한 리투아니아 태생의 폴란드 반체제 시인.

37 Rainer Maria Rilke(1875~1926). 독일의 시인으로 로댕의 비서로 일했던 경험이 작품에 큰 영향을 주었다고 한다.

38 릴케의 시 「가을날」의 첫 행.

일 하이만을 만나서 박사 학위 논문에 대해서 들려주었다. 대학을 졸업하고 대학원에 들어간 나는 이름과 초상이 후대에 전해지지 않은 익명의 시인과 작가 들의 작품을 전공했다. 하지만 진도가 나가지 않았다. 내가 밝혀내고자 하는 것이 무엇인지도 파악하지 못했다. 나는 두 달이나 학교에 가지 않았다.

하이만은 눈물 젖은 눈으로 나를 봤다. 노인의 눈이었다. 그가 말할 수 있었다면 무슨 이야기를 했을까? 어떤 충고를 했을까? 틀림없이 기발한 제안을 했거나 균형 잡힌 시선에서 한마디를 했을 것이다. 아마도 모든 것이 잘될 거라고, 세월이 마법을 부릴 거라고 말했을 것이다. 나는 윙크로, 고개를 끄덕이는 것으로, 눈물 한 방울을 떨어뜨리는 것으로 때워야 했다. 나는 눈물을 쏟았다. 천천히 흘러내린 눈물은 우연히도 하이만의 입술에 떨어졌다.

다른 손님들도 있었다. 대부분 여자였다. 그들은 꽃을 가져와 꽃병에 꽂았다. 하이만의 머리를 빗기고 넥타이를 매준 다음 휠체어에 태워 공원이나 부둣가를 산책시켜주기도 했다. 대부분 차려입은 여성들이었는데 일부는 40대였고 일부는 눈에 띌 정도로 어렸다. 나는 그 여성들과 하이만이 무슨 관계인지 명확히 알 수 없었다. 예전에 그와 함께 밤늦도록 음식점이나 카페에 있을 때면 그에게 이렇게 묻고 싶은 유혹을 느꼈다.

"몇 명의 여성과?"

그는 그런 이야기는 절대 하지 않았다. 밝히고 싶지 않았던 모양이다. 하이만이 죽고 두 달이 지났을 때, 그의 머리를 빗겨 주던 한 여자를 거리에서 봤다. 그녀는 한 무리의 아이들에게 다가가 손을 내밀었다. 손바닥 위에 윤이 나는 작은 장신구 같은 밤들이 있었다. 아이들은 가장 큰 것을 골라 가졌다. 그녀는 그것들을 어른들, 그녀의 눈에 외로워 보이는 여자들과 자신처럼 오묘한 분위기가 감도는 남자들에게도 건넸다. 그녀가 신은 타이츠는 강렬한 푸른빛이 감도는 군청색이었다. 하이만의 연인이었을까? 그는 이 여자를 흠모했을까? 그녀의 머리는 웨이브가 흐르는 짙은 회색이었지만 까무잡잡한 안색이 온기와 심지어 무언가 발랄한 것을 발산했다. 나는 두 사람이 그의 집에, 그의 침실에 함께 있는 모습을 머릿속에 그려보려 했다. 내 상상 속에서 하이만은 등에 베개를 대고 꼿꼿이 앉아 그날 읽은 가장 아름다운 시를 그녀에게 들려준다.

나는 그녀에게 에스프레소 한 잔을 사고 싶었지만 옳지 않은 일이라고 느꼈다. 그것은 불문율을 위반하는 일이다. 우리는 상대편에게 넘긴 것을 돌려받으려 해서는 안 된다. 푸른색 다리가 시선을 끄는 그 여자는 자신을 쳐다보는 나를 보자 밤 하나를 내 손에 쥐어주었다. 그래야만 했던 모양이다.

하이만의 마지막 며칠은 그의 인생에서 최악의 날들이었다. 그는 몹시 여위어 온몸이 완전히 쇠진됐다. 하이만은 이미 패배를 인정했지만 링 안에 계속 머무를 수밖에 없었다. 시간이 그의 주변을 어슬렁거렸다. 그 길고 조용한 흐름 속에서 모든 것이 눈앞을 스쳐갔다. 그의 인생은 시인들과 여성들 그리고 예술과 끝없이 이어진 저녁과의 영예롭고 매혹적인 긴 만남이었다. 이 모든 것이 최상으로 숙성된 좋은 와인처럼 그를 빚어냈다. 하지만 와인 병은 떨어졌고, 내용물은 쏟아졌다. 그 결과는 이전에 존재했던 것과는 달랐다. 전혀 다른 책의 한 장처럼.

나는 아무것도 느끼지 못할 것 같은 그의 축 처진 손을 잡았다. 그의 머리를 어루만지던 어떤 여자들은 손가락으로 그의 잿빛 머리를 쓸어 넘겼다. 간호사는 동정하는 기색을 전혀 보이지 않았다. 그녀는 하이만의 몸을 닦아주고 깨끗한 옷을 입혔다. 어쩌면 마지막 며칠 동안 그는 가족에게 침대를 밖으로 옮겨달라고 해서 휘황찬란한 별들 아래에서 영원히 잠든 에드윈 앨링턴 로빈슨을 떠올렸을지도 모른다. 나는 그를 끌어안았다. 우리는 마침내 그렇게 포옹했다. 나는 그 순간이 영원하기를 바라는 동시에 그것이 사실이 아니기를 바랐다.

이틀 후 그는 뇌졸중의 고통을 겪었다. 고통은 금세 끝났다. 하이만의 화려한 삶과 끔찍한 고통이 동시에 끝난 것이다. 지금껏 만나본 적이 없는 그의 여동생이 하이만의 집과 재산을 물려받았다. 내 이름도 하이만의 유서에 있었다. 하이만은 내게 모든 책을 남겼다. 나는 미니밴 한 대를 빌렸다. 그리고 어둡고 음산한 어느 월요일에 그의 가장 귀중한 재산을 아이스크림 가게의 고미다락으로 옮겼다. 무거운 박스들을 옮기는 일은 아버지와 동생이 도와주었다.

"비가 와서 돕는 것뿐이야."

아버지가 말했다. 루카는 조용했다. 그는 얼마나 힘이 센지 보여주려는 듯이 한꺼번에 박스를 두 개씩 들고 올라갔다. 아니면 시라는 것이 얼마나 공허한지 보여주려던 것일지도 모른다.

몇 년 후 나는 그 남자를 한 번 더 봤다. 그는 자전거를 타고 있었다. 약속 장소로 가는 길이었는지 여자에게 가는 길이었는지 알 수 없으나 나를 향해 다가오더니 엄청난 속도로 휙 지나갔다. 그 직전에 멀리서 내가 그 얼굴을 알아봤을 때 그는 점점 더 커져만 왔다. 우리가 서로 가까워졌을 때 자전거를 탄 그 남자의 얼굴은 자신에게 어떤 운명이 닥칠지 전혀 몰랐던, 붉은 뺨에 희끗희끗한 금발 머리를 가진 40대 후반의 리처드 하이만의 얼굴과 겹쳐졌다.

ICE-CREAM MAKERS

아버지는 어떻게 양파 한 자루를 머리에 인 채 국가를 불렀을까?

"네 아버지가 해머를 만들고 있단다."

더블린 공항의 탑승 수속 창구 앞에 줄을 선 동안 어머니에게 전화가 왔다. 내 뒤에는 페르모이 국제 시 축제에서 시 낭송을 했던 네덜란드 시인 두 명이 섰다.

"해머요? 어떤 해머요?"

"꼬박 이틀 동안 그러는 중이야. 아예 지하실에서 산단다."

"의사는 왔었어요?"

"그래."

어머니가 말하고는 와락 눈물을 터뜨린다. 나는 어머니에게 잠시 기다리라고 하고는 가방을 들고 한 자리 앞으로 슬슬 나갔다. 데스크 위에 있는 스크린에 새로운 출발 시간이 떴다. 한 시간이나 더 기다리게 됐다. 긴 줄에서 이구동성으로 한숨 소리와 욕설이 터져 나온다. 만일 내가 지금껏 살아오면서 겪은 출발 지연 시간을 합한다면 그 시간 동안 찰스 부코스키[39]의 시집을 다 읽을 수도 있을 것이다. 어쩌면 그의 경마 전략을 모조리 밝혀낼지도 모른다.

어머니는 의사가 토요일에 왔을 때 그를 얼른 한쪽으로 데려가 내키지 않는 말을 꺼냈다.

"남편이 알츠하이머병에 걸린 건 아닌지 걱정이에요."

어머니는 의사에게 베티가 텔레비전을 상대로 말하는 것을 들었으며 텔레비전에 다가가 껴안기까지 했다고 말했다. 하지만 어머니는 아버지가 평면 스크린에 나오는 붉은 머리 여자를 지켜보며 그녀의 근육에 입 맞추고 싶어 했다는 것은 말하지 않았다. 의사는 곧 확인하려 했을 것이다.

"난 병에 걸리지 않았어."

아버지가 말했다.

"아주 건강하다고."

세 사람은 주방 탁자에 앉았다. 아버지는 지하실에 내려가 일할 때 입는 긴 푸른색 외투를 걸쳤다. 어깨에는 철 대팻밥이

---

39 Charles Bukowski(1920~1994). 독일 출신의 미국 소설가이자 시인으로 일곱 편의 장편 소설과 서른 편이 넘는 시집을 냈다.

묻어 있었다. 오븐에서 라자냐가 익어가던 터라 방 안이 기분 좋은 온기로 가득했다.

"난 베티와 사랑에 빠졌어."

어머니는 창피한 표정으로 탁자 상단을 빤히 쳐다보았다.

"베티가 누구야?"

"내 인생의 사랑."

"하지만 당신은 아니타와 결혼했어."

"난 언제든 당신을 베티와 맞바꿀 거야."

악취를 풍기는 추잡한 말을 쏟아내는 것이야말로 아버지의 고약한 성품을 보여주는 정수였다.

"남편분이 최근 들어 건망증이 심해졌나요?"

의사가 어머니에게 물었다.

"혹시라도 남편분이 같은 질문을 하루에 여러 차례 하나요?"

"이보시오."

아버지가 끼어들었다.

"나 여기 있소."

아버지가 의사를 향해 손을 흔들었다.

"이 양반은 최근 들어 어떤 단어들을 생각해내는 걸 좀 어려워해요."

어머니가 대답했다.

"예를 들어 발깔개가 생각나지 않을 때는 '신발 옆 복도에 있는 거, 그거, 그 빌어먹을 거 뭐라고 하지?'라고 말해요."

"전형적인 증상이죠."

"난 알츠하이머가 아니야!"

아버지가 버럭 소리쳤다.

"난 사랑에 빠진 거라고!"

"이 병의 증상 중 하나가 성격 변화죠."

의사가 누구에게 말하는지는 분명하지 않았지만 확신이 선 것 같지는 않았다.

"이 양반 많이 변했어요."

어머니가 확인해주었다.

"초기에는 대부분의 환자들이 자신에게 뭔가 이상이 있다는 걸 부정하죠."

"난 그딴 거 인정 못 해!"

"다른 증상은 어떤 게 있나요? 식구들이 짐작할 수 있는 건 뭐가 있죠?"

"진행성 증상으로는 장기 기억상실이 있어요."

뭔가가 어머니의 뇌리를 스쳤다.

"파우스토 올리보는 팬티를 머리에 뒤집어 쓴다던데요."

"그건 실행증이라고 해요."

의사가 설명했다.

"그 병이 의미하는 바는 환자들이 더 이상 어떤 익숙한 운동을 수행하는 방법을 모른다는 겁니다."

"나는 보통 사람들이 하는 대로 팬티를 엉덩이에 걸쳐 입어. 그리고 외출할 때는 모자를 쓰지."

"알츠하이머병의 진행 속도는 환자마다 다릅니다."

"파우스토의 경우에는 모든 면에서 병이 아주 빠르게 진행됐어요."

"당신은 내가 머리에 감자 자루라도 눌러쓰면 좋겠어? 내가 머리에 감자를 1킬로그램 정도 이면 만족하겠어? 그러면 만족하겠냐고!"

의사는 아무런 답이 없었지만 점점 더 놀란 표정으로 베티를 쳐다보았다. 어머니는 다시 탁자 상단을 응시했다.

"좋아! 4.5킬로그램짜리 감자 한 자루를 이고 국가를 한번 불러보지."

아버지는 탁자에서 일어서 저장실로 향했다. 곧 문이 열렸다 닫혔다. 조금 뒤 아버지가 머리에 양파 한 자루를 이고 주방으로 돌아왔다.

"우리가 봐서는 그게."

의사가 말했다. 어머니가 고개를 끄덕였다. 하지만 아버지는 이탈리아 국가를 다 부르고 나서야 아주 조용히 말했다.

"아니타, 감자가 동났어. 쇼핑 목록에 감자를 추가할래?"

주방에 잠시 침묵이 흘렀다. 나는 오븐에서 풍기는 라자냐

냄새뿐만 아니라 침묵도 마음속에 그릴 수 있다. 상상이 아니라 추억이다. 어릴 적에 나와 동생은 살그머니 주방으로 들어가서 오븐 창 너머로 라자냐를 지켜보곤 했다. 익어가는 라자냐를 구경하는 것이 텔레비전 보는 것보다 좋았다.

"이 베티라는 여자, 어떤 여자인가요? 이 근방에 사나요?"

조금 지나서 의사가 말했다.

"아니, 독일의 해머던지기 선수라오."

"그렇군요."

"두 팔에는 엄청난 근육이 붙은 선수지."

"그렇겠군요."

"난 그 근육에 입을 맞추고 싶소."

"베피!"

어머니가 소리쳤다.

"그 여자는 올림픽에서 동메달을 땄어. 한동안 장 웬시우가 3등을 차지하는가 싶었지만 다행히 그렇게 되지 않았어."

"그 사람은 또 누군데?"

"중국의 불어터지고 식은 고기 완자."

"남편은 중국인들을 별로 좋아하지 않아요."

어머니가 설명했다.

"중국 사람은 너무 많아."

"베피!"

의사는 어머니에게서 시선을 거둬 아버지 쪽으로 던졌다.

"전 이만 가는 게 좋겠습니다."

"남편을 검진하지 않을 건가요?"

커피 잔이 비워지고 분침도 움직였다. 어머니는 라자냐가 익는 오븐을 힐끗 쳐다보았다.

"내 귓속을 마음 놓고 들여다봐도 좋소. 아니면 혀를 보여드릴까?"

아버지는 이렇게 말하는 동시에 혀를 빼 물고는 꽤 오랫동안 같은 자세로 앉아 있었다. 의사가 가방을 탁자 위에 올려놓은 뒤 서류철을 꺼낸 다음에야 아버지는 자세를 풀었다.

"모두 좋아요."

그가 가능한 한 짧게 진찰을 마친 후에 말했다.

"알츠하이머병이 아니라는 말이오?"

"그래요."

"다른 병도 걸리지 않은 거요?"

"네."

"그럼 지하실로 돌아가도 괜찮겠소?"

"이제 곧 식사를 할 참인데."

어머니가 말했다.

"지하실에서 무슨 일을 하십니까?"

의사가 물었다.

"베티에게 줄 선물을 만들고 있소."

어머니는 고개를 가로저었다.

"이 양반은 나사가 하나 풀렸어요."

어머니가 말했다.

"나는 해머를 만들고 있어."

아버지가 자랑스럽게 말했다.

"하트 모양의 해머를."

탑승 수속 창구 데스크 뒤에 앉은 여자가 내 탑승 서류를 확인한다. 그녀는 통로 쪽 자리를 원하는지 아니면 창가 쪽 자리를 원하는지 묻는다. 나는 항상 통로 쪽을 선택한다. 비행기에 타면 한 치의 여분 공간이라도 있는 것이 고통을 덜어준다. 이윽고 여자가 살짝 미소 지으며 여권을 돌려준다. 작은 공항에서는 여권을 확인한 여자가 탑승구에서 티켓도 확인할 가능성이 항상 존재한다. 하지만 대개의 경우 그 여자를 다시 보는 일은 없다.

일단 보안 검색대를 통과하고 나면 나는 시인들의 행방을 놓치고 만다. 아마도 그들은 집에 남은 가족과 지인에게 줄 선물을 사고 있을 것이다. 선택의 폭이 너무 커 쉽게 고르지 못할 것이다. 금속 탐지 장치와 탑승구 사이에 있는 영역은 하나의 대형 쇼핑몰이다. 그러니 함정에 빠지기 마련이다. 모든 것의 목표는 사람들이 상품을 구입하도록 유인하는 것이다. 거대한 광고판은 멋진 시계를 손목에 차거나 새로 나온 스마트폰을 가지고 있으면 얼마나 아름다운 인생일지 보여준다. 몸에 딱 붙는 검은 스커트를 입은 젊은 여성들은 매장에 마련된 향수병을 들고 당신을 귀찮게 따라붙는다. 어떤 공항에 있는 안내판들은 탑승구 번호를 알려주는 역할을 하지 않고 탑승 시간 전까지 쇼핑 시간이 얼마나 남았는지를 전해준다.

나는 사람들, 쇼핑백들, 갖가지 제품들에 둘러싸여 앉아 시집 한 권을 들고 있다. 그런 모습이 남들 눈에는 이상하게 보일지 모르지만 어색하지 않다. 내게 공항보다 편안한 곳은 없다. 나는 승객의 이름을 부르는 감정 섞이지 않은 목소리, 수많은 행선지가 표시된 스크린, 오가는 사람들의 물결—가득 찼다가 갑자기 빠지곤 하며 끝없이 이어지는 그 물결—을 사랑한다. 보잉 747기의 은빛 기수 쪽으로 사라지는 400명의 승객들, 탑승교에서 하나의 띠를 이뤄 나오는 관광객들, 사업가들, 그밖의 여행자들. 그들은 수하물을 찾으러 가기에 앞서 주위를 둘러보며 여기가 어디인지 파악한다. 당신은 누가 모처럼 오랜만에 비행기 여행을 한 사람인지, 누가 이미 16만 킬로미터도 넘게 비행기 여행을 한 사람인지 금방 알아차릴 수 있을 것이다. 그처럼 장거리를 여행한 사람에게 공항 도착은 귀국과 같다.

파리 외곽에 있는 샤를 드골 공항은 한때 이란인 메르한 카리미 나세리Mehran Karimi Nasseri에게 집이었다. 그곳에 도착했을 때 그에게는 입국에 필요한 서류가 없었다. 그렇다고 고국으로 돌아갈 수도 없는 처지였다. 프랑스 법정은 그가 합법적으로 공항에 들어왔으므로 그를 추방할 수 없다고 판결했다. 그러나 프랑스는 그의 입국을 거부했다. 18년 동안 그는 '파리 바이 바이'라는 바에서 멀지 않은 제1터미널 내 빨간색 벤치에서 야영을 했다. 그곳에서 자고, 먹고, 승객들이 남기고 떠난 신문을 읽었다. 결국 그는 그곳에서 나이를 먹어간 것은 물론이요, 제법 유명한 인사가 됐다.

암스테르담으로 돌아갈 비행기를 기다리면서 나는 가끔 그런 삶에 대해서 공상한다. 여행 가방들 사이에서 길을 잃은 몸으로, 온도도 습도도 변하지 않는 공간에서 사는 인생을 생각한다. 결코 이륙하지 않는 비행기를 탔다고 상상해보라. 탑승을 허가받지 못하는 처지를 상상해보라. 나세리는 여기에서 무엇을 하느냐고 묻는 사람들에게 "기다리고 있어요"라고 말하곤 했다. 그러나 왜 그렇게 기다리는지는 절대로 말하지 않았다. 어쩌면 그는 이유를 몰랐을지도 모른다. 결국 그는 정수리 머리가 다 벗겨지고 이는 네 개나 빠져버렸다.

공항에 한 가지 문제가 있다면 특정한 주제로 묶인 시선집이나 에브리맨스라이브러리에서 출간된 『사계절』을 제외하고는 시집을 거의 팔지 않는다는 점이다. 시선집은 정말 믿을 수 없을 정도로 많다. 재즈에 관한 시선집, 바다에 관한 시선집, 사랑에 관한 시선집. 개에 관한 시선집, 새에 관한 시선집, 애도에 관한 시선집, 정원에 관한 시선집 등 다양하다.

하지만 그런 시는 읽고 싶지 않다. 모든 사람들이 다 아는 시는 흥미롭지 않다. 나는 인디언 부족이나 시베리아의 외딴 지역에 사는 농부처럼 불가사의하고 탈세속적인 인물들이 쓴 시를 찾고 싶다. 가능하다면 그들로부터 시를 훔치기라도 하고 싶다. 내가 모르는 것을 그들이 알고 있기를 희망한다. 그들의 언어는 정제되지 않았으며 어떠한 운동과도 무관하다.

지난해 나는 베이징에서 개최된 한 수상식에 초대받았다. 응모작이 7만 개가 넘는 전국 시 경연 대회의 수상식이었다. 직공, 요리사, 혹은 가게 점원이 쓴 시들이었다. 주최 측은 대회에 참여할 것을 전국적으로 독려했다. 심사위원단은 수상작을 고를 때 응모작들을 점차 간추려 마지막에 최고작 단 한 편을 선정하는 피라미드 모델 방식을 썼다. 최고작에 선정된 시가 모든 것을 말해주기 마련이다. 결국 우수 작품 다섯 편이 선정됐으나 대상작인 종합 우승 작품은 없었다.

시 탐색은 계속된다. 공항에서 공항으로, 축제에서 시상식장으로, 대도시에서 머리 위로 독수리들이 천천히 원을 그리며 선회하는 고비 사막의 마을로 옮겨 다니면서.

ICE-CREAM MAKERS

사기꾼 마르코 폴로와
아이스크림콘의 발명

아버지는 존재하지 않는 것들을 꿈꾸며 일생을 보냈다. 여름이면 아이스크림 가게에 앉아 세상을 바꾸거나 적어도 사람들의 삶을 좀 더 편안하게 만들어 줄 기계를 공상하곤 했다. 겨울이면 지하실에 처박혀 드릴 프레스와 샌더 사이에서 아이디어를 구현해내는 작업에 온 힘을 들였다. 아버지는 실제로 몇 개의 발명품―예컨대 어둠 속에서도 열쇠 구멍을 수월하게 찾도록 도와주는 장치, 허리를 굽힐 필요 없도록 손잡이를 길게 만든 구둣주걱, 머그잔 용도를 겸하도록 늘리고 줄이는 것이 가능한, 삶은 달걀을 담는 컵―을 구현해냈다. 하지만 그런 발명품은 사람들의 관심을 끌 만한 것은 아니었다. 그런 것은 이미 상점에 진열되어 있었다.

아버지는 그 거대한 구둣주걱이 이미 유통 중이라는 사실을 알고 격노했다.

"그놈들이 내 아이디어를 훔쳤어."

"그놈들이라니, 누구를 말하는 거예요?"

"중국 놈들!"

이탈리아의 집에서는 물론이고 로테르담의 아이스크림 가게 에서도 비난의 화살은 중국인들에게 돌아갔다. 어머니는 아버지가 그런 생각을 가지게 된 것은 베네치아의 테라스에 내놓은 의자 하나를 중국인 노인이 가져간 이후부터라고 했다. 그 당시에 루카와 나는 아직 어렸던 터라 들었던 것을 전부 한 귀로 듣고 흘렸을 것이다. 나는 햇볕이 눈부시게 내리쬐던 날에 일어났다는 그 사건을 전혀 기억하지 못한다.

그 중국인 노인은 빨간색과 흰색 줄무늬 차양 위에 있는 문자—정통 이탈리아 아이스크림 가게, 베네치아—를 가리켰다.

"중국 사람이 아이스크림을 발명했다는 거 아시오?"

그가 아버지에게 물었다.

"아뇨."

"마르코 폴로가 1296년에 중국에서 돌아오면서 아이스크림 제조법도 가져온 거요."

"난생처음 듣는 이야기군요."

"사실이오. 모든 역사책에 나와 있어요. 역사를 공부해보면 단 한 가지 결론, 그러니까 중국 사람이 아이스크림을 발명했다는 사실에 이르게 될 거요."

아버지는 웃음을 터뜨렸다.

"아이스크림을 중국인이 발명했다고?"

아버지가 큰 소리로 말했다.

"최근 몇 년 사이에 들은 가장 웃긴 이야기로군."

"정말이오. 마르코 폴로는 20년 넘게 중국에 있었소. 그러고는 고국에 돌아와 아이스크림을 유럽에 소개한 거지."

"아이스ice가 아니라 라이스rice겠지!"

"아니, 확실히 아이스라오."

"밥과 오리 요리. 아니면 밥과 닭 요리, 밥과 칠면조 요리."

"복숭아 맛이 나는 아이스크림, 캐러멜 아이스크림, 바닐라 아이스크림."

"그 아이스크림들, 우리 가게에 다 있어요."

"마르코 폴로 덕분이고, 중국 사람 덕분이지요."

"그럼 피자도 중국 사람들이 발명한 거요?"

아버지가 궁금하다는 듯이 말했다.

"무슨 말이오?"

"중국 사람들이 마르게리타 피자도 발명했느냐 말이오? 마르코 폴로가 사각 배달통을 들고 베니스에 왔느냐 말이오? 그자가 정말로 피자 배달원이었소?"

"당신, 지금 나를 놀리는 거군 그래."

"당신은 내 가족을, 우리의 전통을 놀리고 있소. 난 오늘 아침 여섯 시에 일어나 할아버지의 제조법에 따라 아이스크림을 만들었소. 할아버지는 산에서 눈을 수확하시곤 했소."

"마르코 폴로가 처음 거기 오른 거요."

"뭘 주문할 거요?"

"딸기 아이스크림 있소?"

"우리 가게 것은 정통 이탈리아 딸기 아이스크림이오."

노인은 고개를 가로저었다.

"그건 중국이 원조요."

"그걸 간판에 쓰기라도 하라는 거요?"

"그럼 딱 좋겠군."

"당신, 뭐가 정말 딱 좋은 것인지 모르는 모양이군? '이 아이스크림 가게는 중국인 손님의 출입을 금지함'이 딱이지!"

"그건 인종 차별이오."

아버지는 두 손을 꼭 쥐었다.

"콘으로 하겠소, 컵으로 하겠소?"

"콘으로 주시오. 딸기 맛으로."

아버지는 안으로 들어가 어머니에게 주문서를 넘겼다. 어머니는 초콜릿 아이스크림과 레몬 셔벗 사이에 자리 잡은 통에서 딸기 아이스크림을 펐다. 나는 지금도 여전히 어떤 아이스크림이 어디에 있는지 머릿속에 그릴 수 있다. 하지만 이후에 루카가 아이스크림들의 위치를 죄다 바꾸었고, 새로운 아이스크림도 추가했다.

"미국 사람이 아이스크림콘을 발명했다는 건 아시오?"

아버지가 아이스크림콘을 들고 중국 노인의 테이블 앞으로 가자 그가 물었다.

"그럼 콜럼버스가 콘을 가지고 유럽에 돌아왔소?"

아버지가 말했다.

"뭔 말을 못하겠군!"

어머니는 그때 아버지가 중국 노인의 정수리에 아이스크림콘을 내던졌다고 주장한다. 아버지가 노인을 뒤쫓으며 "기다려! 당신이 주문한 중국인 딸기 아이스크림과 미국인 콘이다!"라고 소리치고 아이스크림을 던졌다는 것이다. 아이스크림은 허공을 가르며 한 바퀴 반을 돌아 날아가 노인의 머리통에 안착했다고 한다.

어머니는 행주를 들고 뛰어나가 거듭 사과했다. 이 사건 때문에 아버지는 그날 폐점 시간까지 아이스크림 가게 밖으로 나가는 것을 금지당했다. 아버지는 카운터 뒤에 서서 황소처럼 씩씩대며 콘 네 개를 박살냈다. 그 당시에는 와플 굽는 철제 틀과 목재 틀을 사용해 직접 콘을 만들었기 때문에 지금보다 훨씬 부서지기 쉬웠다. 나는 지금도 그 향기를 생생히 기억한다.

아마 그것이 내 어린 시절의 가장 좋은 추억일 것이다. 그 시절, 비가 내리는 조용한 날들, 반죽이 와플 메이커의 작은 석쇠 위에서 쉿쉿 소리를 냈다. 나는 와플 틀을 함께 눌렀고 루카가 뚜껑을 열었다. 나중에는 우리도 목재 틀을 사용하는 것을 허락받았지만 어릴 적에 콘을 돌돌 마는 일은 아버지가 도맡았다. 아버지는 종종 "이건 아주 멋진 표본이구나" 혹은 "얘들아, 이건 계속 보관해두자꾸나. 먹어버리기에는 너무 아름답잖니"라고 말했다. 어머니는 와플 틀에서 남은 반죽 덩어리들을 주걱으로 그러모았고, 우리는 그것을 서로 먼저 먹겠다고 아우성치는 어린 새들처럼 쟁탈전을 벌였다.

그렇다. 아이스크림콘은 정말로 미국에서 발명됐다. 발명자가 미국인은 아니지만 말이다. 1904년 미주리주 세인트루이스에서 열린 세계 박람회에서 시리아 출신 제과제빵사 어니스트 A. 함위는 달콤한 맛이 나는 얇은 페르시아 웨이퍼를 팔았다. 그의 옆에 자리를 잡은 아이스크림 장수는 오후에 아이스크림 접시가 다 떨어지자 더 이상 아이스크림을 팔 수 없었다. 그때 발명에 재간이 있던 시리아인이 자기 웨이퍼를 돌돌 말아 뿔 모양으로 만들면 아이스크림을 담을 수 있지 않을까 하는 아이디어를 떠올렸다. 고객들은 그것을 무척 좋아했다. 함위는 곧 세계 박람회에 참석한 다른 아이스크림 장수들을 위한 콘도 굽게 됐다.

15년 후, 펜실베이니아 아이스크림 제조업자 협회의 정기 총회에서 미국인 아이스크림 제조자 L. J. 슈마커가 "아이스크림 콘은 아이스크림 비즈니스계에서 가장 커다란 작은 것이다"라고 말한 것으로 기록돼 있다. 콘의 도래는 아이스크림 산업을 변화시켰다. 그리고 이 변화는 아이스크림 산업이 막대한 규모로 성장하는 길을 열었다. 그 이전에 아이스크림은 약국과 과자점에서만 작은 유리그릇이나 접시에 담겨 판매됐다. 콘 덕분에 아이스크림은 거리로, 도로 교차로와 학교 매점으로, 축제와 광장으로, 동물원으로 퍼질 수 있었다.

코니아일랜드에서 아이스크림 가게를 운영했던 두 형제에 관한 이야기가 있다. 사업이 부진할 때마다 그들은 예쁜 소녀들을 고용해 아이스크림콘을 손에 들고 산책길을 따라 걷게 했다. 그 결과 그들은 가장 더운 여름날보다 오히려 사업이 부진하던 그 무렵에 아이스크림을 더 많이 팔았다.

2년 전, 오슬로 시 축제에서 만난 금발의 노르웨이 프로그래머에게 우리 집안은 아이스크림을 만들어 파는 일을 한다며 나의 어린 시절 가장 좋은 추억이 콘 만드는 일이었다고 했더니 그녀의 얼굴이 빨개졌다.

"지금껏 누구에게도 말하지 않은 이야기를 들려줄게요."

그녀가 나지막이 말했다. 우리는 휴게실 테이블에 앉아 레드와인을 마시는 중이었다. 주변에 있던 시인들은 크고 작은 무리를 이뤄 대화를 나누고 있었다. 공식 프로그램은 한 시간 전에 끝난 상태였고 청중석은 비어 있었지만 개인 전용 바가 딸린 그 휴게실은 아주 생기가 넘치는 분위기였다. 그곳은 번역가, 시인, 자원봉사자, 기획자 들이 다 함께 모이는 곳이다. 청중들이 모두 돌아간 뒤 그들은 진정 아름다운 시간을, 축제의 끝없는 저녁을 누리고 있었다.

"소녀 시절에 아이스크림을 먹을 때면 언제나 섹스가 생각났어요."

프로그래머가 말했다. 그녀는 내게 충격을 주려는 듯 회청색 눈으로 나를 쏘아보았다.

"섹스 근처에도 가본 적이 없던 열네 살 때, 둥근 공 모양의 아이스크림을 혀끝으로 빙빙 돌려가며 먹다가 마침내 양 입술 사이로 그 아이스크림을 넣었어요. 그러고는 혀끝으로 천천히 입술을 핥았죠. 섹스가 아마 그럴 거라고 생각했어요."

나는 그녀에게 1930년대에는 조신한 여성이라면 거리에서 아이스크림을 먹지 않았다고 말했다. 그들은 아이스크림을 집에 가져가 접시에 비우고 스푼으로 둥근 공 모양 아이스크림을 떠먹어야 했다.

함위가 정말로 그 유명한 콘을 발명한 사람인지에 대해서는 의심의 여지가 있다. 프랑스의 자동차 기술자 루이 레아르가 발명했지만 이미 에트루리아 여자들이 입고 다녔던 비키니처럼 아이스크림콘은 함위의 발명 이전에도 등장했다. 1888년에 출간된 『A. B. 마샬 부인의 요리책』은 아이스크림이 가득한 콘인 '마거릿 코르네' 만드는 법을 자세히 다룬다. 하지만 나는 이러한 사실로 아버지를 괴롭힐 마음은 없었다. 아버지는 세인트루이스에서 돌로미티 출신의 한 이탈리아 사람이 시리아 출신 제빵사를 도와 콘을 만들었으며, 그 사람만이 콘을 만든 유일한 사람은 아니라고 확신했다. 지방 신문의 기자이자 아마추어 역사가인 세라피노 달라스타에 따르면, 보도 디 카도레 출신의 한 아이스크림 장수가 콘의 발명에 관여했다고 한다.

"그러니 아이스크림콘은 미국인보다는 이탈리아인이 발명했다고 할 수 있는 거지."

이것은 아버지의 확실한 신념이었다. 또한 아이스크림이 아시아에서 기원했다는 말은 아버지에게 어처구니없는 헛소리였다. 중국인 영감탱이를 쫓아내고 나서, 아버지는 이웃집 아들에게 도서관에서 마르코 폴로에 관한 책들을 빌려와 달라고 부탁했다. 그날 저녁 아버지는 『동방견문록』의 원본은 사라졌으며, 현존하는 가장 오래된 원본은 베네치아의 상인이자 탐험가가 죽고 대략 75년이 지난 뒤인 1400년대까지 거슬러 올라간다는 사실을 알게 됐다. 그 책에는 아이스크림에 대한 언급은 물론 만리장성에 대한 언급도, 중국인이 젓가락으로 음식을 먹는다거나 차를 마신다는 언급도 없었다. 어떤 역사가들은 그 여행 기록의 신빙성을 의문시한다. 마르코 폴로가 다른 사람들의 이야기를 하나하나 나열한 것 일뿐이라는 의혹이 있기도 하다. 이때는 런던에 근거를 둔 중국 연구학자 프랜시스 우드Frances Wood가 논쟁적인 연구서『마르코 폴로는 중국에 갔었는가?』를 출간하기 몇 년 전이었다. 하지만 그때 이미 아버지는 세계적으로 유명한 탐험가가 자신이 글로 소개한 나라에 발을 들여놓지도 않았다고 100퍼센트 확신했다.

"마르코 폴로는 사기꾼이야!"

한밤중에 아버지가 소리쳤다.

"그만 잠 좀 잡시다."

어머니가 답했다. 아버지는 여러 날 동안 차양 위에 쓴 문자를 지적했던 노인을 기다렸지만 그는 결코 다시 오지 않았다. 그래서 아버지는 양지에 앉은 다른 중국인 손님에게 다가갔다.

"당신네들은 절대 아이스크림을 만들지 않았소."

아버지가 말했다.

"당신들이 아이스크림을 만들었다는 주장은 역사적으로 틀렸소."

"무슨 말을 하시는지 모르겠군요."

그 남자가 대답했다.

"중국 사람들이 아이스크림을 발명한 것도 아니고, 거대한 구둣주걱을 생각해낸 것도 아니란 말이오!"

1960년대에 네덜란드의 아이스크림 가게들은 이주 노동자로 네덜란드에 온 남부 이탈리아인들 때문에 홍역을 치렀다. 그들은 쉬는 날이면 작은 무리를 지어 아이스크림 가게로 와서 개별 테이블을 차지하고 앉아 야단법석을 피웠다. 여자 옆에 앉아 치근거리며 성가시게 굴기도 했다. 어떤 아이스크림 가게들은 창문에 이탈리아어로 '이탈리아인 출입 금지'라고 쓴 안내문을 붙이기도 했다. 아버지는 '중국인 출입 금지'라는 안내문을 붙이고 싶어 했다. 하지만 어머니는 용납하지 않았다.

"누구든지 환영해. 남녀노소, 부자든 가난한 사람이든 상관없어. 아이스크림은 모든 사람들을 위한 거야."

이렇게 1세기도 더 된 과거, 런던에서 카를로 가티가 페니 릭스로 꿈꿨던 비전이 메아리쳤다. 아버지는 패배를 인정했지만 평생 동안 중국인을 적대했다.

몇 년 전 중국 고시 선집 한 권을 우연히 발견했을 때, 마르코 폴로가 죽기 100년 전에 태어난 양완리楊萬裏의 시 한 편을 찾아보았다. 정말 놀랍게도 그 시인은 "응결된 것처럼 보이나 뜬 것 같기도" 하고 "마치 눈처럼 태양 빛에서 녹기도 하는" 유백색 물질에 대해 썼다.[F] 나는 이 시를 아버지에게 들려줬다. 아마 아버지가 약 올라 할 것이라고 생각했지만 그는 의외로 "난 중국 사람을 좋아하지 않아. 그리고 시도 좋아하지 않아"라고 말할 뿐이었다.

ICE-CREAM MAKERS

지난날의 눈

부모님은 나를 펠트레에 있는 기숙학교로 보냈다. 내가 여섯 살 때였다. 이것은 아이스크림 장수의 자식으로 태어난 운명이었다. 아기, 걸음마를 배우는 유아, 미취학 아동일 때 아이스크림 장수의 자식은 아이스크림 시즌마다 가게에서 부모와 함께 지낸다. 그러나 이후로는 학교에 가야 한다. 이탈리아에서는 그렇다. 장점은 겨울을 집에서 보내고 세 달이나 되는 긴 여름방학을 네덜란드에서 보낸다는 것이다. 단점은 나머지 기간 동안에 수녀들이 운영하는 기숙학교에서 살아야 한다는 점이었다.

내가 다닌 학교의 수녀들은 보수적이고 권위적이었지만 읽고 쓰고 계산하는 법을 가르쳐주었다. 나는 배우는 것을 좋아했다. 오른손에 펜을 쥔 채 공책 위로 몸을 숙이고 있기를 좋아하는 아이들 중 하나였다. 그리고 종종 나를 흉내 내던 루카의 말이 사실이라면 나는 혀를 입 밖으로 쑥 내밀곤 했다. 루카는 2년 뒤에 나를 따라 펠트레에 왔지만 수녀들의 체제에 마음을 붙이지 못했다. 수녀들은 매우 엄격했다. 때로 그들은 손바닥으로 우리를 때리곤 했다.

"엄마랑 아빠가 보고 싶지 않아?"

루카는 거의 매일 이렇게 물었다.

"조금."

이것이 나의 표준적인 대답이었다. 나는 강해지려 애썼다.

"나는 엄마, 아빠가 많이 그리워."

"부모님은 일을 해야 하잖아."

내가 말했다.

"아이스크림 제조기는 계속 돌아가야 돼."

"휘돌리고, 휘돌리고, 휘돌리고."

루카가 말했다. 아버지가 그걸 설명해준 적이 있었다. 우리는 아이스크림 제조기가 멈추면 안 된다는 것을 꼭 알아야 했다.

루카는 읽고 쓰는 것을 어려워했다. 나와 달리 동생은 읽고 쓰기를 즐기지 못했다. 루카는 책을 몹시 싫어했다. 공부보다는 수녀들이 보이지 않을 때 긴 복도를 뛰어다니는 것을 더 좋아했다. 가끔 루카는 그런 행동에 푹 빠졌다가 가장 나이 많은 수녀에게 걸려 호되게 매질을 당하곤 했다. 그 수녀의 턱에는 굵직한 털이 세 가닥 난 사마귀가 있었다. 하지만 그것이 최악은 아니었다. 루카는 그 수녀에게서 역겨운 냄새가 난다고 했다.

"그 냄새 나지 않아?"

루카가 물었다. 나는 고개를 저었다.

"그 수녀가 손을 들어 올리면 예복이 같이 올라가. 그러면 세상에서 가장 괴상한 냄새가 나."

나는 항상 코를 책에 박고 있었기 때문에 루카가 맡았던 냄새를 느끼지 못했는지도 모른다. 내 곁에는 항상 학교 냄새가 붙어 있었다. 낡고 축축한 책들이 뿜어내는 경이로운 냄새. 나는 책장에 손가락을 대고 한 줄 한 줄 글을 읽곤 했다. 언젠가부터 내가 동생에 비해 부모님을 덜 그리워하게 된 것은 책 때문일 것이다.

밤에 루카는 종종 내 침대 속으로 기어들어 왔다. 우리는 서로의 손을 꼭 잡았다. 마치 아무도 깨부술 수 없는 사슬의 고리인 듯 단단히 잡았다. 나는 그의 귀에 입을 가까이 대고 그날 하루 동안 읽은 책에 나온 이야기를 들려주면서 그의 호흡이 잔잔해기를 기다렸다.

중학교에 들어가자 트레몬티 외할머니가 우리를 돌봐주기 시작했다. 외할머니는 어두운 회색 머리칼에 손가락은 관절염 때문에 꼬부라져 있었지만 언제나 당당하고 강직했다. 그녀의 아버지는 독일 울름에서 아이스크림 가게를 운영했었다. 전쟁 중에 영국군이 그 지역을 폭격했을 때 외할머니 가족은 지하실에 숨었다.

"무서워하지 마."

아버지가 딸들에게 말했다.

"이건 천둥 같은 거야. 곧 지나갈 거야."

그의 아내는 머리를 가로저었지만 소녀들은 울지 않았다. 그들은 아이스크림 제조기와 냉장고와 곤돌라 모양의 유리 접시들을 비롯한 모든 것을 잃었지만 살아남았다. 외할머니의 가족들은 돌덩이들과 먼지 더미를 헤치고 걸어 나왔다.

아말리아 트레몬티는 침대 옆 탁자 위에 남편의 사진을 넣은 액자를 올려놨다. 그녀의 남편은 도비아코에서 코르티나담페초로 이어진 도로에서 사고로 목숨을 잃었다. 어느 겨울날, 한 굽이를 돌기 직전에 추월을 하려다 사고가 났다. 친구들은 함께 나무 십자가를 만들어 그 길가에 세웠다. 아말리아는 사고 현장에 절대로 가지 않았다. 그녀는 자기 아버지가 딸들에게 돌무더기에서 걸어 나와 툭툭 털고 계속 걸어가라고 했던 말을 그대로 따른 것이다.

아밀리아 트레몬티는 매일 뼈만 앙상한 굽은 손가락으로 양파와 토마토를 썰어 파스타를 만들어주었다. 그녀는 배려심이 깊었으나 가끔은 냉담했다. 그녀는 우리가 로테르담의 아이스크림 가게에 전화하는 것을 잘 허락해주지 않았다. 나는 루카에 대해서 책임감을 느꼈다. 동생이 숙제와 씨름할 때면 꼭 도와주었다. 그리고 가끔 밖에서 더 많이 놀기 위해 수학 숙제를 대신 해주기도 했다. 거리를 걸을 때면 루카는 항상 내 손을 잡았다. 우리는 그렇게 학교까지 걸어갔다. 외할머니는 그것을 정말 좋아하지 않았다. 외할머니의 눈에 두 소년이 손을 잡는 것은 적절하지 않은 행동이었다.

여름방학이 되면 우리는 이모를 따라 기차를 타고 로테르담으로 향했다. 네 달 만에 보는 부모님이었다. 초원은 나날이 초록색으로 물들었다. 민들레들이 갑자기 얼굴을 내밀어 목초지를 노랗게 물들였고, 태양은 좀 더 따뜻한 느낌을 주기 시작했다. 이 모든 것이 테이프를 빨리 감듯 순식간에 일어났다. 그러나 우리에게 시간은 꽁꽁 언 12월의 날들처럼 지나갔다. 우리는 몇 달 동안 부모님과의 재회를 학수고대했다.

나는 지금도 어머니의 눈물과 우리를 꼭 껴안은 어머니의 팔을, 우리를 놔줄 생각이 없던 그 팔을 잊지 못한다.

"나도 한번 안아봐도 될까?"

아버지는 매년 이렇게 물었다.

"나도 좀 안아보고 싶구나."

그리고 나서 아버지는 우리를 꼭 껴안았다. 아버지가 뻣뻣한 수염이 난 뺨을 우리의 부드러운 뺨에 비벼대도 싫지 않았다. 까칠하게 자란 내 수염 역시 할퀴기 전까지는 말이다.

우리는 아이스크림 가게에서 일을 도우며 산악 지방의 날들보다도 긴 날들을 즐겼다. 부모님은 보통 손님들을 상대했고 그 사이에 나는 루카와 주방에서 아이스크림을 만들었다. 우리는 제조법을 향상하려 노력했다.

"망고 아이스크림 맛봤어?"

루카가 물었다.

"당분이 부족한 것 같아. 너무 텁텁해."

"우선 바닐라 아이스크림을 살펴보자."

내가 대답했다.

"식감은 훨씬 부드러운데 바닐라가 고르게 들어 있지 않아."

이 무렵은 아직 시를 발견하기 전이었다. 셸리의 시 정신이 그랬듯이 우리의 정신은 딱 한 가지 대상만을 창조한다. 그때 그 대상은 아이스크림이었다.

"화이트 초콜릿을 첨가하면 어떨 것 같아?"

"화이트 초콜릿을 첨가한 수박 아이스크림?"

"맞아."

동생이 대답했다.

"스트라차텔라[40]. 하지만 그것과는 달라. 완전히 달라."

---

40 stracciatella. 달걀을 풀어 치즈, 소금 등과 섞은 뒤 끓는 육수에 흩뿌리듯 넣어 만드는 이탈리아식 수프.

"이 이야기는 베피의 귀에 안 들어가게 해."

우리는 이미 새로운 맛 아이스크림—캐러멜과 바나나 맛, 오렌지와 생강 쿠키 맛, 달콤하고 짭조름한 땅콩 맛—을 내놓자고 몇 차례 제안한 적이 있다.

"우리 손님들은 그런 거 별로 안 좋아해."

아버지는 항상 이렇게 말했다.

"손님들은 매일 같은 아이스크림을 먹고 싶어 해."

"그럼 우리가 한번 만들어 팔아봐도 돼요?"

"나중에."

아버지가 대답했다.

"나중에, 너희들이 이 아이스크림 가게를 맡으면 해봐."

우리는 베네치아를 맡게 되면 가장 기묘한 맛의 아이스크림을 만들어보자고 맹세했다. 저녁에 고미다락에서 잠자리에 들 때면 우리는 환상적인 미래, 과학소설에나 나올 법한 다양한 맛 아이스크림에 대해 이야기했다.

"꿀 아이스크림."

동생이 말했다.

"잣을 넣은 리코타."

"코코넛과 계피."

"당근이랑 호두."

"4월에는 아스파라거스 아이스크림!"

"오이 셔벗."

"붉은 과즙으로 만든 아이스크림."

"붉은 과즙 푸딩은 어때?"

"좋아, 하지만 언 것이어야 해."

나중에 내가 통조림 속의 청어처럼 비행기를 타고 세계를 두루 누빌 때 아이스크림 가게를 떠맡은 동생은 약속대로 우리가 그날 밤에 열거한 온갖 아이스크림을 만들었다. 그것들 말고도 훨씬 더 다양한 맛의 아이스크림들도 만들어냈다. 아버지의 보수주의는 무장을 해제했다. 동생이 아버지 앞에 한 국자 가득 푼 아이스크림을 내밀면 호기심 가득한 아이처럼 아버지는 그것을 크게 한입 먹었다.

"정말 기가 막힌 맛이로구나."

아버지는 자기 할아버지의 아이스크림을 처음 맛봤던 사람들처럼 두 눈을 감은 채 말했다.

"그런데 이건 뭐니?"

"사과와 배를 넣은 블루치즈예요."

동생이 대답했다.

"정말 믿기지 않는 맛이로구나."

한번은 내가 베네치아의 실외 테라스에서 두 명의 젊은 시인과 아이스크림을 먹고 나서 아버지에게 값을 치른 적이 있다. 그때 아버지는 이렇게 말했다.

“이 식객들 것도 네가 계산할 거냐?”

“이 사람들은 시인이에요.”

아버지는 경멸 어린 눈초리로 그들을 노려보았다.

“저 두 사람에게 진정한 예술가를 만나고 싶거들랑 루카를 보라고 해라.”

동생은 언제나 나보다 한 수 위였다. 달걀 360개의 흰자와 노른자를 분리하는 데 동생은 15분이면 충분했지만 나는 거의 40분이나 걸렸다. 하지만 루카는 그런 이야기를 절대 꺼내지 않았다. 긴장감이나 경쟁 따위는 없었다. 우리는 함께 아이스크림을 만들었고, 같은 꿈을 꾸었다. 동시에 부모님에 대해 깊은 애정을 느꼈다. 로테르담에서 우리가 보낸 마지막 날의 동이 트기 전이었다.

9월 초에 우리는 베나스로 돌아가야만 했다. 아이스크림 가게는 10월 말까지는 영업을 했다. 그래서 우리는 두 달 동안 외할머니 댁에서 지내면서 외할머니의 냄새를 맡고, 우리의 머리를 헝클어뜨리는 외할머니의 손길을 느끼고, 외할머니의 힘에 밀리지 않으려 맞섰지만, 마침내 겨울이 왔을 때는 우리 가족의 뿌리가 튼튼하다는 것을 확인하곤 했다. 우리 네 식구는 주방의 따뜻한 난로 앞에 다시 한번 둘러앉았다. 늘 자기가 앉던 의자에 앉아 깊이 파인 접시에서 음식을 낚은 포크를 손으로 살살 돌렸다.

아이스크림 장수들의 귀환은 봄이 자연에 새 생명을 불어넣 듯이 마을에 활기를 불어넣었다. 그러나 봄의 도착과는 달리 모든 것이 며칠 사이에 일어났다. 8개월 동안 잠들었던 베나스 가 갑자기 깨어났다. 차들이 부릉부릉 엔진 소리를 내고 경적 을 울리며 마을을 선회하자 집집마다 덧문이 열리더니 사람들 이 창밖으로 머리를 내밀었다. 마치 연합군의 도착 같았다.

피자 가게는 다시 손님들로 가득 차고 빵집 앞에도 손님들 이 한 줄로 늘어섰다. 사람들은 매출액에 대해서, 누가 새 메르 세데스를 타고 왔는지에 대해서 잡담을 나눴다. 정육점 주인은 수요를 맞출 수 없었다. 거리는 더 이상 집에서 나온 노인들과 어린아이들만 있는 곳이 아니었다. 저녁이면 남자들은 술집에 들러 카드놀이를 하고 늦은 시간에서야 별이 총총한 맑은 하늘 아래로 비틀거리며 집으로 돌아갔다. 그들은 곤드레만드레 취 해 더없이 행복했다. 그때만큼은 긴 노동의 나날로부터 자유로 웠다. 일요일이면 멋진 옷을 차려입은 가족들이 줄줄이 걸어가 는 모습을 볼 수 있다. 곧 교회의 모든 신도석은 교인들로 가득 찼다. 예배가 끝난 후에는 모든 사람들이 집으로 슬슬 돌아가 산이 보이는 전망 좋은 곳에서 와인을 마시고 구운 고기를 먹 으며 한담을 나누고, 마지막으로는 친숙한 향기를 뿜어내는 모 카포트에서 추출한 에스프레소를 따라 마셨다.

바람이 산 비토에서 로렌자고 디 카도레에 이르기까지 모든 골짜기를 휩쓸고 지나갔다. 마치 크리스마스 같았다. 크리스마스 두 달 전이었지만 그때처럼 기쁨과 쾌감이 넘쳤다. 모든 사람들이 자유로웠다. 이것이 그들이 여름을 희생했던 이유다. 휴식을 얻자 잔병이 사라졌고 여기저기에서 아기가 생겼다. 아이스크림 장수의 아이는 대부분 여름에 태어난다. 루카와 나는 삼복더위 때 태어났다.

물론 결코 끝나지 않는 경쟁이 있었다. 가장 맛있는 아이스크림을 만드는 사람은 누구일까? 누가 완벽하게 결빙된 요구르트를 처닝해낼 수 있을까? 경쟁은 보통 네덜란드 내에서 이루어졌지만 일부 아이스크림 장수들은 이탈리아 산악 지방으로 돌아와서도 경쟁을 계속하면서 자기 아이스크림이 더 부드럽다, 더 미색이다, 더 맛있다고 주장했다. 즈볼러에 있는 두 개의 아이스크림 가게의 주인들 사이에 벌어졌던 수치스러운 거리 싸움이 증명하듯이 때로는 상황이 엉망으로 변하기도 했다.

"네 딸기 아이스크림은 산딸기 맛이야!"

한 아이스크림 생산자가 거리 맞은편에 있던 경쟁자에게 고함쳤다.

"네 바나나 아이스크림은 배 맛이야!"

경쟁자가 반격했다.

"네 놈의 바닐라 아이스크림은 콧물이랑 구별이 안 돼!"

"네 놈의 초콜릿 아이스크림은 소똥이다!"

그러고는 누구도 예견할 수 없었고 보편적으로 이해될 수도 없었던 최후의 모욕적인 언사가 튀어나왔다.

"내 살구 아이스크림에서는 네 놈 마누라 맛이 난다!"

아이스크림 장수들은 도로 한가운데에서 상대방을 칠 기세로 주먹을 꽉 쥐었다. 그들은 동전을 구부렸던 자기 할아버지만큼이나 힘이 셌던 귀도 자두스가 뜯어말릴 때까지 운동장에서 맞붙은 십 대 소년들처럼 싸웠다.

이튿날, 바 포스타에 모여든 여러 아이스크림 장수들이 전날의 사건에 대해서 농담을 나눴다.

"내 블랙 커런트[41] 아이스크림은 그레고리의 오른쪽 눈만큼이나 검어."

"내 체리 아이스크림은 벨피의 피만큼이나 진해."

그때 또 다른 논쟁이 벌어졌다. 그것은 살벌하지는 않았으나 살벌한 싸움 못지않게 격렬했다. 카도레에 있는 대부분의 마을—베나스, 보도, 피에베, 발레, 칼랄조, 시비아나—은 자기 할아버지나 증조할아버지가 아이스크림을 발명한 사람이라고 주장하는 아이스크림 장수를 자랑거리로 여겼다. 어떤 아이스크림 장수들은 그저 심심풀이로 그런 논쟁에 참여했지만 어떤 사람들은 아주 심각한 태도로 논쟁에 참여했다. 그 미스터리를

---

41 black current. 까막까치밥나무의 검은 열매.

함께 풀어보고자 루카와 나는 오스트리아, 헝가리, 독일, 네덜란드에서 아이스크림 가게를 운영하는 자식을 둔 주름진 노인들을 방문했다.

가끔 이 일은 1분도 채 안 돼서 끝났다. 문제의 아이스크림 장수가 귀머거리였기 때문이다. 거의 알아들을 수 없는 말만 하는 노인들이 있었다. "젤라토"[42]란 단어를 뺀 나머지 말들은 알아듣기 힘들었다. 게다가 시뇨르 잠피에리라는 노인은 우리를 매수하려 했다.

"우리는 할아버지의 조부께서 아이스크림을 발명했다는 이야기를 들었습니다."

그의 집 현관 계단에 올라섰을 때 우리가 말을 꺼냈다.

"혹시 그 사실을 입증할 증거가 있으신지요?"

"들어오너라."

시뇨르 잠피에리가 말했다.

"맛있는 초콜릿 쿠키가 있단다."

그는 우리 앞에 쿠키 한 접시를 내놓았다. 얼마든지 마음껏 먹으라는 이야기도 덧붙였다.

"조부님은 드레스덴에 있는 시장에서 일을 시작하셨지."

시뇨르 잠피에리가 말했다.

---

[42] gelato. 달걀으로 만든 이탈리아 저유지방 아이스크림.

"조부님은 손으로 처닝해 아이스크림을 만드셨지만 누구도 그걸 사려고 하지 않았어. 사람들이 먹어본 적 없는 음식이었거든. 심지어 아이스크림이란 걸 아예 모르는 사람도 많았던 시절이었지. 아이스크림이 녹기 시작했을 때 조부님은 지나가는 행인에게 그걸 공짜로 나눠주기 시작하셨단다. '아이스크림이 공짜예요!' 하고 고함을 치면서 말이다. 조모님은 조부께서 실성해서 저러는 모양이라고 생각하셨어. 하지만 사람들이 일단 한번 먹고 나자 곧 잘 팔리기 시작했지."

"언제 적 일인가요?"

루카가 물었다.

"생각 좀 해보고."

시뇨르 잠피에리가 말했다.

"얘들아, 쿠키 하나 더 먹으렴."

2분쯤 지나고 그가 또 다른 이야기를 시작했다.

"아, 정말 힘든 시절이었지. 아버지는 겨울에 돈을 구하려고 자전거를 타고 이탈리아로 돌아가셨어. 네덜란드에서 이탈리아까지 쭉. 아버지가 베니스에 도착하셨을 때 어머니는 무척 화를 내셨단다. 아버지가 바지를 세 벌이나 못 쓰게 만들었거든! 바지 세 벌 값이면 기차표는 족히 구할 수 있는 돈이었지."

"잠피에리 씨."

내가 끼어들었다.

"동생은 할아버지의 조부께서 드레스덴에서 아이스크림을 파실 때가 언제인지 묻는 겁니다."

"아주 오래 전이지."

그가 대답했다.

"너희들이 태어나기 전이고, 내가 태어나기도 전이지."

그가 바깥 풍경을 보며 돌로미티 산맥을 가리켰다.

"저 산맥이 언제부터 존재했는지 정확히 아는 사람은 아무도 없어."

나는 동생을 바라보았다. 루카는 접시에서 쿠키 하나를 집어 들었다.

"우리가 황금 위에 살고 있다는 걸 아니? 우리는 그 황금에 다다를 수는 없지. 거기까진 너무 깊거든."

"주제를 벗어나지 말아주시겠어요?"

"아, 그래. 아이스크림. 우리는 이탈리아 행상인들과 일하곤 했지. 나는 그들에게 잠자리, 식비, 왕복 여행비를 제공했어. 그 것에 더해 한 달에 600리라와 담배 열 개비도 지급했어."

그는 잠시 자기가 꺼낸 이야기를 숙고하면서 속으로 상황을 판단해보는 것 같았다. 그러고는 입을 열었다.

"너희 둘이 똑똑하다면 한 구멍을 팔 거다. 어쩌면 너희들은 그 황금을 손에 넣을 수도 있겠구나."

그의 말에 루카의 호기심이 발동하는 듯 보였지만 동생은 곧 이렇게 물었다.

"할아버지의 조부께서 왜 아이스크림을 발명했다고 생각하세요?"

"조부님은 드레스덴 시장에서 아이스크림을 팔려고 하셨지. 하지만 아무도 그걸 사려 하지 않았어. 아이스크림이 뭔지 몰랐거든. 아무도 몰랐어! 그러니까 말이야, 조부님은 방금 아이스크림을 발명하신 거였거든."

동생은 고개를 가로저었다.

"피에베에 사시는 마리넬로 씨는 자기 할아버지가 아이스크림을 발명하셨다고 하더군요."

내가 말했다.

"마리넬로는 나이가 아흔이 넘었어. 그 양반의 기억력은 구멍이 숭숭 뚫린 스위스 치즈 같아."

그 전날, 우리는 옛날 피에베에서 아이스크림을 팔았던 노인을 찾아갔었다. 그는 마주앉은 안락의자에서 잠에 빠져들었다. 우리는 그를 깨우기가 두려웠다.

"만일 그 노인네에게 자기 가족이 햄버거를 발명했느냐고 물으면 그렇다고 대답했을 거야."

시뇨르 잠피에리가 자리에서 일어나더니 캐비닛에서 사진첩을 하나 꺼내왔다.

"이게 나야. 젊고 나름대로 잘생겼을 때지."

사진 속에는 한 손에 모자를 든 남자가 있었다.

"정거장 보여? 코르티나 근처의 주엘에 있지. 지금은 사라졌지만 스키 점프대가 있는 곳 바로 맞은편에 있었던 거야."

"혹시 조부님 사진을 가지고 계신가요?"

내가 물었지만 무시됐다.

"만일 마리넬로에게 1956년 올림픽 게임 때 그 스키 점프대에 올라갔느냐고 묻는다면 그 노인네는 이번에도 그렇다고 대답할 거야."

그때 무언가가 내 뇌리를 스쳤다.

"아이스크림이 사진술보다 앞서 발명됐어요."

"그러니 할아버지는 조부께서 아이스크림을 발명했다는 걸 입증할 수 없어요."

루카가 말했다.

"누구도 그걸 입증할 순 없어."

시뇨르 잠피에리가 조금 짜증 섞인 목소리로 설명했다.

"누구도 자기 할머니가 카르보나라를 발명했다는 걸 입증할 수 없듯이 말이야."

그는 우리에게 굳은살이 박인 엄지손가락을 보여주었다. 아버지의 손가락과 같았다. 언젠가는 내 동생의 엄지손가락에도 그처럼 굳은살이 박이겠지만 내 손은 그렇게 될 리 없었다. 내가 아무리 많은 시를 읽더라도, 아무리 많은 시집의 책장을 넘기더라도 피부는 단단해지지 않을 것이다. 독서용 램프의 불빛에 비친 내 엄지손가락은 여전히 매끄럽고 부드럽다.

"여기 증거가 있어."

잠피에리 씨가 말했다.

"이 거칠고 무딘 엄지손가락, 아버지가 못 쓰게 만든 바지 세 벌, 할아버지가 드레스덴 시장에서 공짜로 아이스크림을 나눠 준 이야기가 그 증거지. 할머니께서 할아버지가 미쳤다고 생각했던 일도 증거고."

접시 안의 쿠키가 바닥났다. 하지만 시뇨르 잠피에리의 이야기는 한없이 계속됐다.

"조만간 다시 들르지 않겠니?"

그가 물었다. 우리는 작별인사를 하고 곧 다시 들르겠다고 약속했다. 조금 지나 우리는 손을 잡고 아이스크림 장수들의 골짜기를 걸었다. 심지어 우리 부모님이 베니스에 있을 때조차도 우리는 계속 손을 붙잡고 다녔다. 어떤 사람들은 우리를 재밌다는 듯이 빤히 쳐다봤다.

눈부신 겨울날이었다. 공기가 맑고 차가웠다. 면도날같이 날카로운 산맥의 윤곽이 뚜렷이 보였다. 아직 눈은 오지 않았다. 9일 뒤에야 단 하나의 얼음 결정체로 이루어졌지만 모양은 섬세한 첫 눈송이가 떨어졌다. 골짜기 전역에 걸쳐 거위털처럼 바람에 날리는 눈송이들이 땅바닥에 내려앉으려 고군분투했다.

눈송이들은 지상에 닿았을 때도 녹지 않았다. 눈송이들은 세상을 순화하고 도로와 들판에 삼켜지는 듯이 보였다. 아침이었다. 정오 무렵에는 눈이 메뚜기 떼처럼 두텁게 쌓였다. 산맥은 보이지 않았다.

그 산악 지방에 사는 사람들에게 겨울의 첫눈에는 언제나 마법과 같은 것이 존재했다. 그와 동시에 첫눈은 꽤나 소박한 것이었다. 그들은 첫눈이 언제 올지 알았다. 어떤 사람들은 눈 냄새를 맡기도 했다. 그 냄새는 공기 중에 떠돌았다. 첫 눈송이가 날리기 사흘 전, 그들은 온종일 첫눈 이야기만 했다. 사람들은 내일이나 모레 첫눈이 올 거라고 말했다.

마침내 첫눈이 내렸다. 우리는 고미다락에서 썰매를 꺼내 비탈진 하얀 목초지를 내달렸다. 갓 내린 눈을 만끽했다. 내가 앞에 타고 루카가 내 뒤에 앉았다. 우리는 앞으로 다리를 쭉 뻗었다. 내 등에 동생의 배가 붙었다. 우리는 봅슬레이라도 타듯 속도를 줄이지 않았다. 1960년대에 피에베 출신의 로렌초 형제는 봅슬레이 챔피언이 됐다. 그들은 위트레흐트에 아이스크림 가게를 가지고 있다. 우리가 품은 꿈을 말하자면, 유사한 운명이 우리를 기다리고 있었다.

우리는 베피에게 눈 위를 훨씬 더 빠르게 달릴 수 있도록 더 짧은 날을 장착한 썰매를 만들어달라고 청했다. 아버지는 지하실로 내려가더니 꼬박 이틀이 지나서야 앉을 자리까지 갖춘 썰매를 가지고 나왔다. 그것은 썰매를 밀다가 차례로 뛰어들어가 앉아야 하는 일종의 고치였다.

"지금이야!"

루카가 소리쳤다. 나는 고치 안으로 뛰어들었다. 눈 깜짝할 사이에 내 등에 루카의 몸이 닿았다. 처음부터 우리는 썰매가 이상하다는 것을 이따금 느꼈다. 결국에는 서로 상대의 몸 위에 번갈아 누운 꼴이 됐고, 그러다가 썰매는 전복되고 말았다. 사방에 눈이 있었다. 심지어 속옷 안에도 눈이 들어왔다. 루카의 붉은 뺨이 웃고 있는 내 입에서 채 3센티미터도 떨어져 있지 않았다. 잠시 후 우리는 썰매 기술을 연마하기 시작했다. 곧 우리는 뛰어난 봅슬레이 선수들처럼 비탈을 쌩하고 질주하게 됐다. 우리는 몇몇 둔덕을 가로질러 매섭게 질주했고 험난한 굽이들을 잽싸게 돌아 미래를 향해 더욱더 빠른 속도로 내달렸다. 하지만 꿈은 결코 실현되지 않을 것이다.

저녁 식사 자리에서 우리는 아이스크림 발명자를 찾으려는 일에 대해서 질문을 받았다.

"세라피노 달라스타를 찾아가서 이야기해봐야 해. 그 사람은 아이스크림콘을 누가 발명했는지 알아. 아마 아이스크림을 발명한 사람도 알 거다."

아버지가 말했다. 우리는 아이스크림의 기원을 찾을 수 있을 거라고 더 이상 생각하지 않았다. 우리가 시뇨르 마리넬로를 두 번째 방문했을 때 그는 내내 깨어 있었다. 하지만 그의 이야기는 우리가 조금이라도 진실에 가까이 다가가는 데 도움이 되지 않았다.

"아름답지 않니?"

그가 창밖을 응시하며 말했다.

"뭐가요?"

"눈 말이다."

루카와 나는 아무 말도 하지 않았다. 며칠 동안 줄곧 눈이 내렸다. 적어도 우리 생각에 눈은 이제 그쳐야 했다.

"내 조부님이 터벅터벅 걸으시며 밟던 그때의 눈과 똑같아."

시뇨르 마리넬로가 말했다.

"조부님은 겨울에는 포 골짜기에서 제과 기술을 연마하셨고 베니스에서는 혼합 재료를 식히는 방법을 배우셨어. 필요한 소금은 시칠리아에서 들여오셨지."

그는 건망증이 심해 별안간 자신의 증조모가 햄버거를 발명했다고 주장할 만한 사람처럼 말하지는 않았다.

"그때가 언제쯤이었죠? 할아버지의 조부께선 베니스에 언제 계셨나요?"

루카가 물었다.

"아마 증조부님이셨을 거야."

시뇨르 마리넬로가 대답했다.

"어쩌면 고조부님이셨거나."

루카의 왼쪽 눈썹이 치켜 올라갔지만 나는 시뇨르 마리넬로의 이야기를 끝까지 들을 준비가 되어 있었다.

"나는 거의 100년 전에 태어났어. 내 고조부님은 200여 년 전에 태어나셨지."

시뇨르 마리넬로가 상세히 말했다. 너무 먼 시대의 이야기라 납득하기 힘들었다. 전해진 것이 거의 없었다. 사진도 물건도 남지 않았다. 전해진 것은 매번 새로운 세대에 의해서 왜곡되고 변질된 이야기뿐이었다.

"눈 때문이야. 모든 것이 묻히고 흔적은 지워졌어."

시뇨르 마리넬로가 설명했다. 그러나 많은 사람들이 산에서 소매를 걷어 올리고 곡괭이를 손에 든 자신들의 할아버지를 상상했다. 아마도 그들이 아버지의 선례를 그대로 따랐고, 그들의 아버지 또한 아버지의 선례를 따랐기 때문에 가능했을 것이다. 그리고 그들 중 일부는 자신들의 삶 속에 있는 눈과 똑같은 과거의 눈을 통해서 훨씬 더 먼 과거의 조상을 본다. 옛날 옛적에 최초의 아이스크림 제조자는 틀림없이 안개에, 바로 그 눈이 부신 얼어붙은 풍경에 휩싸인 채 산속에 서 있으리라.

눈은 시 속에서는 믿기지 않을 정도로 흔하다. 가을 낙엽보다도 더 흔하다. 랠프 왈도 에머슨Ralph Waldo Emerson의 유쾌한 눈, 테드 휴스Ted Hughes의 가끔은 남성답고 가끔은 여성다운 눈,

헨리 워즈워스 롱펠로Henry Wadsworth Longfellow의 "조용히, 살포시, 느리게" 내리는 눈송이. 알렉산드르 푸시킨Alexander Pushkin의 다급한 눈발. 프랑수아 비용43이 생각한 "옛날의 눈"도 있다. 하지만 내가 눈을 다르게 보기 시작한 것은 영국 시인 마우라 둘리의 시를 읽고 나서부터였다. 그때는 루카와 내가 시뇨르 마리넬로를 인터뷰하고 30년이 넘는 세월이 흐른 뒤였다. 그녀의 "한 타래의 눈"에 관한 시, 「거꾸로 뒤집힌 세상」을 읽자 문득 옛일이 떠올랐다.

> 모든 것이 하나의 공백으로,
> 모든 패턴을 상실한 패턴으로,
> 윌슨 벤틀리가 일생을 바쳐 밝히려 했던 하나의 적막함으로
> 흘러가고, 줄어든다.
> 눈송이, 둘이 똑같은 얼음꽃은 없다.G

그때까지 나는 윌슨 알윈 벤틀리Wilson Alwyn Bentley라는 이름을 깜빡 잊고 있었다. 하지만 영원히 잊은 것은 아니었다. 두 눈이 글자들을 훑고 있으려니, 황 성분의 성냥 머리에 불이 붙으

---

43 François Villon(1431~1463). 굶주림 속에서 방랑과 절도와 감옥 생활로 점철된 파란 많은 일생을 산 프랑스의 시인.

며 당장 이야기를 점화하는 것만 같았다.

"너희에게 보여줄 것이 있다."

루카와 내가 시뇨르 마리넬로를 인터뷰한 날 그가 말했다. 노인은 안락의자에서 일어나더니 책장 앞으로 갔다. 아마 잠피에리 씨처럼 앨범을 꺼내려는 모양이라고 생각했다. 하지만 아니었다. 그는 책 한 권을 꺼냈다. 거기에는 사진이 나와 있었다. 하지만 더는 존재하지 않는 정거장에서 찍은 잘생긴 젊은 남자, 즉 그의 사진은 없었다.

"이 책에는 2500점의 눈송이 사진이 있어. 윌슨 알윈 벤틀리가 찍은 사진이야."

그는 벤틀리가 버몬트주의 작은 지방인 제리코 출신이라고 말해주었다. 십 대 때 눈송이에 매료된 그는 현미경의 도움으로 눈송이들을 그림으로 그리려 애썼다. 하지만 눈 결정체는 너무 복잡해서 그대로 그릴 수 없었다. 그리기 전에 증발했다. 그런데 주름상자가 달린 스프링식 카메라가 해결책을 제시했다. 벤틀리는 현미경에 카메라를 장착하고 벨벳 옷감에 붙은 눈송이들을 포착해냈다. 눈송이는 대단히 복잡했다. 심지어 영하에서도 눈송이는 우선 녹지 않고 증발했다. 하지만 1885년 1월 15일에 윌슨 알윈 벤틀리는 자신의 첫 시료를 사진으로 촬영했다. 뒤이어 훨씬 더 많은 눈송이를 찍었다. 그는 평생에 걸쳐 5000점이 넘는 눈송이 사진을 남겼다.

"그 사람은 사진을 찍을 때마다 숨을 참았어."

시뇨르 마리넬로가 말했다. 기술적인 한계가 있었다고는 하나 어쨌든 그의 사진들은 너무나 훌륭했기 때문에 100여 년 동안 그 말고는 누구도 감히 눈송이 사진을 찍을 엄두를 내지 못했다. 나중에 벤틀리는 빗방울의 크기 측정으로도 관심을 돌렸다.

"그 사람은 눈보라를 헤치고 거의 10킬로미터를 터벅터벅 걸은 후에 폐렴으로 죽었어."

시뇨르 마리넬로가 말했다. 우리는 사진집을, 모든 눈송이 사진들을, 휘황찬란한 얼음 결정체를 바라보았다. 벤틀리에게 각각의 시료는 그 자체로 하나의 걸작이었다. 반면에 우리는 새하얀 거리를 내달리듯이 책을 휙휙 넘겨보았다.

"그 사람은 현미경으로 눈을 들여다봤어. 그때 그 사람은 아름다움이라는 기적을 목격했지. 그는 눈송이들을 그렇게 불렀어. 아름다움의 기적이라고."

시뇨르 마리넬로가 말했다. 우리는 점차 희망을 포기했다. 어쩌면 그것은 우리 마을로 이사 온 낯선 소녀와 뭔가 관련이 있을지도 모른다. 우리는 첫사랑의 열병과 함께 카도레에서 최초의 아이스크림 제조자를 찾는 일을 끝냈다. 두 사건은 직접적인 상관관계는 없었지만 완전히 우연히 일어난 일로만 볼 수는 없었다.

우리는 눈 속에서 그녀를 발견했다. 그녀는 고개를 뒤로 젖히고 입을 크게 벌리고 있었다. 그녀는 우리를 알아보고는 빤히 쳐다본 게 틀림없다. 왜냐하면 어느 순간 "너희 둘이 손 붙잡은 모습이 웃겨"라고 말했기 때문이었다. 그러고는 거센 눈발 속으로 사라졌다. 루카는 잡은 손을 떨쳐냈다. 그 소녀는 그 후로 며칠 동안 보이지 않았다. 마침내 그녀를 다시 보았을 때 그녀의 혀가 정말 길다고 생각했다. 그녀는 혀로 코끝을 건드릴 수 있었다.

"너희는 이걸 할 수 없다는 거니?"

그녀가 당혹스럽다는 듯이 물었다. 나는 그녀의 눈동자가 회색빛이 감도는 초록색인 것을 보았다. 루카가 먼저 시도했고 그다음에는 내가 혀를 내밀어봤으나 우리는 모두 실패했다.

"다시 해봐."

그 소녀가 말하고는 예고도 없이 루카의 코를 잡아당겼다.

"많이 가까워졌어. 불과 털끝만큼 떨어졌을 뿐이야."

이제 내 차례였다. 내 콧방울을 쥔 그녀의 차가운 손가락이 느껴졌다. 나는 혀를 가능한 한 길게 내밀었다. 그녀는 내 코를 힘껏 잡아당겼다. 아팠다. 루카도 분명 아팠을 테지만 그런 내색을 하지 않았다. 그녀는 고개를 가로저었다.

"너도 안 되는구나."

그러고는 말했다.

"난 소피아야."

우리도 그녀에게 자기소개를 하고 사는 곳을 말했다. 소피아는 모데나 남부 출신이었다. 부모님은 아이스크림 장수가 아니었다. 아버지는 그 지역에 있는 여러 안경 공장들 중 한 곳의 신임 공장장이라고 했다.

"나는 눈송이 두 개를 동시에 잡을 수 있어."

우리는 차가운 허공에 비상하는 것만 같은 그녀의 길고 가는 혀와 거기에 내려앉은 걸작들을 바라보았다. 우리는 숨을 멈췄다. 그날 밤, 침대에서 루카가 물었다.

"무슨 생각해?"

나는 소피아의 혀를 생각하고 있었지만 "우리 썰매에 알맞은 새로운 점프대를 생각 중이야"라고 대답했다.

"나도 마찬가지야."

루카가 대답했다. 그녀는 나보다 한 살 어리고 루카보다는 한 살 많은 열세 살이었다. 우리는 루카와 같은 나이의 소년은 그의 친구이고 나와 같은 나이의 소년은 내 친구라는 규칙에 암묵적으로 동의했다. 하지만 소피아의 나이는 우리 둘 사이였기 때문에 그녀를 누구의 친구로 볼까 하는 문제가 남았다.

이튿날 아침, 우리는 소피아의 집에 가서 초인종을 눌렀다. 그녀의 어머니가 대답했다. 딸처럼 금발 머리에 입이 아주 컸다. 노란 실내복 밖으로 햇볕에 그을린 부드럽고 길쭉한 다리를 내

밀고 있었다. 그녀의 다리 입장에서 우리는 너무 어린 애였다. 그녀가 바깥을 돌아다닐 때면 입는 꽉 끼는 스커트를 걸친 엉덩이 입장에서 우리가 너무 어린 애였듯이 말이다. 하지만 마을의 사내들은 전부 딱 맞는 나이였다. 그들은 맨 처음 그녀를 봤을 때 다들 눈을 믿을 수 없었다. 그녀는 신기루 같았다. 한겨울의 여름 여인이었다. 모두 그녀가 여기에서 무슨 일을 하는지 의구심을 가졌다. 대도시 출신의 그 미인은 의아한 존재였다. 딸도 그랬다. 소피아는 우리 세계를 뒤집어놓았다. 평소 수다스러웠던 루카는 입을 열지 못했다. 내가 모든 말을 해야 했다.

"우리한테 썰매가 있어. 같이 썰매 탈래?"

"잠깐만 집 안에 있고 싶어."

소피아가 대답했다.

"그래."

그래서 우리는 그녀의 집에 들어갔지만 무엇을 가지고 놀아야 할지 몰랐다.

"편하게 외투 벗지 그래?"

잠시 후에 소피아가 말했다. 그녀의 어머니가 차를 한 잔씩 주었다. 그러고는 옷을 갈아입으려는 듯 자리를 떴다. 왜냐하면 얼마 뒤 꽃무늬 장식이 있는 자주색 드레스를 입고 다시 등장했기 때문이다. 그 옷의 풍경은 7월이었다. 하늘 높이 태양이 떠 있었다. 소피아는 어머니를 보고 미소 지었다. 루카와 나는 한마디 말도 꺼내지 못하고 뜨거운 차만 홀짝였다. 결국 소피아가 말했다.

"누가 내 머리를 빗겨줄래?"

난데없이 루카가 민첩하게 움직였다. 솔을 건네받은 루카는 소피아의 금발 머리를 빗기기 시작했다. 교회 조각상의 후광처럼 빛나는 금발이었다. 우리 어머니의 머리는 엷은 푸른색이 비치는 짙은 검은색이었다. 우리는 어릴 적에 종종 어머니의 머리를 빗겨주곤 했기 때문에 솔로 머리를 빗는 방법과 아프지 않게 헝클어진 머리를 푸는 방법을 잘 알았다. 그래도 따끔거리는지 소피아는 가끔 얼굴을 찌푸렸다. 어쩌면 아픈 척을 했는지도 모른다. 아마도 그녀는 그걸 즐기고 있음을 털어놓고 싶지 않은 모양이었다. 평소에는 내가 어머니의 머리칼 절반을 빗질하고 나머지 절반은 루카가 했지만, 이번에 루카는 내게 솔을 건네지 않았다.

"너, 연습은 하고 있어?"

소피아가 내게 물었다. 나는 그녀가 혀를 내밀어 코에 대기 전까지는 무슨 말인지 알지 못했다. 나는 고개를 가로저었다.

"연습하면 달라져?"

"아버지를 보니 그래. 아버지는 이제 그걸 할 수 있거든."

우리는 그녀의 아버지를 아직 본 적이 없었다. 그는 큰 안경 공장의 공장장이었다. 예전에 주방 식탁에서 들었다. 나의 아버지는 "회사는 중국인들을 앞지르고 뭉개라고 그 사람을 고용한 거야"라고 말했다.

"아야."

루카가 빗질을 끝내자 소피아가 미소를 지으며 말했다. 루카가 솔을 테이블에 내려놓았을 때 그녀는 한결 더 예뻐 보였다.

"이제 뭘 할까?"

나는 솔의 뻣뻣한 털에 한 움큼 걸린 금발 머리카락을 힐끗 쳐다보았다. 솔에서 머리칼을 떼내 주머니에 슬그머니 넣고 싶었지만 참아야만 했다. 루카가 아무 말도 하지 못할 것 같아서 내가 말했다.

"밖으로 나가자."

썰매의 고치에 우리 셋이 모두 탈 수는 없었다. 그래서 우리 둘은 번갈아 소피아와 함께 활강했다. 나는 루카가 그녀와 단둘일 때 말을 할지, 그녀를 안을지 어떨지 몰랐다. 그리고 둘이 굴러떨어지고 나서 눈밭에 누울 때 그의 입술과 그녀의 뺨 사이의 거리가 정확히 얼마나 될지 알 수 없었다. 하지만 나는 내가 그녀와 새하얀 초원을 미끄러져 내달리고 둔덕을 가로지를 때마다 무슨 일이 생겼는지 안다. 우리가 썰매의 노선에서 벗어났을 때 결국 나는 그녀의 머리칼을 입에 무는 꼴이 되고 말았다. 그녀는 집게손가락과 엄지손가락으로 머리카락을 빼냈다. 내 입술을 흘깃 쳐다보던 그녀가 시선을 내 두 눈으로 얼른 옮기는가 싶더니, 다시 내 입술을 흘깃 쳐다보았다. 나는 한순간 이 그토록 오랫동안 지속되는 줄 미처 몰랐다. 그날 밤, 루카와 나는 또다시 잠을 이루지 못했다.

"무슨 생각해?"

루카가 물었다. 매 순간 생각이 즉시 증발해 한 소녀의 얼굴을 만들어내는 것만 같았다.

"시뇨르 잠피에리. 그리고 그 쿠키."

나는 거짓말을 했다.

"난 소피아를 생각하고 있어."

일순간 모든 것이 침묵에 빠졌다.

"소피아의 머리를 생각하고 있어. 다시 그 애 머리를 빗겨주고 싶어."

동생은 우리가 항상 모든 것을 공유해왔다고 여기며 솔직해지기로 마음먹은 것 같았다. 그는 마음의 문을 열었던 반면에 나는 마음의 문을 닫고 있었다.

"너 사랑에 빠졌구나."

"형은 아냐?"

그 말은 내가 소피아를 사랑하지 않는다는 것을 믿을 수 없다는 소리로 들렸다.

"난 아냐."

하지만 나 역시 내 말을 믿을 수 없었다. 이것은 내가 한 걸

음 더 나아갈 수 있던 이유였으며 동시에 나는 이로 인해 돌아

갈 길을 잃었다.

"넌 그 애를 가질 수 있어."

루카는 침묵했다. 잠시 후 그가 입을 열었다.

"형이 도와줘야 해. 어떻게 해야 할지 모르겠어."

"내가 도와줄게."

루카에게 약속했다. 나는 루카의 형이었다. 그러니 난 항상

동생을 도와야 한다. 그 약속은 루카가 그녀의 집에 갈 때마다

따라나서야 한다는 것을 의미했다. 나는 루카에게 너 혼자서

가는 것이 더 낫다고 말했지만 동생에게는 그럴 만한 배짱이

없었다.

"네가 소피아에게 말을 걸어야 해."

"뭐라고 말해?"

"그걸 내가 어떻게 알아?"

잠시 후 나는 이렇게 덧붙였다.

"그 애 꿈을 꿨다고 말해보는 건 어때?"

하지만 그는 사랑의 언어를 말할 줄 몰랐다. 하지만 적어도

그는 사랑으로부터 잽싸게 달아난 증조부만큼 악질은 아니었

다. 루카는 소피아를 보면 그저 "안녕"이란 말만 했다. 헤어질

때는 "잘 있어" 혹은 "또 봐"라고 말했다. 그 외에 루카는 무서

울 정도로 조용했고 나는 우리가 사회성 부족한 바보들이라는

인상을 주지 않으려고 무던히 애썼다. 소피아는 우리의 상황을 수월하게 만들어주지는 않았다. 어느 날 아침, 또다시 눈송이를 잡고 있던 그녀가 물었다.

"너희 둘도 똑같은 맛이 나니?"

이따금씩 눈송이가 빙글빙글 돌며 그녀의 혀 위로 떨어지는 사이 소피아는 머리를 뒤로 기울이고 대답을 기다렸다.

"어서 말해봐."

우리가 대답하지 않자 그녀가 재촉했다. 그러고는 우리를 노려보았다. 처음에는 루카를, 그다음에는 나를 쏘아봤다. 그녀는 우리 앞으로 한 발짝 다가섰다. 이내 한 발짝 더 다가섰다. 나는 무슨 말을 해야 할지 알았다.

"난 브로콜리 맛이 나. 그리고 루카는 딸기 무스 맛이야."

"브로콜리는 내가 가장 좋아하는 채소야."

그녀가 지체 없이 말했다.

"하지만 딸기 디저트도 아주 좋아해."

루카는 그녀의 두 번째 대답은 듣지 못한 모양이었다. 아니면 그 대답이 가장 마음에 드는 것은 아니었던 모양이다. 그날 밤 침대에 누웠을 때 루카가 몹시 화가 났던 걸 보니 말이다.

"형은 말 오줌 맛이 난다고 말했어야지."

"누가 말 오줌 맛이 난다고 그래?"

"그럼 누가 브로콜리 맛이 난다고 그래?"

루카만큼이나 나도 사랑에 무지했다는 것은 말할 나위도 없다. 하지만 부끄럽지도 두렵지도 않았다. 사랑은 그렇게 시작됐다. 아마도 소피아는 루카의 괴로운 사랑을 잘 알았을 테고 그 밖의 것들도 알았을 것이다. 이를테면 내가 사랑을 가슴속에 품어두려 애쓴다는 것을, 내가 사랑을 깊숙한 곳에 숨기고 있다는 것을 말이다.

우리 둘은 어리석을 정도로 튕기고 있었다. 이는 다른 누군가가 우리의 뼈를 훔쳐 달아나기만을 기다리는 꼴이었다. 하지만 그런 일이 생길 리는 없었다. 우리의 뼈를 훔쳐 달아날 사람은 없었다.

침대에서 나는 시라노 드베르주라크[44] 역할을 맡아 루카의 귀에 쓸모 있는 대사를 속삭였다. "너한테는 무슨 맛이 나는지 알고 싶다고 말해", "네 혀로 그 애의 코끝을 만지고 싶다고 해봐", "그 애의 혓바닥에 내려앉은 눈송이가 되고 싶다고 해." 하지만 루카는 그런 말을 전혀 꺼내지 않았다. "그 애한테 네 머리칼을 영원히 빗겨주고 싶다고 해. 더는 숨죽인 채 기다릴 수 없다고. 네 사랑 없이는 숨이 막혀 죽을 거라고 말해." 루카는

---

44 Cyrano de Bergerac. 에드몽 로스탕(Edmond Rostand)의 희곡 『시라노 드베르주라크』의 모델이기도 한 다재다능한 시인. 시라노는 너무 큰 코에 대한 콤플렉스 때문에 사랑하는 여인에게 마음을 고백하지 못하고, 그녀를 사랑하는 친구를 위해 편지를 대신 써준다.

한마디도 하지 못했다.

물론 그가 이 모든 말을 그대로 했다면 무슨 일이 일어났을지 알 수 없다. 흔히 사랑은 뇌 속의 화학 반응이라고들 하지만 나는 사랑은 어떠한 논리도 없는 메커니즘이라고 생각한다. 너무 지나치게 들이대면 상대방은 질려버리고 만다. 아무런 시도도 안 하면 오히려 상대방이 원하기 시작한다. 비록 상대방이 내 마음을 전혀 눈치채지 못할 가능성도 있지만 말이다. 심장과 마음의 작동에 대해서 우리가 뭘 알까? 어떻게 하면 심장이 더 빠르게 뛸까? 어떻게 마음을 정복할 수 있을까? 어떻게 누군가의 마음을 영원히 내 것으로 만들 수 있을까?

눈이 그친 날, 소피아가 갑자기 말했다.

"어머니가 그러는데, 너희 둘이 나와 사랑에 빠졌대."

우리는 그녀의 집에서 차를 마시는 중이었다. 조금씩 홀짝홀짝 마셔야 했지만 루카는 자꾸 차를 꿀꺽 삼켰다.

"엄마는 내가 선택해야 된다고 했어."

그녀는 우리 둘을 번갈아 쳐다보았다. 나는 마음이 썩 편치 않았지만 그녀의 시선을 마주보았다. 루카는 자꾸 헛기침을 해 댔다. 그 때문인지 두 눈에 눈물이 글썽였다. 나는 결국 루카의 등을 찰싹 때렸다. 두 대를 맞고 나자 기침이 잦아들었고 그제야 우리는 아무 일도 없었다는 듯이 차를 다시 마셨다. 나는 우리 셋이 차를 두 모금 마시는 동안을 기다렸다가 마침내 입을 열었다.

"나는 널 사랑하지 않아."

그러면 동생은 뭐라고 말해야 했을까? 그 바보 녀석, 멍청이, 혀가 꼬부라진 그 백치 녀석은 이렇게 말했다.

"나도 마찬가지야."

그렇다면 소피아는 당연히 같은 패를 내놓을 수밖에 없었다.

"나도 너희를 사랑하지 않아."

나는 찻잔을 비우고 외투를 입은 뒤 두 사람을 그 널찍한 거실에 남겨두고 떠났어야 했다. 하지만 소피아가 나를 따라나설까 봐, 아니면 루카가 찻잔을 얼른 비우고 달아나듯이 나를 따라잡으려 하지 않을까 걱정됐다. 그래서 우리 셋은 그냥 거기에 앉아 소피아의 어머니가 내놓은 허브 차를 마셨다. 결국 말을 꺼낸 쪽은 나였다.

"밖으로 나갈까?"

하늘에는 태양이 꿰뚫으려는 장막 같은 구름이 군데군데 걸려 있었다. 눈송이는 더 이상 떨어지지 않았다. 소피아는 몸을 굽히더니 양손으로 땅바닥의 눈을 퍼서 공중에 힘껏 던졌다. 그 눈은 마치 안개처럼 우리를 향해 내려왔다. 우리는 그녀를 따라 눈을 퍼서 하늘 높이 힘껏 던졌다.

말할 필요도 없이 소피아가 입을 크게 벌리고 혀로 눈을 잡으려 했다. 하지만 결국 눈송이들은 그녀의 머리 위에 내려앉고

셔츠 칼라 안에도 들어갔다. 이윽고 우리는 눈싸움에 빠졌다. 모두 포탄 같은 눈 뭉치를 만들고 싶어 했지만 시간이 부족했다. 눈 뭉치는 비행하는 동안 눈보라로 변했다. 처음에 우리 형제는 눈을 서로에게만 던지고 소피아는 우리 둘에게 던졌다. 하지만 어느 순간부터 우리는 자신에게 눈을 던진 쪽을 향해 팔을 휘두르기 시작했다. 결국 그녀는 눈을 흠뻑 뒤집어썼다. 눈은 그녀의 목 안으로 들어갔고, 그녀는 어깨 사이에, 팔에, 아직 성숙하지 않은 가슴과 복부에 눈을 느꼈다. 그녀는 거의 모든 부위에서 눈을 느꼈다. 나는 소피아에게 눈을 던졌다. 그러고는 다시 눈을 그녀에게 퍼부었다. 그녀는 자비를 구걸했다.

"그만! 그만 해!"

나는 멈추지 않았다. 마치 이렇게 외치는 듯했다. '넌 선택해야 해. 우리 둘 중 하나를 선택해야 한다고. 어서 선택해!'

갑자기 그녀가 벌렁 넘어지면서 머리에 직격탄을 맞았다. 내가 던진 눈 뭉치였다. 하지만 그녀는 절대 굴복할 생각이 없었다. 그녀는 작은 손으로 눈을 최대한 모으더니 젖 먹던 힘을 다해 눈 뭉치를 내게 던졌다. 유쾌한 눈이자 다급한 눈이었다. 남성답고 여성다운 눈이었다. 그것은 또한 지난해의 눈이었고 시뇨르 마리넬로의 할아버지가 밟으며 걸었던 눈이었으며 나의 할아버지와 증조할아버지가 밟고 섰던 눈이었다. 그것은 먼 과거에서 미래로 뻗은 눈보라였다. 물론 현재로도 뻗어 있었다. 그

175

리고 이제야 나는 마우라 둘리가 시에 썼듯이 똑같은 눈송이는 없다는 것을 안다. 또한 이제야 나는 눈을 들여다보며 마침내 기적을 본다.

루카가 눈 뭉치를 던졌다. 고통을 참아가며 만든 눈 뭉치였다. 예기치 않게 날아온 차돌처럼 단단한 눈 뭉치가 얼굴을 철썩 때렸다. 나는 이마를 거세게 때리는 차가운 한 방을 느꼈다. 눈은 목으로 흘러내렸다. 그 눈이 가슴까지 미끄러졌을 때 나는 배신감을 느꼈다. 루카가 소피아 편에 섰던 것이다. 루카는 소피아를 보호하고 있었다. 루카는 다시 눈 뭉치를 던졌다. 눈은 안개로 변해 내 시야를 가렸다. 그것은 그 당시에는 내가 알지 못했던 기적이었다. 나는 이미 시동이 걸린 최상의 메커니즘을 깨닫지 못했다. 루카는 지나치게 나서지 않았지만 그렇다고 숨지도 않았다. 그는 정확히 옳은 일을 했던 것이다.

나는 비틀거리다 넘어지고 말았다. 눈 세례가 쏟아졌다. 눈에도 입에도 코에도 눈이 들이닥쳤다. 나는 그때 일을 이해하지 못했다. 그 뒤로도 오랫동안 이해하지 못했다. 하지만 이제는 안다. 그 당시에 루카는 그렇게밖에 할 수 없었다. 그것이 내 동생이 할 수 있는 유일한 일이었다. 말도 없고 다정다감하지도 않았던 그로서는 거세게 한 방 날려 나를 나가떨어지게 하는 수밖에 없었다.

몇 년 후, 내가 아이스크림 가게를 이미 등졌을 때 루카는 소

피아와 함께 시간을 보냈다. 그리고 소피아는 동생의 아내가 됐
다. 이것은 눈싸움에서 진작 결정된 일이었다. 내가 바닥에 쓰
러지고 마지막 눈송이 몇 개가 조용히, 살포시, 천천히 내게 떨
어지던 바로 그 순간에 말이다.

ICE-CREAM   MAKERS

암스테르담에서

나는 학사 학위를 받은 후 박사 과정을 시작했지만 진짜 하고 싶었던 일은 카페에서 작가, 저널리스트, 편집자 들과 시간을 보내는 것이었다. 뿌연 담배 연기가 자욱하고 술과 함께 대화가 줄기차게 이어졌던 어느 카페에서 한 출판사로부터 일을 제의받았다. 사실 그것은 실질적인 제의라기보다는 단순한 제안에 가까웠지만 저녁에서 밤으로 시간이 넘어가면서 그러한 구별은 희미해졌다. 그 제안을 한 이는 손에 둥글납작한 유리잔을 든 키 작은 남자였다. 그는 빛에 민감한 사람처럼 눈을 아주 가늘게 떴기 때문에 눈동자가 거의 보이지 않을 지경이었다. 가늘게 뜬 로버트 베렌드젠의 눈은 너그러운 미소를 동반한 표정이었다. 항상 미소를 잃지 않았던 그는 문학을 사랑했을 뿐만 아니라 삶에 대한 열정도 대단했다. 가장 좋아하는 맥주 '드코닉'을 몇 잔 들이킨 이후에는 특히 그런 모습을 내비쳤다.

"저는 시 편집자를 찾고 있어요. 내일쯤 사무실에 들르시죠."

그가 말했다. 저녁이면 으레 그렇듯이 그날의 대화는 책과 작가들 주위를 맴돌았다. 어떤 이는 며칠 전에 출간된 K. 미헐K. Michel의 첫 시집 『그래! 돌처럼 발가벗어라』에 대해서 말했다. 어떤 시인들은 그 작품을 가리켜 떠버리가 쓴 시라고 말했다. 소음일 뿐이라는 것이었다.

"느낌표가 너무 많아. 몇 개인지 세다가 까먹었잖아!"

한 사람이 소리쳤다. 또 다른 시인들은 그 작품이 완전히 새로운 목소리를 담은 아주 환상적인 시집이라고 생각했다.

"난 지금껏 그런 작품을 읽어본 적이 없어요. 경박하면서도 신선하고 심오해요."

신문에 글을 기고한다는 남자가 말했다.

"나는 그 따위 것이 시라고 생각하지 않소."

다른 누군가가 말했다. 적어도 일주일에 한 번은 나오는 평이었다. 그런 평은 좀처럼 반응을 이끌어내지 못했다. 어떤 사람들은 시가 수돗물처럼 명료하게 전달되기를 기대했다. 어떻든 간에 이처럼 술집에서 나누는 대화는 모든 이들이 특정한 시인이나 시집에 대해 저마다 다른 견해를 가졌다는 이유만으로도 언제나 흥미로웠다. 게다가 모두 술에 취했으니 그럴 수밖에 없다. 토론은 가끔 격해져 싸움으로 번지기도 했다. 그러면 바텐더가 다가와 이렇게 소리쳤다.

"나가요. 밖에 나가서 싸우라고요!"

대학에서 학우들과 나는 죽어서 켜켜이 쌓인 수많은 문학 비평 아래 묻힌 작가들에 대해 공부했다. 우리는 독자적인 견해를 갖게 되리라 기대했지만 곧 그것이 순탄치 않음을 깨달았다. 우리는 이제 무성한 문학 비평의 한복판에, 담배 연기와 소란스러운 소음 속에 있었다. 몇 집 걸러 한 집꼴로 시를 쓰는 사람이 있는 세상이니 말이다. 그 속에서 우리는 다른 사람들이 전에 하지 못한 말을 할 수도 있었다.

한 젊은 여자가 대화에 끼어들었다.

"난 미헐의 경이감을 사랑해요. 그 사람의 시선은 평범한 사물을 완전히 다르게 바라봐요."

그 순간 전문가다운 어떤 발언을 해야만 할 것 같다는 생각이 들었다. 내 생각에 미헐의 첫 시집은 믿을 수 없을 정도로 강렬한 작품이지만 언어나 형식이 새로운 것은 아니었다.

"그 작품의 아웃사이더적인 관점은 화성인의 시 Martian poetry 도 함께 공유하는 것이 아니던가요? 그 운동은 10년 전으로 거슬러 올라가죠."

내가 말했다. 화성인의 시는 1970년대 후반에서 1980년대 초반까지 영국에서 유행한 운동으로 크레이그 레인 Craig Raine 과 크리스토퍼 리드 Christopher Reid가 주도했었다. 그들은 화성인이 지구를 바라보듯이 세상을 보고자 했다. "집에서 귀신 붙은 기계가 잠을 자는데 / 당신이 집어 들면 코를 곤다."[H]

"가끔 기분 전환을 위해 우울증 환자가 아닌 시인이 쓴 시를 읽으면 마음이 자유로워지는 것 같아요."

내가 말하자 로버트 베렌드젠이 고개를 끄덕였다.

"괜한 고뇌 따위는 없어지면 좋으련만."

사람들에게 맥주가 한 차례 더 돌아갔다.

"화성인의 시를 위하여!"

누군가가 건배사를 외쳤다. 이듬해 미헐은 전년도에 출간된 최고의 네덜란드어 시집에 주어지는 C. 부딩 상 후보에 올랐으나 수상에는 실패했다. 그러나 이것이 그 시인의 꿈이 시작되는 것을 손상할 리는 없었다. 그는 주류 문학 체제, 적어도 '시'라는 영예로운 일부 체제를 뒤흔들었다. 많은 사람들에게 그의 시집은 다른 세계로 들어가는 문이었다. 젊은 시인들은 주위의 사물에 훨씬 더 큰 경이감을 부여하고자 했다. 암시적 실험을 하고, 선동하고, 환각을 불러일으켰다. 그처럼 재기 넘치는 혁신적인 시간이 이어지는 동안 나는 100년이 넘는 출판 역사를 가진 한 출판사에서 편집자로 일하기 시작했다.

내일쯤 들르라는 말은 술집을 나서는 순간 증발하는 약속처럼 들렸다. 하지만 이튿날, 운하의 변두리에 위치한 인상적인 건물에 난 계단을 올라 출판사로 들어서자 따뜻한 환영을 받았다. 그때 로버트 베렌드젠의 눈은 훨씬 더 작아 보였다. 우리는 그다음 주부터 함께 일하기로 했다.

나는 아이스크림 가게에 들러 부모님에게 이 소식을 전했다. 우리는 위층 식당에 앉았다. 동생은 아래층에서 몇 명의 첫 고객을 위해 커피를 준비하고 있었다.

"일자리를 구했어요. 다음 주 월요일부터 한 출판사에서 시 편집자로 일하기로 했어요."

"박사 학위 논문은 어쩌고?"

어머니가 물었다. 예상했던 질문이었지만 대답은 준비하지 못했다. 나는 익명의 시인들에 관한 논문에 붙들려 있었다.

"전 일하고 싶어요. 이 기회를 날리고 싶지 않아요."

"이 녀석이 일을 하고 싶다는군. 어서 일을 시작하고 싶다네! 너 그거 아니? 이제 8월이야. 주걱 들고 어서 일이나 해. 난 한 시간 동안 낮잠이나 자야겠다."

이렇게 소리친 아버지는 식탁에서 일어나더니 아이스크림 가게의 주방 지붕 쪽으로 열어놓은 문으로 걸어갔다. 그곳의 긴 의자에 아버지는 지친 몸을 뉘였다. 그러자 팽팽하게 늘어난 직물 밑에서 삐걱이는 소리가 들렸다. 아버지는 은퇴한 뒤에야 등, 다리, 손 등 몸 구석구석에서 느껴지는 아픔과 통증에 대해서 불평을 늘어놓기 시작했다. 안 아픈 곳이 없었다. 심지어 가랑이와 이까지 아팠다. 아버지는 한평생 통증에 굴복하지 않고 싸우며 묵묵히 과일의 씨를 빼내고, 빻고, 퓌레를 만들고, 즙을 짜고, 테라스를 오르내렸다. 고통을 느낄 여유 따위는 없었다.

"네 아버지는 그걸 받아들이기 힘들어해."

잠시 후에 어머니가 말했다.

"그걸 받아들이는게 여전히 힘든 거야."

나는 계단을 내려가 아이스크림 가게로 향했다. 동생은 주방에서 나와 삐죽삐죽한 짧은 머리의 소년을 위해 서빙을 하고 있었다. 짧게 한 줄로 늘어선 손님들도 있었는데 대부분 부모와 함께 온 아이들이었다. 따뜻한 아침이었다. 나는 앞치마를 두르고 루카에게 다가갔다.

"안녕."

그러나 동생은 아무 반응도 없었다. 나는 돕겠다고 말했다. 루카는 30분 전에 내가 아이스크림 가게에 들어섰을 때처럼 그저 고개를 끄덕였다.

"나, 일자리 구했어."

나는 컵에 바닐라와 딸기 아이스크림을 채우며 말했다. 축하한다는 말은 없었다. 아무런 말도 없었다. 그는 내가 마치 화성인인 양 나를 빤히 쳐다보았다. 앞으로도 루카는 가능한 한 내게 말하려 하지 않을 것이다. 소년 시절 소피아에게 말을 거의 하지 않았던 것처럼 그는 나와의 소통을 몇 마디 말로 제한했다. 내가 강경하게 굴면 그는 "다 들었어"라고 말하곤 했다. 그 말은 질문에 대한 응답이 아니었다. 가끔 나는 주먹을 들고 그에게 덤벼들고 싶었다.

아버지는 내게 말을 걸었지만, 모든 말에서 언젠가 내가 다시 아이스크림 세계로 돌아올 것이라는 희망이 공명했다. 아버지 생각에 나는 옆길로 샜을 따름이다. 아버지의 직업은 내가 잘못된 결정을 했다는 사실을 깨닫게 해줄 것이다. 나는 아이스크림 가게가 없는 삶, 가족이 없는 삶을 선택했다. 그러나 곧 그것을 후회하게 될 거라는 이야기였다.

"이 음악 들리니? 리노 가에타노 Rino Gaetano 의 노래지."

아버지가 말했다. 자정이 지난 시간이었다. 밖에 내놓은 의자들은 포개져 정리되고 문은 닫힌 상황이었다. 아버지는 좋은 하루를 보낸 날이면 으레 하듯이 오디오를 틀었다. 아이스크림 장수에게 좋은 하루는 불볕더위인 날이고 아버지가 열심히 일해야 하는 날이다.

「하지만 하늘은 항상 더 푸르지 Ma il cielo é sempre piú blu」. 아는 노래였다. 가사가 찡한 고전적인 곡이었다. 누구든 그 노래를 들으면 저절로 따라 부르게 된다. 어린 시절 우리는 가사의 뜻도 모르면서 그 노래를 큰 소리로 불렀다. 아버지가 노래의 첫 스타트를 끊었다.

"누가 판잣집에 사나, 누가 봉급 때문에 땀 흘려 일하나, 누가 사랑하는 걸 사랑하고 영예를 꿈꾸나."

루카가 가세했다.

"누가 연금을 훔치나, 누가 금방 잊어버리나, 누가 하루에 한 끼를 먹나, 누가 사격 연습을 즐기나."

일순간 아웃사이더가 된 기분이었다. 이 곡은 저항의 노래였다. 리노 가에타노는 허구한 날 고통을 겪는 사람들을 위해 가사를 썼다. 나를 위해서 쓴 게 아니다. 노력 없이 꿰찬 직업이 있는 누군가를 위해서, 여름을 즐기는 누군가를 위해서, 천사 같은 여자애들과 섹스를 즐기고 한낮까지 잠에 곯아떨어진 누군가를 위해서 쓴 것이 아니다. 하지만 가에타노의 목소리가 점점 더 커지면서 합창으로 이어지면 따라 부르지 않을 수 없었다.

"하지만 하늘은 항상 더 푸르지. 어어, 어어, 하지만 하늘은 항상 더 푸르지. 어어, 어어, 어어……."

우리가 노래를 부르며 절규하는 소리를 듣자 어머니의 두 눈에 눈물이 가득 고였다. 우리는 이오니아해의 작은 도시 크로토네에서 태어나 대도시 로마로 이사를 와 엄청난 성공을 거둔, 서른 살에 교통사고로 목숨을 잃기 전 국민적인 영웅이 된 리노 가에타노와 똑같은 열정으로 노래를 불렀다. 삶은 불공평하지만 하늘은 항상 푸르다, 항상 더 푸르다. 아마도 아버지가 가장 사랑했던 구절은 여기였을 것이다. 아버지는 이 부분에 이르면 목청껏 불렀다. 각각의 소절을 마친 후에 감탄사를 내뱉듯이.

누가 집이 없는가, 누가 혼자 사는가.

누가 쥐꼬리만큼 버는가, 누가 불장난을 하는가.

누가 칼라브리아에서 사는가, 누가 사랑을 먹고 사는가.

누가 전장에서 싸웠는가, 누가 근근이 사는가.

누가 여든까지 사는가, 누가 일하다 죽는가.[1]

아버지는 쥐꼬리만큼 벌지도 않았고, 칼라브리아에서 살지도 않았고, 전장에서 싸우지도 않았지만 일하다 죽었다. 문자 그대로는 아니지만 아주 서서히 일터에서 죽어갔다. 아버지에게 그 점이 이 노래의 핵심이었다. 그리고 자기 인생의 핵심이기도 했다. 노래가 끝났을 때 우리 셋은 숨을 몰아쉬고 있었다. 우리의 가슴은 동시에 오르락내리락했다. 그때 아버지가 말했다.

"이게 바로 내가 시라고 부르는 거야."

아버지는 나를 비꼬아야만 했던 것이다. 그러고는 내가 기가 죽어 있을 때 나를 걷어찼다.

"세상에서 가장 위대한 시인은 리노 가에타노야."

그 말 뒤에는 "어려운 말과 이해할 수 없는 언어만 골라 쓰는 셸리가 아니라, 비스와바 심보르스카[45]가 아니라, 콘스탄티노

---

45 Wislawa Szymborska(1923~2012). 폴란드 출신 시인으로 1996년에 노벨 문학상을 수상했다.

스 카바피스[46]가 아니라, 마거릿 애트우드[47]가 아니라"라는 말이 덧붙여질 수 있을 것이다. 비록 아버지는 이 시인들을 몰랐지만 말이다.

아버지에 따르면 단 한 명의 시인만이 존재했다. 그 시인은 아버지의 가슴에 파고들어 영혼을 감동시킨 리노 가에타노였다. 크로토네 출신인 그 젊은이는 스스로를 첫 번째로는 작가이고 두 번째로는 가수라고 생각했다. 자신의 첫 앨범에 실릴 가사를 쓴 이후 그는 프로듀서들에게 자신의 노래를 실제로 부를 가수를 찾아보라고 했다는 소문이 있다. 그는 자기 목소리가 그리 좋다고 생각하지 않았다. 너무 거칠고 너무 걸걸하다고 느꼈다. 결국 프로듀서들은 그를 스튜디오로 데려갔다.

나는 그대가 시인이자 가수일 수도 있다고 믿는다. 음유시인. 그대의 노래는 시다. 아킬레스[48]의 격렬한 분노가 노래로 불렸듯이, "미스터 탬버린 맨"[49]이 우리의 마음을 움직였듯이. 나는 밥 딜런을 세계 시 축제에 여러 번 초대했지만 답장을 받은 적은 없다. 아마도 그는 노벨 문학상을 기다릴 것이다. 옛날에 세계는 죄수들과 간수들로 나뉘었다. 반면에 요즘 세계는 딜런이

---

46 Konstantínos Pétrou Kaváfis(1863~1933). 그리스의 시인.

47 Margaret Atwood(1939~). 캐나다의 대표적인 시인이자 소설가.

48 그리스 신화에 등장하는 불사신에 가까운 영웅이지만 트로이의 왕자 파리스가 쏜 화살에 유일한 약점인 발뒤꿈치를 맞아 죽는다.

49 미국의 음유시인 밥 딜런(Bob Dylan)의 노래.

노벨 문학상을 탈 만한 자격을 갖췄다고 생각하는 사람들과 그건 터무니없는 일이라고 여기는 사람들로 나뉜다.

그날 밤, 나는 로테르담의 고미다락에서 동생과 머물렀다. 그는 자는 척했지만 나는 루카의 숨소리로 그가 아직 깨어 있다는 걸 알았다. 나는 우리가 어릴 적에 그가 던지던 질문을 기다렸다. 루카가 무슨 생각을 하느냐고 묻기를 바랐다. 나는 진정 루카에 대해서 아니면 우리에 대해서, 우리 사이의 침묵에 대해서 생각했다.

"소피아를 생각하고 있니?"

잠시 후에 내가 물었다. 대답이 없었다.

"지금 소피아 생각을 하고 있는지 물었어."

나는 지난겨울에는 논문을 쓰려고 작심했기 때문에 베나스에 가지 않았다. 겨울에 이탈리아에 가지 않은 것은 그때가 처음이었다. 동생과 함께 숲에서 전나무를 베어 넘겼던 재작년 겨울, 우리는 함께 크리스마스를 축하했고 바 포스타에서 소피아와 함께 늦게까지 맥주와 와인을 마셨었다. 그녀는 구석에 놓인 긴 의자에 자리를 잡은 우리 둘 사이에 앉아 함께 카드 게임을 했다. 카드 게임의 좋은 점은 굳이 말을 할 필요가 없다는 것이다. 루카처럼 누구든 천문학적인 금액, 이를테면 천만 리라라도 걸린 듯이 생각해도 좋을 것이다. 그는 마치 프로 포커꾼처럼 입을 꾹 다문 채 온 정신을 카드에 집중했다. 나는 루카의 오른발이 소피아의 왼발에 기대고 있음을 눈치챘다. 잠시 후 그녀의 오른발이 내 왼발을 건드렸다.

루카는 일부러 소피아에게 져주었다. 그의 형인 사람에게는 속이 빤히 보이는 짓이었다. 한때 우리가 포근한 주방에서 같은 게임을 했을 때 아버지와 루카는 광적인 포커꾼으로 돌변했다. 그때 신사답지 못한 패자였던 두 사람은 이따금씩 분노로 탁자를 거세게 치거나 "둘이 속이고 있잖아! 둘이 한패가 돼 짜고 치잖아!"라고 외친 것으로 유명하다. 문제의 "둘"은 항상 어머니와 나였다. 우리 가족에는 확실히 갈리는 두 진영이 있었다.

마침내 내가 루카의 침묵을, 그 위선을 더는 참을 수 없는 시점에 도달했다.

"넌 소피아에게 져주고 있구나."

나는 이렇게 말하고는 내 카드들을 테이블 위에 내려놓았다.

"이런 식으로 하면 재미없지."

동생은 아무 말도 하지 않았다. 말할 리가 없었다. 소피아는 내가 테이블 위에 내려놓은 카드들을 뒤집었다.

"넌 이런 식으로는 절대 이길 수 없어."

그녀가 눈 하나 깜빡하지 않고 말했다.

"넌 신사답지 못한 패자일 뿐이야."

바 포스타에도 때로는 확실히 갈리는 두 진영이 있는 것처럼 느껴졌다. 나는 그만 공공의 적이 된 기분이 들었다. 하지만 다음 순간, 소피아는 루카가 궁지에 몰리는 것을 즐거운 듯이 바라보기도 하고, 나를 부추겨 내가 특별한 카드를 내놓게 하는 수법으로 동생을 괴롭히기를 즐기기도 했다. 눈 뭉치가 날아들었고 나는 쓰러졌지만 아직 단념하기에는 일렀다.

"계속할까?"

"그래."

교활한 자식인 루카가 대답했다. 카드들은 뒤섞였다가 다시 분배됐다. 이번에는 내가 이겼다. 나는 정정당당함을 느꼈다. 우리는 마지막 주문을 할 때까지 게임을 계속했다. 문을 닫기까지 30분밖에 남지 않았을 때였다.

"암스테르담에 관해서 좀 더 말해봐."

소피아가 말했다. 통상적인 질문이었다. 나는 이미 그녀에게 작가들과 담배 연기로 꽉 찬 카페, 프리미어와 책 발행 이후에 열린 파티에 대해서 말했다. 하지만 그녀는 매일 저녁마다 이야기를 더 들려달라고 졸랐다.

"네가 말하지 않은 것들이 있잖아. 넌 정보를 숨기고 있어."

"무슨 정보?"

"소녀들, 여자들에 대한 정보."

루카는 아무 말도 하지 않았다. 소피아는 동생이 내게 말하지 않는다는 걸 알 길이 없었다. 우리 셋이 함께 있을 때면 루카는 항상 이랬다.

"로사에 대해 말해줄까?"

소피아가 고개를 끄덕이며 말했다.

"내가 맞춰볼게. 키가 크고 금발이지?"

"아냐."

"단발머리에 트롤 같은 이빨을 가졌어."

"아냐."

"그 애는 열다섯 살이야."

"아냐."

"쉰 살이야."

"거의 비슷해."

루카가 방금 들이킨 맥주 한 모금에 사레 들리지 않아서 다행이었다.

"마흔둘이야."

"우리 어머니가 마흔넷인데?"

"네 어머니는 젊으시구나."

내가 말했다. 우리는 예전에 소피아의 어머니가 거리를 걷는 걸 본 적이 있다. 세월이 흘렀는데도 광채가 조금도 사라지지 않았다. 그녀의 피부는 변함없이 빛났다. 빵집에 모인 마을 여자들은 그녀에 대해 수군거렸다. 그녀가 남편 몰래 지붕 수리공과 바람을 피운다는 소문이 돌았다. 작년 여름 들판에서 그녀가 머리에 건초를 묻힌 채 나오고, 그 후 몇 분이 지나서 조금

상스러워 보이는 땅딸막한 체격의 살바토레 그리지오가 나오는
장면이 목격됐다. 이 이야기는 사방에 두루 퍼져 마을을 흥분
시키고 사람들을 애태웠다.

루카와 나는 그녀의 꼭 끼는 스커트에 눈이 돌아갈 나이가
됐다. 우리는 거리에서 어깨 너머로 그녀에게 시선을 던지고 빤
히 쳐다보았다. 우리가 그녀를 마지막으로 봤을 때 나는 동생
에게 소피아는 네 것이고 그녀의 어머니는 내 것이라고 말하고
싶었지만 루카가 앞서 걸어갔다.

"다 알고 싶어."

소피아가 말했다. 또다시 그녀는 눈 하나 깜짝하지 않았다.
다 알고 싶다는 말에는 내가 로사에게 이야기했던 시집, 토론
할 때면 항상 제기되는 시의 "죽느냐, 사느냐" 하는 문제도 포
함됐다. 마르티뉘스 네이호프[50]의 말로 표현하면 "시인은 우리
가 느끼는 것을 표현해야 하는가, 아니면 우리가 시인이 표현한
것을 느껴야 하는가?" 하는 문제 말이다. 하지만 소피아는 그런
것에는 전혀 관심이 없었다. 나는 시에 대해서는 건너뛰었다.

"그 여자는 누구를 닮았어? 어떤 옷을 입었어?"

"짧은 옷을 입었고, 어떤 여자든 하루 동안만이라도 가지고
싶어할 만한 가슴을 가졌지."

---

50 Martinus Nijhoff(1894~1953). 네덜란드 당대 최고의 시인.

소피아의 가슴에는 아무런 문제가 없었다. 그녀의 가슴은 너무 크지도 않았고 너무 작지도 않았다. 이제 나는 아름다운 작은 배 같은 가슴을 잘 안다. 로사의 가슴은 완전히 다른 종류였다. 소피아의 가슴보다 두 배는 크다. 그 거대한 가슴은 브래지어 없이 젤리로 변하지는 않았다. 그녀의 가슴은 수확하려면 두 손을 써야 하는 과즙이 많은 과일처럼 단단하고 둥그렇다.

"어떻게 알았어?"

"그때는 몰랐지만, 확실히 그래 보이긴 했어."

그녀의 젖꼭지는 마치 아몬드라도 되는 듯 꼿꼿이 서 있었다. 어쩌면 문이 열릴 때마다 바람이 불었기 때문인지도 모른다. 책이 출간된 때였다. 장소는 출판사 본사의 로비였다. 바닥에는 화려한 대리석이 깔려 있고 위층 사무실로 이어지는 계단은 목재였다. 그날 밤에 열린 행사에 참석한 사람은 시작 무렵에는 20여 명밖에 되지 않았다. 늦은 밤이 돼서야 참석자는 60여 명으로 늘어났다.

가끔 누군가에게 말을 걸 때가 있다. 그렇다고 해서 둘 사이에 무슨 일이 일어날 거라고 생각하지는 않는다. 특별한 단서도, 신호도 없다. 그런데 어느 순간 갑자기 튀어나온 말 한마디가 모든 것을 바꾼다. 우리는 물방울무늬에 대해서 대화를 나누고 있었다. 그곳에 길게 땋은 머리에 발랄한 물방울무늬 옷을 입은 한 소녀가 있었기 때문이다. 그녀는 우리 바로 옆을 지나갔다.

"난 물방울무늬가 좋아요. 남자 셔츠나 양말의 물방울무늬도요."

"그 말은 피부의 점들도 좋아한다는 이야기인가요?"

로사가 물었다. 어쩔 도리가 없었다. 나의 시선은 즉시 그녀의 목, 팔, 가슴에 꽂혔다. 동공의 속도는 빛의 속도와 같았다. 나는 사방 곳곳에서 점들을 보았다. 시집에서 물방울무늬에 이르기까지, 피부의 점들에서 우리를 기다리는 빈 고미다락의 침대 시트까지.

그녀는 내가 스스로 옷을 벗는 걸 용납하지 않았다.

"잠깐 기다려요. 내가 벗겨줄게요."

그녀가 내 셔츠의 단추를 풀었다. 그녀의 손은 차가웠지만 그런 것은 배우자나 신경 쓸 일이었다. 내 손은 그녀의 검은 타이츠를 지나 엉덩이를 꽉 잡아 쥐었다.

"편하게 해요."

그녀가 속삭였다. 나이 차가 났다. 스무 살 차이였다. 누구라도 그 차이를 예상하지 못한 채 부드러우면서도 튼튼한 그녀의 몸과 피부를 바라봤을 것이다. 나는 그녀의 몸을 속속들이 만지고 싶었다.

"손가락이 정말 아름답군요."

그녀가 말했다. 난생처음 듣는 말이었다.

"당신 가슴은 정말 향기로워요."

이렇게 말한 사람은 내가 처음이 아닐 것이다. 나는 그녀의 드레스 어깨끈을 살며시 내렸다. 그러나 브래지어는 잠시 그대로 둬야 했다.

"왜 그리 서둘러요?"

그녀가 말했다.

"난 당신을 원해요."

그녀는 내 발기한 음경이 바지의 천을 찌르는 광경을 보면서 웃었다.

"여자와 소녀의 차이를 알죠?"

나는 무엇을 해야 하는지, 그다음 단계는 무엇인지 알지 못했다. 내 앞에 벗기고 싶어 열망했던 한 여자의 가슴이 있었다. 하지만 그 여자는 의식을 치르기에는 너무 이르다고 생각했다.

"키스해줘요."

그녀가 속삭였다. 나는 그녀의 피부에 입을 맞추었다. 눈에 보이는 모든 점에 전부 키스했다. 길게 이어진 점들의 궤적이 나를 그녀의 겨드랑이로 이끌었고, 거기서 다시 가슴골로 이끌었다. 그녀는 살며시 신음 소리를 냈다.

"점들을 다 보고 싶어요."

내가 말했다. 그녀는 내 손을 잡더니 나를 침대로 끌고 갔다. 그녀는 뜸을 들였다. 나는 매트리스 위로 나자빠졌다. 그때가 돼서야 방 안에 흐르는 음악 소리가 들렸다. 우리가 들어왔을 때 그녀가 음악을 튼 게 분명했다. 그 노랫소리는 음울한 베이스의 굵직한 남자 목소리였다. 옛 소울 음악이었다. 나는 잠깐 주위를 둘러보았다. 여기가 어딘지, 그녀의 집이 어느 운하 주변에 있는지 미처 몰랐다.

로사는 하이힐을 벗어 던지고는 내 몸 위로 기어올랐다. 그녀가 내 바지의 단추로 손을 뻗었다. 한 손으로 한 번에 하나씩 단추를 풀었다. 내 음경이 총알처럼 솟구쳤다. 바로 앉으려 했지만 그녀의 손에 밀려 다시 쓰러졌다. 그녀는 입을 동그란 모양으로 만들어 입술로 내 사각팬티의 천을 감쌌다.

"우와."

나는 손목을 잡아 그녀를 끌어 올렸다. 그리고 그녀의 얼굴을 내 얼굴 가까이 가져왔다. 볼이 붉었다. 눈가에는 잔주름이 자글자글했다.

"왜요?"

그녀가 물었다.

"아무것도 아니에요."

"뭐가 있는 거군요. 다 알아요."

"당신 정말 대단한 여자인 것 같아요."

그녀의 브래지어가 벗겨졌다. 그녀 스스로 벗었다. 정말 아름다웠다. 처음에 나는 손가락 끝으로만 그녀의 가슴을 만졌다.

거의 신성모독처럼 느껴졌다. 그녀는 저속한 말을 했지만 목소리는 아주 부드러웠다. 나는 그녀의 말을 겨우 알아들었다. 잘못 알아들었을지도 모른다. 나는 그녀의 가슴을 움켜잡고 입을 그녀의 젖꼭지로 옮겼다.

그녀는 더 이상 아무런 저항을 하지 않고 내 손을 자유롭게 놔뒀다. 나는 타이츠를 돌돌 말아 내렸다. 팬티가 축축했다. 그녀의 냄새가 났다. 그녀는 미친듯이 내게 키스를 했다. 그녀의 손가락이 내 음경을 감쌌다.

"내 입에 넣고 싶어요?"

그녀는 시험 삼아 입을 움직였다. 처음에는 귀두만을 공략했지만 내 물건이 거의 전부 입에 들어가자 그녀는 내 양손을 자기 머리 위에 두고 리듬을 타게 했다. 나는 그녀의 움직임을 더 빠르게 이끌었다. 너무 빨랐다. 나는 눈을 감았다. 그녀가 갑자기 동작을 멈췄다. 그녀 역시 너무 빠르다고 느꼈을 것이다.

"아직 싸기에는 일러. 아직은 안 돼."

그러고는 덧붙였다.

"이제 박아줘."

나는 물살을 가르는 카누처럼 단번에 안으로 미끄러지듯 쭉 파고들었다. 그녀는 몸을 돌려 엎드리더니 한순간에 몸을 일으켰다. 그러고는 바닥을 짚은 채 나를 돌아보았다. 눈가의 잔주름이 보였다. 격렬해질수록 잔주름이 더욱 깊어졌다. 더할 나위 없이 신성한 엉덩이가 움직였다. 그러고는 재촉했다.

"계속해."

이 마지막 말은 두 사람에게 들려주지 않았다. 이 이야기를 정확히 어느 지점에서 중단했는지 기억나지도 않는다. 소피아는 그 뒤에 무슨 일이 일어났는지 짐작했을까? 루카는 이때쯤 잔을 비웠다. 그는 자신과 마찬가지로 집에 몹시 가고 싶어 하던 바텐더에게 시선을 던졌다.

"일을 그만두고 싶어."

우리가 눈부신 12월의 하늘 아래를 걸을 때 소피아가 한숨을 쉬며 말했다. 그녀는 아버지의 안경 공장에서 행정 업무를 보고 있었다. 단조로운 일상이었다. 매일 같은 사람들을 만나 같은 일을 했다. 그런 일상은 그녀의 기쁨거리, 즉 눈송이를 쉼 없이 잡고 혀로 코끝을 만지던 소녀의 기쁨거리와 상충됐다. 비록 그때보다 나이를 먹었다고는 해도 그녀는 여전히 아주 젊었고 그녀 나이 때의 어머니보다도 아름다웠다. 소피아는 우아하고 순진무구했다. 그녀의 눈에는 두려움이 없었다.

"무슨 생각을 하는지 말해주지 않을래?"

나는 여전히 자는 척하는 동생에게 말했다. 아무런 대답이 없었다. 그가 무슨 생각을 하는지 추측하기는 힘들었다. 동생은 점점 더 아버지를 닮아갈 것이다. 엄지손가락이 아버지처럼 변하는 것을 시작으로 조만간 등이 쑤시고 무릎에 통증이 생기는 등 육체적인 질병이 나타날 것이다. 점차 뚜렷하게 등이 굽을 테고 자신을 둘러싼 세상을, 자신을 배반한 세상을, 자신에게 불후의 명성의 기회를 주지 않은 세상을 점점 더 신랄한 시선으로 바라보게 될 테다. 그리고 마침내는 한때 자신이 그토록 사랑했던 여자를 미워하기 시작할 것이다. 나는 소피아가 내 이야기를 조금이라도 물어봤는지, 어쩌면 그녀가 나를 그리워했는지 궁금했다.

"소피아랑 키스는 해봤어?"

여전히 대답이 없었다.

"으흠?"

루카가 돌아누웠다.

"잘 자."

스물까지 세고 다시 말했다.

"잘 자라고 말했어."

"들었어."

*

암스테르담에서 나는 시인들과 함께 그들의 원고를 대상으로 하는 업무를 봤다. 나는 출판사의 내 사무실에서 그들과 함께 그들의 작품에 대해서 논의했다. 내가 가장 재능 있는 작가들과 했던 일은 거대한 굴 더미에서 상한 굴을 하나 골라내듯이 상대적으로 뒤떨어지는 시 한 편을 가려내는 일이 전부였다. 우리는 단어들, 그것들의 의미, 특정한 음절들이 내는 강세와 음에 관해 말했다. 이러한 논의는 우리 말고는 누구도 하지 않는 대화였다. 그 과정은 현미경으로 언어를 들여다보는 것과 같았다. 그러고 나서 나는 몇 시간 동안 사색에 잠겼다. 지금도 여전히 이해할 수 없는 시들이 존재했다. 내가 시인들과 이야기해보면 그들은 보통 그 미스터리를 밝혀줄 만한 해명을 불안정하게 했다. 가끔 그 미스터리는 오히려 깊어졌다.

"그건 정말 이해되지 않아요."

언젠가 한 여류 시인이 말했다.

"무슨 말씀이신지요?"

"그 시가 이해되지 않는다고요. 어쩌면 그 시의 일부만 이해할 수 있을 뿐이라고 말해야겠군요."

나는 그녀를 쳐다보았다. 아주 심각한 얼굴이었다. 그녀는 잠시 뜸을 들인 후에 말했다.

"그건 꿈과 같아요."

나는 하이만과 T. S. 엘리엇에 대해서 나눴던 대화가 떠올랐다. 엘리엇은 "나는 일종의 신성한 영감을 받아 시를 쓴다. 그렇기 때문에 종종 나조차 내 시가 의미하는 바를 이해하지 못한다"라고 말했다고 한다. 하이만에 따르면 엘리엇의 그 놀라운

진술은 바로 시의 본질을 말한 것이었다. 산문과 달리 시는 인내를 요한다. 시는 독자의 이해를 안중에 두지 않는다. 때로 시는 독자를 신경 쓸 필요 없다고 말하는 듯이 보였다.

"소설은 네게 말을 걸지. 작가들은 이야기를 들려주지. 하지만 시인은 혼잣말을 해."

하이만이 말했다. 확실히 어떤 시는 화살이 심장을 파고들듯이 즉각 심금을 울린다. 하지만 그 시를 이해하려면 얼마의 시간이 걸린다. 규칙도 없고 묘책도 없다. 시는 당신을 압도할 수도, 감동시킬 수도, 위로할 수도, 짓누를 수도 있다. 혹은 무게가 전혀 없을 수도 있다. 그밖에 훨씬 더 많은 어떤 것일 수도 있다. 이해할 수 없는 시가 찬란하게 빛나는 시일 수도 있다.

내리닫이창을 열어놓은 여름에는 운하의 소란스러운 소리들과 함께 신선한 공기가 사무실 안으로 불쑥 들어왔다. 여자들 웃음소리가 들리기도 했다. 창밖으로 시선을 돌리면 작은 배의 선미에 여자들이 앉은 모습이 보였다. 그들은 한결같이 긴 금발 머리에 어깨를 드러내고 있었다. 그들의 아름다움이 수면에 비쳤다. 세상은 하나의 거울이었다. 모든 사람들은 그 여자들에게 당신들이 얼마나 아름다운지 말했다. 배 위의 그들은 넘치는 자신감을 뿜냈다. 지금은 그들의 시간이었다. 이들은 담배 연기 자욱한 카페에 앉은 여자들과는 달랐다. 가까이 다가가기 어려운 여자들로 이미 부유한 변호사나 양 성을 쓰는 가문의 상속자와 결혼했거나 결혼할 예정인 여자들이었다.

당신이 그들을 알게 되기까지는 오랜 세월이 걸릴 것이다. 그때 그들은 마흔 줄에 들어섰을 테고 여전히 금발이지만 이마에는 주름살이 패였을 것이다. 남편은 늙었고 자녀들은 따로 나가 산다. 어떤 이들은 폭스테리어나 닥스훈트를 사서 매일 녀석을 데리고 암스테르담의 교외에 자리한 숲속을 거닌다. 또 어떤 이들은 더 많은 것을 원한다. 그 여자들은 이제 자신들의 차례가 왔다고 생각한다. 그들은 남편이 경력을 추구하는 동안 아이들을 키웠다. 당신은 그 여자들을 시 낭송회에서 볼 수 있을 것이다. 그들은 값비싼 구두를 신는데 발은 반짝이는 나일론에 감싸여 마치 방부 처리된 것처럼 보이나 여전히 맵시가 좋다. 어떤 여자들은 코르셋을 착용하기도 한다. 아마도 그들은 젊었을 때 열렬한 독서가였거나 소녀 시절에 침실에서 탐독하던 소설과 사랑에 빠진 적이 있을 것이다. 어쨌든 지금 문학은 그 여자들이 가장 좋아하는 취미였다. 그들 중 많은 이들은 대학에 가본 적이 없거나 아니면 학사 학위를 마치지 못했다. 하지만 책을 읽는 사람들은 대학 졸업자와 똑같은 학식의 빛을 발했다. 아니면 적어도 그렇다고 믿었다.

그러한 여자들 중 하나가 조안 폭스다. 그녀는 유부녀가 아니었고 코르셋을 착용하지도 않았지만 독서량이 풍부한 여자 축에 끼었다. 그녀의 남편이었던 유명한 정형외과 의사는 돌연 사망하고 말았다. 내가 막 걸음마를 배우는 아기였을 때 신성한 여인이었던 그녀가 어느 날 모세혈관이 파열된 얼굴로 내 앞에 나타났다. 얼굴이 그렇게 변한 것은 바로 그 자리에서가 아니라 두 달 전에 일어난 일이었다. 노화는 밤도둑처럼 찾아왔다.

로버트 베렌드젠은 다른 다섯 명의 손님과 함께 그녀를 저녁 만찬에 초대했다. 그의 아내가 네 코스의 요리를 해놓았다. 아침부터 요리를 해서 차린 것이었다. 일상에서 로버트의 아내는 저명한 해상 법률 회사에 근무하는 회사원이었지만 출판사 명단에 오른 중요한 작가들을 개인적으로 알고 있었다. 그녀는 출판사에 관심이 많았고 남편이 청할 때면 흔쾌히 예비 원고를 읽었다. 그녀가 몸담은 사회적 환경에서 보이는 대다수 여성들과 달리 그녀는 독립심이 강했다. 사람들은 그녀의 지성과 패션 감각을 시샘했다.

나는 전에는 초대받은 적이 없는 유일한 손님이었다. 로버트는 나를 시 교수로 소개했다.

"이 친구는 거의 내가 아는 만큼 알지."

그가 덧붙였다. 로버트는 연극 〈한여름 밤의 꿈〉 공연장에서 조안 폭스를 처음 만났다. 그의 아내는 아팠고, 조안 폭스는 연극 관람을 즐겼으나 전화로 누구도 불러내는 일이 없었기 때문에 혼자였다. 두 사람은 막간에 우연히 대화를 나누게 됐다. 바에서 그녀는 로버트의 뒤에 서 있었는데 그녀가 주문한 술이 먼저 나왔다. 로버트가 그 점을 지적하자 조안 폭스의 입에서 "세 라 비C'est la vie"51라는 대답이 나왔다.

"당신이 내게 한 잔 사주시는 모양이죠."

"난 남자들에게는 술을 사지 않아요."

그 말에 일면 진실이 있더라도 농담일 뿐이었다.

"아름답게 연출했더군요."

조안이 대화의 방향을 전환시키려고 말했다. 잘난 체하는 것을 좋아했던 로버트 베렌드젠은 그녀에게 자신의 출판사에서 시집을 낸 한 시인이 무대에 올린 희곡의 번역과 번안을 맡았다고 말했다. 그렇게 둘이 만나게 된 연유로 이튿날 그녀는 그의 사무실로 향하는 계단을 오르게 됐다. 그녀의 구두 뒤축 소리가 건물 전체에 메아리쳤다.

점심 식사를 하는 동안 로버트는 그녀의 삶에 관한 이야기에 귀를 기울였다. 과거 그녀의 남편은 식당에서 식사를 하다가 갑자기 몸에 탈이 났다. 그는 비스크52 때문이라고 생각했지만 사실은 심장에 이상이 생긴 것이었다. 그는 곧 쓰러져 하얀 식탁보와 야회복을 차려입은 사람들한테 둘러싸였다. 그 와중에도 먹는 데 여념이 없었던 한 여자가 있었다. 조안 폭스는 세월이

---

51 프랑스어로 "그런 게 인생이죠"라는 뜻.
52 bisque. 갑각류나 조개류를 갈아서 만든 걸쭉한 크림수프.

흘러도 그 여자를 결코 잊을 수 없다고 말했다.

"그 여자는 포크를 계속 입으로 가져갔어요. 본인에게는 정 정당당한 행동이고, 음식은 아주 훌륭했겠죠."

그녀가 말했다. 로버트는 미소 지었다. 그녀는 거의 투명하다 시피 한 실크 셔츠를 입고 있었다. 그녀의 코는 보르게세 미술 관에 있는, 카노바Antonio Canova가 나폴레옹의 여동생인 폴린 보 나파르트를 모델로 만든 대리석 조각상 비너스의 코 마냥 오뚝 했다. 그녀는 여러 차례 로마에 가본 적이 있어서 그 조각상에 친숙했다.

"그 조각상을 닮았다고 말한 사람이 내가 처음인가요?"

그녀는 대답하지 않았다. 다시 말해, 그녀는 똑바로 대답하지 않았다.

"그 질문은 그 여자가 누드 자세를 취했느냐는 거죠."

"당신 생각은 어때요?"

"그 여자는 모든 사람들에게 예술가의 작업실은 아주 따뜻 했다고 말했어요."

"그건 순수한 말로 들리지 않는군요."

"그녀는 문란한 여자였어요. 카노바는 그녀를 다이아나 여신 으로 불멸화하고 싶어 했죠. 하지만 폴린은 한 손에 사과를 쥔 '승리의 비너스'로 묘사되기를 고집했어요."

목재 받침에는 회전 장치가 있어 방문객들은 저녁에도 촛불의 은은한 빛 속에서 그 조각상을 모든 방향에서 감상할 수 있었다. 카노바는 조각상의 표면에 왁스를 발랐기 때문에 작품은 광채를 띠었다.

"폴린은 나중에 조각상의 모델이 된 걸 후회해서 남편에게 그걸 치워버리라는 부탁을 했다고 해요. 결국 남편은 그 요구를 받아들여 조각상을 목재 궤짝에 넣어두었어요."

조안이 말했다. 로버트의 입에서는 "치욕"이란 단어만이 튀어나왔다. 그 조각의 맨살에 대한 그의 생각이 촛불 빛에 환하게 드러났다. 조안은 남편 몰래 바람을 피운 적이 없었다. 그녀는 자신이 몸담은 사교계에서 벌어지는 불륜의 최소 네 가지 케이스, 즉 정부를 둔 최소 네 명의 여자를 알았다. 그녀는 불륜에 공감하지 않았다. 누구든 결혼을 하면 약속을 지켜야 한다는 생각이었다. 만일 약속을 지킬 수 없거나 약속을 믿지 않는다면, 애초에 결혼을 하지 말아야 한다고 여겼다. 어쩌면 그것은 너무 섣부른 말이었는지도 모른다. 그녀는 늦은 나이에 결혼했고 결혼 전에 많은 남자들을 사귀었으니 말이다. 그렇다고 그녀의 사고가 너무 단순하다는 이야기는 아니다. 그녀도 나름의 규범을 가지고 판단했다.

그녀는 죽은 남편의 슈트를 침실 옷장에 그대로 두었다. 산뜻하게 다림질된 셔츠 역시 색깔별로 정리돼 있었다. 남편의 가장 로맨틱한 몸짓은 한때 에릭 사티Erik Satie가 연주했던 피아노를 사준 일이었다.

"연주할 수 있는 악기 있어요?"

로버트는 고개를 가로저었다. 소년 시절에 그는 필드하키를 했다. 문학에 대한 애정은 그 이후에 생겼다.

그녀는 어린 나이에 피아노 연주를 시작했다고 말했다. 가정 방문을 온 교사는 그녀의 어머니에게 이런 재능을 가진 아이를 본 적이 없다고 말했다. 조안은 귓결에 그 소리를 들었다. 이는 어린 시절의 가장 빛나는 추억이었다.

"국립 음악학교에 입학할 예정이었는데 일이 생기고 말았어요. 그래서 대신 유학을 가게 됐죠."

그녀는 말문을 닫았다. 아마도 사연 전부를, 인생 전부를 말하기에는 너무 이르다고 생각하는 모양이었다. 갑자기 다른 기억이 떠올랐다. 프랑스의 한 해수욕장의 방파제에 어린 자신이 허리를 굽힌 채 있는 광경이었다. 생각지도 못했던 한 소녀가 머리를 비틀어 물기를 짜내고 있었다. 은빛 물방울이 뜨거운 조약돌 위로 주르륵 떨어지며 쉿 소리를 냈다.

"어쨌든 그 피아노는 내 인생에서 받은 선물 중에 가장 아름다운 것이었어요."

그녀가 입을 열었다. 레스토랑에 벗어놓은 외투를 잊고 갈 정도로 날씨가 아주 화창했다. 두 사람이 이튿날 다시 점심을 함께 먹게 된 일 말고는 둘 사이에는 아무런 일도 없었다. 사람들은 언제부턴가 그를 알아보기 시작했다. 아무튼 그런 연유로 로버트 베렌드젠은 그녀를 집에 초대할 수밖에 없었다. 그들 세 사람은 함께 저녁 식사를 했는데, 처음에는 어색한 분위기였다. 그날 밤 늦게 침대에 들었을 때 그의 아내가 이런 말을 했다.

"그 여자, 정말 아름답더라."

하지만 지금 그녀는 좋은 친구처럼 거실에 놓인 커다란 테이블에 앉아 있었다. 그녀는 열 살 아래의 여자처럼 참으로 아름다워 보였다. 시인들의 일을 중심으로 대화가 맴돌았다. 시인들의 일이란 신성한 일이나 직업이라기보다는 생계를 위해서 필요한 일이었다.

"요스트 판 덴 폰델[53]은 양말 판매원이었어요."

손님 중 한 명인 또 다른 편집자가 말했다.

"암스테르담의 한 거리에 상점이 있었죠."

"고트프리트 벤[54]은 시체 안치소에서 근무했어요."

여러 편의 전기를 쓴 한 남자가 말했다.

"그런 일이 어떤 종류의 시에 영감을 주나요?"

"아름답고 퇴폐적인 시요."

"랭보는 무기 상인이었죠."

---

53 Joost van den Vondel(1587~1679). 네덜란드의 시인이자 극작가.

54 Gottfried Benn(1886~1956). 독일의 시인. 의사이기도 했던 그의 첫 시집 제목은 『시체 안치소와 그 외 시』이다.

편집자와 함께 온 젊은 여성이 말했다.

"하지만 그건 랭보가 더 이상 시를 쓰지 않기로 한 이후에 접한 일이었죠."

"나는 그가 절필한지도 몰랐어요."

"스무 살 나이에 절필했어요. 그러고는 여생을 유럽, 인도네시아, 아프리카로 여행하며 보냈죠."

로버트가 이렇게 말하자 전기 작가가 물었다.

"시를 더 이상 쓰지 않을 수 있나요?"

"보르헤스도 그런 적이 있었죠. 하지만 30년의 공백기 이후에 다시 펜을 들었어요. 그 후로 열 권을 더 출간했고요."

내가 말했다.

"그 무렵 보르헤스는 눈이 멀었죠."

"베토벤은 제9번 교향곡을 쓸 당시 귀를 먹었죠."

"완전히 먹은 건 아니지만요. 그렇죠?"

"아, 네. 첫 공연이 끝났을 때, 관계자들은 그가 청중석을 마주 볼 수 있도록 그의 몸을 돌려줘야 했어요. 그때서야 그는 청중들이 보내는 박수갈채를 봤죠."

조안이 대답했다. 보르헤스가 말년에도 사물을 볼 수 있었는지 없었는지에 대해서는 아는 사람이 아무도 없었다.

"그는 기억 속에서 살기 시작했어요. 그의 시들은 이런저런 열거들로 이루어졌어요. 그러니 여러분들은 그 열거들을 반복해서 읽을 수 있을 겁니다."

로버트가 말했다. 그의 아내가 뭔가가 불쑥 떠오른 듯 입을 열었다.

"프랑수아 비용은 도둑이었죠."

"누군가를 죽이기도 하지 않았던가요?"

"그랬죠. 하지만 사면받았어요. 그가 죽인 자는 연적이었는데 사실 비용이 수감된 건 절도죄 때문이었어요."

내가 명확하게 밝혔다.

"만일 여러분이 부자가 되길 원한다면 시인은 되지 말아야 해요."

로버트가 말했다.

"바이런의 『해적』이 출간된 날 1000부나 팔렸어요."

전기 작가가 말했다.

"그건 2세기 전 이야기죠."

"여러분이 노벨 문학상을 탄다면 단번에 백만장자가 될 수 있을 겁니다."

편집자가 조언했다.

"시인은 몇이나 노벨 문학상을 탔나요?"

"처음으로 노벨 문학상을 받은 사람은 시인이었어요. 쉴리 프뤼돔Sully Prudhomm."

"파블로 네루다, 체슬라브 밀로즈, 요세프 브로드스키 등등

꽤 있어요."

"예이츠."

젊은 여자가 말했다.

"T. S. 엘리엇."

"살바토레 콰시모도 Salvatore Quasimodo."

내가 말했다.

"누구요?"

"정말 최고의 시인입니다."

"이탈리아 시인이죠."

로버트가 웃으며 말했다.

"그는 자기 작품이 셰익스피어 것보다 낫다고 생각했어요."

"번역된 작품이 있나요?"

전기 작가가 물었다. 로버트가 잠시 생각에 잠겼다.

"모르겠군요."

"콰시모도의 아내는 노벨상이 종말의 시작이라고 말했죠."

내가 설명했다.

"왜요?"

"당장 2200만 리라가 생긴 거죠. 오랜 세월 끝에 돈이 들어
온 거예요. 하지만 콰시모도는 그 돈을 선원처럼 써댔어요. 물
론 아내가 아닌 다른 여자들한테요. 1959년, 노벨 문학상을 수
상한 그해는 두 사람이 이혼한 해이기도 해요."

내가 말했다.

"딱 한 번 억만장자와 교제한 적이 있어요."

조안이 말했다.

"음, 교제란 표현은 너무 거창하군요. 사실 난 많은 여자들 중 하나였거든요. 오래전 이야기고 그때 난 너무 어렸어요. 통화 단위조차 기억나지 않아요. 드라크마였나? 아니면 디나르?"

조안의 웃음은 전염성이 있었다. 그녀가 하는 이야기 또한 좋았다. 억만장자와 잔 적이 있지만 통화 단위가 기억나지 않는다고 말할 수 있는 여자가 몇이나 될까?

"그 남자는 람보르기니 열 대보다도 비싼 스위스제 시계를 찼어요. 그 이야기를 지겹도록 계속했지만 어린 소녀였던 나는 깊은 인상을 받았죠."

우리는 모두 그녀를 바라보았다. 그러자 그녀가 말했다.

"세 라 비."

저녁이 끝나가고 있었다. 식탁에는 디저트 접시들이 놓였고 그 접시들 위에는 나이프와 포크가 있었다. 커피가 나왔다. 로버트는 아르마냐크[55] 병을 들고 한 바퀴 돌았다. 사람들은 몇몇으로 나뉘어 자기들끼리 대화를 나눴다. 젊은 여자가 로버트의 아내와 대화를 나누는 사이에 나는 조안 폭스와 대화했다. 그

---

[55] armagnac. 프랑스산 브랜디의 일종.

녀는 이탈리아에서 많은 시간을 보낸 적이 있지만 북부에는 가본 적이 없다고 했다.

"아니, 어쩌면 코르티나담페초에는 가본 적이 있을지도 모르겠네요."

"스키 타기에는 좋은 곳이죠."

내가 말했다.

"오, 난 산을 한 번도 본 적이 없어요. 우리는 제임스 본드 영화에 나왔던 호텔에서 머물렀어요."

"〈007 포 유어 아이즈 온리〉."

그녀가 말했다.

"맞아요. 그 영화는 훨씬 뒤에 촬영됐지만요. 거기에 머물렀을 때 나는 20대 초반이었거든요."

"나는 실제로 로저 무어를 봤어요."

내가 말했다. 사건의 진상을 말하자면 예전에 나는 영국 배우라고들 하는 푸른 스키 재킷을 입은 한 남자를 발견한 적이 있었다. 그때 루카는 그 사람이 대역이라고 주장했다. 우리는 스타들을 만나리라는 희망을 품고 버스를 타고 코르티나로 갔지만 한 스키 챔피언 선수의 사인을 받는 것에 만족해야 했다.

"미라몬티. 호텔 이름이 그랬어요."

조안이 말했다. 세 가지 삶, 즉 결혼 전의 삶, 결혼한 삶, 남편이 죽은 이후의 삶이 있었다. 그녀의 삶은 이제 점차 새로운 사람들을 받아들이는 후반의 삶으로 접어들었다. 누군가의 눈에 그녀는 소심해 보일 수도 있으나 실제로는 그렇지 않았다. 만일 그녀가 소심해 보였다면 조안이 당신을 좋아하지 않았거나 당신과 이야기하고 싶지 않았던 것이다. 그녀의 주의를 끌기 위해 경쟁했던 남자들 대부분은 결코 기회를 얻지 못했다. 그녀는 항상 남자들에게 결혼을 했는지 물었다. 대답은 대부분 '그렇다'였다. 아직 결혼하지 않은 젊은 여성일 때 그녀가 어떤 모습이었을지 상상하지 않을 수 없었다. 비너스였을 것이다. 그녀를 바라보는 기쁨, 그녀와 대화를 나누는 기쁨, 그녀를 만지는 기쁨도 상상이 갔다.

"나는 헤렌흐라스트에서 아파트를 임대해 살아요."

그녀가 말했다. 그 말은 초대 혹은 대화 주제를 바꾸려는 의도로 해석될 수 있을 것이다. 아마 "피아노가 창문으로 들어올 수 있었다면 그 아파트를 샀을 거예요"라는 말을 하려는 의도는 아니었을 것이다. 피아노는 할렘의 단독 주택에 있었고 그녀는 그걸 팔고 싶지 않았다. 그 집의 옷장에는 남편의 셔츠가 그대로 걸려 있었고, 그녀는 남편을 위해서 항상 작은 전등을 켜두었다. 그녀가 자갈 깔린 진입로에 들어설 때면 멀리서도 집 안을 밝히는 불빛이 보였다. 나는 그녀에게 아이가 있냐고 물었다. 그녀는 고개를 저었다.

"아이들을 원했지만."

대화가 서서히 중단됐다. 아마도 그녀는 내 질문을 무례하다고 생각했거나 아니면 그것이 말하기 까다로운 문제라고 여겼을 것이다. 솔직히 말해 나는 그녀에게 아이들―외국에서 공부를 하거나 삶에 대한 별 걱정 없이 서유럽을 여행하며 사는 아들들―이 있을 거라고 생각했었다.

"아이들을 원해요?"

그녀가 갑자기 물었다.

"전 고작 스물네 살입니다."

"정말 환상적인 나이로군요."

"아이들을 갖기에요?"

"무엇을 위해서든요."

"전 제가 가정생활에 맞다고 생각하지 않아요."

"나도 항상 그렇게 생각했었죠."

그녀가 말하고는 내 눈을 똑바로 쳐다보았다.

"너무 늦은 나이가 됐을 때까지 말이에요."

나는 시선을 돌려 그녀의 파열된 모세혈관 부위를 쳐다보았다. 그것은 완벽한 얼굴에 난 작은 균열이었다.

"하지만 남자들에게 그런 것은 문제가 아니에요."

돌연 시몬 페스트데이크 Simon Vestdijk 가 떠올랐다. 그는 스물네 편의 시집을 냈고 고령에 딸과 아들을 둔 아버지가 됐다. 그의 아내는 그보다 마흔 살이나 어렸다.

조안은 돌아갈 준비를 하려는 듯 의자를 뒤로 조금 밀었다.
나는 방향이 달랐지만 그녀를 바래다주겠다고 했다.

"그럴 필요 없어요."

그녀가 말했다.

"정말이에요."

마치 내가 다른 종류의 제안을 하기라도 한 듯이 잠시 어색
한 침묵이 이어졌다.

"오 흐브아Au revoir."56

결국 그녀가 말문을 열었다.

*

우리가 출간한 시선집들은 대부분 500부 가량, 가끔 그보다
적은 부수가 판매됐다. 드물게 일시적으로 많은 부수가 팔리기
도 했다. 시집은 상업적으로는 시시했지만 출판사에는 다른 종
류의 가치를 안겨주었다. 출판사의 명성은 그 가치에 달려 있었
다. 시에는 숭고함이란 것이 있다. 우리의 시인들이 가능한 한
많이 다양한 상의 후보로 지명되도록 힘쓰는 일이 나의 일이었
다. 그러한 결과를 위해서 나는 심사위원으로 활동하는 평론가

---

56 프랑스어로 "잘 가요, 안녕"이라는 뜻.

들과 긴밀한 관계를 유지해야만 했다. 시집에 짧은 메모를 살짝 끼워 넣거나 심사위원들에게 점심을 대접하며 뻔뻔스럽게 어떤 시인을 추천하는 것은 언제나 도움이 됐다.

"지금 뇌물을 먹이려는 거요?"

한 여성 심사위원이 그렇게 물은 적이 있었다.

"제가 감히 그럴 리가 있나요."

"내 생각에는 그러려는 것 같은데요."

"제가 동료들과 음식점에서 점심을 함께하는 건 이상한 일이 아니죠. 이것도 제 일의 일부입니다."

"내가 동료인가요?"

"우린 같은 배에 타고 있어요. 물론 관심사는 다를 수 있지만 결국 우리의 목적은 같아요."

"어떤 점이요?"

"문학에 기여하고자 하는 것 말입니다."

"바로 그것이 당신이 점심 값을 내려는 이유군요?"

"출판사가, 로버트 베렌드젠 대표가 내는 겁니다."

나는 신용카드 영수증에 사인을 했다.

"다른 심사위원한테도 식사를 대접할 건가요?"

그녀의 윗입술을 보고 짐작했다. 그녀는 나를 놀리고 있었다.

"심사위원장님과는 식사를 함께할 예정입니다. 그때는 더 고급 레스토랑으로 모실까 해요. 혹시 추천해주실 만한 곳이 있는지요?"

"더 엑셀시어를 권합니다. 미슐랭 원 스타를 받았죠."

"그거 좋은 선택인 것 같군요."

"난 새 드레스가 필요해요."

"시상식 때 입으시려고요?"

"네. 하이힐도 필요하고요."

그녀는 더 이상 웃음을 억누르지 않았다. 로비 활동은 비록 더 자존심을 죽여야 하는 면이 있긴 하지만 이성을 꼬시는 것과 비슷했다. 로비 활동은 누구보다도 시인과 시집을 중심으로 돈다. 하지만 보장할 수는 없다. 결국 상은 다른 저명한 시인에게 돌아갔다.

점심을 함께했던 심사위원이 시식상이 끝난 후 다가왔다. 그녀는 등을 다 드러낸 붉은 실크 드레스를 입고 있었다.

"어때요?"

"드레스가 수상자보다 나은 것 같군요."

*

재능 있는 새로운 시인의 주목을 받고자 나는 출판사의 명단에 오른 시인들 일부와 협력하여 새로운 시 잡지를 발간했다. 이 잡지는 월간지로서 번역된 시도 본격적으로 다룰 예정이었다. 이를 위해서 나는 세계 시 축제 사무국과 접촉했다. 리처드 하이만이 죽은 뒤로는 매년 그 축제에 참여하면서도 사무실에는 들르지 않았다.

신임 디렉터는 전임보다 나이가 많았지만 대단히 의욕적인 인물이었다. 이름은 빅토르 라르센이었다. 그는 갈색과 짙은 녹색이 배합된 아름다운 브로그 구두를 신고 있었다. 그의 책상 옆에 놓인 바구니 안에 퍼그 한 녀석이 있었다. 인간 아이의 눈이라 해도 좋을 만큼 말똥말똥 빛나는 작은 눈으로 나를 빤히 응시했다.

빅토르 라르센은 하이만이 편지를 쓸 때 앉았던 바로 그 목재 책상에 앉아 있었다. 시인들의 초상화 역시 예전 그대로 벽을 아름답게 장식하고 있었다. 클라라 제인스Clara Janés, 셰이머스 히니Seamus Heaney, 헤르만 데 코닌크Herman de Coninck, 한스 마그누스 엔첸스베르거Hans Magnus Enzensberger, 자라 키르슈Sarah Kirsch, 토마스 트란스트뢰메르Tomas Transtromer, 마거릿 애트우드. 이 작가들은 모두 세계 전역에서 온 수백 명의 다른 시인들과 함께 축제에 모습을 드러냈었다. 책장에는 상이한 색깔의 커버 없는 하드커버 연감들로 가득했다. 한정판 내부 참조용으로 겨우 열 부밖에 찍지 않은 출간물이었다. 누구든 어쩌다 한 번쯤 고서점에서 그런 출간물을 발견할 수도 있을 것이다. 그 출간물에는 세계 시 축제에서 원어와 번역어로 낭송됐던 시들이 전부

실려 있다. 기도서보다도 두껍고 큰 책이었지만 궁극적으로 그만큼 강렬한 독서 체험을 선사한다.

음향 기록물인 테이프도 무수히 많았다. 그것들은 1969년 첫 축제 때부터 기록된 것이었다. 하이만은 수도 없이 내게 헤드폰을 씌워주면서 "들어봐. 1973년 축제 기록물이야"라고 말했다. 나는 테이프가 돌아가는 소리, 치직거리는 소음에 이어 들리는 한 시인의 목소리에 귀를 기울이곤 했다. 종종 시인들은 내가 이해할 수 없는 언어, 이를테면 중국어나 스페인어나 노르웨이어로 낭송을 했다. 하지만 그 테이프에 귀를 기울일 때면 항상 기쁨을 얻었다. 리듬, 소리, 침묵 모두 좋았다.

초상화, 책, 음향 기록물. 이는 국경 없는 영광스러운 세계였다. 또한 시의 역사였다. 그것에 모든 것, 즉 여름의 소리, 아기의 탄생, 쉐보레 임팔라의 폐기뿐만 아니라 전쟁, 암살, 쓰나미도 있었다.

돌아오니 기분이 좋았다. 출판계는 점점 더 미쳐가는 것 같다. 책이란 앞서 나온 책에 이어 줄줄이 출간되기 마련이고 항상 새로운 작가들이 등장하기 마련이다. 만일 움직이는 공처럼 유망한 신인 작가에게서 한시라도 눈을 뗀다면 눈앞에서 그 작가를 뺏길 위험을 감수해야 한다. 시의 경우에는 그 중요성이 덜했지만 출판계 사람이라면 누구든 점심을 먹어치우는 사이에도 급히 전화 한 통을 더 걸어대는 편집자들에 둘러 싸여 있었다. 로버트 베렌드젠도 결코 예외가 아니었다. 그는 읽어보지도 않고 외국 출판물의 판권을 샀다. 그런데 운 좋게도 그 작품이 베스트셀러가 됐다. 룰렛 테이블에서 행운을 잡은 것과 같았다.

"패트릭 레인Patrick Lane의 시 읽어봤어요?"

우리가 축제의 최신 호에 관한 대화를 마쳤을 때 라르센이 물었다.

"내 생각에는 그 시인이 당신 잡지에 등장하면 제격일 것 같군요."

아는 이름이었다. 아마 그의 시를 읽어보기도 했을 것이다. 하지만 한 행도 생각나지 않았다.

"캐나다 시인이죠."

라르센의 개가 자세를 바로 하더니 짖어댔다.

"하디, 조용히 해!"

라르센이 말했다. 개는 다시 눕더니 주름진 슬픈 얼굴에 박힌 귀여운 눈으로 정면을 똑바로 응시했다.

"난 패트릭 레인의 끔찍한 시 한 편을 읽었어요. 톱으로 자기 손목을 자른 벌목꾼에 관한 이야기였죠."

그는 자기 개의 머리를 건성으로 가볍게 두드렸다.

"혹시 그 시 아나요?"

나는 고개를 가로저었다.

"사고가 나서 한 동료가 그를 병원에 데려갔죠. 절단된 손을 얼음물 양동이에 넣고 산길을 다섯 시간이나 운전해서요. 간호사는 서류에 환자의 이름, 생년월일, 주소를 기록하라고 요구했어요. 그러자 동료가 벌목꾼의 소맷자락을 들어 올렸죠. 간호사는 정맥과 힘줄을 보고 고개를 돌리고 말았어요. 의사들이 상처 부위를 살펴보았지만 손을 살리기에는 너무 늦은 때였어요. 손은 이미 죽어서 붙일 수가 없었던 겁니다. 동료는 다시 북쪽으로 차를 몰았어요. 몇 시간 후에 그는 어느 다리에 차를 세우고 양동이에 담긴 잘린 손을 꺼냈죠. 그 손을 계속 가지고 있을 수 없었고, 그렇다고 벌목꾼의 아내에게 줄 수도 없었으니까요. 그는 손을 매장해야겠다고 생각했지만 날이 춥고 어두웠을 뿐 아니라 아침에 교대 근무를 하기로 해서 여의치 않았어요. 그래서 그는 '다리에서' 그 손을 '높이 던졌어요. 그랬더니 한순간 그 손은 달을 가만히 잡았어요. 손가락으로요.'"

빅토르 라르센은 서류 한 뭉치를 내 쪽으로 밀었다.

"그게 선생에게 쓸모가 있었으면 좋겠군요. 밤하늘에 던져진 그 손의 이미지는 달을 잡은 것처럼 보여요. 참 경이로운 이미지죠."

라르센이 웃었다. 그는 하이만처럼 소년 같은 매력은 없었지만 하이만처럼 시를 신봉했다. 그에게도 시가 없는 삶은 아름다울 수 없었다. 우리는 로버트 베렌드젠과 내가 멘토로 삼았던 시인들에 관해서 이야기를 나눴다. 라르센과 베렌드젠은 같은 대학 신문에 글을 기고하면서 알게 된 모양이었다. 대화를 마친 후 라르센은 악수를 하고 나를 자기 사무실 앞까지 안내했다. 그는 하이만이 그랬던 것과 달리 술자리에 나를 초대하거나 인근의 음식점에서 식사를 함께하자고 권하지 않았다. 아마 우리가 서로를 더 잘 알았다면 그런 기회가 있었을지도 모른다. 어쨌든 우리는 다시 약속을 잡았고 나는 그에게 잡지 교정쇄를 보내주기로 했다.

세계 시 축제 사무국 바깥의 인도에 서서 아이스크림 가게를 바라보았다. 11월이었다. 차양은 접혔고 가게 안은 바깥보다 어두웠다. 문에 안내문이 있었다. "3월에 돌아옵니다!" 어머니의 필체였다. 작은 태양이 그려져 있었다. 옛날에 루카와 나도 이렇게 그린 적이 있다. 루카가 태양을 그렸고 나도 태양을 그렸다. 우리는 싸우지 않았다.

한참을 그대로 서 있었다. 머릿속에 떠오르는 생각들을 억누르지 않았다. '생각들이 고개를 들게 그냥 놔둬.' 내 안의 반항적인 목소리가 말했다. '어서 나와! 난 너희들을 제압할 수 있어!' 그러자 생각들이 몰려들었다. 놈들은 나를 에워쌌다. 그 모든 생각들, 의문들, 기억들, 이미지들에 포위당했다. 베나스에는 벌써 눈이 내렸을까? 주방에서는 무슨 냄새가 풍길까? 나는 루카와 함께 테이블에 앉은 부모님을 보았다. 내 의자도 보았다.

소피아는 무엇을 할까? 마을을 거닐고 있을까? 창문 뒤에서 따뜻한 불빛들을 바라볼까? 3월이 되려면 아직도 멀었다. 하지만 아이스크림 장수에게는 그리 멀지 않았다. 3월은 매일매일 가까워졌다.

그날 밤 나는 침대에서 패트릭 레인의 시를 번역했다. 이미 양동이 안에서 녹아버린 얼음과 버려진 물. 강바닥에 "잠자는 짙은 푸른색 거미"처럼 덩그러니 가라앉은 절단된 손. 그다음 의문은 이랬다. "너는 잃어버린 너의 조각으로 무엇을 하지?"

소피아 로렌의 엉덩이처럼

이듬해 봄, 소피아는 아이스크림 가게에 있었다. 그녀는 긴 금발 머리를 땋아 등 뒤로 늘어뜨리고 한 손에는 주걱을 쥐었다. 그녀는 우리 어머니와 함께 손님들을 상대했다. 베피는 커피를 끓이고 실외 테라스 테이블에 앉은 손님의 시중을 들었다. 루카는 주방에서 우유를 끓이고 진득한 아이스크림을 경망스럽게 처닝했다. 다시 네 사람이었다.

작년 겨울 혹은 그 이전부터 루카는 내게 아무 말도 하지 않았다. 여전히 그런 태도였다. 자기가 소피아를 차지했고 그녀가 아이스크림 가게에서 내 자리를 대신 차지했다고 하더라도 루카에게는 예전과 다를 게 없었다. 하지만 2월 말에 내가 가게에 갔을 때 우리 두 사람의 눈이 마주쳤고 그때 루카는 얼굴에 떠오르는 미소를 억누르지 못했다. 내가 이미 소피아를 알아본 뒤였다. 나는 문 손잡이에 손이 닿기도 전에 그녀를 알아보았다. 천으로 에스프레소 머신을 닦는 아버지 뒤에서 어머니가 앞치마로 문대며 닦는 창유리를 통해서 말이다. 정말 소피아였다. 믿을 수 없는 일이자 너무나 자연스러운 일이었다. 대걸레를 잡고 있던 그녀가 내 볼에 입을 맞추는 것으로 인사를 했다.

"안녕, 시아주버니."

그녀가 미소를 지으며 말했다. 나는 주방문에 난 작은 창으로 루카를 염탐했다. 동생 또한 미소 짓고 있었다. 하지만 그것은 링 바닥에 뻗은 적수를 바라보는 권투 선수의 미소처럼 냉소적이었다.

이튿날 일찍 문을 열기 위해 청소를 하며 마지막 준비를 하는 모양이었다.

"건조한 날씨가 계속될 거다. 오늘 오후는 화창한 날씨일 거고, 주말에는 기온이 올라갈 거야. 온화한 남서풍이 부는구나."

어머니가 기분 좋은 목소리로 말했다. 알고 있었다. 공기 중에 봄기운이 감돌았다. 아버지는 에스프레소를 만들어주었다.

"맛보거라. 오늘 아침에 뽑은 거다. 원두를 갓 간 거야."

나는 한 모금 마셨다. 에스프레소는 좀 따스할 뿐이었다. 커피 머신이 아직 적절하게 온도를 높이지 못했기 때문이었다. 그래서 그런지 커피가 좀 시큼했다.

"좋아요. 하지만 너무 적어요. 잔 바닥이 보이겠는데요."

나를 위한 물 양동이는 없었지만 나는 아버지를 끌어안았다. 내 빰을 할퀴는 아버지의 수염과 내 수염이 할퀴는 아버지의 빰이 느껴졌다. 아이스크림 시즌의 첫날에는 원망이 없었다. 몇 주가 지나면 아이스크림 제조기는 쉬지 않고 돌아가고, 에스프레소 머신은 쌕쌕거리고, 아버지의 관절은 삐걱일 것이다. 아버지는 테라스와 가게 사이를 수없이 오가며 나를 저주할 테고 시집을 쥔 채 의자에 앉은 내 모습을 떠올릴 것이다.

강렬한 햇볕 속에서 아버지는 더블 포타필터를 에스프레소 머신에 끼우고 버튼을 눌렀다. 캐러멜 빛깔의 두 줄기 액체가 예열된 두 개의 잔으로 흘러내렸다. 단 1초라도 더 짧거나 길지 않았다. 정확히 26초가 걸렸다.

대부분의 아이스크림 장수들에게 커피는 전문 영역이 아닌 취급품일 뿐이었다. 그들은 아침이나 비 오는 날에 손님들을 유혹하기 위해 커피를 이용했다. 물론 자신들이 제대로 추출한 에스프레소를 마실 수 있다는 점에서도 좋았다. 하지만 아이스크림은 그들의 생계였다. 많은 아이스크림 장수들에게 아이스크림은 열정 혹은 그 이상의 것이었다. 어떤 아이스크림 장수들은 자신들의 직업에 대해 쉬지 않고 말했다. 겨울의 바 포스타에서는 수직 및 수평 아이스크림 제조기, 이상적인 온도, 비율에 관한 대화가 끊이지 않았다. 토론은 주방 테이블로 이어지기도 했다. 그 때문에 어떤 아이스크림 장수의 아내들은 미칠 지경이었다.

하지만 아버지는 겨울이 되면 그저 드라이버와 샌더로 가득한 보물창고로 물러났다. 아버지는 아이스크림에 관해서는 거의 말이 없었지만 커피에 관련된 대화에는 끼는 걸 좋아했다. 다른 아이스크림 장수들은 향기에 대해서 자주 말했다. 그들은 자신들이 만든 커피의 비상한 향기, 즉 초콜릿 향기, 계피 향기, 육두구 향기, 삼목 향기를 찬양했다. 심지어 한 아이스크림 장수는 자신의 에스프레소에서 어린 시절의 색연필 냄새가 난다고 주장했다.

아버지는 26초라는 시간을 신뢰했다. 향기는 그리 중요하지 않았다. 아버지 생각에 향기에 대한 예찬은 허풍이었다. "좋은 요구르트 아이스크림은 요구르트 맛이 나듯이 좋은 에스프레소는 에스프레소 냄새가 난다"는 것이 아버지의 지론이었다. 아버지는 다른 아이스크림 장수들에게 자신이 수년간 실험한 끝에 입증해낸 이상적인 추출 시간을 납득시키려고 노력했다.

"왜 28초는 아니고? 아니면 24초거나."

보도 출신의 한 아이스크림 장수가 아버지에게 도발적으로 물었다.

"28초는 너무 길어. 그 시간이면 로스팅 강도가 강해서 써져. 반면에 24초짜리 에스프레소는 시큼하고 싱겁지. 추출 시간이 충분치 않아서 그런 맛이 나는 거야."

아버지는 진지했다.

"베피, 23초면 어때?"

"23초면 잔이 터질 위험이 있어."

"한 잔당 26초라고? 난 그렇게 여유 부릴 시간 없어."

다른 아이스크림 장수가 말했다.

"그리 서두를 게 뭐 있나? 얼음은 영하 15도에선 녹지 않아."

베피가 대답했다.

"하지만 손님들을 오래 기다리게 하면 가버린다고."

"그럼 그냥 가게 놔둬."

아버지의 말에 다른 아이스크림 장수들이 눈살을 찌푸렸다. 아버지의 이런 대응은 도피 수단, 즉 뒤로 물러나는 수법이었을 것이다. 아버지는 페마^{Faema} E61 뒤에, 그것의 반짝이는 덮개 뒤에, 스팀기 꼭지와 압력계 뒤에 숨었다. 원자 시간으로 한 잔당 26초. 베나스 디 카도레에서 꼼짝 못 하는 지독한 늙은이처럼 아버지는 이렇게 시인하고자 했다.

"처음에는 아이스크림만 싫어했지. 그런데 점차 아이스크림을 사는 사람들까지 싫어지더구나."

그러한 혐오가 정확히 언제부터 시작됐는지, 그것이 언제부터 지극히 극단적인 인간 혐오의 성질을 띠게 됐는지 말하기는 쉽지 않다. 아버지의 장래 희망은 절대로 아이스크림 장수가 아니었다. 아이스크림을 만들어 파는 일에 결코 소명 의식을 가지고 있지 않았다. 우리가 나이를 먹고 아이스크림을 만들기 시작하면서 베피는 주방에서 보내는 시간이 점점 줄어들었다. 내가 대학에 들어가고 루카가 아이스크림 가게를 맡은 이후에도 아버지는 종종 일손을 거들었지만 이제 아이스크림 가게의 책임자는 동생이었다.

머신이 서서히 멈추고 에스프레소가 추출됐다.

"너와 동생을 위해 뽑은 거다."

아버지가 말했다. 나는 두 잔을 들고 주방으로 갔다.

"그러니까, 너 약혼했구나."

"그러니까"라는 말이 내가 동생에게 한 첫마디었다. 루카는 아무 말도 없었다. 쳐다보지도 않았다. 루카는 타일 바닥을 내려다보면서 앞뒤로 움직이며 "스르르르" 하는 스크레이퍼의 날 소리에 귀를 기울였다. 훌륭한 아이스크림 장수는 기계 소리만 들어도 아이스크림이 완성됐는지 아닌지 안다. 한 늙은 아이스크림 장수는 바 포스타에서 "그건 결혼 생활과 같다"라고 말했었다. 술에 취했지만 만취 상태는 아니었다.

"나는 아이스크림을 알고 아이스크림은 나를 알지. 가끔은 그게 말을 걸어."

똑같이 두 눈이 충혈된 다른 아이스크림 장수들이 모두 고개를 끄덕였다.

우리는 조용히 있다가 동시에 에스프레소를 쭉 마셨다. 아마도 할 말이 전혀 없을 것이다. 이미 일어난 일을 없었던 일로 만들 수는 없다. 그래도 생각해보면 내가 아이스크림 가게를 포기하지 않았더라면 자연스럽게 물려받았을 것이다. 하지만 실제로는 루카가 가게를 맡았고 덤으로 소피아까지 챙겼다. 이치에 맞는 일이었다. 루카는 소피아가 필요했고, 나는 필요없었다. 더 이상 무슨 말이 필요하겠는가?

서로 논할 만한 다른 관심사는 없었다. 동생도 틀림없이 그걸 깨달았을 것이다. 우리의 삶은 너무나 달라졌다. 나는 글을 읽고 쓰고 책을 만든다. 시인들과 어울려 바게트와 브리 치즈를 먹고 출판 기념회에 간다. 루카는 하루에 열여섯 시간을 일한다. 아이스크림을 처닝하고 그것을 팔고 제조기를 청소한 후 밤에는 세상 모르고 잔다. 아이스크림 가게는 루카가 이룬 세계의 전부였다. 나의 세계는 루카의 세계가 끝나는 지점에서 시작됐다.

"스르르르 스르르르 스르르르"

루카는 제조기의 스위치를 끄고 아이스크림 국자를 집었다. 그는 엄지손가락으로 금속 손잡이를 휘감았다. 그리고 열린 원통 안으로 몸을 굽혔다가 폈다. 왼쪽 입꼬리가 조금 올라가 있었다. 웃음이라고 할 수는 없는 모습이었다. 아이스크림은 기대했던 대로 완성됐다. 좋았다. 바닐라 아이스크림이었다. 아이스크림이 커다란 스푼에서 시멘트처럼 뚝뚝 떨어져 금속 용기 안으로 들어갔다.

증조할아버지의 동생들이 완성된 아이스크림을 보듯이, 여느 사람들이 아이스크림을 보듯이 나는 동생이 만든 아이스크림을 봤다. 루카는 그런 나를 바라봤다. 이보다 더 나을 수 있을까? 아이스크림을 좋아하지 않는 사람을 봤는가? 아이스크림 가게를 보고도 행복감을 느끼지 않을 사람이 있을까? 아이스크림콘은 우리를 어린 시절로 데려간다. 우리는 모두 평평한 플라스틱 스푼으로 마분지 컵에 든 내용물을 휘저었다. 그것이 새로운 색깔을 띠고 새로운 맛이 날 때까지. 당신은 아이스크림을 즐기기에 너무 늙었는가? 베네치아의 실외 테라스에는 세 스쿠프의 아이스크림, 즉 딸기, 바닐라, 초콜릿 아이스크림이 둥글게 붙은 거대한 아이스크림콘이 서 있다. 폴리에스테르로 만든 것으로 속에는 폴리스티렌이 채워졌다. 그것을 핥아보려고 아장아장 걷는 아기들을 여러 번 봤다. 아기들은 자라면서 그 기억을 까맣게 잊겠지만 그와 같은 동경은 결코 사라지지 않을 것이다.

루카는 금속 용기를 들고 다가왔다. 그의 걸음에도 아이스크림은 움직임이 없었다. 아이스크림은 부드러우면서도 딴딴했다.

"영화 〈사랑의 변주곡〉에 나오는 소피아 로렌의 엉덩이처럼 말이다."

아이스크림을 시식한 아버지가 말했다. 동생이 스푼을 들었다. 나는 루카의 칼라마타 올리브 빛깔 눈동자를 들여다보았다. 그는 시선을 피하지 않고 내 입에 아이스크림을 한 스푼 떨어뜨렸다. 믿을 수 없을 정도로 곱고 매끄럽고 부드럽고 포근한 아이스크림이었다. 진한 크림에 든 수백만 개의 작은 얼음 결정체는 비록 아이스크림 전체에서 소량이었지만 마치 척추와 같은 역할을 했다. 처닝되는 동안 재료 안에 갇힌 기포들 때문에 밀도는 약해졌지만 부서질 정도로 무르지는 않았다. 그 덕분에 매끈하고 보드라운 얼음을 거의 씹을 수 있었다. 아이스크림은 입안에서 살살 녹았다. 무심결에 두 눈을 감았다. 소녀와 키스를 할 때면 일순간 모든 것에서 벗어나 붕 뜨는 기분이 들 듯이 부유하는 기분이 들었다. 루카는 더 나은 제조법을 개발했다. 아이스크림의 구조는 크림처럼 매끄럽고 보드라웠으며 풍부한 맛이 났다. 또 바닐라가 고르게 분포돼 있었다. 나는 아이스크림을 삼키고 눈을 떴다. 동생은 내 얼굴에서 한순간도 시선을 떼지 않았다. 냉소는 사라졌다. 지금 루카의 양쪽 입꼬리는 똑같이 올라가 있었다. 그는 내가 아는 것을 알았다. 내가 아무것도 하지 않은 것이, 나의 부재가, 내가 돌아오지 않은 것이 그를 도왔다. 바로 그것이 루카가 마을에서 가장 아름다운 소녀를 차지하게 만든 길이었다. 동생은 그 사실을 말할 수 없었다. 그가 만든 아이스크림이 중책을 떠맡았다.

오늘 오후, 우리 다섯 식구는 위층 식탁에 둘러앉았다. 어머니는 토마토, 마늘, 케이퍼, 안초비를 넣은 스파게티를 요리했다. 식탁 위에는 레드 와인도 한 병 있었다. 산악 지방에서 맞은 토요일 같았다.

소피아는 고미다락에서 옷을 갈아입고 내려왔다. 우리 모두 그녀를 바라봤다. 그녀의 옷에는 수선화들로 가득한 들판이 펼쳐져 있었다. 소피아는 언젠가부터 자기 어머니의 옷을 입기 시작했다. 루카가 가게에서 일할 때면 아버지와 같은 작업복 차림이듯이 말이다. 나는 햇볕에 탄 소피아의 다리를 흘끗 보면서 동생이 오늘 아침에 그 다리를 만졌을지 궁금해했다. 그녀는 포크를 스파게티에 꽂고 빙빙 돌리더니 옷에 튀기지 않고 한 입 먹었다.

어머니는 이번에도 참을 수 없었던지 날씨 이야기를 시작했다. 내일은 17도까지 기온이 오를 거라는 라디오 예보를 들은 뒤였다.

"첫날은 그리 따뜻하지 않을 거야."

어머니가 한쪽 눈을 번뜩이며 말했다. 베피는 어느 해인가 로테르담에 돌아왔을 때 기온이 영하 10도였다고 말했다.

"가로등 기둥마다 고드름이 매달려 있었단다. 웨스터싱헐에서 스케이트를 탈 수 있었을 정도였어."

"조반니와 루카가 태어났을 때인가요?"

소피아가 물었다.

"조반니는 태어났었지. 루카는 아직 배 속에 있었단다."

"우리는 모두 여름에 태어났지. 아이스크림 장수들은 겨울에만 그걸 하거든."

내가 말했다. 농담이었지만 누구도 웃지 않았다. 모두 침묵을 지켰다. 동생이 포크를 돌리는 소리만 들렸다. 루카는 말하지 않았다. 식사를 하는 동안 단 한마디도 하지 않았다. 나는 동생이 소피아에게는 말을 하는지, 지금은 그럴 만한 배짱이 있는지 궁금했다. 나는 루카가 소피아에게 말하는 걸 들어본 적이 없었다.

모두들 접시를 비우고 와인을 한 잔 들이켰을 때 아버지가 철물점 진열대에서 본 해머 드릴에 관해 말하기 시작했다.

"정말 아름다운 공구지."

"그건 생각도 하지 마."

어머니가 경고했다.

"이미 샀는걸."

소피아와 내가 웃었다. 마음이 아이스크림에 갔던 동생이 고개를 들었다. 나는 아버지의 뿌리 깊은 신경과민을 생각했다. 옛날에 아버지는 식사를 제대로 즐기지도 못했다. 여하튼 로테르담에서는 그랬다. 항상 해야 할 일이 있었기 때문이다. 달걀 노른자와 흰자를 분리하고, 파인애플을 으깨고, 오렌지를 짜내야 했다. 우리는 두 대의 아이스크림 제조기에서 스물두 가지 맛을 만들어냈다. 아이스크림 제조자는 바퀴를 굴대에 고정하는 핀과 같았다. 하나라도 착오가 있으면 모든 것이 멈춘다. 최악은 특정한 맛 아이스크림이 동나는 것이었다. 그 결과 금속 용기는 텅 비고 아이는 울음을 터뜨리며 꽥 소리를 지를 것이다. 이는 혼자만의 시간을 가질 틈이 없다는 걸 의미했다. 일, 일, 일뿐이었다. '휘돌리고 휘돌리고 휘돌리고.'

"와인 한 잔 더 해도 될까요?"

소피아가 물었다.

"물론이지."

베피가 남은 와인을 그녀의 잔에 따라주었다. 아버지는 미래의 며느리가 한 말에 흐뭇했다.

"네 시어머니가 될 사람은 한 잔밖에 못 마신단다. 그것도 작은 잔으로 말이야."

"가족 중 한 분은 냉정함을 유지하셔야죠."

"난 평생 술에 취해본 적이 없어."

베피가 말했다.

"취하면 취하지 않았다고 생각하실 걸요."

아버지는 갑자기 뭔가 떠오른 모양이었다.

"스테파노 콜레티는 자기 오줌으로 아이스크림을 만들려고 했었지."

"베피! 우리 식사 중이야."

어머니가 소리쳤다.

"다 먹었잖아."

"그 이야기는 젊은 숙녀가 듣기에는 좋지 않아."

머지않아 소피아는 그 이야기의 전모는 물론이고 모든 아이스크림 장수들의 이름도 듣게 될 것이다. 우리는 이미 다 들어서 알고 있었다. 피에베 디 카도레 출신이었던 스테파노 콜레티는 어느 날 밤 아이스크림 제조기의 원통 안에 방광을 비웠다. 곤드레만드레 취했던 그는 오줌을 눈 후에 제조기를 작동시켰다. 그렇게 완성돼 냉동고에 보관한 셔벗은 단단하고 입자가 거칠었다. 이튿날 아침, 그는 평소처럼 일을 시작했다. 두통에 시달리며 금속 용기들을 진열창으로 옮겼다. 레몬 셔벗 자리에 새로운 맛 셔벗을 가져다 놓았지만 그는 알아채지 못했다. 한 시간 반 뒤에 콜레티의 아내가 그 셔벗을 주걱으로 꾹 찔렀다. 얼마나 단단한지 조금도 패이지 않았다. 설탕을 첨가하지 않으면 얼음은 섭씨 영하 18도에서는 돌처럼 굳는다.

"스테파노! 이리 와봐."

아내의 목소리에 콜레티가 와 셔벗을 살폈다. 하지만 그것을 어젯밤에 있었던 일과 연결하지는 못했다.

"이게 뭐야?"

아내가 물었다.

"레몬 셔벗."

"돌처럼 딱딱하잖아."

"이상하네."

그리고 주방에서 그것을 약간 맛봤을 때서야 어젯밤에 무슨 일이 있었는지 어렴풋이 떠올랐다.

"그 친구는 그게 그리 나쁘다고 생각하지 않았단다. 사실 콜레티는 그걸 두 입이나 먹었어!"

아버지가 말했다. 아이스크림에 얽힌 이런 이야기는 수도 없이 많았다. 모든 이야기들 중에서 가장 비극적인 이야기는 발레 디 카도레 출신의 에토레 프라비사니에 관한 이야기였다. 프라비사니는 언제나 넥타이를 단정하게 매는 진정한 신사였다. 그는 헤이그에서 가게를 운영했다. 7월 어느 날 아침, 프라비사니는 딸기 아이스크림을 처닝하고 있었다. 딸기 아이스크림은 다른 아이스크림 가게에서처럼 그의 가게에서도 가장 인기 많은 아이스크림이었다. 아이스크림 제조기가 소리를 내며 돌아가고 있었지만 시뇨르 프라비사니는 아이스크림이 완성됐을 때 나는 소리를 구분할 수 없었다. 그래서 그는 카타브리카 안으로 허리를 굽혀 원통 안을 들여다보았다. 바로 그 순간 그의 넥타이가 구동축에 걸렸다. 결국 그는 붉은 아이스크림 위에서 질식사하고 말았다. 소피아는 무사히 이 이야기를 피했다. 지금은 말이다.

"어릴 적에 딱 한 번 내 오줌을 먹어본 적이 있어요. 맛이 영 아니었어요."

소피아가 말했다.

"그래도 뜨거운 것보단 차가운 게 나을 거야."

아버지는 농담을 던지고 웃었다. 우리도 함께 웃었다. 이윽고 동생이 벌떡 일어나더니 말했다.

"이제 다시 일해야죠."

그곳은 산악 지방이 아니었지만 마치 그런 것처럼 번지는 하나의 얼룩과 같은 토요일 오후였다.

타는 듯이 더운 여름은 확실히 좋은 계절이었다. 수은주가 30도 넘게 올라가는 날이면 아이스크림 가게가 생각났다. 사무실 창문은 활짝 열려 있었고 책상 위에는 서류 더미와 연필이 나란히 놓였다. 나는 소매를 걷어붙이고 우리의 리스트에 오른 시인들의 최신작을 읽었다. 다른 누구도 읽은 적 없는 시를 첫 번째로 읽는 특권은 첫눈이 소복하게 쌓인 길을 걷는 것처럼 황홀했다. 그것은 침묵, 완벽한 고독, 깊은 곳에서 캐낸 황금 같은 말과 뭔가 모르게 관련이 있었다. 하지만 때때로 나는 두 행 사이에서 길을 잃고 별안간 아이스크림 가게를 떠올렸다. 소피아가 무슨 옷을 입었을지, 얼마나 많은 남자들이 아이스크림을 푸는 그녀의 가슴 계곡을 엿보려 할지 궁금했다.

여름이 끝날 무렵, 빅토르 라르센이 나를 로테르담으로 초대했다. 논의하고 싶은 일이 있지만 전화로 말하고 싶지는 않은 모양이었다. 우리는 베네치아의 테라스에서 만나기로 약속했다. 늦은 오후였다. 모든 의자들이 햇볕을 쬐고 있었다. 동생이 아버지를 돕고 있었지만 주문을 받은 쪽은 베피였다.

"저는 바닐라 딸기 아이스크림 한 컵 주세요."

내가 말했다. 라르센은 헤이즐넛 모카 시나몬 아이스크림콘을 주문했다.

"휘프트 크림을 곁들일까요?"

아버지는 물어보기는 했지만 대답을 기다리지는 않았다. 아버지는 라르센의 주문을 이미 여러 차례 받아봤기 때문에 그가 아이스크림에 휘프트 크림 곁들이기를 좋아한다는 걸 알았다. 나 역시 어떤 사람이 무슨 맛을 좋아하는지 여전히 기억한다. 한 남자는 10년 넘게 항상 피스타치오 맛으로만 다섯 스쿠프를 주문했다. 그가 앉은 의자 밑에 반쯤 숨은 그의 개가 항상 콘을 받아 단 두 입 만에 먹어치웠다.

나는 아버지의 걸음걸이를 보고 관절에 통증이 있다는 것을 알아차렸다. 오늘 아버지는 테라스와 가게 사이를 몇 번이나 오갔을까? 이번 시즌에 대체 그 걸음을 얼마나 반복했을까? 요 몇 달 사이에 아버지는 여느 때보다 분주했다. 아버지는 저승의 시시포스처럼 계속 그럴 수밖에 없었을 것이다. 나는 신랄한 말들이 곧 들이닥치리라는 것을 알았다. 아버지는 가장 더웠던 날에 이미 악담을 퍼부었다. 그리고 지금 숨 막힐 듯이 뜨거운 오후에 나는 그때처럼 빌어먹을 티셔츠를 입고 여기에 앉았다. 그러고는 뻔뻔스럽게도 50대 후반의 아버지에게, 새벽 다섯 시 반에 일어나 막내아들을 도와 사과를 깎은 남자에게, 열다섯 살 때 일을 시작해 40년 넘게 여름을 가져본 적이 없으며 아이스크림을 몹시 싫어하기 시작한 남자에게 아이스크림을 주문했다. 나는 태양 아래 앉아 아버지를 걷게 만들었다.

소피아가 아이스크림을 펐다. 그녀의 왼쪽에서 어머니도 한 손님을 상대했다. 거대한 아이스크림콘과 가로등 기둥 주위로 줄이 구불구불 늘어섰다. 나는 소피아의 시선을 끌려고 애썼지만 내가 쳐다볼 때마다 그녀는 아이스크림 쪽으로 몸을 굽힌 채였다. 라르센은 우리 잡지의 최신 호가 마음에 든다며 특히 번역 작품들에서 정말 깊은 인상을 받았다고 말했다.

쟁반을 들고 나타난 아버지 때문에 대화는 중단됐다. 아버지는 내가 주문한 아이스크림을 내려놓고 라르센에게 아이스크림콘을 건넸다. 그러고 나서 잠시 그대로 가만히 있었다. 아버지가 무슨 의도로 이러는지 발을 질질 끌며 걷는 중년 남성을 방금 본 외부인 손님은 이해하지 못했을 것이다. 라르센은 아버지에게서 평소와 다른 점을 눈치채지 못했지만 나는 무슨 일이 닥칠지 알았다. 적의감과 쌓이고 쌓인 분노였다.

"이런 날씨라니, 믿어지나요? 우리가 옥외 공간을 확보하길 정말 잘한 것 같군요. 두 사람이 그렇게 앉아 햇볕을 즐길 수 있으니 말이오."

나는 고개를 끄덕이며 아버지가 그 정도에서 그치기를 희망했다. 하지만 아버지는 테이블 옆에 그대로 있었다.

"빨리 먹는 게 나을 거다. 안 그러면 녹아버릴 테니까."

아버지는 이제 나한테만 말하고 있었다. 라르센은 아이스크림을 이미 한 입 먹은 뒤였다. 휘프트 크림을 곁들인 계피 아이스크림이었다. 나는 아이스크림을 입에 대기가 겁났다.

"아니면 내가 스푼으로 떠 먹여주길 바라니, 조반니?"

어쩌면 아버지는 아이스크림 사 먹는 사람들을 진작부터 혐오하기 시작했는지도 모른다. 그리고 그 순간 아버지는 나를 혐오했다. 나는 위험을 감수하기로 마음먹고 플라스틱 스푼으로 바닐라 아이스크림을 떠먹었다.

"좋니?"

아버지가 물었다. 실은 나는 누구든 어릴 적에 먹은 음식이나 맡은 향기를 그리워하듯이 진작부터 동생이 만든 아이스크림을 무척 고대했다. 암스테르담에서 토파니 아이스크림 가게에 갔을 때 아이스크림을 주문한 적도 있고, 감바와 베로나 젤라티에 갔을 때는 늘어선 줄에 섰던 적도 있지만 그 가게들의 바닐라 아이스크림은 내 동생이 만든 아이스크림의 적수가 되지 못한다.

부지불식간에 눈이 감기는 걸 느끼고 정신을 차렸다. 입안에 넣은 아이스크림은 동생이 초봄에 만들었던 아이스크림처럼 부드러우면서 단단했다. 믿을 수 없을 정도로 매끄럽고 보드라웠다. 고체가 액체로 바뀌는 동안에 시간이 멈춘 것만 같았다.

"〈사랑의 변주곡〉에 나오는 소피아 로렌의 엉덩이 같지."

아버지가 말했다. 이번에는 라르센에게도 대화를 걸었다.

"루카는 천재예요."

"내 동생이에요."

내가 명확하게 밝혔다.

"내 막내아들입니다."

아버지가 덧붙였다.

"그 아이는 소피아 로렌의 엉덩이처럼 튼실하고 유혹적인 바닐라 아이스크림을 만들었지요."

라르센은 아버지를 쳐다보았다. 처음에는 충격을 받은 듯했지만 곧 정신을 차리고 말문을 열었다.

"이제야 사장님 아드님께서 어떻게 시를 사랑하게 됐는지 그 근원지를 알겠군요."

아버지와 나는 웃었다. 얼굴이 붉어지면서 거의 질식할 것 같았다. 설마 그런 일이! 순간 아이스크림이 중국인의 발명품이라고 주장했던 노인이 떠올랐다. 그는 머리에 날아든 아이스크림콘을 맞고 필사적으로 도망쳐야만 했다.

빅토르 라르센은 앉아서 콘을 마저 먹는 것을 허락받았다. 아버지가 뒤돌아 아이스크림 가게로 천천히 힘겹게 걸어갔다. 마치 보이지 않는 바위를 밀고 가는 것만 같았다.

"하디는 어디 있나요?"

라르센의 수제 구두를 먼저 보고 이어 그가 앉은 의자 밑을 바라보았지만 슬픈 얼굴의 퍼그는 보이지 않았다.

"사무실에 있어요. 주인 노릇을 하고 있죠."

"여행하실 때는 어떻게 하세요?"

"아내가 돌보죠."

사실 그녀는 아내가 아니었다. 둘은 결혼하지 않았지만 그는 최근까지도 이 이야기를 하지 않았다. 빅토르 라르센은 결혼반지를 끼지 않았다. 결혼반지를 가지고는 있지만 22년 동안 저녁이면 늘 칫솔 옆에 놓아두었다. 그는 자식 둘에 심지어 손자도 하나 있었다. 그는 막내딸이 이사를 나갈 때 아내와 갈라섰고, 막내딸이 이삿짐을 풀기도 전에 이혼 서류에 사인을 했다. 그 뒤 대사관에서 일하는 프랑스 여자를 만났다. 발레리라는 여자였다. 그들은 지금 함께 산다. 서로를 대단히 존중하면서도 아주 독립적으로 살았다. 작곡가, 와인, 문학 등에 대한 취향은 비슷했지만 직업에 관해서는 확연히 달랐다. 그녀는 오랜 시간 동안 일을 했고, 그는 여행을 많이 다녔지만 그런 이유로 부딪힌 적은 없었다. 그들은 여름 동안만큼은 붙어 지냈다. 그들은 한 달 동안 지중해를 항해하며 선실에서 나란히 잤다.

라르센의 막내딸은 내 또래였다. 그녀는 위트레흐트에서 재정 집행 위원으로 일하는 공무원이었다.

"그 애는 시 따위에는 관심이 없어요."

"제 아버지도 그렇습니다. 동생은 더더욱 그렇고요. 우리가 같은 유전자를 공유한다는 게 기적이죠."

"나는 가끔 그 애가 정말 내 딸인지 의문이 들어요. 하지만 유감스럽게도 딸애의 코는 내 코와 똑같죠."

그의 코는 그다지 크지는 않았지만 독특한 모양이었다. 선명한 곡선이 진 매부리코였다.

"저는 제가 입양됐고 언젠가는 실제 부모님이 문 앞에 나타날 거라고 공상했어요. 카를로스 드루몽 드 데 안드라데[57]처럼 흰 모자를 쓴 브라질 남자가 내 아버지일 거라고 생각했죠."

내가 말했다.

"어머니는 어떤 분이라고 공상했고요?"

"안치 크로그[58]."

"왜요?"

"그녀가 침대 발치에 앉아 자기 전에 동화를 읽어준다고 상

---

57 Carlos Drummond de Andrade(1902~1987). 브라질의 현대 시인이며 짧막한 소설이자 수필 장르인 크로니카스의 작가이기도 하다.

58 Antjie Krog(1952~). 남아프리카공화국의 시인.

상해봐요. 그처럼 아름다운 언어로, 그처럼 부드럽고 매력적인 목소리로. '나는 진정 너를 행복하게 해주고 싶어 / 너를 위해 시를 쓸 거야 / 너처럼 수수하고 나긋나긋한 시를 / 나는 너를 위해 노래를 부를 거야 / 네가 잠든 매일 밤에.♪"

내 말에 라르센이 견해를 밝혔다.

"그 시는 남편을 위해 쓴 것 아니던가요?"

"상관없어요."

내가 말했다. 바로 그때 나는 마침내 소피아의 시선을 끌었다. 그녀가 아이스크림을 퍼 컵에 담는 순간이었다. 아주 짧은 한순간, 우리의 눈이 마주쳤다.

"선생을 다시 보고 싶었어요. 묻고 싶은 게 있어서요. 아니, 실은 제안하고 싶은 게 있어서요."

라르센이 의자에서 자세를 바꾸더니 허리를 폈다. 그는 계속 말했지만 나는 본질적인 부분을 놓치고 말았다. 소피아가 웃었다. 나도 덩달아 웃은 게 분명하다. 라르센이 "그 웃음은 이 일을 받아들인다는 뜻인가요?"라고 물은 걸로 보아 그랬다. 내가 명쾌하게 대답하지 않자 그가 덧붙였다.

"대단한 일이에요. 편집자로서 선생은 전 세계를 여행하게 됩니다. 자그레브, 아바나, 퀘벡을요."

매혹적인 도시 목록은 친숙했다. 스트루가, 이스탄불, 미초아칸. 나는 리처드 하이만이 지구 반대편에서 열린 축제에서 햇볕에 그을려 돌아오면 그가 하는 모든 말에 귀를 기울였었다.

"저는 출판사에서 일해요. 이미 직업을 가지고 있습니다."

나는 더듬거리며 말했다.

"로버트 베렌드젠은 선생의 선택을 이해할 겁니다. 그분은 선생 덕에 행복할 거예요."

나는 다시 한번 소피아를 슬쩍 보았다. 그녀는 입술을 약간 벌린 채 내 시선에 응했다.

"그 일을 하겠습니까?"

"물론, 물론 저는 세계 최고의 시 축제에서 일하는 편집자가 되고 싶습니다."

내가 대답했다. 나는 하이만을, 그가 세계 시 축제에 비유하던 알렉산드리아의 등대를 생각했다. 그가 나를 항구로 안내했다. 이제 뭍에 오를 때였다.

"그렇다면 축하할 일이 생겼군요. 여기 샴페인 있나요?"

나는 고개를 가로저었다. 메뉴 중에서 축하 분위기에 가장 어울리는 음식은 과일, 아이스크림, 휘프트 크림으로 장식한 쿠프 곤돌라였다. 하지만 만일 그걸 주문하면 동생은 반드시 나를 죽이려 들 것이다. 내가 지금 무슨 생각을 한 거지? 28도의 날씨에 실외 테라스에 죽치고 앉아서, 더구나 대짜 쿠프를 주문하다니! 동생이 한가하기라도 한 것처럼!

나는 루카와 눈을 마주치려고 애썼지만 그는 내 시선을 회피

247

했다. 아이스크림 장수인 동생은 여름이라 그런지 지쳐 보였다. 6주 더 남았다. 9월이 다 가도록, 어쩌면 10월까지도 지친 일상이 이어질 것이다. 그러고는 드디어 베니스로 돌아가게 될 것이다. 그곳에서 루카는 마침내 편안한 의자에 앉아 텔레비전을 보고, 점심을 먹은 뒤에는 낮잠을 자고, 저녁이면 바 포스타에 잠깐 들렀다가 아기를 만드는 일에 전념할 것이다. 새로 태어날 꼬마 아이스크림 장수는 언젠가 자기 아버지와 할아버지와 증조할아버지와 고조할아버지처럼 못이 박힌 엄지손가락을 얻게 될 것이다. 그것이 만물의 질서였다. 탈라미니 가계도의 이 새로운 분파는 언젠가 아이스크림 가게를 이어받고 대대로 이어가며 아이스크림을 처닝하는 아이를 낳고 낳을 것이다.

올 겨울에는 나 또한 이탈리아로 여행을 갈 예정이었다. 12월에 루카와 소피아는 새로 생긴 산 마르코 교회에서 결혼할 것이다. 그는 아직 내게 결혼의 증인이 돼달라고 부탁하지 않았지만, 어머니에 따르면 그렇게 부탁할 거란다.

"비어하벤에 가서 한잔합시다."

라르센이 제안했다. 그가 아버지에게 아이스크림 값을 계산했다. 그는 지폐 한 장을 건네고 거스름돈 동전을 받았다. 아무런 말이 없었다. 침묵은 신랄한 욕설만큼이나 나빴다. 라르센이 사무실에서 개를 데리고 나오는 동안 나는 거리에 서서 아이스크림 가게를 살펴보았다. 우리가 앉았던 의자들은 이미 다른 사람들이 차지했다. 동생은 상냥한 미소로 주문을 받았다. 아이들은 신바람이 나 주변을 뛰어다녔다. 산들바람이 일어 차양의 끝자락이 퍼덕거렸다. 곧 천둥이 칠 조짐이 보였다. 아버지는 에스프레소 머신 뒤로 물러났다.

사무실 문이 열리고 라르센이 나왔다. 그 뒤를 따라 개가 어슬렁어슬렁 걸어 나왔다.

"하디도 한잔하기를 좋아하죠."

그가 말했다. 나는 어머니가 나를 향해 주걱을 쥐지 않은 자유로운 손을 흔드는 걸 보았다. 소피아도 손님으로 온 아이들과 부모들, 여행자들, 노인들, 연인들, 혼자 온 사람들, 부자들, 가난뱅이들─후덥지근한 날을 달래줄 아이스크림을 원한 이들─의 머리 위로 손을 흔들었다.

이튿날, 그들을 다시 보게 됐다. 밤에 뇌우를 동반한 여름 소나기가 내린 뒤였다. 인도 곳곳에는 커다란 물웅덩이가 생겼지만 아스팔트는 이미 말랐다. 나는 지난밤에 만난 한 여자와 함께였다. 키티라는 이름이었다. 시내의 한 통신 기관에서 일하는 그녀는 아침 일곱 시에 나를 깨웠다. 그녀가 매일 일어나는 시간이었기 때문이다.

"오호, 우리 단골손님이 오셨군."

아버지가 우리가 앉은 테이블로 다가오면서 말했다. 물론 화를 자초하는 일이었지만 키티가 베네치아에서 카푸치노를 마시겠다고 끝끝내 고집해 어쩔 수 없었다. 전날 나는 라르센과 함께 샴페인을 마시러 간 항구의 카페에서 그녀를 우연히 만났다. 어느 시점부터 우리 둘은 다른 사람에게 말을 걸고 있었다. 그는 건축가인 친구에게, 나는 맨살을 드러낸 등이 볕에 그을린 모르는 여자에게 말을 걸었다. 그 등에 손을 대면 하얗게 자국이 남을 것 같았다.

나는 방금 만난 사람치고는 염치없이 잔뜩 호기심을 가지고 질문을 던졌다. 그녀도 마찬가지였다. 하이만은 내게 이사크 바벨[59]은 아름다운 여성들에 관해서라면 무엇이든 알고 싶어 했다고 말한 적 있었다. 심지어 핸드백 안을 보자고까지 했다고 한다. 나는 놀라움을 금치 못하며 "바벨은 시를 썼나요?"라고 물었다. 하이만은 이렇게 대답했다. "아니. 하지만 그는 많은 여자들을 사랑했지."

나는 키티가 거의 한 해 동안 성형외과 의사의 정부로 지냈다는 사실을 알게 됐고, 그녀는 내가 수제 아이스크림 장수 집안 출신이라는 사실을 알게 됐다.

"저분이 당신 동생인가요?"

그녀가 카푸치노를 한 모금 마신 후에 물었다. 나는 에스프

---

59 Isaak Babel(1894~1941). 『기병대』, 『오데사 이야기』 등의 작품을 남긴 러시아 소설가.

레소에서 눈을 들어 양손에 아이스크림 통 여러 개를 든 루카에게로 시선을 옮겼다. 어머니가 동생에게서 그것들을 건네받았다. 소피아는 위층에 있는 모양이었다. 아직은 시간이 일러 날이 그리 덥지 않았다. 아직 아이스크림은 개시하지 않았다.

"당신을 많이 닮았군요. 체격과 자태가 비슷해요."

"내가 1인치 더 커요."

"코도 똑같아요."

"그 점을 빼면 우리는 완전히 달라요."

"당신 피부색이 좀 더 짙군요. 동생보다 햇볕을 더 많이 쬤나 봐요."

"동생은 여름 내내 일을 하거든요."

"그리고 동생이 더 근육질이네요."

루카가 모습을 드러냈다. 그러더니 나를 처다보는 게 아니라 키티의 다리를 보았다. 그녀는 얇은 푸른색 레이스 팬티에 짧은 스커트를 입고 있었다. 나는 팬티는 보이지 않기를 바랐다.

"당신 귀, 동생이랑 똑같이 생겼네요."

"지금 나를 희롱하고 있군요."

"작은 게 아주 귀여워요."

그녀는 카푸치노를 한 모금 더 마셨다.

"단언하건대 내 동생의 엉덩이는 내 것과 똑같이 생겼어요. 하지만 정말 그런지는 동생이 뒤돌아 보여줘야 알겠죠."

"내가 물어볼까요?"

그녀는 내게 다가와 키스했다. 나는 그녀의 입술에 묻은 유백색 카푸치노를 맛봤다.

"하지만 동생은 당신처럼 아름다운 긴 속눈썹을 가지고 있지 않나 봐요."

그녀가 속삭였다. 그때 소피아가 내려왔다. 그녀는 아이스크림 진열대 뒤에 서서 동생이 그랬던 것처럼 키티의 다리를 쳐다보았다. 나는 소피아가 키티의 팬티 색깔을 알아맞힐 수 있을 거라고 확신했다. 그리고 눈이 마주쳤지만 나는 미소를 짓지도, 고개를 끄덕이지도, 손을 흔들지도 않았다.

"저 여자는 누구죠?".

"내 동생의 약혼자예요. 올 겨울에 결혼할 겁니다."

"정말 아름다운 아가씨군요."

소피아는 등을 돌렸다.

"이탈리아 여자예요?"

"네, 모데나 출신이에요. 열세 살 때 여기로 이사 왔어요."

"더 말해줘요."

"뭘 알고 싶은 겁니까?"

"저 아가씨와 사랑에 빠지지 않았나요?"

"내 동생의 아내가 될 사람이에요."

"그때는 아니었잖아요."

루카가 다시 나타났다. 그가 주방으로 발걸음을 옮기자 갑자기 동경이 밀려왔다. 아이스크림 제조기에 대한 향수도 느껴졌다. 어쩔 도리가 없었다. 주방에서 동생 곁에 서고 싶었다. 과일을 준비하고 견과류를 갈고 카타브리카의 원통을 채우고 싶은 바람이, 스크레이퍼의 날 소리에 귀를 기울이고 싶다는 바람이 일었다.

"그때도 동생에게는 아내가 될 사람이었어요."

키티는 소피아의 땋은 금발 머리를 쳐다보았다.

"성형외과 의사의 아내가 어떻게 눈치챘는지 알아요?"

"불륜 현장을 잡았나요?"

"아뇨. 그랬다면 너무 고통스러웠을 거예요."

그녀는 잠시 여전히 햇볕에 탄 자신의 등을 만지작거렸다.

"그를 지켜본 것만으로도 눈치를 챌 수 있었어요. 어느 날 아침에 식사를 하면서 그렇게 말했다더군요. 특별한 계기는 없었어요. 그냥 간파한 거예요."

"더 주문할 건 없니?"

그 목소리의 주인공은 우리 뒤에 선 아버지였다. 아버지는 다리로부터 새롭게 시작된 하루를 아직은 느끼지 못한 모양이었다. 노여움은 있었지만 아직 날카롭지는 않았다.

"커피 한 잔 더하는 게 어때?"

"저는 아이스크림을 좋아해서요. 한 컵으로 나눠 먹죠?"

키티가 말했다.

"두 사람에 한 컵? 몇 가지 맛을 원해요?"

아버지가 말했다.

"당신이 결정해요."

키티가 나를 보고 미소 지었다. 그녀의 입은 작고 입술은 가늘었지만 탄력이 있었다.

"어떤 걸로 하실는지요?"

베피가 말했다. 그는 미소를 지어 보였다. 아버지는 자신이 맡은 배역을 즐겼다. 남는 게 시간이었다. 내게 맞장구 쳐주기를 요구하지는 않았다. 나는 엄연히 손님이었다. 여하튼 나는 그들의 아이스크림 가게에 앉아 있었다.

"세 가지 맛으로 주세요."

"맛은 어떤 걸로?"

이제 돌이킬 수 없었다.

"바닐라, 망고, 딸기."

내 주문이 그날의 아이스크림을 개시했다.

ICE-CREAM   MAKERS

동생의 결혼과 아버지의 명금

베니스에서 결혼식이 열린 날은 푸르렀다. 아침에 산 위로 떠오른 태양은 하늘을 불태웠다. 들판은 하얀 담요를 깐 듯 낙엽송의 잎조차 감추어버린 눈이 수북이 쌓였지만 도로는 깨끗했다. 아버지는 차를 끌고 도비아코 역으로 마중을 나왔다. 나는 빅토르 라르센과 함께 시 축제에 참석하기 위해 뉴델리로 여행을 떠났다가 돌아오는 길이었다. 뉴델리에 있을 때 우리는 대부분의 시간을 미니밴 안에서 보냈다. 도시 곳곳의 다양한 장소에서 시 낭송 행사가 진행됐지만 청중은 많지 않았다. 라르센은 이번 시 축제의 목적은 시인들을 한데 모아 그들이 다른 시인의 작품을 번역할 수 있도록 하는 데 있다고 설명했다. 그는 "청중은 2차적인 문제"라고 말했다. 코노트 플레이스가 내려다

보이는 호텔 방에서는 쥐 한 마리가 빠져나갈 길을 찾느라 밤 새껏 기를 썼다. 그 때문에 한숨도 잘 수가 없었다.

아버지는 좋아 보였다. 겨울이라 그런지 아이스크림 장수답 게 편안해 보이고 명랑했다. 도비아코에서 빠져나오자 아버지가 여행이 어땠는지 물었다. 차는 흰색 랜드로버였다. 가속이 붙자 엔진에서 으르렁 소리가 났다. 아버지는 이 소리를 무척 좋아했 다. 예전에는 소음이 거의 없는 초록색 메르세데스를 소유하고 있었다. 아버지는 산악 지역에 적합한 사륜 구동차를 구입했다. 1년에 한 번쯤은 로테르담에 갔다가 돌아오듯 장거리 운전을 하기 위해서였다.

"길었어요."

내가 대답했다. 나는 델리에서 로마로 날아갔고 거기서 밤 기 차를 타고 베로나로 온 후 볼차노와 포르테자를 경유하여 여행 을 계속했다. 내 일부가 아직 도착하지 않은 듯한 기분이었다.

"자, 먹어봐. 엄마가 널 위해 만든 피아디나[60]다."

알루미늄 포일을 펼치고 피아디나를 물었다. 프로슈토[61]와 스트라키노[62] 맛이 났다. 따뜻했더라면 더 좋았겠지만 지금으 로서는 충분했다. 음식이 술술 넘어가지는 않았다.

---

60 piadina. 이탈리아 로마냐 지역에서 많이 먹는 납작한 빵.

61 prosciutto. 돼지고기 뒷다리 혹은 넓적다리를 염장하여 건조한 이탈리아 햄.

62 stracchino. 이탈리아 롬바르디아주에서 많이 생산되는 사각 형태의 부드러운 치즈.

"루카는 너무 불안해하고 있어. 나도 내 결혼식 날 그토록 주눅이 들었는지 기억이 나지 않는구나. 어쨌든 네 어미가 커프스단추로 루카의 셔츠 소맷동을 잠가줘야 했다."

아버지가 가속기를 밟으며 웃었다.

"아마 루카가 겁을 먹으면 네 어미는 '안 돼!'라고 말할 거야."

우리가 하얀 겨울 풍경을 빠르게 지나쳐 달리는 순간 엔진이 다시 한번 곰처럼 으르렁거렸다. 차가 급커브 길을 돌 때면 나는 손잡이를 꽉 잡았다. 졸려서 두 눈이 감겼다가도 차 문에 머리를 들이박으면 정신이 번쩍 났다. 차가 코르티나담페초 중심가를 내달릴 때 아버지가 다시 말하기 시작했다.

"교회가 가득 찰지 궁금하구나. 발렌티노와 안나가 결혼할 때는 서서 보는 사람들도 있었지."

아버지는 내 사촌의 결혼식에 대해서 이야기하고 있었다.

"온 마을 사람들이 다 참석했다고 보면 될 거야."

아버지도 내심 불안한 모양이었다.

"한잔하면 좋을 테지만 곧장 집으로 가겠다고 약속했다."

베니스에 가까이 다가왔을 때 아버지가 말했다.

"네 엄마는 우리가 늦을까 봐 걱정해. 놀랄 일도 아니지."

도로변에 있는 바를 발견한 아버지가 속도를 늦췄다.

"안 돼요, 아버지. 우리는 제시간에 도착해야 돼요."

"아직 시간은 충분해."

"아니에요."

"맥주 딱 한 잔만. 우나 벨라 비온다 Una bella bionda 63"

"베피!"

"그 어미에 그 아들이군."

아버지가 투덜거리더니 액셀을 밟았다.

"나의 비온다는 물 건너갔군. 그녀가 물 건너가 버렸어."

겨울이면 아버지는 아침에 맥주 한 잔 들이키기를 좋아했다. 거의 모든 아이스크림 장수들이 그랬다. 그리고 멈춰야 할 때를 몰랐다. 그래서 은퇴 이후에는 날이 갈수록 코가 붉어졌다. 창밖의 거리는 인적이 드물고 황량했다.

우리는 소피아 부모님의 커다란 집을 지나쳐 달렸다. 모든 방에 불이 환했다. 그녀의 아버지가 거실에 앉은 모습이 보였지만 아내와 딸은 보이지 않았다. 아마도 집 안쪽 욕실에 있는 모양이었다. 나는 소피아의 긴 금발 머리를, 단 한 번도 빗겨본 적이 없는 그 머리를 떠올렸다.

우리 집 굴뚝에서 잿빛 연기가 소용돌이치며 피어올라 차가운 푸른 하늘에 흩어졌다. 아버지는 메르세데스 옆에 랜드로버를 주차했다. 처음 보는 콘크리트 혼합기가 차고 입구를 가로막

---

63 이탈리아어로 금발 미녀라는 뜻이 있으며, 황금 빛깔의 비온다 맥주를 가리키기도 한다.

고 있었다.

"새 거야."

아버지가 뿌듯한 목소리로 말했다.

"콘크리트 혼합기는 이미 가지고 계신 줄 알았는데요?"

"그거랑은 달라. 이번 건 오렌지색이고 더 많은 양을 처리할
수 있지."

아버지가 시멘트나 모르타르를 만드는 일은 없을 것이다. 어
쨌든 이번 생애에서 그럴 일은 없다. 어머니는 나를 끌어안고는
날씨가 더할 나위 없이 좋아 너무나 행복하다고 말했다.

"자, 어서 씻고 옷 갈아입어라. 이야기는 교회에서 하자구나."

바로 그때 루카가 욕실에서 최신 디자인의 양복을 입고 나왔
다. 말끔하게 뒤로 넘긴 머리가 흑단처럼 빛났다. 좁은 복도에
서 부딪히지 않고 지나가기 위해서 우리는 몸을 옆으로 돌려야
했다. 그렇다 보니 짧은 순간 벽을 등지고 마주 선 꼴이 됐다.
우리의 배와 배 사이, 코와 코 사이가 무척 가까웠다. 나는 그
의 눈 밑 처진 살을 알아보았듯이 그도 내 눈 밑의 처진 살을
알아보았을 것이다.

"중요한 날이네."

"응."

"너 멋있다."

"나중에 봐."

"그래."

루카는 나를 복도에 남겨두고 가버렸다. 이 세 마디 말이 전부였다. 아무런 의미도 없는, 말보다 소리에 가까운 언어였다.

욕실에서 동생의 냄새, 루카의 체취가 확 풍겼다. 이 냄새는 로테르담의 고미다락에서 훨씬 더 강렬했다. 아침이면 그가 잤던 시트에서 올라오는 냄새가 따뜻한 공기 중에 퍼져 코를 자극했다. 꿈속에서 그 냄새를 맡을 때도 있었다.

우리 네 사람은 구두 굽으로 자갈길을 가볍게 톡톡 두드리며 교회로 갔다. 어머니는 미소 띤 얼굴로 연신 동생을 흘끗흘끗 쳐다보다가 내게 시선을 던졌다. 너무나 행복해 보였다. 새로 건립된 산 마르코 교회 앞 타원형 광장에는 이미 많은 사람들이 와 있었다. 모두들 근사한 차림이었다. 남자들은 보란 듯이 넥타이를 맸고 일부는 모자까지 썼다. 비누 향기를 풍기는 그들의 아내들은 평소와 달리 다리가 훤하게 드러나는 드레스를 입었다. 부모들은 젊어 보이고 딸들은 두 살 정도 더 성숙해 보였다. 아이스크림 장수들은 악수를 하며 몇 마디 말을 나눴다. 사람들의 입에서는 작은 입김이 흘러나왔다. 이윽고 교회 종이 울리자 사람들은 모두 교회 안으로 들어갔다.

나는 앞줄에 부모님과 역시 결혼식 증인인 소피아의 어머니 사이에 앉았다. 그녀가 어깨에 두른 모피 스톨은 교회 안에서 팔과 어깨의 맨살을 드러낸 사람이 그녀뿐이라는 사실을 감추기에는 너무 작았다. 그녀의 짙은 파란색 스커트는 무릎 위에서 멈췄다.

오르간 연주자가 연주를 시작하자 사람들은 마치 약속이라도 한 것처럼 일제히 머리를 돌렸다. 소피아는 자기 아버지의 팔을 잡고 측랑을 걸어갔다. 그녀는 굴 껍질 속처럼 반짝이는 보디스에 하얀색 긴 드레스를 입었다. 금발 머리는 사슬고리 모양으로 땋아 금관처럼 머리를 감쌌다. 그녀는 화려하고 자신감 넘치는 모습으로 앞을 똑바로 보면서 교회의 부드러운 판석을 미끄러지듯이 나아갔다. 그녀가 서서히 다가오자 루카의 얼굴이 환해졌다.

교회는 사람들로 꽉 찼다. 뒤에 서 있는 사람들도 있었다. 두 사람이 마침내 서약을 하자 모두들 쥐 죽은 듯 조용해졌다. 어깨에 황금빛 바늘땀을 뜨고 자줏빛 천 조각을 수놓은 긴 예복을 걸친 목사는 신부와 신랑을 냉엄한 눈초리로 한참 쳐다보더니 서로의 손을 맞잡으라고 주문했다. 그는 예로부터 전해져 내려온 해묵은 말을 하기 시작했고 루카와 소피아는 그 말을 따라 했다.

나는 이날의 결혼식을 죽을 때까지 기억할 것이다. 그러나 내 일부는 이 교회가 아니라 비행기 탑승 시간이 무진장 연기되곤 하는 인도의 인디라 간디 국제공항에서 하늘색 비행기를 기다리고 싶어 했다. 영어 음성으로 이름 불린 승객들의 새로운 짐이 쏟아져 나오는 그 우왕좌왕한 분위기 속에서 말이다.

모든 사람들이 숨을 죽였다가 서약식이 끝나자 편안히 숨을 내쉬었다. 이어 박수갈채가 터져 나왔다. 어머니는 눈물을 흘렸다. 소피아의 어머니도 손수건으로 살짝 눈물을 훔쳤다. 신부와 신랑은 돌아서서 교회 안을 살폈다. 동생의 눈이 부모님과 마주쳤다. 내 눈은 소피아와 마주쳤다. 겨울빛이 그녀의 얼굴 그리고 동화에 나올 법한 아름다운 드레스를 환하게 비췄다. 그제야 나는 혀로 눈송이를 잡던 소녀에서 한창때의 여자로 변신한 소피아를 발견했다. 그녀가 미소를 지었다. 나도 미소로 답했다. 마치 서로를 만진 것만 같은 느낌이었다.

밖으로 나오자 아이들이 신랑과 신부에게 한 줌의 쌀을 던졌다. 소피아는 머리를 숙이고 눈을 감았다. 루카는 그녀 쪽으로 몸을 돌려 하얀 빗속에서 키스를 했다. 나도 끼어들어 그들에게 쌀을 던졌다. 그 순간, 내 기억은 눈싸움을 하다 쓰러진 과거의 그날을 향해 다리를 놓았다.

그들은 벨루노에서 빌린 고풍스러운 알파로메오에 탔다. 그 멋진 차는 지금까지 수많은 신혼부부를 결혼 생활로 이끌었다. 모자 쓴 운전사는 담배 냄새를 풍겼다. 그의 손톱은 색이 누랬지만 차는 긁힌 자국 하나 없이 깨끗했다. 나는 무인도의 조난자가 저 멀리서 항해하는 배를 지켜보듯이 떠나가는 차를 그저 바라보았다.

"누구든 만지기 위해 굳이 가까이 앉을 필요는 없지 / 아주 멀리서도 만질 수 있다네." 이는 내가 델리에서 들은 시인 망그레시 다브랄Manglesh Dabral의 목소리였다. 그는 힌디어로 시를 썼다. 그의 목소리가 바다를 가로질러 다가오는 듯했다. "오히려 키 큰 풀이 달과 별들을 어루만지는 듯이 만지시오."K

부모님이 신랑과 신부를 태운 차를 향해 걸어갔다. 다른 사람들이 그 뒤를 따랐다. 일요일에 그러하듯이 작은 행렬이 형성됐다. 가족마다 가장 좋은 옷을 차려입은 사람들이 행렬에 끼어 좁은 인도를 따라 움직였다.

"다음 결혼식은 네 차례야."

누군가가 말했다. 굳은살이 박인 엄지손가락을 가진 크고 강한 손이 어깨에 닿는 것을 느꼈다.

*

우리가 다시 만난 때는 봄이었다. 나는 소피아의 배가 불렀을 거라고 예상했지만 변함없이 날씬한 모습이었다. 그녀는 아이스크림 진열창 뒤에서 조금 따분한 표정을 지었다.

"안녕, 시아주버니. 키스해주고 싶지만 카운터 너머로 몸을 기울일 수 있을 만큼 키가 크지 않아."

그녀가 미소 지으며 말했다.

"제수씨는 에스프레소 한 잔만으로도 나를 행복하게 만들 수 있는걸."

나는 가게 안의 테이블에 앉아 에스프레소 머신에서 들리는 소음에 귀를 기울였다. 에스프레소가 졸졸 흘러나오는 순간, 나는 몇 초가 걸리는지 계산했다. 정확히 26초였다.

"아침 내내 비가 오네."

소피아가 쟁반을 들고 걸어오며 말했다.

"오후에는 좀 더 따뜻해지겠지만 비는 계속 내리겠지."

"네덜란드에 온 걸 환영해."

"이번 주 내내 흐린 날이 계속될 테고 바람은 강해질 거야."

나는 혹시 어머니가 하는 말이 아닌가 착각했다. 소피아는 가게를 연 지 일주일이 됐다고 말했다. 하지만 시작이 좋지 않았다. 아이스크림보다 커피가 더 많이 팔렸다. 부모님은 식료품점에 가고 없었다. 루카는 주방에 있었다. 나는 창문을 통해 그를 흘끗 보았다. 동생도 나를 흘끗 본 것 같다. 다시 한번 소피아의 앞치마를 살폈지만 배는 전혀 나오지 않았다. 얼굴도 예전 그대로였다.

우리는 비 오는 날이면 아이스크림 가게 안에서 콘을 만들며 지냈다. 일단 콘 배달이 끝나고 나면 빗방울을 셀 수 있을 정도로 시간이 남아돌았다. 그러면 나는 시를 읽었다. 리처드 하이만이 빌려준 것이나 두 집 건너에 가득한 서점에서 직접

산 것들이었다.

높다란 진열창이 가득한 그 서점에는 책들이 빼꼭히 찬 책장들 사이를 의기양양하게 어슬렁거리는 붉은색 수고양이가 있었다. 주인은 책을 몇 권 쓴 적이 있는 금발 여인이었다. 그 책들은 절판된 지 오래였다. 그 서점은 우리 가게와는 완전히 반대였다. 춥고 어두운 날에는 손님이 많고 무더운 날이면 뜸했다. 하지만 그녀는 해결책을 찾아냈다. 여름이 되면 그녀는 네크라인이 움푹 파이고 속이 훤히 비치는 옷을 입었다. 그런 모습으로 책을 포장하며 손님에게 "다른 두 권도 포장해드릴까요?"라고 물으면 어떤 남자들은 절대 눈을 떼지 못했다.

오후 다섯 시, 가끔은 그보다 이른 시간에 그녀는 와인을 잔에 따르곤 했다. 그때 수고양이는 창가에서 구름 사이로 비치는 햇볕을 쬤다.

생각해보면 길 건너편에 세계 시 사무국이 있고 10미터도 안 떨어진 곳에 서점이 있다는 점에서 내 운명은 필연적인 결과다. 그 거리는 일종의 자기장이었다. 그러한 자기장 안에서 부모님과 동생이 비 오는 날에 자력을 전혀 느끼지 못하고 그저 허공만 바라보는 것은 기적이었다. 설사 내가 시집 한 권을 냉동고 위에 놓아두더라도 누구도 그것을 집어 들지 않을 것이다.

소피아도 그 자력을 전혀 느끼지 못한 듯했다. 때때로 그녀는 내 일에 대해서 물어보기는 했지만 대개는 여행 이야기나 노천 카페, 음식점, 인기 있는 야간 업소 따위에 대해서만 궁금해했다. 드물게 내가 시를 낭송하기라도 하면 그녀는 내가 부정한 짓이라도 한 듯이 시선을 재빨리 돌렸다. 그녀는 내 동생의 아내였다. 그녀는 아이스크림과 시는 공존할 수 없다고 생각했다. 이것 아니면 저것이었다. 사이렌의 노래에 귀를 기울인 사람들은 넋을 잃었다.

주방 문이 활짝 열렸다. 루카는 양손에 스푼을 하나씩 들고 다가왔다. 그는 우리에게 시식을 권했다.

"토마토."

소피아가 말했다.

"그리고 바질."

내가 덧붙였다.

"놀라워. 아주 특별한 맛이야. 베피가 무슨 말을 할지 궁금해지는데."

그러나 루카는 이미 주방으로 돌아간 뒤였다.

*

그 음산한 봄날, 겉으로는 전혀 관련 없어 보이는 세 가지 일이 일어났다. 아버지는 새 두 마리를 사왔고, 동생은 새로운 맛 아이스크림을 만드는 데 매진했고, 나는 로테르담으로 거처를 옮겼다.

그때까지 나는 암스테르담에 살면서 일주일에 하루는 출판사에 출근해 일을 했다. 로버트 베렌드젠은 두 가지 약속을 지켜달라고 했다. 하나는 시 잡지에 계속 관여하는 것, 다른 하나는 자기 시인들을 가능한 한 많이 세계 시 축제 프로그램에 참여시키는 것이었다. 술집에서 한 약속이었다. 그가 드 코닉을 처음 한 모금 마시고 났을 때, 나는 그에게 내 결심을 밝혔다. 그날 저녁에 우리는 많은 종류의 맥주들을 실컷 들이켰다. 빅토르 라르센이 예상했듯이 로버트는 내 결정을 이해했다. 그는 내가 라르센이 제안한 일을 수용한 걸 기분 좋게 받아들였다.

"아주 좋은 기회라고 생각하네. 자네가 어떤 시인들을 발굴할지 정말 궁금하군."

로버트가 말했다. 우리는 그가 방문했던 축제에 관해서 이야기를 나눴다.

"리에는 아주 친숙하지. 기록상 가장 오래된 축제야. 거기 시인들은 사실상 자네 책임하에 있네. 하지만 단연 최고는 메데인이야. 100명이 넘는 시인들을 초대하는 데다 여러 다양한 장소, 이를테면 카페, 작은 밀실, 거리, 대학교에서 시 낭송회가 열리거든. 마치 시가 도시를 접수한 것만 같아. 자네가 직접 봐야 믿을 수 있을 거야. 개막하는 날 밤에는 만 명이 넘는 사람들이 야외에서 시인들의 목소리에 귀를 기울이며 일곱 시간을 보내지. 설사 비가 내리더라도 사람들은 자리를 뜨지 않는다네. 그날 축제는 자정이 넘어서까지 계속돼."

그의 눈이 점점 더 작아졌다. 우리는 카페를 마지막에 떠난 사람들 사이에 끼었다.

"자네가 잘돼서 정말 기쁘네."

외투를 걸치는 순간 그가 다시 한번 말하고는 활짝 웃었다.

"물론 우리의 시인들을 위해서도 기쁜 일이지. 이제 모두들 로테르담으로 초대를 받겠구먼."

빅토르 라르센의 승인을 얻어 나는 세계 시 사무국 측과 시 잡지 사이에 동반자 관계를 확립했다. 매년 우리는 시 낭송회를 가진 시인들의 시들을 싣고 인터뷰와 에세이 들을 증보한 축제 특별 호를 출간하기로 했다. 내가 편집자로 참여한 첫 축제는 아직 개최되지 않았지만, 나는 이미 읽고 번역하고 전화하고 편지를 쓰면서 여러 날을 보냈다. 그러는 동안 러시아어를 공부하던 한 인턴에게 도움을 받았다. 어린 시절을 상트페테르부르크에서 보냈다는 그녀는 마리나 츠베타예바[64]보다 뛰어난 시인은 없다고 단언했다. 어떤 반박도 용납하지 않을 기세였다.

"무언가를, 보이지 않는 무언가를, 땅에 묻힌 보물을 무심코

---

[64] Marina Tsvetayeva(1892~1941). 20세기 러시아 문학을 대표하는 시인으로 『백조의 진영』, 『저녁의 앨범』, 『러시아 이후』, 『조국』 등의 작품을 남겼다. 딸이 굶주림으로 죽고 남편은 처형당하는 등 불행한 삶을 산 그녀는 자살로 생을 마감했다.

생각하다가, 나는 한가하게 양귀비 꽃잎들 목을 하나하나, 차근차근 베어버렸다. 언젠가 여름의 숨결이 말랐을 때, 파종기가 끝나갈 무렵에 죽음은 그렇게 무심코 한 송이 꽃을, 내 목을 거두리라."ㄴ

그녀는 이렇게 그 시인의 시를 암송해주었다. 크세니아가 그녀의 이름이었다. 머리는 백금색이었고 피부는 창백했으며 입술은 선홍색이었다. 그녀의 남자 친구는 하루가 끝날 무렵이면 차를 가지고 마중 나왔다. 손이 시커멨고 가끔은 얼굴에도 얼룩이 묻어 있었다. 그는 자동차 정비소에서 일했다. 그녀는 자가용 폭스바겐 수리─찍찍거리는 벨트 교체─를 맡기러 갔다가 그를 만났다. 그리고 그에게 홀딱 반하고 말았다.

"그는 시를 읽나요?"

두 사람이 어떻게 만났는지에 대한 이야기를 들은 후에 내가 물었다.

"아뇨, 시를 읽을 리 없죠. 그 사람은 자동차 정비공인 걸요. 그저 다리가 긴 금발 여자를 좋아할 뿐이에요."

"그리고 당신도 그 사람을 좋아하고요?"

"네. 놀랐어요?"

무슨 말을 해야 할지 몰랐다. 나는 두 사람이 기묘한 조합이라고 생각했지만 보수적인 인상을 주고 싶지 않았다. 크세니아는 러시아어를 배울 때 자신의 교수였던 한 여자에 대해 말해주었다. 그 여자는 학생일 때 어떤 교수와 몇 년 동안이나 바람을 피웠다고 한다. 그런데 지금 교수가 된 그녀는 창문닦이와 결혼해 산다고 한다. 두 아이를 낳아 기르며 함께 아름답게 꾸민 집을 가지고 있단다. 그녀가 매일 대학으로 출근하는 동안 남편은 사람들의 집이 있는 교외로 차를 몰았다.

"그래서 둘이 행복할 거라고 생각해요?"

"네. 그럴 거라고 생각해요."

그녀가 얼른 고쳐 말했다.

"나는 그들이 행복하다는 걸 알아요."

우리 아버지는 역시 수제 아이스크림 장수 집안에서 태어난 여자와 결혼했다. 어머니는 젊었을 때 아이스크림 가게에서는 절대 일하지 않겠다고 맹세했다고 한다. 어머니는 간호사나 유치원 교사가 되고 싶었지만 일이 뜻대로 풀리지 않았다. 아이스크림 가게를 피할 수 없었다. 루카는 모데나에서 이사 온 소녀, 공장장의 딸에게 마음을 빼앗겼지만 그녀는 타고났다는 듯이 자연스럽게 주걱을 집어 들었다.

한편 나는 로테르담에 있는 최상층 원룸형 아파트를 구입했다. 고미다락의 바닥을 없애 천장을 그만큼 높였기 때문에 높이는 6미터가 넘었다. 하지만 공간이 그렇게 넓지는 않았다. 주방은 거실의 일부였고 침실은 그저 칸막이를 쳤을 뿐이었다. 더 넓힐 수 있는 여유 공간은 없었다.

그 아파트는 세계 시 사무국에서 걸어서 5분 거리였다. 따라서 아이스크림 가게와도 5분 거리였다. 사무실에 도착해서 보면 베네치아의 문은 닫혀 있었지만 어스름 속에 누가 있는지 흘끗 살펴보았다. 가끔 아버지는 에스프레소 한잔하고 가라고 손짓했다. 그러던 어느 날 아침, 아버지가 작은 새 두 마리가 든 새장을 보여주었다. 아버지는 그 새들을 몇몇 동료들과 함께 아이스크림을 먹으러 오는 수리남 출신 손님에게서 구입했다.

"명금鳴禽이야. 그러니까, 수컷이 명금이지."

"암컷은요?"

아버지는 어깨를 으쓱했다.

"수컷이 암컷에게 노래를 불러줄 테지."

나는 새장 안의 새들을 바라보았다. 녀석들은 가만히 앉아 있었는데 오히려 그것이 은근한 공포감을 주었다.

"이놈들을 내게 판 사람은 수리남 명금 협회 회장이야."

아버지가 말했다.

"공원에서 이놈들의 시합이 있어."

"무슨 시합인데요?"

"노래 시합이지. 달리 뭐겠니?"

"이 새들은 노래를 잘 부르나요?"

"당치 않아. 명금이 푸치니의 아리아를 휘파람으로 불러봐야 무슨 소용이겠니? 이놈들에게 중요한 것은 가능한 한 자주, 가능한 한 많이 지저귀는 거야. 아무리 심한 새된 소리가 나거나 가락이 맞지 않더라도 말이다."

아버지가 다른 새장을 잡더니 암컷을 그 안에 넣었다.

"장난삼아 점점 더 멀리 떨어뜨려 보는 거지. 이렇게 하면 수컷에게 자극이 되거든."

하지만 수컷은 노래를 부르지 않았다. 대신 녀석은 새장 안에서 날개를 퍼덕이더니 작은 먹이 접시를 미친 듯이 쪼아댔다. 결국 씨앗이 바닥으로 흘러내렸다. 나는 어머니가 아버지의 이 새로운 취미에 대해 뭐라고 했을지 궁금했다.

"아버지도 그 시합에 참가하실 생각이세요?"

"아니. 난 일해야 해. 네 동생을 도와야지."

길을 건너야 할 시간이었다. 하지만 아버지의 얼굴과 눈빛을 보니 차마 가야겠다는 이야기가 나오지 않았다. 아버지는 중요한 발명에 필요한 세상의 모든 공구들을 가지고 있었다. 하지만 아버지는 아이스크림 가게에서 일해야 했기 때문에 발명품을 만들 시간이 없었다. 명금도 한 마리 가지고 있었지만 아이스크림 가게에서 일해야 했기 때문에 시합에 참가할 수 없었다.

"어서, 네 짝을 위해 노래를 불러봐. 자, 어서."

아버지가 수컷 새에게 재촉했다. 그 말은 이틀 전에 아버지가 했던 말과 똑같았다. 차이가 있다면 더 크고 거칠다는 것뿐이었다. 어느새 어머니가 아버지 뒤에 서 있었다.

"그놈들은 지금 노래하고 싶지 않은 거야."

어머니가 말했다.

"제기랄, 네 짝을 위해 노래 불러. 노래해! 어서."

"당신이 그렇게 소리치면 겁먹을 거야."

아버지는 암컷을 옮겼다. 새 사이의 거리는 이제 3미터쯤 됐지만 수컷은 여전히 노래 부를 생각이 없어 보였다. 그저 날개를 퍼덕일 뿐이었다.

"그만 퍼덕여! 퍼덕이지 말고 노래를 하란 말이야! 노래를 어떻게 부르는지 시범을 보여줄까? 응? 짹짹! 짹짹! 이게 그렇게 어려워, 그래? 짹짹! 짹짹!"

"베피, 제발 새들을 가만히 놔둬."

"날 내버려둬! 당신은 날 돌아버리게 만들어. 날 온종일 감시한다고! 제발 가만히 놔둬. 난 새들하고만 있고 싶다고. 그러니 저리 가!"

아버지가 어머니에게 불평하는 소리를 듣고 싶지 않았다. 오랜 세월 동안 아버지와 어머니는 충돌해왔지만 아버지가 이렇게 고함친 적은 없었다. 아버지는 항상 어떻게든 농담을 던졌다. 어떤 농담은 다른 농담들보다 웃겼지만 목청이 높았던 적은 없었다.

아버지의 불평은 결국 기나긴 언쟁의 서곡인 것으로 밝혀졌다. 이상하게 들릴지 모르지만, 오랜 세월 이어질 신랄한 독설의 첫 시작은 결국에는 83킬로그램의 해머던지기 선수에 대한 열애로 발전하게 됐다.

"나는 평화와 평온을 원해!"

베피는 아이스크림 가게가 울릴 정도로 크게 소리쳤다. 동생은 주방 문에 달린 작은 창 뒤에서 모습을 드러내지 않았다. 그는 설탕의 무게를 재고, 달걀의 노른자와 흰자를 분리하고 새로운 재료들로 실험을 하느라 몹시 바빴다. 그는 처닝을 하고 귀를 기울이고 맛을 보면서 아이스크림 만드는 방법을 개선했다. 그는 아버지가 지금껏 해왔던 것보다 훨씬 더 열심히 일했다. 하루에 열여덟 시간, 열아홉 시간을 일했다. 동생은 새로운 맛을 찾는 작업에 전념했다. 고르곤졸라 치즈 아이스크림, 로즈메리와 초콜릿 아이스크림, 요구르트와 아마레나 체리 아이스크림. 이러한 아이스크림의 제조 과정은 붉은색과 흰색이 소용돌이치는 춤과 같았다.

소피아는 아직도 침대에서 나오지 않았다. 그녀는 날이 갈수록 점점 더 늦게 일어났다. 아이스크림 가게는 아침 열 시에 문을 열지만 어머니 말에 따르면 열한 시가 되어도 내려오지 않을 때가 종종 있다고 한다.

"아마 날씨 때문일 거다. 해가 나면 기분이 좋아질 거야."

어머니가 말했다. 소피아의 머리칼은 더 어두워져 있었다. 황금빛 액자 틀이 흐릿한 색조를 띤 것만 같았다. 그녀는 아이스크림 가게에서 여름을 보냈고, 이탈리아에서 겨울을 보냈다. 이번 봄에는 민들레 들판을 걸어보지도 못했다. 햇볕이 그녀에게 닿기도 힘들었다.

이윽고 암컷 새가 죽었다. 어느 날 이른 아침, 아버지는 새장 바닥에 쓰러진 새를 발견했다. 부리는 수컷의 똥, 아니 어쩌면 자기 똥에 처박힌 채였다. 처음에 아버지는 슬픔에 빠져 누구와도 이야기하려 들지 않았다.

"죽었어."

이렇게 중얼거릴 뿐이었다.

"죽었어."

나는 아버지에게 에스프레소를 만들어 가져다주었지만 아버지는 손도 대지 않았다. 생명을 잃고 손바닥 위에 누운 새만 쳐다보았다.

"죽었어, 죽었어, 죽었어."

아버지는 마치 자신의 운명을 예감한 것만 같았다.

"베피, 새로 사면 돼."

어머니가 이런 제안을 하는 것은 이례적인 일이었는데도 아버지는 전혀 반응하지 않았다. 아버지가 뭐가 사는 것을 어머니가 허락한 것은 아주 오랜만의 일이었다.

우리는 아버지가 충분히 슬퍼할 시간을 갖도록 그냥 두었다. 그리고 시간이 흘러 세계 시 사무국의 문을 열고 점심을 먹으러 나섰을 때 아버지가 아주 밝은 표정으로 이쪽을 향해 손짓하는 모습이 보였다. 새가 부활하기라도 한 걸까? 잠깐 기절했던 것이었을까?

"수컷이 노래를 불러!"

아버지가 어린아이처럼 행복한 목소리로 말했다.

"그놈이 노래를 부른다니까? 휘파람을 불어. 어서 들어봐!"

나는 이미 들었다. 그러니 아이스크림 가게에 있는 다른 사람들은 다 들었을 것이다. 그 수컷 녀석은 새들이 가득한 새장에서 나올 법한 소음을 만들고 있었다. 녀석은 마치 지금껏 내내 목구멍을 막았던 마개가 제거되기라도 한 듯이 노래를 열띠게 불렀다.

"녀석이 의기양양해. 암컷이 죽었는데 말이야."

아버지가 말했다. 새는 계속해서 지저귀고 짹짹거렸다. 어머니와 소피아는 조용했다. 그들은 카운터 뒤에 서 있었다. 남는 게 시간인 듯 내리는 비만 바라봤다.

"얼마나 활기찬지 봐라. 마치 찬양하는 것 같아. 정말 환상적이지!"

나는 수컷 새를 유심히 관찰했다. 녀석은 지금껏 내내 침묵을 지키던 새와는 전혀 달라 보였다.

"암컷은 어떻게 했어요?"

"암컷? 그 암컷일랑 잊어라. 이미 죽었잖아. 이놈이 노래 부르는 걸 들어봐라. 챔피언 같지?"

"땅에 묻었나요?"

"이 녀석은 지금껏 중압감을 느꼈기 때문에 노래를 부를 수
없었던 거야. 어쩌면 우울증에 시달렸는지도 몰라."

아버지는 다시 한번 자신의 운명을 새에 결부했다. 비록 이번
에는 살아 있는 표본이지만 말이다.

"그래, 계속해. 이제 더는 슬퍼할 필요 없어."

아버지가 새에게 용기를 북돋아주었다. 별안간 어머니가 울
기 시작했다. 어머니는 소리를 내지 않았다. 나는 어머니의 눈
물을 볼 수도 없었다. 어머니는 내 쪽으로 등을 돌렸지만 나는
소피아가 어머니의 어깨에 손을 올려놓는 걸 보고 어머니가 운
다는 걸 알았다.

아버지는 어머니의 침묵 따위는 안중에도 없었다. 아버지의
귀에 들리는 것은 새의 지저귐뿐이었다. 지독한 소음이었다. 매
우 빠르고 짧았으며 간헐적으로 멈추기도 하는 소음이었다. 하
지만 어느 시점에서 그 소음은 똑딱거리는 탁상시계 소리처럼
더 이상 들리지 않는 듯 신경이 쓰이지 않았다. 굳이 그놈 편을
들 만한 것을 고른다면 그 점이 유일했다. 커피를 마시러 온 손
님들은 소음에 완전히 미칠 지경이 되다시피 했다.

"이 녀석은 아주 들떴어요. 녀석의 암컷이 방금 죽었거든요."

아버지가 모든 사람들에게 설명했다. 어떤 손님들은 웃었지

만 어떤 사람들은 고개를 가로저었다. 누군가가 말했다.

"천으로 새장 좀 덮어줘요."

"녀석은 이미 너무 오랫동안 덮인 새장 속에 있었어요."

아버지가 대답했다. 결국 그 새를 위층 주방으로 추방한 사람은 동생이었다. 손님들은 그 녀석의 괴롭힘에서 해방됐지만 어머니는 날마다 새를 돌보며 성가신 소음을 들어야만 했다. 부모님의 침실이 주방 옆에 있었기 때문이었다.

아이스크림 가게에 잠깐 들러 어머니와 잡담을 나눌 때마다 어머니는 새에 대해 불평했다.

"그놈은 아침 다섯 시면 노래를 불러대기 시작해. 그러면 베피가 침대에서 뛰쳐나가 놈을 격려한단다. 베피는 아래층으로 내려가 단것을 한 스푼 가져오지. 그놈에게 보상으로 주려고 말이야."

단것은 아이스크림 위에 뿌리는 스프링클이라는 것으로 아이들이 좋아했다. 아이들은 하루에 300번도 넘게 "엄마, 스프링클 먹어도 돼?"라고 묻는다.

"한가해지면 네 아버지는 위층으로 부리나케 뛰어 올라가서 그놈의 지저귐에 귀를 기울인단다."

어머니는 음산한 날씨 이상으로 그 작은 새를 신경 썼을까? 이틀간 날씨도 별로 좋지 않았다. 최근 몇 년만 놓고 보면 최악의 시작이라고 해도 과언이 아니었다. 물론 어떤 사람들은 날씨와 상관없이 늘 아이스크림을 좋아했다. 사람들은 "우산을 쓰고 먹어도 아이스크림은 맛있어"라고 말하거나 "우린 비 한 방울도 맞고 싶지 않아"라고 말했다. 로테르담 사람들은 실용주의적인 성품을 가지고 있었다. 하지만 모두들 햇볕과 느긋한 날들을 열망했다.

어느 날, 아이스크림 가게를 가보니 소피아가 분홍색 드레스 차림이었다. 생기를 되찾은 것이다. 입술에는 립스틱을 바르고 땋은 머리는 리본으로 장식했다. 소피아의 어머니가 이 지방에 있을 법하지 않은 환영 같은 존재였듯이 소피아도 회색 도시에서 아주 도드라졌다. 그녀는 내게 아주 짧은 미소를 보였지만 그 미소는 그냥 언뜻 스치는 미소와는 달랐다.

루카는 여전히 주방에서 아이스크림 실험을 하고 있었고 아버지는 새와 함께였다. 나는 아파트에서 시집 한 권을 들고 중고 체스터필드 소파에 앉을 생각이었다. 각자 자신만의 세계에 있었다.

2년 후, 작은 북 페어에 참석차 머물던 파리의 한 호텔 방에서 나는 발가벗은 채 침대에 누워 분홍색 벽지를 바라보았다. 방금 샤워를 한 참이었다. 양귀비꽃과 소용돌이 문양의 반복적인 패턴을 한가하게 응시하다가 이 방에 있는 모든 것—카펫, 커튼, 시트, 침대 옆 탁자, 책상, 전화, 천장—이 분홍색이라는 사실을 깨달았다. 그리고 소름 끼치게도 내 음경의 귀두와 똑같은 색이라는 걸 알게 됐다. 파리에서의 외로운 그날 밤, 소피아의 여름옷이 문득 머릿속에 떠올랐다. 비로소 나는 그 비참한 봄 동안에 모든 것을 뒤죽박죽 엉키게 만든 실을 풀었다.

나는 왜 동생이 새벽까지 가게에 남아 올리브유로 아이스크림을 만들려고 했는지, 왜 멜론과 박하를 섞었는지, 왜 제조법을 어설프게 손보려 했는지, 왜 소피아가 이따금씩 늦게까지 침대에서 나오지 않았는지 그리고 왜 여러 시간을 깊은 물웅덩이들과 고무장화를 신고 거기에 뛰어드는 아이들을 바라보며 보냈는지 비로소 깨달았다.

마침내 여름이 찬란한 모습으로 찾아왔다. 그리고 그것에 딸린 모든 것—창백한 푸른 하늘, 축축한 시트, 짧은 스커트, 햇빛의 여광에 뒤이어 매혹적으로 반짝이는 별들, 기미, 장수말벌, 우박, 햇볕에 탄 코—도 모습을 드러냈다. 마치 여름이 자신의 짧은 통치권을 알고 최대한 강렬하고 열정적으로 에너지를 분출하는 것만 같았다.

수제 아이스크림 장수들 사이의 공통의 진언眞言은 바로 이것이다.

"나쁜 여름보다 나쁜 봄이 낫다."

하지만 늦은 저녁에 바 포스타에 있으면 가끔 이러한 심오한 말을 듣게 된다.

"여름보다 겨울에 목마른 게 더 낫다."

더위와 함께 새로운 맛이 찾아왔다. 아이스크림 가게 역사상 처음으로 진열품이 재배치됐다. 일부 통상적인 진열품은 치워버렸다. 한 주간 초콜릿 아이스크림의 옆자리는 딸기 셔벗 대신 무화과와 아몬드로 만든 아이스크림이 차지했다. 그다음 주에는 딸기 셔벗이 다시 등장했고 커피와 카르다몸[65] 맛 아이스크림이 초콜릿 아이스크림의 자리를 차지하게 됐다.

"넌 손님들을 모조리 쫓아내고 말 거다."

아버지가 루카에게 경고했다.

"사람들이 한 스푼만 맛보면 그 아이스크림들은 전부 팔릴 거예요."

"사람들은 그리 대담하지 않아. 난 40년 넘게 아이스크림을 팔았어. 내 손님들이 어떤지 잘 안다고. 손님들은 깜짝 놀랄 만한 맛을 원하는 게 아니야. 딸기, 바닐라, 망고, 초콜릿 맛을 원하는 거지. 계피나 애프터 에이트[66]를 좋아하는 괴짜도 있지만 그런 건 지나치게 별난 맛은 아니잖아. 본 적 없는 기이한 배합도 아니고. 사전에서 찾아봐야 하는 재료로 만든 아이스크림은 더더욱 아니지."

"손님들에게 시식을 권해볼 거예요."

---

65 carudamon. 열대 산악 지대에서 자생하는 관엽수 또는 그 열매로 만든 향신료.
66 After Eight. 스위스에 본사를 둔 세계적인 식품업체 네슬레에서 만든 민트 맛 초콜릿의 이름.

"아이스크림을 공짜로 내주지 마라."

"공짜로 주려는 게 아니에요. 사람들에게 친숙하지 않은 음식을 맛볼 기회를 주려는 거예요."

"넌 네가 어떤 상황에 말려들었는지 몰라. 네덜란드인들이 어떤지 아니? 그자들은 아이스크림을 몽땅 시식해보려고 할 거야. 여기에서 한 스푼, 저기에서 한 스푼. 이것도 한 입, 저것도 한 입. 슈퍼마켓인 양 시식하려 들 거다. 하지만 절대로 사지는 않겠지. 난 그걸 두 눈으로 똑똑히 봤어. 슈퍼마켓에서 그들은 카트를 끌고 한 여자가 아시아식 볶음 요리를 하는 곳으로 곧장 갈 거다. 그 맛이 어땠을까? 마음에 들었을까? 하지만 어쨌든 그자들이 계산대에 올려놓는 것은 빵 한 덩어리와 우유 한 통과 청대콩이 전부야."

"아버지는 맛보셨나요?"

동생이 물었다. 그는 스푼을 들어 올렸다. 무화과와 아몬드로 만든 아이스크림이었다.

"누구에게나 네 아이스크림을 시식하게 한다면 넌 파산하고 말거다. 그런 식으로 해서는 남는 게 없다. 몇 달 내에 남의 손에 넘어가 파산하는 꼴을 보려고 내가 여태까지 아등바등 일한 게 아니야."

"입을 벌려보세요."

동생은 부모가 먹기 싫어하는 어린아이들에게 하듯이 스푼을 아버지의 입에 넣었다. 일순간 모두 조용했다. 이윽고 아버지가 미소를 지었다.

"기가 막힌 맛이구나. 정말 맛있어. 믿을 수 없을 정도로 훌륭해."

경이로운 아이스크림에 대한 소문이 삽시간에 도시 곳곳으로 퍼졌다. 사람들이 한번 들러서 맛을 보기 시작하면서 아이스크림은 순식간에 다 팔렸다. 여러 신문이 아이스크림에 대한 기사를 실었기 때문에 새로운 손님들도 줄을 이었다. 사방에서, 심지어 국경 너머에서도 사람들이 찾아왔다. 그 어느 때보다도 붐비는 날들이었다.

나 역시 줄을 서야 했다. 테라스에는 빈자리가 하나도 없었다. 이날은 이미 학교의 방학이 시작된 뒤였고, 날씨는 눈이 부실 정도로 좋았다. 손님으로 온 어머니들은 매우 활동적인 아이들의 손을 잡고 있었다.

"난 스프링클을 뿌린 딸기 아이스크림이 먹고 싶어."

앞에서 이런 말이 들렸다. 내 뒤에 있던 어린 두 형제도 거의 동시에 외쳤다.

"엄마, 우리 스프링클을 뿌린 초콜릿 아이스크림 먹어도 돼?"

어머니와 소피아는 몸을 숙여 아이스크림을 퍼서 컵과 콘에 담았다. 나는 두 사람의 눈에 띄지 않게 그들을 지켜봤다. 정말로 훔쳐보고 있었지만 나로서는 그쪽으로 향하는 내 눈길을 막을 수 없었다. 어머니의 손놀림은 소피아보다 빨랐고 아주 효율적으로 움직였다. 경험 덕분이었다. 어머니의 주걱이 이따금씩 새로운 맛 아이스크림 통들 위에서 주춤했는데도 말이다.

"스프링클 뿌려주세요."

한 어린 소녀가 소피아에게 말했다.

"어떤 맛을 좋아하니?"

"스프링클."

"아니, 맛을 이야기해야지."

소녀의 어머니가 재촉했다.

"어떤 맛을 좋아하는지 말해야지."

어린 소녀는 한참 고심하더니 마침내 대답했다.

"기억나지 않아요."

내 눈에는 그 소녀의 등, 거의 어깨까지 내려온 금발 머리를 땋아 묶은 나비모양의 머리끈밖에 보이지 않았다. 소녀의 탐욕스러운 작은 입, 새파랗거나 회녹색을 띠는 눈을 볼 수 없었다.

"바닐라?"

소녀의 어머니가 딸에게 말했다.

"맞아! 스프링클을 뿌린 바닐라."

소녀는 기쁨에 겨워 소리쳤다. 하지만 소피아의 왼손은 콘을 집을 생각을 하지 않았다. 그녀의 오른손 역시 주걱을 들고 아이스크림에 다가갈 채비를 하지 않았다. 나는 어머니가 소피아의 어깨를 짚는 것을 보았다.

"그리고 난 파인애플, 자몽, 말린 자두를 곁들인 프로마쥬 프레이[67] 아이스크림 한 컵."

소녀의 어머니가 말했다.

"어떤 맛일지 정말 궁금하구나."

그 특별한 아이스크림에 관한 소식은 베나스 디 카도레까지 전해졌다. 세라피노 달라스타는 지역 신문에 기사를 쓰기도 했다. 그 저널리스트는 루카에게 전화를 걸어 새로운 모든 맛을 스스로 만든 거냐고 물었다. 동생은 많은 시간을 들여 실험을 한 끝에 만들어냈지만 손님들로부터 영감을 얻는 것도 좋아한다고 말했다. 옛날에 사람들이 증조할아버지에게 과일들을 가져왔듯이 요즘 사람들은 루카를 찾아와 새로운 맛을 제안하기도 했다. 체리와 초콜릿, 바나나와 코코넛, 블랙베리와 바닐라 등의 맛을 말이다.

그리고 루카는 증조할아버지처럼 계속해서 다양한 아이스크림을 만들어냈다. 그는 이번 주의 맛을 소개하고 게시판에 스페셜 아이스크림을 광고했다. 더 늘어난 아이스크림 통들에 맞춰 두 번째 진열창을 카운터에 세웠다. 길게 늘어선 줄과 테라스에서 보이는 맨다리들, 유쾌하게 떠드는 소음들, 한밤중에 빛

---

67 fromage frais. 숙성시키지 않아 박테리아가 살아 있고 수분이 많은 치즈.

나는 환한 얼굴들과 함께 여름이 지나갔다.

빅토르 라르센과 나는 유럽 전역을 여행하며 여러 시 축제에 참가했다. 강한 빗줄기가 쏴악 소리를 내며 활주로를 거세게 때렸던 7월 말에는 처음 메데인으로 날아갔다. 시 축제 개막의 밤 행사는 누티바라산 중턱에 바위를 깎아 만든 한 극장에서 열렸다. 우리는 대형 버스를 타고 남아메리카의 가장 큰 도시 중 하나인 메데인을 가로질러 여행하며 그곳으로 향했다. 곳곳에 자동차와 스쿠터와 미니밴 들이 보였다. 라르센은 얼마 전까지만 해도 메데인이 최악의 범죄 도시였다고 했다. 사람들은 집을 벗어나기를 두려워했다. 신문들은 정치적 암살 기사들로 도배됐다. 거리마다 대량 학살이 자행됐다. 하루도 빠짐없이 사망자들이 집계됐다. 희생자 대부분은 익명의 젊은 사람들이었다. 하지만 갱 두목들, 콜롬비아 무장혁명군의 일원들, 군대 고위 간부들 사이에서도 혈투가 벌어졌다.

"시 축제는 악에 대한 응답이지. 이 축제는 라틴아메리카의 시 잡지 『프로메테우스』의 시인들과 편집자들이 개최한 거야. 백주 대낮에 자행되는 부패와 폭력과 잔인한 살인에 하나의 대안을 제시하고자 한 거지. 나름 성공했다고 할 수 있어. 한때 남아메리카의 범죄 도시였던 곳이 이제는 세계에서 가장 큰 시 축제가 열리는 도시로 변신했으니 말이야."

나는 우리 앞에 선 산맥을 보았다. 메데인은 분지 기슭의 우묵한 지역에 위치했다. 그 도시는 산들에 둘러싸여 있었다. 그 산들 중 하나가 누티바라산이었다. 도로가 점점 가팔라지자 버스의 엔진이 가끔 기어와 씨름했다. 버스는 검푸른 잎이 무성한 나무들을 스치며 정글 속을 달렸다. 곤충들이 득득거리는 소리와 이따금씩 귓청을 때리는 날카로운 새소리가 열린 창문을 통해 들렸다.

버스에는 이탈리아, 소말리아, 멕시코, 캐나다, 노르웨이 출신 시인들이 탔다. 개막하는 날 밤에는 70명의 시인들이 낭송을 할 예정이었다. 나는 이미 수천 명의 방문객들, 바위를 깎아 만든 좌석들, 하늘로 울려 퍼지는 박수갈채에 관한 이야기들을 들었다. 로버트 베렌드젠은 "자네 눈을 믿을 수 없을 거야"라고 말했다.

버스가 확장된 도로변에 정차했다. 그곳은 2년 전에 차 밖으로 시체들이 내던져졌던 곳이었다. 몇몇 시인들은 제대로 온 게 맞는지 의아해했다. 분명 여기가 그곳일 리는 없다고 생각하는 것 같았다. 이 깊은 숲속의 소름 끼치는 장소가 '파르나소스'[68] 라니.

우리는 차례차례 버스에서 내려 가파른 석조 계단을 내려가

---

[68] parnassus. 그리스 델포이에 있는 파르나소스산은 아폴론에게 봉헌된 산이자 뮤즈들이 탄생한 곳으로 예술과 문학을 상징하는 곳이기도 하다.

기 시작했다. 나이 많은 시인들은 딱정벌레처럼 천천히 계단을 밟았다. 행렬이 때로 멈출 때마다 한 시인이 아래를 살폈지만 극장은 어디에도 보이지 않았다. 계단 밑에는 빙 돌아가야 하는 작은 오두막이 있었다. 그렇게 돌아가는 순간 바로 그것이 보였다. 점점 높아지는 계단식 석조 좌석들을 갖춘 거대한 원형 극장, 정글 속의 투기장 말이다. 청중들이 양쪽에 있는 문으로 쏟아져 들어왔을 때는 이미 사방에 사람들이 앉아 있었다.

"이 극장은 밑에서 올라올 수도 있다네."

내 위쪽에서 라르센이 말하는 것이 들렸다.

"산기슭에 주차장이 있는데, 거기서 아주 가파른 계단을 오르면 되지. 하지만 우리가 선택한 방법이 가장 좋아. 이렇게 극장을 불쑥 만날 수 있거든."

로마의 광장처럼 수많은 좁은 통로를 빠져나온 후에 예기치 않게 웅장한 극장을 만나게 되는 것이다. 나는 무대까지 더 걸어갔다. 무대는 폭이 대략 40미터였고 지붕으로 덮여 있었다. 양쪽으로 마련된 격자판에는 아주 길게 여러 줄로 늘어선 스피커들이 매달려 있었다. 아직 자리는 채워지지 않았지만 스포트라이트가 무대에 마련된 70여 개의 좌석을 비췄다. 우리 베네치아의 테라스에 있는 의자와 같은 것이었다. 아버지는 매일 아침마다 그 의자들을 내놓고 밤이면 포개서 정리했다. 각각 마이크가 달린 낭송대가 두 개 있었다. 하나는 시인이 쓰고 다른 하나는 통역이 쓸 예정이었다.

우리 자리는 앞줄에 마련됐지만 라르센은 위쪽에 앉아 일반 청중들 사이에 있고 싶어 했다. 다른 축제에서도 그는 '예약석'이라고 쓰인 종이가 붙은 자리에는 거의 앉지 않았다. 세계 시 축제에서는 항상 청중석 옆에 서 있었다. 신경이 예민해서 무작정 앉아 있는 것을 못 견뎠기 때문이다.

원형극장의 석재 좌석은 가득 찼다. 축제는 저녁 일곱 시부터 시작이었지만 이미 30분 전에 모든 좌석이 찼다. 나무에 올라가 앉은 사람들도 보였다. 꼭대기의 들판, 숲속 빈터에서 행사를 기다리는 사람들도 있었다.

규모와 군중 면에서 이 축제는 콘서트와 같았다. 청중은 일반 시민들이었다. 아이들과 함께 온 가족뿐만 아니라 노동자, 버스 운전사, 시장 상인 등 다양했다. 그들은 초리조[69]를 곁들인 바싹 튀긴 엠파나다[70], 구운 통옥수수, 음료수(코카콜라, 아길라 맥주, 싸구려 위스키)를 챙겨 왔다. 하늘은 맑았다. 오늘 밤은 비가 오지 않을 듯했다. 예전에는 비가 오더라도 관객들이 우비를 입거나 우산을 쓰고 시 낭송을 경청했다고 한다.

---

[69] chorizo. 돼지고기, 마늘, 빨간 파프리카 가루 등을 사용하여 만든 스페인의 대표적인 소시지.

[70] empanada. 빵 반죽 안에 다양한 재료를 넣고 반으로 접어 굽거나 튀긴 스페인의 전통 요리.

어느새 모든 시인들이 무대에 마련된 자기 자리에 앉았다. 나는 라스 구스타프손[71]과 브레이튼 브레이튼바하[72]뿐만 아니라 다른 시인들도 예의 주시했다.

청중이 프로그램이 이제 시작된다는 걸 알아챘다. 사람들은 휘파람을 불고 손뼉을 쳤다. 아이들도 일어서서 따라 했다.

"조금 있으면 시작해."

라르센이 말했다. 눈 오기 직전의 카도레와 같았다. 그 순간에는 허공에 눈이 날리고, 사람들은 그 냄새를 맡을 수 있다. 모든 이들은 이제 어느 순간이든 눈이 내릴 수 있다는 것을 알았다.

몇 시간이 지나 하늘이 짙푸르게 변할 때야 전등에 불이 들어왔다. 마침내 축제의 디렉터가 걸어 나오더니 청중과 시인 들에게 환영의 인사를 보냈다. 이어 그는 주먹을 꽉 쥐고 군중의 환호를 이끌어냈다. 그가 마치 함성을 지르는 것처럼 들렸다.

"이 정도는 아무것도 아냐. 저 친구가 연설을 시작할 때까지 기다려보게."

라르센이 말했다. 모든 시인은 열 편의 시를 낭송했다. 낭송된 시는 곧장 스페인어로 통역됐다. 남자나 여자가 한 명씩 의

---

[71] Lars Gustafsson(1936~2016). 스웨덴의 시인이자 소설가.
[72] Breyten Breytenbach(1939~). 남아프리카공화국의 시인.

자에서 일어나 마이크 앞으로 걸어 나왔다. 그렇게 하룻밤 사이에 700편의 시가 대중 앞에서 낭송됐다. 마라톤처럼 길게 이어진 공연에서 시인들은 청중의 주의를 끌기 위해서 할 수 있는 모든 것을 다했다. 예컨대 그들은 메데인에 대한 사랑을 고백하거나 청중에게 깊이 머리 숙여 인사하는 것을 시작으로 청중의 시선을 끌려고 애썼다. 콩고에서 온 한 시인은 "오늘이 제 인생에서 가장 아름다운 날입니다"라고 말했다. 맨 꼭대기 열을 시작으로 박수갈채가 쓰나미처럼 거세게 밀려왔다.

새벽 한 시에도 낭송은 계속됐다. 축제 디렉터가 빈번하게 끼어들어 혁명적인 연설을 하기도 했다. 그는 마이크 앞에서 시가 자본주의와 제국주의로부터 인류를 구할 수 있다고 포효하듯 고함쳤다. 별 아래 앉은 사람들이 박수를 보냈다. 그러고 나면 다른 시인이 벌떡 일어나서 자신의 작품을 낭송하곤 했다. 나는 미약한 불빛이 흔들리는 도서실에서 열린 시 낭송회를 전부 잊었다. 술집과 카페에서 소음 때문에 알아들을 수 없었던 시 발표도 까맣게 잊었다. 시 낭송이 끝날 때마다, 심지어 시인들이 연과 연 사이에서 잠시 숨을 고를 때마다 의무적으로 박수를 쳐야 한다고 느끼는 우울한 오후 문학 행사는 머릿속에서 사라졌다. 시가 귀에 흘러드는 동안 나는 고개를 기울이고는 별똥별을 찾으려 애썼다. 마치 파르나소스산 정상에서 시에 매료된 것 같았다. 바로 이것이야말로 시의 전부다.

개막식 밤 이후에 메데인은 시인들에게 접수됐다. 여드레 동안 시인들은 미니밴을 타고 수백만 명의 도시 메데인을 두루 돌아다녔다. 시인들이 어디를 가든, 극장이든 야외든 대학교든 수많은 청중들이 모여들었다. 라르센과 나는 이 시의 도시에 푹 빠졌다가 일주일 뒤에 제라스 공원에서 다시 부상해 한숨을 돌리고는 얼음처럼 차가운 아길라 맥주를 한잔했다.

그사이에 로테르담의 내 동생은 훨씬 더 진기한 맛―청어 아이스크림, 장미 아이스크림, 배와 바질을 곁들인 회향으로 만든 아이스크림―을 만들어냈다. 제대로 맛이 안 나거나 생각했던 결과물이 나오지 않는 일은 흔했다. 한 이탈리아인이 루카에게 프로슈토를 재료로 삼아 아이스크림을 만들 수 있는지 묻기도 했다. 루카는 그 길로 프로슈토 아이스크림 제조에 착수해 재료들을 저글링하듯 처닝하고 스크레이퍼 날의 회전 소리에 귀를 기울였다. 얼핏 보았을 때는 아이스크림이 잘된 것 같았지만 먹어보니 메스꺼운 맛이 났다. 구역질을 느꼈다. 프로슈토 아이스크림은 실패였다. 먹을 것이라면 사족을 못 쓰는 육식동물마저도 좋아하지 않을 듯 싶었다.

알코올음료로 만든 아이스크림 또한 상품으로 내놓기에는 곤란했다. 예전에 디저트 와인으로 아이스크림을 만들어본 적이 있는 루카는 와인 프로세코와 건포도를 배합하는 실험을 했다. 그러나 결과는 번번이 만족스럽지 못했다. 하지만 루카는 포기하지 않았다. 실험을 거듭하며 제조법을 조금씩 수정해나 갔다. 이렇다 보니 주방에서의 은둔 생활이 계속됐다.

실험은 2년간 더 지속됐다. 두 번의 짧은 겨울과 두 번의 긴 여름이 그렇게 지나갔다. 2년 사이에 소피아의 머리는 푸석해 졌고 아버지의 명금은 점점 더 크게 짹짹거렸다. 그동안 나는 비행기를 타고 지구를 돌며 축제와 축제 사이를 오갔다. 내 아 파트에 들어서자 이방인이 된 기분을 느꼈다. 2년의 세월은 시 와 아이스크림으로 꽉 찼다. 그 뒤에야 동생은 내게 다시 말을 걸기 시작했다. 그는 나를 주방 한쪽으로 데려갔다. 주변을 둘 러보니 건조된 재료들에 맞게 새로운 시스템을 갖췄고 냉동고 도 바뀌어 있었다. 루카는 세 번째 아이스크림 제조기를 좀 더 작고 평평한 모델로 구입했다. 벽의 흰색 타일은 옛날 그대로였 다. 하지만 조리대는 전과 달리 반짝였다. 그것도 새 것이었던 가? 우리는 오랫동안 말을 하지 않으면서 자연스레 침묵에 익 숙해졌다. 불편하고 힘들지만. 10년하고도 2년이 더 지난 시간 이었다. 루카는 그토록 오랫동안 침묵해왔다.

"형이 도와줘야 할 일이 있어."

이제야 루카가 내게 말을 하고 나와 같은 검은 눈으로 나를 똑바로 보았다.

"형이 소피아를 임신시켜야겠어."

ICE-CREAM MAKERS

자쿠지 욕조와 다리미판

호텔 접수처 직원은 언제나 여자인 반면에 야간 근무를 하는 수위는 보통 40대 후반의 남자다. 호텔 복도는 양쪽으로 동일한 문들이 있는 거리와 같다. 조명이 빛나고 벽은 광택이 없다. 카펫은 발소리와 트렁크 덜거덕거리는 소리, 밤늦게 떠드는 소리를 비롯한 모든 소리를 죽인다. 때로는 복도 중간에 구두 닦는 기계가 있기도 하다.

큰 호텔 체인점들은 모두 키 카드 시스템을 갖췄지만 작은 시설에서는 직원에게 방 번호가 표시된 열쇠를 받아야 한다. 류블랴나의 '호텔 센터'에서는 형광색 난쟁이 땅의 요정 모양인 열쇠고리를 받았고, 테토보의 '호텔 로열'에서는 묵직한 총알과 연결된 열쇠를 받았다(이곳에서 체크인을 할 때 직원에게 들은 말은 "열쇠 잃어버리지 마세요"라는 것뿐이었다). 열쇠보다는 키 카드가 문이 열리지 않을 위험이 훨씬 컸다. 키 카드는 네 가지 다른 방식으로 꽂게 돼 있다. 심지어 제대로 꽂았을 때조차 잠금 해제 장치가 승인을 거부하기도 한다. 그럴 때는 어쩔 수 없이 접수처로 돌아가야 한다.

2성급이든 5성급이든 호텔 방은 의자, 책상, 스탠드, 텔레비전 하나씩이 전부다. 또 커튼이 달린 창문과 양쪽에 캐비닛이 있는 침대도 하나씩 있다. 왼쪽 캐비닛 서랍 안에는 흔히 성경책 한 권이 있다. 오슬로의 '호텔 리카'에서는 포장이 뜯긴 콘돔 박스를 발견한 적도 있다. 메데인에서는 콘돔이 침대 옆 탁자 위에 럭키 스트라이크 담배 한 갑과 진통 해열제 한 갑과 함께 나란히 있었다. 브리즈번의 호텔에서는 반들반들 윤이 흐르는 풋사과가 나를 반겼고, 에드먼턴의 호텔에는 박하사탕 한 상자가 준비돼 있었다.

책상 위에는 편지지와 봉투 두 세트뿐 아니라 음식점 메뉴, 전단 광고, 도시 지도 등이 든 서류철도 있을 것이다. 쟁반 위에 놓은 주전자도 있을 테고, 텔레비전 위에는 두 가지 언어나 때에 따라서는 세 가지 언어로 쓰인 환영 인사가 있을 것이다. 브뤼셀의 '메트로폴 호텔'에는 아홉 가지 언어로 쓴 인사가 있다.

옷장에는 금고가 있다. 다리미판은 펴진 상태거나 벽에 기대어 있다. 큰 벽장은 옷걸이도 갖췄을 것이다. 마스트리히트의

'반 데르 발크 호텔'에는 플라스틱 옷걸이가 하나 있었고 위트레흐트의 '그랜드 호텔 카렐 V'에는 24개의 나무 옷걸이가 있다. 옷장 맨 아래 선반에는 여분의 담요가 있기도 하다.

욕실에는 세면기 옆에 놓인 유리컵 두 개, 개별 가방에 든 구두 닦는 용도의 스펀지와 샤워 캡, 작은 비누, 샴푸, 샤워젤 따위가 있을 것이다. 헤어드라이어는 서랍 안에 있다. 서랍에는 바느질 도구, 성냥, 호텔 로고가 붙은 볼펜도 있을 것이다.

호텔마다 색깔은 다르지만 가장 흔한 벽지 색깔은 노란색, 분홍색, 담청색이다. 현대적인 호텔들은 병원처럼 벽을 하얗게 칠해놓는다. 비뚤게 걸린 그림은 절대 없다. 이 그림들 열에 아홉은 복제품이다. 때로는 고대의 명화를 복제한 것도 있지만 피카소나 미켈란젤로의 천사들 그림이 훨씬 흔하다. 짐 모리슨Jim Morrison도 인기가 좋다. 지금껏 최소한 스무 번은 그와 함께 아침을 맞았다. 때로는 팝아트였고 때로는 흑백 프린트였으나 언제나 반나체였다. 스코틀랜드의 세인트 앤드류에 있는 '올버니 호텔'의 9호 객실 벽에는 동일한 복제 그림 세 개가 걸려 있다. 그것은 한 식물 서적에 실린 도판, 즉 큰엉겅퀴를 흑백으로 그린 것이다. 나는 나흘이나 지나서야 그 세 점이 똑같은 액자에 완벽하게 동일한 그림이라는 사실을 깨달았다. 겐트에 있는, 예전에는 수도원이었던 '모나스테리움 호텔'의 거실은 풍성한 음모를 가진 여러 육체의 그림들을 뽐낸다.

어떤 호텔 체인점은 전 세계에 있는 자사 호텔의 객실을 동일하게 꾸며놓았다. 지점끼리 2000킬로미터나 떨어져 있지만 침대는 같은 스탠드, 같은 책상, 같은 옷장으로 둘러싸여 있다. 벽, 천장, 카펫 또한 동일하다. 손님은 여기가 베를린인지, 토론토인지, 상파울루인지 모르고 깨어난다. 다른 것이라고는 전망뿐이다. 베를린 지점에서는 창밖으로는 미술관 섬이 보이고 토론토에서는 CN 타워가 보이며 상파울루에서는 중고 소파를 파는 흰색 가게가 보인다.

볼로냐의 '호텔 파노라마'에는 전망이 없다. 복도마다 경비원이 있는 더반의 '씨 뷰 호텔'에서는 인도양이 보인다. 코토누의 '호텔 뒤 락'은 대서양이 보이는 전망으로 유명하다. 그곳의 발코니에 서면 헤엄치는 고래의 수염을 맨눈으로 볼 수 있다. 이 구석방마저도 예약하려면 세 달 전부터 서둘러야 한다.

더블린의 '록스포드 로지 호텔' 16호 객실은 증기탕을 갖췄다. 침대에서 일어나면 정말로 나무 벽에 무릎이 부딪힌다. 그러면 욕실 문이 조금 열린다. 오데사의 '브리스톨 호텔'에는 모든 방에 자쿠지 욕조가 있다. 정보와 음식점 메뉴가 담긴 서류철에는 결혼 중개소 전단 광고도 있다. 파리의 '퍼스트 호텔' 402호 객실 침대 위에는 거울이 있다. 커튼은 반짝이는 검은 새틴 재질이다. 트빌리시의 '코트야드 바이 메리어트 호텔'에서 근무하는 단정한 푸른색 유니폼 차림의 짐꾼은 여행 가방 옮기는 것을 도와준 뒤 밤을 함께 보낼 젊은 여자를 구해주겠다고 소리 죽여 말한다. 텔아비브의 '시네마 호텔'에서는 공짜 포르노 채널을 볼 수 있다.

드물게는 객실 바닥이 물고기 뼈 모양의 쪽모이 세공 바닥재인 경우도 있다.

라이프치히의 '호텔 트립 바이 윈덤'에서는 에어컨을 끌 수가 없었다. 본의 '노보텔' 126호 객실에서는 다리미의 퓨즈가 나가버렸다. 방에 결함이 있어서 생긴 문제라면 조명, 텔레비전, 주전자, 전화, 시계, 헤어드라이어 등에도 문제가 발생할 수 있다. 믿기지 않을 정도로 많은 객실의 샤워기에 결함이 있다. 베오그라드의 '호텔 발칸' 13호 객실에 있는 변좌는 마치 누군가에게 뜯어 먹히다 만 것 같다. 보통 문제가 생기면 전화 한 통으로 해결되기 마련이지만 그 호텔은 책임을 손님에게 떠넘기는 전략을 쓴다. 나는 변좌가 아침까지는 전혀 이상이 없었는데 내가 투숙한 이후에 부서졌다는 소리를 들었다. 그 변좌를 뜯어 먹은 범인은 바로 나라는 의미다.

울란바토르의 '오보텔' 지붕에서는 물이 샌다. 하이파의 '베이클럽 호텔' 404호 객실 창턱에서는 손톱을 발견했다. 바르셀로나의 '호텔 카탈루냐'에 투숙한다면 문에 방해하지 말아달라는 팻말을 걸어놓더라도 청소부들이 멋대로 들어올 것이다. 트리에스테의 '노보 호텔 임페로'의 객실 관리 직원들은 굉장히 예쁜 슬로베니아 여성들이다. 나는 객실 앞 복도에서 유니폼 바지 위로 살짝 삐져나온 빨강 레이스를 본 적이 있다. 하지만 대개는 칙칙한 앞치마를 두른 육중한 체격의 여성들이다. 그들은 『호텔 사보이』[73]에서 가브리엘 댄이 꿈꾸는 흰색 모자는 거의 쓰지 않는다.

아주 드물게는 베게 위에 신선한 꽃이나 시 한 편이 놓여 있기도 하다. 던리어리의 '로얄 마린 호텔' 612호 객실 벽에는 멧돼지 머리가 걸려 있다.

현재 벨보이는 사라질 위기에 놓였다.

어떤 호텔은 모든 협의회 대표들을 수용할 수 있을 만큼 규모가 엄청나다. 마치 복도에 장이라도 선 듯이 아침 일곱 시 전부터 시끄러운 소리가 들리는 곳도 있다. 런던의 '트레블로지'는 벽이 마분지로 만들어져 있다. 만일 옆방에 묵는 누군가가 이불 속에서 방귀를 뀐다면 내가 뀐 것처럼 생생히 들릴 것이다.

베를린의 '호텔 슈프리보겐'에서는 한밤중에 누가 방문을 두드리는 소리를 들었다.

그로닝겐의 '헷 팔레스' 109호 객실의 침대는 벽장 안에 있다. 체크인하고 5분이 지나면 숙련된 직원이 객실에 전화를 걸

---

73 『라데츠키 행진곡』, 『거미줄』, 『거룩한 술꾼의 전설』 등의 작품으로 유명한 오스트리아의 소설가 요제프 로트(Joseph Roth)가 1924년에 발표한 소설.

어 부족한 것은 없는지, 특별히 주문할 음식이나 음료는 없는지 묻는다.

봄베이의 호텔은 공사 중이었다. 머리 위에서 드릴 소리와 망치질 소리가 들렸다. 이따금 "쾅!" 하는 거센 소리도 들렸다. 밖에는 건설 노동자들이 버린 쓰레기 더미가 내려다 보였다. 개선충증에 감염된 잡종 개들이 불도저 앞으로 뛰어들었고 여러 곳에 피워놓은 장작불에서는 쓰레기가 타고 있었다. 주방에 환풍기가 설치되지 않아 양파 냄새가 진동했다. 쥐들은 텅 빈 복도를 슬금슬금 오르락내리락했다. 방구석의 파이프에서는 갈색 물방울이 거친 콘크리트 바닥으로 떨어졌다. 욕조 바닥은 먼지와 모래로 뒤덮였다. 30분마다 로비에서 전화가 걸려왔다.

"손님, 방은 편안하십니까?"

ICE-CREAM MAKERS

동생의 씨

그들이 한 침대에서 잔 지 3, 4년은 됐을 것이다.

"애가 생기지 않아."

동생의 물음에 대답하지 않자 루카가 말했다. 우리는 주방에서 마주 보고 있었다. 아이스크림 제조기들 중 하나가 처닝 중이었다.

무슨 말을 해야 할지 알 수 없었다. 온갖 의문들이 머릿속에서 쑥쑥 자라났지만 그중 단 하나도 입 밖으로 꺼내지 못했다. 우리는 한참을 침묵했다.

"그게 제 구실을 못해."

루카가 말했다.

"나한테 문제가 있어."

오랜 세월 동안 나는 루카와 대화를 하려고 애썼다. 동생이 세운 벽을 무너뜨리려고 노력했다. 그러나 그는 지금껏 나를 무시해왔고, 아주 낯선 이방인인 양 쳐다보았고, 등을 돌린 채 카타브리카만 만지작거렸고, 자는 척했다. 그런데 내가 두 손을 들고 나니, 우리 둘이 완전히 다른 삶을 살며 형제라기보다 이방인이 되고 나니 말을 건 것이다.

"내 정자가 움직이지 않아."

루카는 자신의 사타구니를 가리키지 않았다. 나라면 가리켰을 텐데. 그의 시선은 오히려 내 사타구니에 고정됐다.

"병원에는 가봤어. 수십 번은 갔을 거야. 병원에서는 인내심을 가지고 계속 노력하라고 하더군. 우리는 젊으니까 아직 시간이 많다면서. 하지만 내게는 오히려 그 사실이 가장 기겁할 일이었어. 우리는 젊은데 애가 생길 기미가 없다는 거 말이야."

혹시 여자를 임신시켰나 하고 두 차례 질겁했던 적이 있다. 나는 매번 콘돔을 쓰지는 않았다. 콘돔을 챙기지 못했거나 다 써버린 적도 있었다. 한번은 여자 쪽이 사후 피임약을 복용한 일도 있다. 적어도 여자 넷과 안전하지 못한 기간에 성관계를 가지는 바람에 식은땀을 흘려야 했다. 그리고 임신 테스트기에 선이 천천히 나타나는 것을 지켜본 적도 두 번이나 있다. 다행히도 재차 테스트했을 때는 선이 나타나지 않았다.

대학생 때 한 여학생이 낙태 경험을 말해준 적이 있다. 포르투갈인 남학생과 성관계 후 임신했다는 것이다. 그녀가 아는 것은 그 남자의 이름이 에두아르도라는 사실뿐이었다. 또 한명의 여학생은 임신했으나 유산하고 말았다. 그녀는 크게 안도했다. 그런 일이 있은 후에 두 여학생 모두 안전하지 않은 섹스는 절대로 하지 않겠다고 맹세했다. 그들은 지갑에서 콘돔을 꺼내 보여주었다.

임신에 대한 내 지식은 이 정도다. 내 주변에는 유모차를 밀고 다니는 동료들, 즉 시인, 동창, 로테르담의 친구들이 있다. 따뜻한 날이면 베네치아의 테라스는 젊은 엄마와 아기 들로 가득하다. 하지만 단 한 번도 아기를 가지고 싶다고 느껴본 적은 없다. 내 가족을 꾸린다는 것은 상상조차 할 수 없는 일이다.

루카는 잠시 아이스크림 제조기에 귀를 기울이며 미동조차 하지 않았다. 스크레이퍼의 날은 그에게 이야기를 계속해도 좋을 만큼 시간이 충분하다는 사실을 알려주었다.

"우리는 사람들의 시선에 민감해. 특히 겨울에는 정말 끔찍해. 소피아의 어머니는 '그래서? 작은 발이 아장아장 걷는 소리를 언제쯤 들을 수 있니?'라든가 '나는 곧 할머니가 되겠지?'라고 계속 물어봐. 형이 결혼하면 주변 사람들은 당장 아기를 기대할 거야. 열 달, 아기를 갖는 건 기껏해야 열 달이라고. 베피도 식탁에 앉으면 우리가 자주 껴안기는 하는지 아주 노골적으로 물어. 이런 상황을 어떻게 생각해? 형이라면 접시를 빤히 쳐다보는 것 말고 대체 뭘 할 수 있겠어? 부끄러워 죽겠어. 그래서 가끔은 온종일 그냥 틀어박혀 있어. 베피는 지하실에, 엄마는 주방에 계시곤 하지. 그러면 우린 그냥 거실 소파에 죽치고 앉아 있는 거야. 아이가 없는 겨울은 베니스의 여름만큼이나 생기가 없어. 하지만 그동안에도 우리는 계속 노력했어. 소피아는 우리가 언제 성관계를 가져야 하는지를 늘 생각해. 그래서 그때가 되면 우리 둘은 마치 시작을 알리는 손뼉 소리라도 들은 것처럼 어둠 속에서 옷을 벗어. 가끔 소피아는 잠옷 하의만 끌어내리기도 해. 성관계를 하는 중에도 내 귀에는 침대 틀이 삐걱거리고 매트리스가 끽끽대고 마루가 고함을 지르는 소리가 들려. 심지어 교회 종이 두 번 울리는 소리도 들었어. 하지만 소피아의 신음 소리는 듣지 못했어. 소피아는 죽은 듯이 조용히 있다가 일이 끝나면 하의를 올려."

루카는 아무것도 숨기지 않았다. 어릴 때처럼 솔직한 심정을 털어놓았다. 그는 소피아에게 반해 조언을 구하던 때로, 내가 동생의 귀에 시구를 속삭이고 그녀의 집에 함께 찾아갔던 때로 돌아갔다. 우리는 루카가 모든 것을 이야기하면 내가 그것을 경청하던 그때처럼 이야기를 나눴다.

"내가 그냥 섹스를 하고 싶어 하면 소피아는 가임기가 아니라고 말해. 등을 돌리지는 않았지만 무릎의 날카로운 뼈로 내 배를 찔렀어."

오랜 세월 동안의 긴 침묵은 아무런 의미도 없었다. 침묵은 공기일 뿐이었다. 그것은 더 이상 압축할 게 없을 때까지 쉽게 압축될 수 있었다. 12년간 매년 작은 눈송이 하나쯤은 땅에 떨어지기도 전에 승화했을 것이다.

"결국 우리는 전문가를 찾아가 테스트를 받았어. 정말 끔찍했어. 수도 없이 여러 대기실에서 기다리다 보니 정말 미치겠더군. 대기실에서 기다리는 다른 여자들은 모두 배불뚝이였어. 그들 사이에 우리가 끼어 있었던 거야."

루카는 내가 듣고 있는지 확인하려는 듯 잠시 말을 멈췄다. 나는 계속하라는 뜻으로 고개를 끄덕였다.

"소피아는 모든 면에서 다 좋아. 난소, 배란, 모두 정상이야. 그럼 이상이 있는 쪽은 나일 수밖에 없지. 문제는 나한테 있어. 내 정자에 문제가 있는 거라고."

여자들에 대해서는 동생한테 솔직하게 말한 적이 없다. 예전에 바 포스타에서 카드놀이를 했을 때를 제외하고는 항상 모든 것을 숨겼다. 그때 여자 이야기를 한 이유는 그 자리에 소피아가 있었기 때문이다. 내가 그런 이야기를 들려준 사람은 그녀뿐이다. 그때 동생은 빈 맥주잔을 앞에 두고 그냥 앉아 있었다.

"그게 살아 있지 않아. 움직임이 없어. 활동성이 전혀 없다고. 부인과 전문의 말이 임신 가능성은 제로래. 이제 우리가 바랄 수 있는 건 기적뿐이야."

일순간 그의 가랑이에 홀끗 시선이 갔다. 무의식적인 행동이었다. 루카는 그걸 알아챘다.

"무력한 기분이 들더군. 내 씨가 쓸모없었던 거야. 기능을 잃어버린 거지."

동생의 이야기를 듣고 있자니 토파니 아이스크림 가게에서 일할 때 암스테르담에서 들었던 한 일화가 떠올랐다. 어떤 아이스크림 제조자에 관한 일화였다. 나는 그 이야기를 식탁에서 거론한 적이 없다. 꺼낼 용기가 나지 않았다. 더욱이 그게 사실인지도 확실하지 않았다. 그 사건은 우선 즈볼러의 아이스크림 가게에서 일어났고, 그다음에는 브레다의 아이스크림 가게에서 일어났다. 그 이야기의 주인공은 가게 주인의 아들이 아니라 카도레 출신 조수인 한 젊은 아이스크림 제조자다. 여드름이 얼굴을 뒤덮은 정말 못생긴 남자였다. 소녀들은 그를 못 본 척 무시하기 일쑤였다. 여름 드레스를 입은 아름다운 젊은 여자들은 모두 가게 밖에 앉아 아이스크림을 먹었다. 어떤 날에는 환한 빛깔의 나비 떼가 테라스에 날아든 것만 같았다.

그 못생긴 젊은 남자는 주방에서 복수를 감행했다. 여자애들의 맨다리와 반짝이는 입술을 생각하며 신선한 아이스크림이 가득 담긴 통 위에서 자위를 했다. 찬란한 햇빛이 쏟아지는 날, 마을에서 가장 아름다운 그 여자애들은 계속해서 아이스크림 제조자를 무시하고 눈길 한 번 주지 않으면서 그의 정액을 곁들인 아이스크림을 핥았다.

내 동생은 가장 아름다운 여자를 정복하고 차지했다. 하지만 그의 씨는 그녀의 몸속에서 아무 역할도 하지 못했다.

"부인과 전문의 진료실에서 나와 엘리베이터를 탔던 게 기억나. 흰색 가운을 걸치고 가슴 주머니에 무선 호출기를 넣은 남자 두 명과 다른 사람 두세 명이 있더군. 나는 소피아의 뺨으로 굴러떨어지는 눈물을 보면서 팔로 감싸주고 싶었지만 차마 그럴 수 없었어. 소피아가 나를 밀쳐낼까 봐, 이게 다 나 때문이라고 화를 낼까 봐 두려웠거든. 병원 밖으로 나왔을 때 햇빛에 눈이 머는 듯했어. 우리는 아이스크림 가게로 돌아가는 길에 한마디도 하지 않았어. 걸어서 5분 거리였지만 닷새는 걸리는 것처럼 느껴졌지. 소피아가 빨간불이 파란불로 바뀌기를 기다리는 동안 나는 횡단보도를 가로질렀어. 오랜 세월이 흐른 후에도 생생히 기억날 장면이야. 아마 영원히 잊지 못할 거야. 우리는 도로 양쪽에 떨어져 있었어. 차들이 쌩쌩 지나쳐갔지. 어떤 오토바이는 속도를 높이며 으르렁댔어. 그때 소피아를 쳐다보는데, 너무나 불행한 여자처럼 보였어.

아이스크림 가게에 와서 소피아는 앞치마를 두르더니 주걱을 집어 들었어. 나는 뒤편 주방으로 들어가 그대로 처박혔지. 숨이 막힐 듯 푹푹 찌는 무더운 날이었어. 하늘에는 묵직한 구름이 걸려 있었지만 무진장 후덥지근했지. 천둥이나 번개는 치지 않았어. 오후가 되자 아이스크림을 기다리는 줄이 길게 늘어섰지. 엄마와 베피처럼 소피아의 등도 땀으로 흠뻑 젖었어. 나는 새 아이스크림 통들을 들어 옮겨다 놓고는 얼른 주방으로 도망쳤지. 아이스크림 제조기들은 쉬지 않고 재료를 그러모으면서 밤이 깊도록 계속 처닝을 했어. 일기예보는 오늘보다 내일이 훨씬 더울 거라고 하더군. 그렇게 한여름 더위가 이어지면서 우리는 절대 아기를 가질 수 없다는 걸 깨달았지.

일을 끝내고 위층으로 올라가서 보니 소피아는 침대에 누운 채로 몇 시간이나 있었던 모양이야. 하지만 숨소리로 보니 자는 건 아니었어. 소피아가 이야기하고 싶어 할지도 모른다는 생각이 들어서 이불 속으로 손을 뻗어 그녀의 손을 잡으려 했지. 그랬더니 소피아가 '날 좀 내버려둬'라고 하더군. 그 말이 소피아가 그 주에 한 말의 전부였어.”

루카는 입을 다물었다. 짧은 침묵이 흘렀다. 3, 4초는 우리가 서로를 계속 쳐다보는 사이에 생각이 표명되기에 충분한 시간이었다. 우리는 이방인이 아니었으며 결코 이방인이 될 수도 없는 사이였다. 나는 그보다 나이가 많았고, 그는 나보다 힘이 셌다. 나는 그보다 피부색이 더 어두웠고, 그는 나보다 키가 작았다. 하지만 우리는 형제였다.

“우리는 체외수정도 할 수 없대. 다른 치료법도 없어. 부인과 전문의 말처럼 할 수 있는 일은 기적을 바라는 것뿐이야. 입양을 소개하는 전단지를 받았지만 소피아가 내버렸어. 소피아는 자기 아기를 원해. 나를 쳐다볼 때마다 눈으로 그렇게 말해. 그리고 내게 이상이 있는 거라고, 다 내 잘못이라고 말해. 언제부터인가 소피아를 보는 게 정말로 두렵기만 해. 우리는 칠흑 같은 어둠 속에서만 대화할 뿐이야. 그때가 되면 온종일 아이스크림을 만드느라 무척 지칠 때인데 소피아는 낮에 꾹 참았던 눈물을 전부 쏟아내. 아기를 가질 수 없다는 걸 한사코 받아들이지 않는 거야. 아니, 받아들이지 못해. 소피아는 내가 자기와 다르다고 말했어. 나는 다르지 않다고 대답했지. 하지만 어쩌면 소피아의 생각이 옳을지도 몰라. 내 안의 뭔가가 아기를 가질 수 없다는 걸 인정하고 체념했어. 아마 다 내 잘못이니 그럴 거야. 생식력이 없는 쪽은 소피아가 아니라 나잖아. 그러니 받아들일 수밖에. 이런 게 대응 기제라는 거겠지. 뭐라고 말해야 할지 모르겠어. 하지만 오해하지 않기를 바라. 나도 아기를 원해. 내 어깨에 목마를 태우고 함께 공을 차는 아들을 꿈꿔. 소피아처럼 매혹적이고 금발 머리인 딸을 꿈꿔."

피스타치오 냄새와 한 번 휙 스치는 아주 미약한 감귤 냄새가 났다. 기포들이 혼합되며 얼음 결정체와 크림 사이에서 자기 자리를 차지하자 아이스크림이 고유의 향기를 내뿜기 시작했다. 아이스크림은 연해지면서 부피가 점점 더 커진다. 나는 그것이 오렌지 아이스크림이라고 확신했다. 오렌지와 피스타치오 아이스크림.

"소피아는 어딘가에서 읽은 시 구절이나 라디오에서 들은 노래 한 곡, 두서없는 말 한마디, 아이스크림을 주문하는 아이 때문에 심하게 동요할 때도 있어. 형은 아이들이 카운터 앞에서 어떻게 행동하는지 알 거야. 십중팔구 아이스크림에 푹 빠지지. 눈앞에 보이는 온갖 맛의 아이스크림에 어찌할 바를 몰라. 대개 아이들은 스물두 가지 맛 중에서 두 가지 맛을 선택해야 해. 그건 아이들한테 너무 힘든 일이잖아. 소피아는 주걱을 들고 아이들에게 무슨 맛을 원하는지 묻지만 보통은 바로 대답하지 않아. 아이와 소피아가 서로를 마주 보는 동안 시간이 멈추는 거야.

죄책감이 나를 짓누르기 시작했어. 뭔가가 우리 둘 사이를 갈라놓는 것만 같았어. 형이 암스테르담에 갔을 때 뭔가가 형과 나 사이를 갈라놨듯이 말이야. 형이 아이스크림 가게를 뒤로하고 시를 선택해 떠났을 때, 나를 남기고 떠났을 때 그랬었지. 형은 내게 꿈이 없을 거라고 생각했어? 내 머릿속에는 아이스크림뿐일 거라고 생각했어? 아이스크림 가게와 절연했을 때 일어날 결과를 조금이라도 생각해봤어? 어? 생각해봤냐고? 선택권은 그다지 많지 않았어. 사실 하나뿐이었지. 나는 여기 머무르면서 아이스크림 가게가 문 닫는 걸 막아야 했어."

이 순간은 언제든 다시 돌아와 나를 괴롭힐 것이다. 지금 이

순간의 선고는 불현듯이, 의자 하나, 책상 하나, 스탠드 하나, 텔레비전 하나가 있는 작은 방에서 잠을 이루지 못할 때 다시 모습을 드러낼 것이다. 바깥은 밤이었지만 한숨도 못 자고 마음은 처닝하듯 계속 휘돌아갔다. 이는 내 귀에서 줄곧 떠나지 않는 질문이었다. 뉴브런즈윅에서, 시드니에서, 시카고에서도 들렸다. 나는 왜 대답하지 않았을까? 루카가 아이스크림 가게를 맡고 싶어 한다는 것을 의심해본 적이 없어서일까? 나는 동생이 다른 일을 원했을 수도 있다는 생각을, 운명에서 벗어나기를 원했을 수도 있다는 생각을 단 한 번도 하지 않았다. 나는 열여덟 살 때 아이스크림을 만들지 않겠다고 결정했다. 나는 나밖에 몰랐다.

"어?"

대답할 여지가 없었다. 루카는 질문을 던진 이후에도 계속해서 말을 이었다. 나는 그의 말을 중단시킬 수 있었지만 아이스크림이 거의 완성됐다는 사실을 깨달았다. 아이스크림 재료를 그러모으는 스크레이퍼의 날이 지속적으로 더 길어지는 소리를 냈다. 나는 아이스크림이 완성됐을 때의 소리는 정확히 모른다. 그저 거의 다 됐을 때의 소리만 알아듣는 정도다. 지금이 그때였다.

"형이 떠났을 때 나한테는 선택의 여지가 없었어. 선택권이 내 손을 떠난 거지. 그래, 맞아. 난 그냥 무조건 일에 뛰어들었어. 책임을 짊어진 거지. 하지만 난 형에게 말하지 않기로, 아무 말도 하지 않기로, 단 한마디도 하지 않기로 결심했어. 그래서 형이 아무리 말을 걸어도 입을 열지 않았어. 내가 여기서 말처럼 열심히 일하는 동안에 형은 시에 빠져 살고 여기저기 여행을 다니느라 정신을 못 차렸지. 하지만 난 이제 형에게 말을 걸어야만 해. 이런 꼴로 살 수는 없거든. 모두가 침묵 속에서 지내. 소피아는 온종일 슬픔에 잠겨서 점점 더 집 안에만 틀어박히려고 해. 난 베피와 엄마의 눈을 똑바로 쳐다보지도 못해. 두 분은 더 이상 묻지는 않지만 그것이 아기에 대한 희망을 접었다는 걸 의미하지는 않아. 엄마는 온종일 뭐라고 중얼중얼 기도를 하셔. 아이스크림을 뜰 때도, 잔돈을 셀 때도, 비를 쳐다볼 때도 그렇게 기도를 하셔."

나도 어머니가 평소보다 기도를 많이 하는 것 같다고 느꼈지만 그냥 베피를 위해서, 아버지의 정신 건강을 위해서 기도하는 모양이라고 생각했었다.

"가끔 나는 어떻게 그럴 수 있는지 궁금해. 형은 자기가 가지지 않은 것에 대해서 슬퍼할 수 있으려나? 하지만 난 소피아를 바라보고, 윤기 없는 머리칼과 빨갛게 충혈된 눈을 봐. 행복의 기색이라곤 전혀 없어. 소피아의 그런 모습 때문에 나는 너무 슬퍼. 그리고 소피아가 자기 직분을 제대로 하지 못하고 있기 때문에 나도 내 직분을 제대로 하지 못하고 있어. 우리의 직분은 오직 아이스크림을 만들어 파는 일이야."

내가 눈을 감고도 볼 수 있는 이미지는 무수히 많았다. 혀를 내밀고 눈송이를 잡아채는 소피아. 차가운 손가락으로 내 코를 잡아당기고는 못마땅하다는 듯이 고개를 흔드는 소피아. 자기 어머니의 여름 드레스를 입은 소피아. 솔빗을 따라 정돈되는 황금빛 머리채. 겨울 햇빛이 어렴풋이 반짝이는 그녀의 드레스에 떨어지는 순간, 제단에 서서 그녀가 짓던 미소.

"형이 나를 도와줘야 해."

루카가 말했다. 내가 그에게 빚을 지기라도 한 듯이. 나는 소피아의 집에 함께 가주고, 그가 입을 다물고 있을 때 말을 꺼내며 그를 도왔다. 나는 어딘가 다른 곳에 가 돌아오지 않은 것으로 그를 도왔다. 그런데도 지금 루카는 또다시 내가 돕길 바라는 것이다. 나보다 힘센 내 동생, 그는 내 도움이 필요했다.

"그 이야기를 소피아에게 해봤어?"

"응."

"그게 소피아 생각이니?"

"아니."

그가 다시 언어보다는 소리로 말하기 시작한 것처럼 들렸다.

"소피아는 어떻게 생각하는데?"

루카는 대답하지 않았다. 그에게는 두려운 일임이 틀림없었다. 하지만 침묵을 지킬 시간이 없었다. 회전하는 스크레이퍼의 날이 그의 귓속을 후볐다. 아이스크림이 금방이라도 말을 걸기라도 할 것 같았다. 아이스크림이 제조자에게 으레 그러듯이 자신은 단단하면서도 부드럽다고 속삭일 것이고, 진하고 매끈해졌으니 더 이상 기다려서는 안 된다고 말할 것이다.

"소피아는 아기를 원해. 품에 안고 돌볼 아기를 원해."

루카의 왼쪽 눈에서 반짝이는 한 점의 섬광이 보였다. 그는 눈물을 훔치면서 감정을 억제했다. 동생은 기숙학교에 다닐 때 펑펑 운 적이 있었지만 그 뒤로는 눈물 흘리는 걸 본 기억이 없다. 아이스크림 장수들은 울지 않는다. 그저 땀만 흘릴 뿐이다. 그들은 고통을 이겨낸다. 여름도 없고 삶도 없다.

그는 눈물을 머금은 까만 눈으로 나를 보았다. 나는 여전히 그에게 빚을 졌다. 그는 아이스크림 가게의 내 자리를 차지했고, 나는 이제 소피아와 함께 그의 자리를 차지해야 한다.

아마도 내가 고개를 끄덕였거나 그가 내 시선에서 뭔가를 보았을 것이다. 이윽고 루카는 거의 눈에 띄지 않을 정도로 아주 미약하게 가슴을 들썩이더니 말문을 열었다.

"엄마와 베피는 몰라야 해. 그 누구에게도 절대 말하지 마."

이번에는 좀 더 단호하게 고개를 끄덕였다. 이때 나는 내가 아버지가 될 아이에게도, 내 자식이자 소피아의 자식이 될 아이에게도 그 비밀을 지켜야 한다는 사실은 미처 깨닫지 못했다.

"그럼 이제 난 다시 일해야겠군. 아이스크림이 다 됐거든."

몇 초쯤 허비하는 게 어때서?

나무들이 점점 더 가까이 다가온다. 최근 몇 년 사이에 베나스 디 카도레에서 인식하기 시작한 사실이다. 아버지는 터무니없는 생각이라고 단정한다.

"나무는 걸을 수 없어. 뿌리가 있잖아."

랜드로버를 운전하던 아버지가 말한다. 아무래도 셰익스피어의 작품을 너무 많이 읽었나 보다. 하지만 사실이다. 나무들이 자라지 않던 곳에서 지금 나는 호리호리하고 나긋나긋한 종달새들을 본다.

"바로 저기요. 그리고 저기도요!"

베피는 내가 가리킨 곳들을 쳐다보지만, 고개를 흔든다. 아버지는 새로운 것들을 보길 거부한다. 조금 전에 아버지는 차를 끌고 나를 마중 나왔다. 기차에서 내리자마자 플랫폼에 선 아버지를 발견했다. 지팡이를 짚은 노인 말이다.

"너 살이 좀 쪘구나."

"아버지는 다리를 저시네요."

우리는 포옹했고 까칠하게 수염이 자란 뺨을 서로 비볐다. 아버지는 오른쪽 주머니에서 열쇠를 꺼내고 안전벨트를 맨 후 랜드로버의 시동을 걸고 미소와 함께 가속기를 밟았다. 엔진이 곰처럼 으르렁거렸다. 이 차는 기존 모델과 다른 최신형이었지만 이전 것과 똑같은 소음을 냈다.

"저 집 보이니?"

도비아코를 질주할 때 아버지가 물었다.

"예전에 저 집에서 살던 녀석이 복권에 당첨됐단다. 엄청난 돈이었어! 하지만 일주일 뒤에 침대에서 시체로 발견됐지. 심장마비로 갔다더군."

얼마 지나지 않아 오스트리아-헝가리 스타일의 환상적인 호텔 '그랜드 호텔 도비아코'를 지나쳤다. 57개의 객실과 예배당까지 갖춘 큰 호텔이었다. 내부는 본 적이 없다. 아버지가 속도를 약간 늦추더니 말했다.

"저 호텔 주인은 작년 겨울에 자살했어."

"아는 사람이었어요?"

"모르는 사람이 없지."

"제 말은 개인적으로 아는 사이였냐는 거예요."

"개인적으로는 모르지."

순간 화가 난 것처럼 보였지만 아버지의 얼굴은 언제나 주름
지고 찌푸린 안색이다. 화가 난 표정은 유산인 것이다.

"왜 자살했는지 아세요?"

"사실 아무런 문제도 없었어. 빚도 없었고. 나이도 나보다 열
살이나 어리고 차고에는 흰색 스포츠카가 있었지."

이야기가 더 이어질 거라고 생각했지만 아버지는 보닛 밑에
있는 곰이 다시 으르렁거리게 채찍질했다. 우리는 속도를 높여
코르티나담페초로 이어진 외딴길을 질주했다. 9월 말의 쌀쌀한
날씨였다. 많은 산봉우리가 눈으로 덮이긴 했지만 스키를 타기
에는 너무 일렀고 도보 여행자들에게는 너무 늦은 때였다. 오
가는 차들은 아주 적었다. 메르세데스 한 대, 도요타 한 대, 폭
스바겐 한 대만 보였다. 산길의 급커브에 이르렀을 때 나는 손
잡이를 움켜잡았다.

특정한 시점, 그러니까 그 도로에 들어서서 대략 30분이 지
나면 세 개의 거대한 바위 봉우리인 트레치메 디 라바레도가
얼핏 보인다. 가운데 봉우리의 높이는 2999미터나 된다. 이 웅
장한 봉우리들은 매년 수천 명의 산악인들을 끌어모은다. 돌로
미티에서 그보다 사진발이 잘 받는 산은 찾을 수 없을 것이다.
누구든 그 봉우리들 앞에 서면 눈을 떼지 못한다. 하지만 카도

레 출신의 아이스크림 장수들은 코르티나와 도비아코 사이에 있는 도로에서 두 개의 산 사이에 난 틈으로 흘끗만 봐도, 차에서 보이는 두 번째 봉우리와 어느 한 봉우리의 절반만으로도 세 봉우리를 알아챈다. 그것을 볼 수 있는 시간은 번개의 섬광보다 약간 길다. 그래도 (도비아코에서 오는 길이라면) 왼쪽을 봐야 할 순간 혹은 (베나스, 보도, 피에베, 발레, 칼랄조 등지에서 오면) 오른쪽을 봐야 할 순간이 언제인지 정확히 안다. 나는 아버지가 맨 처음 세 봉우리를 보라고 알려줬던 때를 기억한다.

"조반니, 빨리 오른쪽을 봐라!"

하지만 고개를 늦게 돌리는 바람에 아버지가 뭘 보여주려고 했는지 알 수 없었다. 루카는 차 안에서 잠들어 있었다.

그 거대한 봉우리에 걸어가기 가장 좋은 시간은 아이스크림 시즌 때다. 루카처럼 아버지도 그 봉우리 앞에 서본 적이 없다. 아버지는 그저 고개를 돌려 세 봉우리들을 번갈아 보다가 북쪽의 수직면 높이가 500미터에 이르는 그란데 치메를 바라봤을 뿐이다. 보도에 이르자 아버지는 도로가에 차를 세웠다. 아마 빵집에 들르려는 모양이라고 생각했지만 아버지는 그대로 앉아 있었다.

"어디 불편하세요?"

아버지는 아무런 대답 없이 인도를 빤히 응시했다.

"여기가 오스발도 벨피가 쓰러졌던 곳이야."

마침내 아버지 말했다.

"갑자기 길거리에서 말이다. 일흔여덟 살에."

나는 아버지를, 아버지의 턱 아래 축 처진 피부를, 눈물로 젖은 두 눈을 보았다. 아버지는 얼마 전에 팔순을 넘겼지만 생일 파티를 하고 싶지 않다고 했다. 그때 나는 시비우에서 집으로 전화를 걸어 아버지와 2분 정도 통화를 했다. 그때 아버지는 텔레비전, 정확히 말하자면 1000개의 위성 채널 중 하나를 보고 있었다. 아마도 북극에 관한 다큐멘터리나 에콰도르에서 발생한 화산 폭발 보도였을 것이다. 어쩌면 다이아몬드 리그에 출전한 베티 하이들러를 찾고 있었을 수도 있다. 그녀의 해머가 베를린이나 파리의 하늘을 가르며 쌩 날아가는 광경을 지켜봤을지도 모른다.

"그리고 저기는 에르네스토 장그란도가 살았던 곳이야."

아버지의 손가락이 저편 언덕 위에 선 집을 가리켰다. 나는 아버지의 말을 기다렸지만 더 이상의 설명은 없었다. 벨피와 장그란도. 아이스크림 장수들의 이름이다. 그들은 긴 역사—구리 통을 실은 손수레, 녹아버린 아이스크림콘, 연애 사건, 남편들이 미쳐버렸다고 생각한 할머니들 이야기를 포괄하는 역사—를 만들어냈다. 아버지는 랜드로버의 가속기를 밟아 그 마을을 빠져나왔다.

베나스가 점점 더 가까워지자 아버지의 눈앞에 더욱 많은 유령들이 나타났다. 그들은 도로를 따라 늘어선 폐가들에서 출몰했다. 바람이 자유롭게 드나드는, 잔뜩 뒤틀린 문 밖에도 있었다. 그들이 살던 집의 덧문은 경첩에 대롱대롱 매달렸고 창틀은 썩어갔다. 처마의 홈통에는 새들이 둥지를 틀었다.

"저 집은 탐부리니 가족이 살았던 집이야."

이번에도 그 이상의 설명도, 그 사람의 일생에 대한 이야기도 없었다. 아버지는 마치 혼잣말로 떠들며 기억력을 테스트하는 것 같았다.

"그리고 저 집에는 그레고리스가 살았지. 아니, 바티스투지스네 집이던가?"

나는 모르는 일이었다. 창 덧문의 색깔과 발코니 화분에 놓인 꽃들만 기억날 뿐 사람들의 이름은 기억나지 않았다. 꽃은 빨간 제라늄이었다. 그들은 이곳을 떠나 돌아오지 않았다. 네덜란드나 독일에서 가게를 연 아이스크림 장수들은 대부분 내내 그곳에서 머물렀다. 어떤 이들은 겨울에도 가게 문을 열고 커피와 샌드위치와 수프를 팔았다.

"저 집에서는 엘리오 토스카니가 살았지."

베나스에 도착한 후에 아버지가 말했다.

"그리고 저 집에서는 피에트로 소라비아가 살았고."

나는 그 집을 쳐다보았다. 덧문들이 열렸고, 커튼은 걷어진 채였다. 비록 움직임이 느리고 발을 질질 끌며 걷지만 어쨌든 그 집에는 사람이 있었다. 늙어가는 여인들, 소파에서 잠든 과부들이었다. 그들의 자녀들은 데벤테르나 호로닝겐이나 함부르크나 만하임에 있었다. 대낮에 갑자기 전화가 와서 낮잠에 빠진 어머니를 깨울지도 모른다.

"티토 달라스타도 세상을 떠났어."

키가 크고 명랑했던 티토. 그는 내게 스키를 가르쳐주었다. 나는 그의 딸과 같은 학년이었었다.

"그 친구는 좋은 아이스크림 가게를 가지고 있었지만 아내가 까다로웠지."

그들의 집을 지나치면서 보니 발코니에 세탁물이 널려 있었다. 커다란 흰색 바지, 스타킹, 행주 따위였다. 베니스에서, 실은 카도레 전역에서 여자들이 남자들보다 더 오래 살았다. 남자들은 몸을 뼛속까지 굴렸다. 그렇다 보니 은퇴할 무렵이면 몸이 망가졌다.

"파우스토 올리보도 더는 겨울을 볼 수 없게 됐어. 지난주에 죽었거든. 그 친구 무덤에 가면 지금도 꽃을 볼 수 있을 거다."

"가보셨나요?"

"그래. 난 장례식에는 다 간다. 너도 그렇게 될 거야. 내 나이쯤 된 사람들은 불참할 변명거리가 없어. 딱히 할 일이 없거든."

랜드로버는 우리 집이 있는 가파른 도로로 접어들었다. 아버지는 정상을 향해 속도를 높였다. 갑자기 베피가 킬킬 웃었다.

"장례식에 가는 일이 취미가 됐지. 아이스크림 장수들은 멸종돼가고 있어."

나무들은 더 이상 땔감으로 쓰이지 않았기 때문에 그 수가 점점 늘어나면서 앞으로 전진하고 있었다. 반면에 썰렁한 빈집들은 벽마다 온통 균열투성이였다.

*

어머니는 주방에 있다. 어머니가 나를 껴안았을 때 뼈가 내몸을 찌르는 걸 느낀다. 어머니는 살이 쫙 빠져 있다.

"햇볕이 있지만 그리 따뜻하지는 않구나."

어머니가 벨루노 지방과 더 큰 도시인 로테르담의 일기예보에 대해서 이야기하는 사이에 아버지를 살펴본다. 아버지는 복도로 슬며시 빠져나가 자신만의 보물창고인 지하실로 향한다.

"아버지는 여전히 하트 해머를 만들고 계세요?"

"벌써 세 개나 만들었단다."

"그걸 어떻게 할 계획이시래요?"

"당최 무슨 꿍꿍인지 모르겠다. 그것들을 사방으로 내던지지 않기만 바랄 뿐이야."

어머니는 나무 스푼으로 스토브 위에서 끓는 소스를 휘젓는다. 토마토, 베이컨, 양파, 호박 냄새가 난다. 곧 파스타를 먹을 예정인가 보다. 식탁은 벌써 차려져 있다.

나는 찬장에 붙은 사진들을 본다. 베첼리오 티치아노[74]가 태어난 집에서 그리 멀지 않은 피에베 디 카도레에 있는 알프레도 비사 사진관에서 찍은 루카와 나의 흑백사진이 한 장 있다. 티치아노는 베니스에서 조반니 벨리니Giovanni Bellini의 도제가 돼 성자들과 개들을 그리기 전에 피에베에서 12년을 살았다. 각각 열네 살과 열두 살이었던 사진 속의 우리는 단정히 가르마를 탄 머리에 볼이 통통한 소년이었다. 사진을 찍기 위해서 특별히 이발소에 다녀왔었다. 플래시 섬광과 사진사에게 받은 사탕은 기억나지만 거기 갈 때 루카와 내가 손을 잡았는지 안 잡았는지는 모르겠다. 그 사진만이 유일하게 하얀 물결선이 하나 생겨 있다. 다른 사진들은 비교적 최근에 찍은 것들로 대부분 컬러다. 한 사진에는 로테르담의 아이스크림 가게 앞에서 찍은 우리 가족이 담겼다. 시간이 지나 본래의 색깔을 잃어서 사진 속 얼굴들을 확인하려면 재차 들여다봐야 한다.

루카의 가족사진도 있다. 이마에 깊은 주름이 패인 신생아를 품에 안은 소피아의 사진도 있다. 아기의 이름은 할아버지와 고조할아버지의 이름을 따서 주세페다. 아기의 눈동자 또한 검은색이지만 머리칼은 어머니를 닮아 금발이다. 사람들은 아

---

74 Vecellio Tiziano(1488~1576). 이탈리아 르네상스 시대의 대표적인 화가 .

기의 부드러운 머리칼을 쓸어보고 싶은 충동을 느꼈다. 오래지 않아 그 녀석 또한 자기 어머니처럼 긴 혀를 가졌다는 사실이 분명해졌다. 소피아와 그녀의 아들이 혀끝을 코에 댄 채 찍은 사진도 한 장 있다. 그러나 여기에는 없다. 그 녀석의 머리 색은 세월이 지나면서 눈에 띄게 검어졌다. 가장 최근 사진 속에서 그는 어깨까지 닿는 거의 검은색에 가까운 머리칼을 과시하는 열일곱 살이다. 루카에 따르면 "정말 끔찍한 헤어스타일"이다. 루카는 "아이스크림 장수에게 전혀 어울리지 않는 스타일이야. 위험한 데다 비위생적이기까지 해"라고 말했다.

어머니는 소스 맛을 보더니 소금을 조금 더 넣는다. 등이 굽었다. 아이스크림 주걱을 손에서 놓은 지 몇 년이 됐지만 자세만 보면 여전히 카운터 너머로 몸을 숙인 것 같다.

"베피를 데려오겠니? 10분이면 완성될 거다."

"바로 위층으로 모시면 되는데 너무 긴 시간 아닌가요?"

"아마 더 오래 걸릴 거다. 자기 마음대로 할 수만 있다면 온 종일 거기 있으려고 할걸."

나는 깃털 머리 장식 옆을 지나쳐 아버지의 벙커로 이어진 계단을 내려간다. 아버지는 어떤 물건을 가는 작업에 완전히 몰입한 나머지 발걸음 소리를 전혀 듣지 못한 모양이다. 철에서 황금빛이 감도는 흰색 불꽃이 사방으로 날아 흩어졌고, 바닥에는 줄밥과 동그랗게 말려 반짝이는 잡동사니들이 널렸다. 행여 아버지가 놀라기라도 할까 봐 계단에 조심히 앉았다. 그리고는 발명가를 꿈꾸는 아이스크림 장수였던 아버지를 잠시 지켜본다. 아버지는 8년 전에 은퇴했다. 그때가 아버지가 로테르담에서 일을 그만두기로 한 때였다. 아버지는 어머니에게 "그때 그만두지 않았더라면 사고가 났을 거야"라고 말한 적이 있다. 더 이상 은퇴를 늦출 수 없었다. 아이스크림 가게에서 쉰일곱 번째 맞은 여름이었다.

어머니는 일을 그만둘 생각이 없었다. 하기야 어머니는 아버지보다 일곱 살이나 젊다. 어머니는 루카에게 일을 모두 맡길 생각은 없었다. 루카도 어머니의 도움이 절실히 필요했다. 처음 몇 년간 2월에 동생과 소피아가 로테르담으로 갈 때면, 어머니는 아이스크림 시즌인 여덟 달 동안 베나스에서 혼자 지낼 베피를 남겨두고 루카를 따라나섰다. 그리고 매일 저녁 일곱 시가 되면 아버지에게 전화를 걸어 오늘은 어떻게 지냈는지 물었다. 아버지의 대답은 이랬다.

"매일매일이 더 좋아."

사실 주방 조리대에는 더러운 접시들과 음식 찌꺼기가 덕지덕지 묻은 냄비가 쌓여 있었다. 아버지는 옷을 빨아 입기보다 매주 한 꾸러미의 새 양말과 속옷을 그냥 사 입었다. 침대 시트는 시큼한 냄새를 풍겼고 베게는 누랬다. 아버지는 일주일에 한 번씩 기계들을 차고로 끌어들이고 그것들을 차에 실어 손이 시커먼 다른 사내들을 만나러 가서 크라운 드릴, 톱날, 샌딩 디스크에 관한 대화를 나눴다. 나머지 시간에는 지하실에서 시간을 보내거나 1000가지 채널이 나오는 텔레비전을 봤다. 나는 여름에 아버지를 방문했을 때 불결한 환경에 충격을 받았다.

"너 뭐 하는 짓이냐?"

내가 창문을 모조리 열자 아버지가 소리쳤다.

"악취가 나잖아요."

"난 아무렇지도 않은데."

"설거지를 하셨어야죠."

"그럴 시간 없다."

그때도 아버지는 지하실에서 분주하게 갈고 뚫고 톱질하고 연마를 하느라 여념이 없었다. 나는 침대 커버를 벗겨 옷가지와 함께 세탁기 안에 집어던졌다. 그러고 나서 접시, 냄비, 나이프, 포크, 유리잔 들을 헹궜다. 바닥을 쓸고 자루걸레로 닦았다. 벽도 북북 문질러 닦고 빨래가 끝난 세탁물을 따뜻한 햇볕이 잘 드는 건조대에 널었다.

"이제 창문을 열어놓고 일해도 되겠구나. 그런데 이게 무슨 냄새냐?"

"라벤더 향 세제예요."

"냄새 한번 고약하군."

아마 루카가 청소를 했더라면 아버지는 행복해했을 것이다.

나는 옳은 일을 할 수 없는 아들이다. 앞으로도 그럴 것이다. 내가 빅토르 라르센의 뒤를 이어 세계 시 축제 디렉터가 됐어도, 지난해 가장 중요한 네덜란드 언어 시문학 상을 수여하는 심사위원장이 됐어도 결과는 바뀌지 않았다.

나는 아버지를 모시고 발레에 있는 리스토란테 일 포르티코로 갔다. 이곳에 오면 아버지는 항상 브레사올라[75]와 아루굴라를 올린 마르게리타 피자만 먹었다. 물론 우나 벨라 비온다도 한 잔 들이켰다. 아버지는 당장 잔을 비우고 웨이트리스를 불러 술을 한 잔 더 주문했다. 나는 집을 치우다가 빈 맥주 캔을 무수히 발견했다. 마치 따분해 죽을 지경인 남학생이 그런 듯 몽땅 찌그러져 있었다. 한번은 수직으로 세운 편평한 손으로 캔을 거세게 내리치려는 아버지를 말린 적도 있다. 그때 아버지는 "얍!" 하고 기합 소리를 냈었다.

"엄마가 그립지 않아요?"

"네 엄마와는 전화로만 이야기해."

아버지는 피자 한 조각을 잘랐다. 내가 아버지를 얼마나 닮았을지 궁금했다. 나는 지금껏 여자를 그리워한 적도 없고, 상사병에 걸린 적도 없다. 아버지도 그럴까?

"여전히 그 여자를 사랑하나요?"

---

75 bresaola. 송아지 사태를 각종 향신료와 소금에 절여 건조시키는 이탈리아 햄.

"엄마, 조반니. 나 지금 피자 먹잖아."

"그럼 옛날에는 그 여자를 그리워했나요? 아버지가 사랑에 빠졌을 때, 엄마는 울름에 가서 그 여자의 부모님이 연 아이스크림 가게를 도와야 했어요. 그때 아버지는 로테르담에서 일하고 계셨죠. 그 시절 여름은 어땠나요?"

"그걸 어떻게 아니?"

"엄마가 말해줬어요."

아버지는 피자를 베어 물고 씹더니, 손가락으로 입에 대롱대롱 매달린 브레사올라 조각을 입안으로 밀어 넣었다.

"그 여자에게 편지를 썼나요? 기분이 어떠셨어요?"

아버지는 입에 든 브레사올리 조각에 거의 질식할 뻔했다.

"그 여자가 그리웠던 적도 있나요?"

"피자 좀 즐기게 내버려두는 게 어떠니? 너 오늘 왜 그러냐?"

왜 그날 그토록 퉁명스럽게 굴었는지 모르겠다. 아마 아버지와 단둘이서 식당에 마주 앉아 대화를 나눌 기회를 가져본 적이 없었기 때문일 것이다.

"결혼은 복잡한 일이지. 넌 절대 이해할 수 없는 일이야."

그 말은 나에게 보내는 조소이자 내 등에 찌른 칼이었다. 잠시 아버지가 내 독신 생활을 시기하는 것 아닐까 하는 생각도 들었다. 아버지는 어쩔 수 없이 아이스크림 장수가 됐을 뿐만 아니라 어쩔 수 없이 결혼한 듯이 보였다. 아이스크림 가게를 운영하려면 여자가 필요했기 때문이다.

우리는 식사를 하는 동안 음식점의 벽에 그려진 잔인한 프레스코화를 바라봤다. 베피는 에스프레소를 마시고 싶어 하지 않았다. 그냥 맥주를 한 잔 더 주문할 뿐이었다.

"전 내일 오후에 떠날까 해요."

아버지는 아무런 반응이 없었다. 잠시 후에 짧게 미소를 지었을 뿐이었다. 그게 전부였다. 차로 돌아갔을 때 아버지가 운전을 하겠다고 고집을 부리는 바람에 우리는 거의 말다툼을 하다시피 했다.

"아버지는 술을 너무 많이 드셨어요."

"그 정도 마신 건 운전하는 데 지장 없어. 게다가 얼마 걸리지도 않잖아."

"저는 피에베로 가고 싶어요."

"피에베를 왜?"

"아이스크림이 먹고 싶어서요."

"너 제정신이 아니구나."

"전 아이스크림을 좋아해요."

"난 맥주나 한 잔 더 하고 싶다."

"그럼 우선 아이스크림 가게에 갔다가 바 포스타로 가죠."

아버지는 화가 난 아이처럼 조수석에 앉았다. 우리가 피에베에 들어설 때까지 아버지는 한마디도 하지 않았다.

"난 밖에서 기다릴게."

피에베에 들어서서 아버지가 한 말이었다. 나는 농담이라고 생각했지만 차를 주차하고 아이스크림 가게에 다가가자, 정말로 아버지는 가게 진열창에서 20미터쯤 떨어진 코너에서 기다렸다.

젤라테리아 알 센트로는 피에베에서 거의 15년 동안 영업을 했다. 가게 주인들은 예전엔 틸뷔르흐에서 가게를 운영했었지만 더 이상 매년 8개월씩 집에서 멀리 떨어져 지내고 싶어 하지 않았다. 그래서 카도레에 아이스크림 가게를 열었다. 가게가 자리를 잡는 데는 얼마간의 세월이 걸렸다. 바 포스타에서 누군가는 "거긴 마구간에 연 식당 같아"라고 말하기도 했었다. 그리고 최근 들어 몇 년 사이에 마을들이 점점 더 조용해지면서 영업이 더 어려워지기도 했지만 가게 주인들은 나름 먹고살 만큼 벌었다. 그들은 산악 지방에서 나는 과일로 아주 훌륭한 셔벗을 만들어 팔았다. 해발 1736미터에서 자란 딸기는 맛 좋은 딸기 셔벗의 재료로 안성맞춤이었다. 산딸기 셔벗 두 스쿠프를 담은 한 컵을 손에 든 채 나는 아버지에게로 걸어갔다.

"저리 가!"

내가 몇 미터 앞에 다가왔을 때 아버지가 소리쳤다.

"아버지 옆에 서도 되죠?"

"내게서 떨어져."

"전 아버지 아들이에요."

"그 아이스크림을 들고 내 옆에 서는 게 싫어."

"폭발하는 거 아니에요."

내 말에 아버지는 웃지 않았다. 나는 아버지가 어린아이처럼 군다고 생각하면서 아버지에게 걸어갔다. 하지만 베피는 얼른 몇 발짝 뒤로 물러났다.

"맛보고 싶지 않으세요?"

"내 눈에 흙이 들어가기 전에는 안 돼!"

"좋아요. 그럼 여기서 먹을 게요."

나는 낮은 담 위에 앉아 플라스틱 스푼을 입으로 가져갔다. 온화한 저녁이었다. 몇몇 집들의 창문이 열려 있었고, 아이들은 좁은 거리를 내달렸다. 아이스크림은 신선하고 달콤했다. 산딸기와 딸기는 속옷만 입은 여자들이 딴다고 했다. 나는 불타는 정오의 태양 아래에 펼쳐진 들판에서 몸을 웅크린 그들을 본 적이 없다. 그 이야기는 다른 많은 이야기들처럼 십중팔구 아이스크림 장수들이 만들어낸 과장일 것이다. 하지만 그런 이야기를 믿는다면 아이스크림을 더 맛있게 즐길 수 있다.

나는 마지막 한입이 혀에서 녹기를 기다리며 그 순간을 음미했다. 아버지는 나와 아이스크림 가게로부터 등을 돌린 채 서서 아스팔트를 응시했다. 마치 심연을 응시하는 것처럼 보였다.

차로 돌아왔을 때 나는 한 팔로 아버지를 감싸 안고 싶었다.

특별한 것은 아니었다. 그저 포옹의 일종이었을 뿐이다. 하지만 아버지는 앉은 자리에서 펄쩍 뛰었다. 그 바람에 랜드로버의 천장을 들이박을 뻔했다.

"뭐 하는 거니?"

아버지가 소리쳤다.

"그 끈적거리는 손 당장 떼!"

*

마침내, 연마기가 멈춘다. 아버지는 굳은살인 박인 엄지손가락으로 강철 심장의 테두리를 쭉 훑는다.

"음식이 거의 다 됐어요."

내가 최대한 부드럽게 말한다.

"몇 분만 기다려. 이 아름다운 것을 좀 봐라."

나는 아버지에게로 다가가 어두운 철이 구현한 심장을 바라본다.

"정확히 4킬로그램이어야 해. 그걸 맞추기란 아주 힘든 일이지. 15그램이 더 나가지만 그 정도는 봐줄만 해."

아버지는 다른 심장들을 보여준다. 모두 다르다.

"여기 이게 가장 큰 거야."

아버지가 조각가처럼 말한다.

"클수록 얇지."

나는 더 작고 더 두꺼운 다른 심장을 집어 든다.

"정말 대단해. 안 그래? 나는 모든 시리즈를 만들고 싶어. 아마 열 개쯤 될 거야."

우울한 기분이 사라진다. 유령들은 이미 흩어졌다. 이 지하실에서 아버지는 칼랄조의 작업장에서 너트와 볼트를 만들던 젊은이가 된다.

"나는 멋진 꼬리를 단 심장도 만들 계획이다. 그걸로 세계 챔피언을 따내는 베티 하이들러를 상상해봐라."

상상할 수 없다.

"아마도 베티는 자기가 세운 세계 기록을 깰 거야."

"이제 올라가죠?"

"마법의 한계인 80미터! 정말 믿을 수 없는 거리지."

나는 기둥 설치 드릴링 머신[76]들을 쳐다본다. 옛날에는 거대해 보였지만 이제는 나보다 몇 센티미터쯤 클 뿐이다. 아버지는 루카와 내가 그것들을 절대로 만지지 못하게 했다. 그것은 카타브리카와는 달랐다.

"베티의 사진을 본 적 있니?"

고개를 끄덕인다. 예전에 인터넷에서 그녀의 사진을 검색봤

---

76 drilling machine. 기둥 등에 설치하는 구조로 된 드릴링 머신.

다. 붉은 머리에 육중한 팔뚝을 가진 여자였다. 당시에 나는 상황을 이해하지 못했다. 이제 아버지는 가장 작은 심장을 집어들더니 양손으로 그것을 쥐고 밀어를 속삭이기 시작한다. 그 모습을 보자 내 기억이 20년 전으로 돌아가 두 이미지를 천천히 압축시킨다. 명금이 해머던지기 선수로 바뀐 것이다.

우리는 주방 식탁에 앉았다. 아버지, 어머니, 나는 포크를 빙그르르 돌린다. 접시들이 비워지고 냅킨이 토마토 얼룩으로 더러워질 때 침묵의 소리를 듣지 않으려면 대화를 시작해야 한다. 하지만 아직 그 시점은 오지 않았다. 우리는 음식을 씹고 삼킨다. 레드 와인을 들이킨다. 나는 잔주름이 자글자글한 피부에 둘러싸인 어머니의 눈을, 긴 속눈썹 밑의 잿빛 홍채를 들여다본다. 나는 딱 한 번 아버지와 어머니가 서로를 쳐다보는 걸 포착한다. 빈자리를 의식해서다. 주세페의 자리다. 지금 그는 거의 두 달 가까이 멕시코, 과테말라, 벨리즈를 여행 중이다.

주세페는 한 번 전화를 해 무사히 도착했다는 소식을 전했다. 루카가 그와 통화했다. 그날은 더운 토요일 오후였고 아주 분주했다. 테라스는 손님들로 가득했다. 진열창 앞에서는 손님들이 서로를 밀쳤다. 그사이에 주세페에게서 온 전화가 열 번이나 울렸다. 그때서야 동생이 전화를 받았다.

"아이스크림 가게 베네치아의 루카입니다."

그의 목소리는 언짢았다. 여름에 전화를 받을 때면 늘 그런 목소리였다. 늘어선 손님들이 웅성거렸고 저 멀리에서는 경적 소리가 어렴풋이 들렸다. 주세페의 목소리를 듣기 전의 시간은 영원과 같았다.

"저예요."

멕시코시티의 아침은 화창하고 시원했지만 벌써부터 스모그로 공기가 탁했다. 나는 멕시코시티의 베니토 후아레스 국제공항이 친숙했다. 그곳에 두 차례 가본 적이 있다. 첫 번째는 미초아칸에서 열린 시 축제에 참가하기 위해서였고, 두 번째는 콜리마에서 새롭게 열린 시 축제에 참가하기 위해서였다. 택시 승차장 옆에는 공중전화 부스가 있었다. 꼭 끼는 스커트를 입은 한 젊은 여자가 기억났다. 공중전화로 전화를 하는 동안 그녀는 두 눈을 새까만 선글라스 뒤에 감춘 채 머리 위로 한 팔을 기둥에 기대고 있었다. 하지만 그 거대한 공항에는 아마 여러 대의 공중전화가 있을 테니 주세페는 그중 하나로 로테르담에 전화를 걸었을 것이다. 내 동생은 그 사실을 모른다. 그는 전화기 속에서 들렸던 소리가 버스 소리인지 아니면 공항 라운지에서 사람들이 소란스럽게 웅성거리는 소리인지, 사물들이 내는 소리—이를테면 수백 명의 목소리, 아이들의 비명, 급히 움직이는 카트와 여행 가방들의 바퀴 소리—인지 기억하지 못한다. 그때의 일에 대해 루카는 이렇게 말했다.

"한 손에는 아이스크림 한 통을 쥐고 있었고 다른 한 손에 전화기를 쥐고 있었어. 토요일인 데다가 햇빛이 쨍쨍했지. 줄이 도시 절반까지 이어졌다고."

"어떤 아이스크림이었지?"

"그게 중요해?"

"응."

하나부터 열까지 속속들이 알고 싶었다.

"레몬 세이지."

아직 먹어보지 못한 아이스크림이었다. 잠시 나는 그 아이스크림의 배합을 상상하려 애썼다. 레몬의 시큼한 맛과 세이지의 톡 쏘는 감칠맛. 여름에 먹으면 신묘한 맛이 날 게 분명하다.

"녀석의 말을 한마디도 알아들을 수 없었어. 전화 상태가 안 좋았거든."

"넌 뭐라고 했니?"

"별말 안 했어."

"그 녀석은?"

"이미 몇십 번은 이야기했잖아. 무사히 도착했고 이제 호스텔을 구하러 간다고."

"그런데 넌 아무 대답도 안 했고?"

"별말 안 했다니까. 전화 붙들고 있을 시간이 없었어. 녀석이 그걸 알았어야 하는데. 그 녀석은 로테르담이 몇 시고 그러면 얼마나 바빴을지 알 거야."

"몇 초쯤 허비하는 게 어때서?"

"형, 몰라서 그래! 아니면 잊어버린 거든지. 주세페는 알 거야.
아마 정확히 알겠지. 지금 아이스크림이 처닝되고 있어. 줄곧 처
닝되고 있다고. 휘돌리고 휘돌리고 휘돌리고. 하지만 아이스크
림을 너무 오래 처닝하면 입자가 거칠어져서 못 쓰게 돼. 완전
히 망친다고."

루카는 자기 아버지는 매일 열일곱 시간이나 일을 하는데 아
들은 여행이나 하고 돌아다닌다며 원망했다.

"누가 전화를 끊었어?"

"기억 안 나."

"너구나."

"맞아. 내가 끊었어."

*

접시가 비었다. 아버지는 냅킨으로 입을 닦고 남은 와인을 마
저 들이킨다. 나는 어머니가 날씨 이야기를 꺼낼지, 아니면 그
전에 베피가 지하실로 내려갈지 궁금하다.

"네 아버지가 새 샤워기를 사왔단다."

어머니가 내게 말하면서 아버지를 가리킨다.

"의자가 장착된 놈이지."

"구닥다리는 완전히 맛이 갔죠."

"너도 그렇게 생각하는구나."

"구경할래? 여덟 가지 마사지 분사 시스템을 갖춘 거야. 조절도 가능해."

"그게 뭔데요?"

"핸드용 샤워기와 천장 장착용 샤워기."

"거대한 플라스틱 기구지."

어머니가 말한다.

"아크릴과 안전유리로 만든 샤워실이야."

"돌려서 트는 수도꼭지는 없어."

"완전히 전자식이거든."

아버지가 뿌듯한 표정으로 말한다.

"버튼을 잘못 눌렀다간 물세례를 당할 거다."

어머니가 말한다. 난 내 귀를 믿을 수 없다.

"네 엄마는 무서워서 앉지도 못해."

"난 안 앉을 거야. 거동하는 데 지장이 없거든."

"조반니, 오늘 밤에 한번 써보지 않을래? 그냥 앉아서 여러 개의 마사지 분사 장치를 작동하면 돼."

"사방에서 아이들이 쏘아대는 물총에 맞는 기분이야. 돈이 얼마나 들었는지 아니?"

어머니가 묻는다.

"항타기[77]보다는 싸게 들었지."

어머니는 자신의 이마를 찰싹 때린다.

"나한테 그 항타기에 대해서 말하지 마!"

"조반니, 항타기는 정말 아름다운 기계다. 내가 지금까지 본 것 중에 가장 아름다워. 샤워실보다 아주 조금 클 뿐이야. 폭은 90센티미터이고 높이는 2미터지."

어머니와 아버지가 잇따른 침묵을 깨는 데는 오래 걸리지 않는다.

"네 아버지는 여든이야. 그 나이에 항타기를 사고 싶어 한다니까? 이게 알츠하이머병이 아니라면 대체 뭔지 모르겠구나."

"그 기계는 진동을 거의 일으키지 않아. 누구라도 강철 말뚝을 처박을 수 있게 도와주거든."

"여기에 말뚝은 안 돼!"

"난 항타기를 말뚝 박는 데 쓰지는 않을 거야. 그렇지? 난 그저 그걸 바라보고 싶을 뿐이야."

"점점 더 가관이군."

"에스프레소 한 잔 마시고 싶어요."

내가 말한다.

"나도."

---

77 무거운 쇠달구를 말뚝 머리에 떨어뜨려 그 힘으로 말뚝을 땅에 박는 토목 기계.

베피가 말한다. 어머니는 일어나더니 주방의 선반으로 걸어 간다. 그리고 모카포트를 꺼내 물을 채워 넣는다. 이어 잔들을 식탁 위에 올려놓고는 다시 의자에 앉아 밖을 흘끗 내다본다. 곧 어머니는 시선을 내게로 돌리더니 이렇게 말한다.

"샤워실에 거울이 있는데 계속 김이 서리는구나."

우리는 원점으로 돌아온다.

"붙박이 통풍기를 틀어야죠."

"난 옛날 샤워기를 다시 쓰고 싶어."

아버지와 어머니 둘 다 치매를 앓는 것만 같다. 중앙아메리카 에 간 손자가 두 달이나 연락 두절인 상황인데 두 사람은 고작 샤워실과 향타기에 대한 이야기만 늘어놓고 있으니 말이다.

우리는 빈 잔을 앞에 놓고 커피가 다 되기를 기다렸다. 침묵 은 모카포트가 콸콸거릴 때까지 이어졌다. 에스프레소 향기가 주방을 가득 채우더니 곧 우리의 콧구멍으로 파고든다. 아버지 의 콧구멍에서 삐져나온 것은 손톱깎이로 스스로 다듬는 검 은 털이다. 그것은 내 미용사가 소형 가위로 다듬어주는 내 코 털과 같다.

스크레이퍼 날의 소리로 아이스크림이 언제 완성될지 알 수 있는 것처럼, 그리고 시를 보고 시인이 파르나소스산의 정상에 올랐음을 알 수 있는 것처럼 소리로 커피가 완성된 때를 알 수 있다. 모카포트의 뚜껑은 마치 날아가고자 기를 쓰는 듯한 소리를 낸다.

내가 앞으로 여기서 수 킬로미터 떨어져 있으면, 믿을 수 없을 만큼 뜨거워지는 검은 손잡이가 달린 커피포트에서 풍기는 경이롭고 따뜻한 향기가 별안간 내 코 속으로 슬그머니 기어들 것이다. 아주 묘하게도 그러한 기억이 문득 떠오르는 일은 대체로 냉난방 시설과 살균 장치가 전부 갖춰진 현대적인 공항에서 일어나는 경향이 있다. 에어터미널의 부드러운 정사각형 타일 바닥을 가로질러 걷다 보면 베나스의 주방, 즉 마루와 천장, 주방의 찬장과 식탁, 의자와 펜던트 등, 향신료 수납 선반과 달력이 떠오르기 일쑤다.

어머니는 모카포트를 들고 커피를 따른다. 에스프레소만큼 친숙한 것은 없다. 그렇더라도 에스프레소마다 다르다.

"자, 그럼 난 다시 지하실로 내려가야겠구먼."

아버지가 커피 잔을 비우자마자 말한다.

이틀 후에 베피는 나를 도비아코로 데려다줬다. 그곳에서 기차를 타고 베로나로 가서, 다시 베르가모로 향할 예정이다. 저녁에 로테르담으로 가는 비행기에 오를 것이다. 자정 전에는 집에 도착해야 한다.

우리는 차를 타고 황폐한 집들과 앞으로 전진해오는 나무들을 지나쳐 달린다. 나는 아버지의 우울한 심정이 표현되기를, 유령들이 나타나기를 기다린다. 하지만 뒤따라온 것은 아버지의 기억 속에서만 건재한 어떤 집안의 이름, 아이스크림 장수의 이름이 아니다. 그 대신에 아버지는 도로에 불쑥 나타난 한 운전자에게 소리를 버럭 지른다.

"젠장!"

조금 후에 아버지는 중얼거린다.

"여자들이 문제야."

잠시 나는 이번 여정이 분노와 원한으로 가득한 시간이 될 거라는 불안감에 사로잡힌다. 하지만 베피는 보닛 밑에 있는 곰이 으르렁거리게 채찍을 가한 후 몇 킬로미터를 주파할 때 마다 점점 침착해지는 모습이었다. 아이스크림 장수들의 골짜기에서 벗어났을 때 아버지가 말한다.

"우리는 황금 위에 살지만, 황금에 다가갈 순 없어."

"네. 아이스크림 장수들이 흔히 하는 말이죠."

나는 창밖으로 시선을 돌려 가파른 비탈을 본다. 한 달 뒤면 사람들이 저기서 스키를 탈 것이다. 눈이 오든 오지 않든 말이다. 초현대식 제설기가 새하얀 눈길을 만들 것이다.

"그건 사실이야. 베나스Venas는 베나vena 혹은 베인vein에서 유래한 말이잖니."

"제 생각에는 그냥 신화 같아요."

"황금은 깊은 지하에 묻혀 있어. 그걸 지상으로 가져오려면 엄청난 비용이 들 거야."

학교에서 우리는 베나스 지하의 암석 지질, 즉 백만 년이나 된 조개 및 성게 화석을 품은 상이한 암석층을 포괄하는 돌로미티의 지질에 대해 배웠다. 하지만 누구도 우리 마을의 깊은 땅속에 황금이 존재한다고 언급한 적은 없다.

"지금까지 그걸 가져오려고 한 사람이 없었죠?"

아버지는 처음에는 반응이 없었지만 잠시 후 말문을 연다.

"나는 전 생애를 황금 위에서 살아왔어."

아버지는 킬킬 웃기 시작한다.

"믿어지니? 정말 웃기는 이야기지!"

베피가 웃음을 참고 다시 말하길, 할아버지 또한 황금 위에서 일생을 보냈다. 증조할아버지 또한 그랬다. 묵묵히 노예처럼 일했던 그들의 등뼈와 관절은 닳고 닳았다. 그동안 그들은 깊디깊은 지하에 가장 순도 높은 황금의 광맥을 엄청난 비밀처럼 감춘, 쭉 뻗은 땅을 걸어서 횡단했다. 그렇다면 우리 모두 그 땅을 횡단한 것이다. 루카와 나 또한 그랬다. 어린 시절에, 겨울에, 소피아와 함께 눈밭에서.

우리가 도비아코를 달리는 순간 로또에 당첨됐다던 남자의 집이 불쑥 나타난다. 커튼이 쳐졌고 정원에는 녹슨 건조대가 있다. 아버지가 차의 속도를 줄인다.

"정말 믿을 수 없는 일이지. 그만한 돈을 당첨금으로 받고 죽다니. 어쩌면 그 사람은 자기 계좌에 들어온 돈을 살아서 보지도 못했을 거다."

독일의 서정 시인 프리드리히 횔덜린Friedrich Holderlin이 떠오른
다. 그때는 내가 아버지와 인적 없는 플랫폼에 말없이 서서 저
멀리 있는 철도를 응시할 때도 아니고, 베로나의 수많은 관광객
들 사이에서 밀라노행 기차를 기다릴 때도 아니고, 승객들의 이
름을 끊임없이 부르는 공항에 있을 때도 아니다. 몇 시간 후에
황금을 품은 땅덩어리 상공의 어두운 하늘에 있을 때다.

어떤 시인들은 영혼의 가장 어두운 영역으로 빠져들어 결코
돌아오지 않는가 하면, 어떤 시인들은 진정한 행복을 잡으려 애
쓴다.

비행기는 밤을 관통하지만 어느 순간 난기류와 만난다. 우리
는 자리에 앉아 이리저리 흔들린다. 내 옆에 앉은 여자는 핸드
백을 부여잡더니 마치 말의 고삐인 양 손잡이를 꽉 쥔다. 저 멀
리서 번쩍이는 번개가 보이고, 그것이 일순간 우리 아래에 뜬
구름을 비춘다.

프리드리히 횔덜린은 슬픔에 잠긴 한 친구에게 보낸 편지에
서 극소수의 사람들은 맨손으로 번개를 잡을 수밖에 없다고
말했다.

ICE-CREAM MAKERS

그날 밤, 동생은 그라파 아이스크림을 만들었고
나는 조카의 아버지가 됐다

　루카가 소피아를 임신시켜달라고 부탁한 직후에, 나는 마케도니아에서 열리는 '스트루가 시의 밤'에 참석하고자 그곳으로 떠났다. 라르센은 동행하지 않았다. 그들 부부는 셸리가 주머니에 넣은 키츠의 시집과 함께 익사한 곳에서 그리 멀지 않은 지중해를 항해하고 있었다. 그를 대신해서 크세니아가 나와 동행했다. 그녀가 해외에서 열린 축제에 따라나선 것은 이번이 처음이었다.

　스트루가 시의 밤 디렉터가 스코페 공항으로 우리를 마중 나왔다. 상의 단추를 전부 푼, 꽉 끼는 슈트를 걸친 뚱뚱한 남자였다. 승객들이 줄줄이 내리는 에스컬레이터 아래에 있던 그가 내 손을 꽉 잡고 악수를 했다.

"대체 얼마나 많은 시인들이 선생이 주최한 축제에서 죽었습니까?"

이 말이 그가 내게 처음 던진 질문이었다. 나이지리아 출신의 한 시인은 언젠가 도시에서 길을 잃고 사흘이 지나도록 나타나지 않은 적이 있다. 어떤 폴란드 시인은 만취해서 시를 낭송할 수 없었고, 칠레 출신의 여류 시인은 축제 현장에 아예 도착하지 못했다. 하지만 로테르담 축제에서 시인이 죽은 일은 단 한 번도 없었다.

운전기사가 딸린 디렉터의 차에 탔을 때, 그는 우리에게 러시아 시인들의 귀향길에 두 개의 관을 동행시켜야 했다고 말했다. 그 관에 든 이들은 오흐리드호를 순항하는 배에서 너무 일찍 내린 시인들이었다.

"러시아 시인들은 술을 사랑해요. 하지만 수영에는 뛰어나지 않죠."

그가 말했다. 크세니아는 재밌어하지 않았다.

그 축제의 프로그램은 부드럽게 표현하자면 특별했다. 디렉터는 매년 러시아 시인 스무 명을 초대했다. 가끔 새로운 시인이 끼기도 하는 한패의 술꾼들이었다. 디렉터는 그 러시아인들을 축제에 데려오는 데 필요한 자금을 친구들로부터 후원받았다. 스트루가의 축제에 세계 시 축제가 자부하는 독립성이 결여됐다는 사실이 이상했지만, 열 명의 탁월한 국제적인 시인들이

프로그래머로부터 초청을 받아 참여하는 형식으로 진행돼 허점은 보완됐다. 클라이브 패로우라는 프로그래머였다. 그는 대학에서 영문학을 가르쳤고, 오랜 세월 동안 시 축제를 위해 일했다. 말하자면 책에 둘러싸인 공룡과 같은 존재였다. 그는 은자처럼 산다는 소리를 들었지만 개막식 밤에는 매혹적인 여인과 팔짱을 끼고 조명이 비추는 문화 센터의 계단을 올랐다. 과거에는 W. H. 오든[78], 앨런 긴즈버그[79], 한스 엔첸스베르거[80], 파블로 네루다, 테드 휴스[81]를 스트루가로 데려온 적도 있었다.

스무 명의 러시아 시인들은 다른 시인들과 어울리지 않았다. 그들은 독립변수에 속하는 존재인 양 축제에서 남들과 다르게 움직였다. 남루하고 더러운 행색에 늘 갈증에 시달리는 길 잃은 시인들의 대상隊商이었다.

축제 첫날 밤에 크세니아는 큰 고생을 했다. 그녀는 샤워를 마치고 긴 가운을 걸친 채 객실에서 내려왔다. 가운 사이로 발목과 종아리가 약간 보였을 뿐이지만 그래도 맨살이라는 걸 알 수 있었다. 러시아인들은 그 모습에 홀딱 반했다. 그들은 그녀

---

78 W. H. Auden(1907~1973). 『시집』, 『연설자들』, 『불안의 시대』 등의 작품을 남긴 영국 태생의 미국 시인.

79 Allen Ginsberg(1926~1997). 시집 『울부짖음 그리고 또 다른 시들』로 유명한, 비트 세대를 대표하는 미국 시인.

80 Hans Magnus Enzensberger(1929~). 전후 독일 문학을 대표하는 시인이자 소설가.

81 Ted Hughes(1930~1998). 영국의 계관 시인.

를 둘러싸고는 관심을 끌기 위해 기를 썼다.

대부분의 시인들은 오후에 도착해 '호텔 드림'의 바에서 만났다. 한두 시인은 개막식 날인 이튿날 아침에 도착할 예정이었다. 이제 디렉터는 축제의 후원자들로 보이는 사람들—연신 줄담배를 피워대는 건장한 사내들—의 무리에 둘러싸여 모든 사람들과 일일이 악수를 나눴다. 바깥에는 차들이 한 줄로 주차돼 있었다. 개중에는 창문을 선팅한 차들도 있었다.

나는 축제의 주빈이자 1966년에 제정된 황금화환상 수상자인 이스라엘 시인 예후다 아미하이Yehuda Amichai에게 말을 걸었다. 스트루가 시의 밤 주빈들은 또한 시 공원에 자신들의 기념비가 세워지는 영예와 함께 그곳에 한 그루 나무를 식수하는 기회를 얻었다. 예후다 아미하이는 아내와 함께 왔는데 다른 시인들에게는 없는 특권이었다. 주빈에 한해서만 파트너에게도 항공권 비용이 지불됐다.

아미하이의 아내는 남편보다 키가 머리 하나만큼 더 컸고 남편을 매우 세심하게 대했다. 그녀는 남편이 마실 음료를 챙겨왔고 때로는 내가 그에게 묻는 질문에 대신 답하기도 했다. 그러한 점은 내가 주최한 시 축제에서는 익숙한 일이었다. 국제적으로 명성이 높은 남성 시인들의 아내는 남편에게 매우 헌신적이었다. 그들은 남편을 위해서라면 어떤 일이든 마다하지 않고 도맡아 하면서 남편이 신성한 시에만 집중하도록 도왔다. 그 여성들은 남편을 위해 길을 텄고 앞서 걸었다. 호텔 접수처로, 간이 식당으로, 때로는 시 낭송회가 개최될 예정인 장소에 있는 진행자에게로.

스트루가에서도 그랬다. 어느 순간 주빈의 아내는 엘리베이터로 향했다. 내일은 바쁜 날이 될 거라고 그녀는 말했다. 시인은 한마디 말도 남기지 않고 자리를 떴고, 잠시 후 그들을 삼키는 엘리베이터 문 안으로 사라졌다.

"그들에게 당신이 내 약혼자라고 말했어요."

크세니아가 말했다. 그녀는 내 어깨를 손으로 짚었다. 나는 그녀의 상반신이 내 상체에 닿는 걸 느꼈을 뿐만 아니라 술 취한 러시아 시인들의 뜨거운 호흡도 느꼈다. 그들은 흐리멍덩한 눈으로 나를 빤히 응시했다. 그들의 목소리가 높아졌다.

"내 생각을 이야기하자면, 저들은 당신을 위해서라면 목숨이라도 바칠 거예요."

"당신이 날 보호해줘야 해요."

"저들은 스무 명이나 돼요."

"내 남자 친구였다면 두려워하지 않았을 거예요."

검은 손을 가진 자동차 정비공을 말하는 거였다. 크세니아는 그와 함께 술집에 있을 때 남자 친구가 다른 사내들의 접근을 저지해야 했다고 말한 적이 있다. 언젠가는 작업 바지에서 렌치를 꺼내 한 사내를 위협했다고 한다. 내 가방에 든 것이라곤 달랑 시집 한 권뿐이었다.

"가장 힘센 자와 밤을 보내겠다고 말해보시지요?"

"당신과 밤을 보낼 거라고 말했어요."

"저자들이 날 가만두지 않겠군요."

"아뇨. 그런 일은 없을 거예요."

"저들은 러시아인이에요. 게다가 술까지 마셨어요."

"나는 러시아 시인들이 폭력적이라고 생각하지 않아요. 당장 생각나는 사람이라곤 수코보 코비린Sukhovo-Kobylin뿐이에요. 하지만 그는 극작가였어요."

"그 작자가 무슨 짓을 했는데요?"

"연인을 죽였어요."

그녀의 말은 나를 안심시키지 못했다. 술집에서 러시아인들은 계속 나를 응시했다. 굶주린 늑대들 같았다. 그들은 엉덩이가 편하게 잘 맞는 옷을 입은 크세니아의 뒤태를 바라보았다.

"오히려 그 반대의 경우가 훨씬 더 흔하죠. 살해당한 작가들을 열거하자면 너무나 많아요. 자살한 시인들도 그렇고요."

그녀는 와인 잔을 들어 입술에 댔다.

"다만 호수로 걸어 들어가 결국에는 관에 담겨 고향에 간 러시아인들은 몇 없어요. 아무튼 지금까지는요."

대부분의 시인들은 자기 방으로 돌아갔다. 디렉터의 동료들도 절반은 위층으로 올라갔다.

"이제 그만 갈까요?"

내가 권했다.

"아, 좋아요. 우리는 밤을 함께 보낼 거예요."

우리는 단둘이서 엘리베이터에 탔지만 단 한마디도 하지 않았다. 옆에는 전화기가 있고, 뒷벽에 거울이 있는 대부분의 엘리베이터를 채운 그런 침묵이 흘렀다. 빌뉴스의 호텔 리노 엘리베이터 안에는 플라스틱 백합이 있고, 베이징의 호텔 지안구오 엘리베이터 안에는 보이지 않는 스피커에서 달콤한 노래가 흘러나온다. 베를린의 라마다 호텔 엘리베이터에서는 사과 향기가 난다.

엘리베이터 문이 열리기 직전에 크세니아가 곁눈질로 나를 쳐다보았다. 우리는 여느 호텔의 복도와 다를 게 없는 복도를 걸었다. 두터운 카펫은 모든 소리를 흡수해 크세니아의 하이힐 소리를 들리지 않게 만들었다. 그녀는 우아하고 빠르게 움직이는 암사슴이었다. 이쪽 부속 건물의 객실에서는 오흐리드 호수가 내려다보였다. 아침이면 태양이 발코니를 환한 빛으로 물들였고 호수의 수면에는 잔물결이 일었다.

"얼른 들어볼까요?"

내가 말했다.

"뭘 들어봐요?"

"밤에 시인들이 내는 소리요."

리처드 하이만이 언젠가 고백한 바에 의하면 그는 수년 동안 시인들이 밤에 내는 소리를 엿들었다. 모든 사람들이 잠자리에 들었을 때 그는 로테르담의 힐튼 호텔 복도를 이리저리 거닐었다. 그러고는 문에 귀를 대고 시인들이 기침하는 소리, 코를 고는 소리, 잠결에 뒤척이며 중얼거리는 소리를 엿들었다. 거의 뜬 눈으로 밤을 지새우는 시인들도 있었다. 그럴 경우에는 텔레비전 소리가 방을 가득 채우거나, 지불해야 할 청구서와 침대에서 일어나지 않으려는 아이들에 대해 불평을 늘어놓는 루마니아의 아내와 통화를 하는 소리가 들렸다.

　나는 귀를 한 객실의 문에 밀착했다.

　"잘 들려요?"

　크세니아가 물었다.

　"아무 소리도 안 들려요."

　그녀는 옆 객실로 걸어가더니 귀를 기울였다.

　"한 마리 수소."

　그녀가 킥킥 웃었다.

　"아니 곰인가?"

　나는 그녀 옆에 섰지만 귀를 문에 댈 필요도 없었다.

　"이런, 저 소리 들어봐요."

　"대체 누굴까요?"

　"아마도 예후다 아미하이일거예요."

"어쩌면 그의 아내일 수도 있고요."

리처드 하이만은 아마도 누가 어느 방에서 자는지, 누가 어떤 소리를 내는지 알았을 것이다. 또한 누가 야간 방문을 환영하는지도 알았으리라.

"잘 자요."

우리가 각자의 방문 앞에 도착했을 때 내가 말했다.

"잘 자요, 피앙세."

그녀는 장난기 어린 미소를 지었다. 자신이 평정을 잃지 않았다는 것을 잘 아는 여성의 미소였다. 거절당하기를 원하지 않았던 나는 그녀의 의사에 반하는 반응을 보이지는 않았다. 하지만 그녀와 헤어진 지 1분도 채 안 돼 문을 두드리는 소리가 들렸다. 복도 쪽으로 난 문이 아니라 객실 내벽에 있는 또 다른 문이었다. 나는 그 문을 열어야 했다. 문 뒤에는 크세니아가 있었다.

"비밀 통로죠."

그녀가 말하고는 내 방으로 곧장 걸어 들어왔다. 호텔 방들이 연결된 객실에서 묵은 건 이번이 처음은 아니었지만 지금껏 그 문을 노크해본 적은 없었다. 나는 시에 관한 한 모든 것을 아는 금발의 젊은 여성이 내 방으로 걸어 들어올 가능성은 제로라고 항상 생각했다.

"미니바에 보드카 한 병이 있는데."

크세니아가 말했다. 작은 정사각형 냉장고를 연 나는 몇 개의 희석 음료와 0.5리터짜리 보드카 한 병을 발견했다. 책상 위에는 주전자와 함께 유리잔들이 놓여 있었다. 크세니아는 발코니 문을 드르륵 열고는 플라스틱 의자에 앉아 하이힐을 벗어버리고는 발코니 난간에 발을 올려놓았다. 그녀의 긴 드레스가 발목 언저리까지 내려왔다.

우리는 잔에 든 보드카를 홀짝이며 어두운 호수를 바라보았다. 선창 너머 저편으로 해안선이 보였지만, 그 너머로는 모든 것이 거대한 검은 얼룩으로밖에 보이지 않았다. 어딘가에서 연주되는 음악이 흘러드는 무더운 8월의 밤이었다.

"좋아요."

크세니아가 말했다.

"네."

그녀는 정말로 대화를 계속할 생각이 없는 듯했다. 아마도 그녀는 대화하는 게 내 일이라고 생각한 모양이었다. 아니, 어쩌면 그녀는 긴 하루를 바깥에서 보낸 후에 그저 맨발을 난간에 올려놓은 채 차가운 보드카 한 잔을 들고서 그렇게 앉아 있는 것이 행복할지도 모른다.

"러시아 시인들이 뭘 물어봤어요?"

잠시 후에 내가 말했다.

"아, 뻔한 거요."

그녀가 대답했다.

"남자들이 술을 마실 때면 늘 알고 싶은 것이죠."

"그자들이 그렇게 뻔뻔스러운 놈들이었어요?"

"우선 내가 어디 출신이냐고 물었어요. 그러고 나서는 한 사람씩 러시아 시인들로 감동시키려 애쓰더군요. 모두 거장들을 거론했지요. 20세기 시인들뿐만 아니라 푸슈킨과 미하일 레르몬토프[82]와 표도르 튜체프[83]도 들먹였어요. 내가 멍청한 어린 소녀인 줄 알았나 봐요. 시를 인용하면서 내가 누가 쓴 시냐고 묻기를 원했던 거죠. 고전이라 할 만한 알렉산드르 블로크[84]와 이반 부닌[85]의 시들을 몇 행 인용하기도 했어요. 어느 시선집을 들춰봐도 찾을 수 있는 시들이죠. 나는 세르게이 예세닌[86]의 시로 응수했어요. 그 시인은 죽는 날까지 술에 취해 있지 않은 시간이 아주 잠깐이었지만 그동안에 훌륭한 시를 써냈죠. 잉크가 다 떨어지자 자신의 피로 마지막 시를 썼어요."

"당신이 그 시를 암송했다고요?"

---

82 Mikhail Yuryevich Lermontov(1814~1841). 러시아 낭만주의 문학을 대표하는 시인이자 소설가이자 극작가.

83 Fyodor Ivanovich Tyutchev(1803~1873). 러시아의 서정 시인.

84 Alexander Blok(1880~1921). 러시아의 상징주의 시인.

85 Ivan Alekseevich Bunin(1870~1953). 러시아 출신의 소설가 및 시인으로 러시아 혁명 후 프랑스로 망명했다. 1933년에 노벨 문학상을 수상했다.

86 Sergei Yesenin(1895~1925). 러시아의 시인. 러시아 농촌의 자연을 노래하는 서정시와 민중의 역사를 담은 서사시를 썼다.

"난 그자들이 예세닌의 시를 모른다고 확신했어요. 내가 그자들의 실체를 확실히 밝힌 거예요."

그녀는 한쪽 다리를 다른 쪽 다리에, 종아리를 정강이에 문질렀다.

"그러더니 그들 중 한 명이 얼마나 많은 남자들과 잤냐고 물었어요. 그 물음에 다들 키득거리더군요."

"그래서 뭐라고 했어요?"

"그자들이 먼저 한 인물을 지목했어요. 물론 여러 시인들은 내가 아직 처녀일 거라고 주장하기도 했죠. 나는 그들에게 보리스 파스테르나크[87]가 일생 동안 출간한 책의 숫자와 같다고 말했죠."

나는 파스테르나크가 시집을 얼마나 써냈는지 전혀 몰랐다. 그리 많지는 않을 거라고 생각했다. 그 시절의 시인들은 시집을 여러 권 출간하지 않았다.

"여덟 권."

크세니아가 말했다.

"하지만 그걸 말해주지는 않았어요. 그자들이 머리 쥐어짜는 꼴을 보고 싶었거든요."

---

[87] Boris Pasternak(1890~1960). 러시아의 상징주의 시인. 『닥터 지바고』로 1958년에 노벨 문학상을 수상했다.

우리는 침묵했다. 나는 그녀의 하얀 발목을, 그녀의 옷 색깔과 동일한 자줏빛으로 칠한 발톱을 쳐다보았다. 그녀는 내 앞에 놓인 자신의 술잔을 비우고는 한 잔 더 따랐다.

"여자들이 술을 마실 때 알고 싶은 게 뭘까요?"

그녀가 불쑥 물었다.

"모두 다."

그녀가 한 모금 쭉 들이키더니 말했다.

"얼마나 많은 여자와 잤어요?"

"몰라요."

"세는 걸 잊어버렸을 정도예요?"

"아뇨. 세어보지도 않았어요. 내게는 중요하지 않거든요."

"푸슈킨은 백열세 번째 연인과 결혼했어요. 여하튼 그는 그렇게 주장했죠."

"난 그와는 거리가 멀어요. 서른 명뿐이에요."

"푸슈킨도 결혼할 때는 그랬어요."

그녀는 내 잔에 술을 가득 채워주었다.

"난 당신이 결혼해서 아이를 가질 일은 절대 없는 부류라고 생각해요."

이윽고 그녀가 말했다.

"마치 그럴 자격이 없다는 소리로 들리는군요."

"그런 뜻으로 말한 건 아니에요. 결혼이란 게 당신에게 다소 따분하지 않을까 싶어서 한 말이에요."

그 말은 그녀가 많은 단어들 중에서 "고립적"이고 "피상적인" 단어를 고를 수밖에 없었고, 가장 덜 거북한 단어를 선택할 수밖에 없었다는 소리로 들렸다. 사실 나는 스스로 자격이 없다는 생각이 들곤 했다. 배우자가 없다면 사람들은 당신이 자신만의 이야기를 가지고 있지 못하다고 생각할 것이다. 인생이 없는 것이다.

"여하튼 난 당신이 결혼해 아이를 갖는 걸 정말 상상할 수 없어요. 당신은 항상 여행하고 기회가 있을 때마다 시집 뒤에 숨어요."

나 역시 그런 일은 상상할 수 없었다. 그러나 그런 일이 막 일어날 찰나였다. 결혼은 하지 않았지만 자식이 생기는 것이다. 만일 내가 루카처럼 불임이 아니라면 곧 자식이 생길 것이다.

"그건 어디에서 비롯된 건가요?"

"어디에서 비롯됐냐니, 뭘 말하는 겁니까?"

"그 모든 여행, 시에 대한 사랑."

"내 가족은 아니에요. 증조부께서 배를 타고 미국에 가신 적이 있기는 하지만요. 할아버지는 한 고층 건물의 건립에 관여했고 아메리칸 들소를 사냥하셨어요. 하지만 그분이 시를 읽지는 않으셨을 겁니다."

"푸슈킨의 증조부는 차르 표트르 대제의 양자였어요. 어린

에티오피아 소년이었던 그가 표트르 대제에게 선물로 바쳐진 거죠. 그때 그는 열 살도 안 되는 나이였어요."

"몰랐던 사실이네요."

"푸슈킨의 열정적인 본성은 거무스레한 피부의 조상에서 유래한 거예요."

그 이야기는 마치 먼 옛날, 궁전과 실크 슈트, 마차와 순결한 백마의 시대를 배경으로 전개되는 동화처럼 꾸며낸 이야기, 여러 세대를 거치면서 왜곡되고 윤색되고 부풀려진 이야기처럼 들렸다. 무어인과 차르와 가장 훌륭한 시인에 대한 이야기. 하나의 이름 뒤에 숨은 이야기.

폐막식이 열렸다. 2000명이 넘는 사람들이 드림강을 가로지르는 나무다리 위에서 시인들이 하는 시 낭송에 귀를 기울인 날로부터 이틀 후에 나는 소피아를 임신시킬 예정이었다. 그 무렵, 예후다 아미하이는 크세니아의 표현에 따르면 "러시아 우주 비행사들이 우주로 가기 전에 그리하듯이" 나무 한 그루를 식수했다. 그의 아내가 도왔다. 공식 행사가 열리는 동안에는 시 공원에 기념비가 세워졌고, 우리는 작은 보트를 타고 스트루가 인근에 있는 섬으로 향했다. 그 섬은 고대 수도원의 본거지이자 졸졸 흐르는 물이 영원히 샘솟는 원천지였다. 축제에 참가한 시인들은 마치 그 샘이 파르나소스의 시인들이 영감을 얻었던 카스탈리아의 샘이라도 되듯이 한 사람씩 차례로 그 샘터에 기대어 귀를 기울였다. 아무래도 러시아인들이 술에 취했기 때문일 수도 있겠지만, 그들뿐 아니라 누구도 일찍 상륙하려 하지 않았다. 이윽고 모두가 비행기를 타고 무사히 살아서 귀향했다.

스히폴 공항에 도착하니 크세니아의 남자 친구가 마중 나와 있었다. 그녀가 함께 타고 가자고 권했지만 기차를 타기로 마음 먹었다. 기름투성이 손의 사내가 불안 가득한 눈빛으로 나를 보았다. 마치 여느 남자들이 자기 여자와 이틀 밤을 보내고 온 사내를 쳐다보는 눈빛이었다. 또 다른 밤을 보내는 동안, 크세니아는 발코니에서 새 보드카 병을 따면서 딱 한 번 부정을 저지른 적이 있다고 고백했다. 그때 내가 "그 말은 파스테르나크가 아홉 권의 책을 냈다는 이야기인가요?"라고 묻자 그녀가 장난스러운 미소를 지으며 "누군가는 열 권이라고 주장하기도 하죠"라고 대답했다.

나는 기차를 타고 로테르담으로 향하는 동안 스트루가에서 클라이브 패로우가 준 찰스 시믹Charles Simic의 산문 시집을 읽었다. 세르비아계 미국 시인인 그는 퓰리처상을 수상했지만 비평가들로부터 혹평받았다. 보들레르, 로트레아몽, 랭보 같은 위대한 시인들이 산문 형식의 시를 썼지만 그런 시를 누구나 다 좋아하지는 않았다.

델프트에 가까이 왔을 때 나는 책장을 넘기고 글을 읽었다. "집시들이 나를 훔쳤네. 부모님이 나를 다시 훔쳤네. 그러자 집

시들이 나를 다시 훔쳤네. 그 과정이 한동안 계속됐네."M 어느 날 그 아이는 새어머니의 시커먼 가슴에서 젖을 빨아 마셨다. 이튿날에는 긴 식탁에 앉아 은수저로 아침을 먹었다. "봄의 첫날이었네. 내 한 아버지는 욕조 안에서 노래를 부르고 있었다네. 다른 또 한 명의 아버지는 열대 조류 빛깔을 띤 살아 있는 참새를 그리고 있었다네."

두 개의 절로 구성된 짧은 시였지만 기차가 로테르담 중앙역에서 정차해 객실이 텅 비고 나서 한참이 지날 때까지도 눈을 뗄 수 없었다.

길가에 세워진 수백 대의 자전거와 짤랑거리는 트램 곁을 지나쳐 시내로 걸어가는 사람들의 무리에 끼어들었다. 그 당시만 해도 한 소년 합창단이 리허설을 하곤 했던 정박지의 맞은편에 낡은 부교가 있었다. 거기를 지나치다 보면 가끔 선원복을 착용한 어린 소년들이 고음으로 부르는 노랫소리가 들렸다. "오 죄 없는 하나님의 어린 양께서. 십자가에 못 박혀 죽음을 당하시도다."[88]

나는 이곳의 모든 거리와 돌 하나하나를 알았지만 도시는 항구적으로 발전하고 있었다. 당신이 남아프리카공화국에서 돌아왔다면 지나갈 때마다 늘 보았던 건물 한 채가 통째로 사라진

---

[88] 바흐의 마태 수난곡 가운데 첫 합창곡의 일부.

것을 발견하게 될지도 모른다. 새로운 탑들이 우뚝 솟았고, 거리의 광장이 옮겨졌고 철도선이 지하로 사라지기도 했다. 이번에 두 번째로 스트루가를 방문해서 보았듯이 처음 방문한 이후 6년이 흘렀지만 그곳은 크게 변하지 않았다. 빛나는 주택 단지들이 들어서지도 않았다. 도시는 친숙했다. 로테르담에서 친숙한 것은 항타기들의 거센 두드림뿐이었다.

주방 식탁 위에는 편지 봉투들이 있었다. 청소부가 들렀던 모양이다. 싱크대는 깨끗했고 조리대도 말끔했다. 호텔에서 나는 항상 커버를 씌운 구두를 신은 채 잠시 침대에 누워서 벽지의 패턴을, 천장 조명에 붙은 파리똥을 바라보곤 했다. 나는 내 아파트에서 동일한 짓을 하려는 충동과 싸워야 했다.

그날 밤 나는 어슬렁거리며 아이스크림 가게로 향했다. 하지만 길모퉁이에 이르렀을 때 발걸음을 돌렸다. 아이스크림 가게에 행렬이 늘어서 있었다. 이튿날 방문하는 게 좋을 듯 싶었다. 비행기에서 날씨가 추워지고 비가 올 예정이라는 소리를 들었다. 귀향하는 관광객들은 아이스크림 장수들처럼 날씨에 집착했다.

결국 오늘은 여름의 마지막 좋은 날이었다. 이튿날 밤에 내가 아이스크림 가게로 걸어갈 때 거리는 커다란 물웅덩이 천지였다. 밤 열 시가 거의 다 된 시간이라 조용했다. 어머니는 아이스크림 뒤에 혼자 있었고 아버지는 에스프레스 머신 곁에 붙어 있었다. 한 테이블에는 소말리아인 세 명이 있었다. 단골손님이었던 그들은 커피를 마시며 그저 우리가 추측할 수 있을 뿐인 주제들에 관해 모국어로 대화를 나눴다. 루카는 주방에 있었다. 물론 그는 아이스크림을 만들고 있었다.

나는 부모님에게 인사를 하고 진열창 곁을 지나 금전등록기 뒤쪽으로 돌아, 몇 달 동안 오르지 못한 계단으로 이어진 문 안으로 들어갔다. 누구 하나 내게 뭐라도 물어보는 사람이 없었다. 베피도 어머니도 묻지 않았다. 마치 그들은 나의 행동을 예상한 듯했다. 내가 무엇을 하려는지 아는 듯했다. 몇 년 후에 내가 루카에게 그날의 일에 대해서 따져 물으며 왜 부모님에게 모든 걸 털어놨냐고 힐난하자 그가 미친 듯이 화를 내며 반격했다.

"그래, 내가 형이 올 거라고 말했어! 물론 형이 와서 소피아와 잠자리에 들 거라고 말하지는 않았어. 어떻게 내가 그런 말을 했을 거라 생각할 수 있어? 난 바보가 아니야!"

그는 부모님에게 내가 소피아의 기분을 달래려고 시를 읽어주려 한다고 말했던 것이다. 어머니는 한마디 말도 하지 않았지만 아버지는 고개를 가로저었다.

"그 애가 다시는 침대 밖으로 나오지 않더라도 놀라지 않을 거다."

나는 어두운 고미다락에서는 곰팡내가 나고, 소피아는 이불 속에 들어가 두 눈을 감은 채 한마디도 하지 않을 것이라고 예상했다. 몸을 씻지도 않은 채 지치고 수척한 모습으로 있을 거라고 생각했다. 그녀의 슬픈 얼굴, 바싹 마른 입술, 눈 밑의 처진 살, 낙지의 촉수처럼 베개 위에 뻗은 긴 머리카락을 상상했다. 하지만 내가 마지막 발걸음을 내딛기도 전에 소피아가 문을 열고 나를 맞이했다. 머리는 땋았고 양볼은 불그레했다. 연분홍색과 자줏빛과 흰색의 모란 문양이 있는 드레스를 입은 그녀는 매혹적이었다.

한동안 우리는 말없이 서로를 마주 봤다. 이윽고 그녀가 미소를 지으며 "안녕, 시아주버니" 하고 말했다. 내가 아이스크림 가게에서 대걸레를 들고 있는 그녀를 처음 봤을 때, 그녀가 지었던 미소, 내게 했던 말과 똑같았다. 정말 믿기지 않으면서도 너무나 자연스러워 보였다. 바로 그것이 지금 우리가 지향하는 것이었다. 믿을 수 없으면서도 자연스러운 것 말이다.

그녀의 볼에 키스를 하는 순간 그녀가 내 손을 잡았다. 그녀는 루카와 내가 한때 잠을 자던 침대—더블 침대를 만들어달라고 함께 떼쓴 이후로—가 아닌 고미다락의 한가운데로, 작은 정사각형의 채광창 밑에 깔린 양탄자로 나를 이끌었다. 하늘이 맑았다면, 우리는 별들 아래에서 키스할 수도 있었을 것이다. 그러나 지금 우리의 입술은 거대한 푸른 구름 밑에서 서로에게 다가갔다. 그녀는 두 눈을 감고 부드럽게 내 손을 쥐면서, 자신의 몸을 내 몸에 꼭 밀착했다. 나는 그녀의 짚 같은 눈썹과 피부에 난 잡티를, 색소 침착과 이마에 생긴 조그맣게 움푹 들어간 부위를 쳐다보았다. 그녀는 내 입술에서 자신의 입술을 떼었다.

"조반니, 눈 감아."

그녀가 속삭였다. 나는 눈을 감고 그녀의 손이 내 얼굴에 닿는 걸 느꼈다. 그녀의 손은 부드러웠고 손가락 끝은 둥근 쿠션 같았다. 그녀의 손가락이 뺨을 타고 내려와 입술을 가로질렀다. 그녀는 소리 없이 내 귀에 입술을 맞추었다. 나의 오른손은 그녀의 손에 이끌려 등허리까지 내려갔다.

"만져줘."

그녀가 부드럽게 말하고 다시 한번 키스했다. 그녀는 입술을 벌렸다. 나는 눈, 수많은 눈송이, 수백만의 얼음 결정체를 생각했다. 또한 내 동생을, 소년 시절의 루카를, 길고 좁은 연분홍색 혀를 차가운 허공으로 내민 소녀에게 우리가 얼마나 매혹됐던가를 생각했다.

그녀에게서 사랑스러운 향기가 났다. 샤워를 한 것 같았지만 나를 위한 일은 아니었다. 그녀의 머리칼은 젖어 있지 않았다. 나는 그녀의 몸에서, 단 한 번도 만지거나 쳐다보도록 허락받은 적이 없는 그녀의 특정한 몸에서 풍기는 냄새를 맡았다. 그녀의 피부에서 발하는 광채, 어룽거리는 빛, 그녀의 가슴골이 눈에 들어왔다.

나는 그녀의 가슴을 꿈에서 본 적이 있었고 수백 번이나 상상한 적이 있었다. 그녀의 가슴은 완벽했고 내 손에 딱 맞게 들어왔다. 그녀의 젖꼭지는 소녀답게 연하고 작고 거의 투명했다. 하지만 정말로 그런지 실제로 본 적은 없었다. 상상의 빛이 그렇게 멀리까지 가지는 못했다. 그녀가 아무리 상체를 굽히고 미소를 짓더라도 공상은 항상 중단됐다.

우리가 침대로 발걸음을 옮기는 순간 마룻장이 삐걱거리는 소리를 들었다. 나는 모두가 그 소리를 들을 거라고 생각했다. 두 층 아래에 있는 베피와 어머니도, 주방에 있는 루카도 테이블에 앉은 소말리아인들도 그 소리를 들을 수 있을 것 같았다. 결국 모두가 안다는 이야기였다.

이제 우리는 침대에 거의 다 왔다. 이제 일이 벌어질 찰나였다. 소피아는 뒤로 돌아 땋은 머리를 풀었다. 그녀의 어깨에 잔물결이 일었다. 그러더니 한동안 화가의 모델처럼 서 있었다. 나는 그녀가 지금 무엇을 원하는지, 내가 어떻게 하기를 원하는지 몰랐다.

"내 지퍼."

그녀가 말하고는 킥킥 웃었다. 마치 첫 경험 같았다. 불안하고 서툴렀다. 나는 차가운 지퍼를 잡고 쭉 끌어내렸다. 그녀의 엉덩이는 우유처럼 하얀 빛깔이었다. 그녀는 드레스를 바닥에 떨어뜨리고 그 모란 무늬 옷에서 발목을 빼고 걸어 나왔다. 그러고는 침대 위에 옆으로 눕더니 머리를 손에 기댔다.

"이리 와."

그녀가 말했다.

"기괴한 일이라 생각하지 않아?"

"조금."

"조금뿐이야?"

그녀의 가슴이 오르락내리락했다.

"그래, 조금."

그녀는 일어나 앉더니 내 셔츠의 단추를 풀었다. 내 옷은 바닥에 널브러진 그녀의 드레스 옆으로 떨어졌다. 나는 그녀의 손이 내 사각팬티 천에 닿는 걸 느꼈고 그녀의 손가락이 팬티의 신축성 있는 허리 밴드 속으로 들어가는 걸 느꼈다. 그녀는 내 음경에 입을 맞췄다.

"넌 브로콜리 맛이 전혀 나지 않아. 그리고 루카는 딸기 무스 맛이 나지 않아."

그녀가 크게 웃었다. 그녀는 그런 말에 어떻게 유쾌해할 수 있을까? 슬픔과 우울증에 잠겼던, 온종일 침묵했던 아름다운 젊은 여자. 어린 소년으로부터 아이스크림을 주문받자 눈에 눈물이 고였던 여자. 이 어둠 속에서 어떻게든 과거로 통하는 통로를 발견했다면, 그녀는 매혹적인 어린 소녀로, 혀로 코끝을

367

만지던 소녀로 돌아갔을까?

그녀는 다시 나를 애무하기 시작했다. 내 손 또한 저절로 그녀의 피부를 이리저리 어루만졌다. 나는 그녀의 비단처럼 보드라운 종아리를, 놀랍도록 따뜻한 허벅지를 어루만졌다. 어떻게 이토록 부드러울까? 왜 우린 그냥 그걸 하면 안 될까? 빠르고 강하게. 소피아는 배를 깔고 눕고 나는 그녀 뒤에서 종마처럼 밀어붙이면 되지 않을까?

그렇게 하기보다 우리는 마치 시간이 거대한 도약을 미처 못 하기라도 한 듯 키스했다. 우리는 여전히 젊고 순수했다. 나는 그녀의 브래지어를 벗겼다. 그녀의 가슴이 커질수록 젖꼭지는 점점 더 거무스레해질 테지만 지금 당장은 작고 연분홍빛을 띠었다.

유쾌한 표정은 사라졌다. 우리는 사랑을 나누고 있었다. 두 몸은 아직 서로에게 익숙하지 않았지만 알아야 할 것을 전부 알고 싶어 했다. 구석구석, 피부 곳곳이 궁금했다. 그녀는 팬티를 벗었다. 깊숙한 곳의 피부는 더 창백했고 음모는 곱슬곱슬했다. 내 손가락이 본능적으로 거기로 내려갔다. 페데리코 가르시아 로르카는 이렇게 썼다. "하얀 꽃잎도 달팽이도 그토록 고운 피부를 가지고 있지는 못하다.ᴺ 달빛에 비친 크리스털도 그녀의 광채만큼 빛나지는 않는다.ᴼ"

"엄지손가락을 써봐. 네 엄지손가락을 느끼고 싶어."

그녀가 속삭였다. 나는 그 말이 무슨 뜻인지 당장 이해하지는 못했다. 하지만 그 말을 반복했을 때는, 효과적으로 내게 주문했을 때는 들은 대로 했다. 나는 부드럽고 흠 없이 완벽한 엄지손가락으로 그녀의 깊숙한 곳을 만졌다. 못 박인 아이스크림 장수의 엄지손가락이 아니라 시집 책장을 수없이 넘겼던 엄지손가락으로, 루카는 가지지 못한 엄지손가락으로 말이다.

한순간의 충격이 그녀의 몸을 관통한 듯 그녀는 신음하며 몸부림쳤다. 그때서야 나는 그녀의 피부가 얼마나 창백한지, 그녀의 머릿결이 얼마나 윤기가 없고 칙칙한지 알게 됐다. 나는 동생의 아내를 보았다. 햇빛을 잃은 불행한 모습을. 그녀의 볼은 더욱 붉어졌다.

"계속해."

"우린 이래선 안 돼."

"루카도 그걸 좋아해."

"하지만 이건 아니야."

그녀는 자신의 손가락을 내 입에 댔다.

"루카는 여기에 올라오지 않을 거야. 지금 아이스크림을 만들고 있어."

순간적으로 나는 하얀색 타일이 깔린 주방에 있는 루카가 떠올랐다. 그는 아이스크림 제조기의 처닝 소리에 귀를 기울이고 있을 것이다. 이튿날 나는 내가 그의 아내와 잠자리를 갖는 동안 그가 어떤 맛의 아이스크림을 만들었는지에 대해서 들을 것이다. 누구나 다 그 아이스크림에 대해서 이야기할 것이다. 루카가 진열창에 있는 알코올음료로 아이스크림을 만든 것은 최초의 일이었다. 오크통에서 숙성된 알코올 43도의 배럴 에이지드 그라파. 그것은 아이스크림을 만들기에 가장 까다로운 재료였다.

비가 왔지만 아이스크림 가게 앞에 사람들이 줄지어 섰다. 거리 맞은편에 있는 술집의 단골손님들이었다. 이미 새로운 맛에 대한 소문을 들은 그들은 그라파 셔벗을 연달아 주문했다. 그 셔벗의 조합은 놀라웠다. 기적이었다. 알코올은 빙점을 낮춘다. 따라서 알코올 도수가 높을수록 얼음은 빨리 결정화된다. 얼음은 알갱이들로 변하고 질척해진다. 하지만 루카는 알코올 아이스크림을 만드는 데 성공했다. 완벽한 셔벗이었다. 어쩌면 그는 밤새도록 그것을 만들었을지도 모른다. 그는 그라파 열 병을 다 써버렸다. 아침에 사무실 창문으로 엿본 그는 지독한 숙취에 시달리기라도 하는 듯 카운터에 몸을 기대고 있었다.

하지만 소피아는 미소를 지으며 빛을 발했고, 한 마리 나비처럼 훨훨 날듯이 아이스크림 가게를 즐겁게 돌아다녔다. 어떤 여자들은 자기 몸을 너무나 잘 안 나머지, 난자의 수정마저도 실제로 느낀다고들 한다. 소피아는 그걸 느꼈고 그래서 더없이 행복했다.

고미다락에서 그녀는 내게 키스했다. 그 상큼한 맛의 입술에 사고가 얼어붙는 듯했다. 그녀의 두 손이 미끄러지듯 내 다리, 살, 불알을 스르르 훑었다. 어느새 그녀는 내 물건을 주무르고 있었다.

"오일 좀 써볼까?"

내게 대답할 기회도 주지 않고 소피아는 침대 옆의 캐비닛으로 손을 뻗더니 작은 병을 꺼냈다. 그녀는 손바닥에 오일 몇 방울을 떨어뜨리고는 나를 마사지하기 시작했다. 그녀는 오른손을 천천히 위아래로 움직이더니 어느 순간 내 음경의 귀두를 손으로 감싸 쥐었다.

"좋아?"

소름끼치도록 좋았다. 정말 옳지 않은 짓이었다.

"원하는 거 또 있어?"

소피아는 웃으며 마사지를 계속했다. 그녀는 양손을 이용해 손가락을 꼬아서 움직였다. 그것은 특별한 기술이었다. 움직임에 기복이 있었다. 나는 계속해서 음경에 압박감을 느꼈다. 신묘했다.

"아직은 싸지 마!"

그녀가 말하고는 내 성기를 꽉 쥐었다. 나는 눈을 떴다. 그 순간 누구라도 시야에 들어온 것을 믿을 수 없었을 것이다. 페인트 조각이 떨어져 나간 침대 틀이 보였다. 루카의 침대였다. 우리는 그의 침대에 있었다. 소년 시절, 루카는 나가서 노는 걸 허락받지 못해 몹시 화가 났을 때 그 페인트를 긁어낸 적이 있다. 나는 여전히 그 일을 생생히 기억한다.

왜 난 호텔을 예약하지 않았을까? 빌더베그 파크 호텔의 고급 객실은 널찍하고 밝다. 그곳은 최근에 열린 세계 시 축제에 초대받은 시인들이 숙박했던 곳이다. 도심지를 가로지르는 전망은 아주 아름다웠다.

그녀의 손은 어디에나 있었다. 그녀의 몸 전체가, 다리, 입, 머리칼 모두 손이었다. 모든 것이, 침대 시트, 베게, 그녀의 맨발이 내 주위를 빙빙 돌았다. 아니, 어쩌면 이것은 아이스크림을 만드는 동생의 생각이었을까? '휘돌고 휘돌고 휘돌고.'

허리에 그녀의 손톱이 닿았다. 이제 그녀는 내 몸에 올라타 앉았다. 그녀는 나를 내려다보며 천천히 움직이기 시작했다. 그녀는 잘 조절한, 무한정 지속적인 자신만의 리듬을 찾았다.

"조반니, 정신을 어디에 두고 있어?"

나는 어느 순간 그녀가 말하는 소리를 들었다.

"어디에도 없어."

"거짓말."

나는 두 사람이 결혼하는 날의 베나스 디 카도레에 가 있었다. 그녀가 움직임을 멈췄다.

"멈추지 마."

내가 말했다.

"너희 집안은 뭐든 감추려는 구석이 있어."

"무슨 말이야?"

"너와 네 동생. 네 가족 모두."

내 음경을 머금은 그녀의 성기가 일순간 환상적인 움직임을 멈췄다. 나는 소피아의 어머니와 잠을 잔 적이 있다. 결혼식 피로연이 끝난 후에 내가 그녀를 유혹했다. 그녀의 남편은 이미 집에 간 뒤였다. 그녀는 술에 잔뜩 취했고, 사람들은 작별 인사도 없이 우리 둘을 떠나버렸다. 우리는 거리에서, 빵집 뒤편의 작은 광장에 서서 그 짓을 했다. 그녀의 모피 스톨은 어깨에 걸쳐 있었고 짙은 파란색 스커트는 허리까지 올라갔다. 그녀의 양손은 회반죽벽을 밀쳤다.

나는 소피아가 엎드리도록 그녀를 단번에 돌아눕혔다. 그녀는 어깨 너머로 고개를 돌려 깜짝 놀란 표정을 지었지만 내가 손으로 그녀의 등을 살며시 어루만지자 곧 안정을 되찾았다. 그녀의 하얀 엉덩이, 곡선이 흐르는 엉덩이. 티 하나 없이 완벽했다. 나는 그녀의 몸 안으로 들어갔다. 그러고는 찌르고 빼기를 반복하는 피스톤 운동을 하기 시작했다. 점점 더 거세졌다. 나는 양손으로 내 몸을 지탱했다. 그녀가 내 손가락을 물었다.

나는 더는 동생을, 아이스크림 제조기 안에서 휘저어지는 아이스크림을 생각하지 말아야 했다. 우리가 누운 침대의 벗겨진

페인트를 더는 생각하지 말아야 했다. 그녀의 어머니를 생각하지 말아야 했다. 내 머릿속에서 시구들이 빙빙 선회했다. 그것들은 엄청나게 높은 곳에서 쏟아지는 물처럼 내 정신 속으로 쏟아져 들어와 모든 것을 정화했다.

그리하여 그날 밤 나는 로르카의 시에 나오듯이, 고삐도 없이, 등자도 없이 진주층 암말에 올라탄 채 최상의 도로를 달리는 기분에 젖었다.

ICE-CREAM MAKERS

"깃털처럼 부드럽고 가벼운 숨"

나의 아들은 5월의 어느 날, 추운 아침에 태어났다. 소피아와 루카는 병원을 향해 빗속을 질주했다. 다급하고 불안한 마음이었다. 차 뒷좌석에는 아기의 옷가지가 든 작은 여행 가방이 있었다. 밤이었고 거리는 고요했다. 신호등만이 번쩍였다.

산고는 몇 시간 동안 계속됐다. 루카는 소피아의 뒤에 서서 그녀의 손을 잡았다. 그는 지금껏 그녀를 이토록 가깝게 느껴본 적이 없었다. 심지어 결혼식 때 교회의 제단 앞에서도, 침대 위에서도 느껴보지 못했다. 그는 그녀의 이마를 어루만지며 용기를 북돋았다. 자궁 수축이 점점 더 빈번해질 무렵에 구름들이 북쪽으로 두둥실 물러났다. 강 위로 태양이 떠올랐고 하늘은 창백하고 파랗게 변했다. 컨테이너선들은 바다로 항해를 나섰다. 온몸이 쭈글쭈글하고 푹 젖은 주세페 탈라미니는 해변으로 밀려나와 산파의 품에 안겼다. 체중이 2.27킬로그램밖에 안됐다. 눈은 사팔뜨기였고 입술은 반짝였다. 머리카락은 거의 없었다. 꽃나무에서는 새들이 노래를 불러댔다.

그때 나는 바르셀로나였다. 밤은 청명했고 아침은 따뜻하고 상쾌했다. 정장 차림의 남자들이 작은 카페에 선 채 커피를 마셨다. 넓은 가로수 길에는 차들이 꼬리에 꼬리를 물고 이어졌다. 지하철 안은 무덥고 후텁지근했다. 로테르담에서 온 소식은 저녁에야 들을 수 있었다. 나는 온종일 시인과 사운드 아티스트들의 말과 소리에 귀를 기울이며 보냈다. 그들은 바르셀로나 국제 시 축제에 모여 언어와 소리로 실험을 했다. 한 프랑스 시인은 노래하는 사구[89]를 배경으로 시를 낭송했다. 다른 시인은 이해하지 못했지만 그 배경도 작품의 일부인 듯했다.

호텔 카탈루냐의 접수원은 객실 열쇠와 함께 아이스크림 가게의 전화번호가 적힌 메모지를 작게 접어 건넸다. 그 순간 나는 소피아가 아기를 낳았다는 걸 직감적으로 알았다. 가게 문을 연 날, 그녀가 내게 털어놓은 비밀 그대로 아들을 낳았을 것이다.

"이리 와. 들려줄 이야기가 있어."

---

89 바람이 사구의 표면을 지나갈 때 모래 알갱이가 내는 소리에 붙은 이름.

그때 그녀가 말했었다. 나는 진열창 앞에, 그녀는 그 뒤에서 주걱을 손에 쥔 채 서 있었다. 우리는 아이스크림 시즌을 맞아 만든 첫 아이스크림 위로 서로를 향해 몸을 숙였다.

"아들이야."

그녀가 속삭였다. 나는 어떻게 반응해야 할지, 무슨 말을 해야 할지 몰랐다.

"우린 아들을 갖게 될 거야."

그녀가 말했다. 내가 할 수 있는 것은 그녀를 응시하는 것뿐이었다. 그녀의 양볼은 볼록이 살이 올라왔고 눈썹은 거칠어 보였다. 푸른색 앞치마는 그녀의 볼록한 배와 커져가는 가슴을 더 이상 숨길 수 없었다.

"아무에게도 말하지 마. 베피와 어머니는 아직 몰라."

그렇게 말하고 그녀는 다시 몸을 폈다.

"기뻐?"

"그래, 정말 기뻐."

그녀는 아들을 가졌다는 소식을 방금 자신으로부터 듣기라도 한 듯이 밝게 미소를 지었다. 나는 맨 처음 그 소식을 함께 나눈 사람이었다. 그녀의 몸속에서는 사내아기가, 손과 발, 손톱과 발톱과 머리칼을 가진 작은 피조물이 몸을 웅크리고 자랐다. 내 동생의 아들이자 내 아들이었다.

"녀석은 지금 자는 것 같아."

소피아가 여전히 나지막한 목소리로 말했다.

"깨어나면 너도 녀석이 움직이는 걸 느낄 수 있을 거야."

이틀 후 그녀는 내가 녀석의 움직임을 느껴보도록 도와주었다. 그녀가 거리로 달려 나올 때 나는 열쇠를 손에 들고 세계시 사무국 밖에 서 있었다. 아이스크림 가게는 아직 문을 열지 않은 아침이었다. 소피아는 앞치마를 두르지 않은 상태였다. 마치 아무것도 입지 않은 것만 같았다. 그녀의 몸은 옷 밖으로 터져 나온 것이나 다름없었다. 나는 모든 것을 볼 수 있었다. 그녀의 엉덩이, 가슴, 배를 보았다. 그녀는 내 손을 잡더니 팽팽하게 늘어난 자신의 셔츠 위에 올렸다.

"느껴져?"

당장 느껴지지는 않았다. 몇 초가 지나서야 내 손바닥에 전해지는 작지만 뚜렷한 움직임을 느꼈다. 소피아는 내 손 옆에 자신의 손을 놓았다. 나는 그녀의 손가락을 느꼈다. 바로 이런 것이 어머니와 아버지가 되는 과정인 듯했다. 우리 주변의 모든 것―구름, 나뭇잎, 트램, 자동차, 자전거를 타고 가는 어린아이들, 햄을 써는 푸주한이 휘두른 칼―이 움직이는 동안 우리는 가만히 있었다.

루카가 밖으로 나왔다. 나는 얼른 손을 뗐다. 생각지는 못한 반사적인 행동이었다.

"삼촌, 좋은 아침."

그가 말했다. 삼촌이 내 배역, 내 역할이었다.

"삼촌이 녀석을 느꼈어."

소피아가 말했다.

"그 작은 손."

루카가 미소를 지으며 말했다.

"녀석은 아이스크림을 처닝하는 꿈을 꿀 거야."

우리는 이후로 별말이 없었다. 나는 가을이면 여행을 많이 했고 그러다 보면 겨울이 찾아왔다. 내가 로테르담에 머무르는 동안에는 가족은 모두 베나스에 가 있었다.

소피아는 아이스크림 가게로 돌아갔다. 일을 시작할 시간이었다.

"아들이라고."

내가 동생에게 말했다.

"그래, 끔찍해."

"손가락과 발가락은 다 있지? 건강한 거지?"

"산부인과 의사가 아기는 잘 자라고 있다고 했어."

"다행이군."

"형은 어떻게 지내?"

나는 당장 대답하지 않았다. 그는 지금껏 어떻게 지내냐고 물어본 적이 없었다.

"바쁘게 지내."

결국 나는 대답했다. 루카는 내 대답에 반응하지 않았다.

"낭송회가 많아서."

내가 설명했다.

"한동안 로테르담에 머물 거야?"

"2주 안에 스코틀랜드로 떠날 거야."

까놓고 말해서 우리는 지금껏 서로를 피해왔을 것이다. 그의 아내와 내가 잠을 잤으니 말이다.

"녀석의 이름을 어떻게 지을 생각이야?"

그가 물었다.

"솔직히 난 생각해본 적이 없는데."

"어떤 이름이 좋겠어?"

"곤혹스러운 질문인데."

"생각 좀 해볼래?"

나는 잠시 생각했다.

"오텔로Otello."

"오텔로? 무슨 이름이 그래? 시인인가 보군."

"아냐. 셰익스피어가 오셀로Othello라는 제목으로 비극을 썼지만 나는 'h' 자를 뺀 오텔로를 생각한 거야."

나는 소피아와 루카의 아들에게 자신의 아내를 살해하고 스스로 목숨을 끊은 남자의 이름을 붙여주고 싶지는 않았다.

"자동 아이스크림 제조기 발명가의 이름이기도 하지. 오텔로 카타브리가."

내 말에 루카가 고개를 끄덕였다. 그는 사람들보다 오히려 그 기계와 더 많은 시간을 보냈다. 아버지는 그 기계들을 중고로 구입했다. 그것들은 한 아이스크림 장수보다도 더 오래 살았다.

나는 그 이름이 귀에 익다고 생각했다. 리듬, 장단 모음의 조합이 익숙했다. 이름에서 뭔가 기품이 느껴지기도 했다. 그 이름을 가진다면 머지않아 중요한 발명을 할 수밖에 없을 것 같았다. 오텔로 카타브리가가 1927년에 특허를 받으면서 그의 기계는 세계를 휩쓸었다. 오텔로 탈라미니. 나의 아버지는 그 이름을 가졌다면 뭔가 엄청난 것을 발명했을지도 모른다.

"우린 주세페를 생각하고 있었어. 할아버지의 이름이지."

동생이 말했다.

"녀석의 고조할아버지 이름이기도 하고."

"맞아."

전통적인 이름. 아이스크림 장수의 이름이었다.

*

호텔 방에서 무선 전화기로 아이스크림 가게에 전화를 걸었더니 어머니가 전화를 받아 그 이름을 말했다. 어머니의 첫마디가 바로 그 이름이었다. 그러고는 "아들이야!"라고 소리쳤다.

어머니는 내가 이미 안다는 사실을 몰랐다. 어머니는 아무것도 몰랐다. 나는 침대에 누워 전화기를 귀에 댔다.

"너무나 귀엽구나. 너무나 예쁜 아기야. 머리에는 머리카락이 거의 없단다."

갓 할머니가 된 어머니는 무척 기쁜 모양이었다. 아버지도 전화를 받았다.

"조반니, 어디냐? 당장 여기로 와라. 넌 이렇게 눈부신 꼬마 녀석을 본 적이 없을 거다."

"내일모레 비행기로 갈게요. 가는 대로 곧장 들를 거예요."

"녀석이 자면서 웃는구나. 정말 놀라운 녀석이야. 녀석은 기적이야!"

전화가 혼선이 된 것 같았다. 어쩌면 아이스크림 가게에서 들려오는 잡음일지도 몰랐다. 나는 책상 위에 놓인 주전자를, 정보가 담긴 서류철을 쳐다보았다. 현대 미술관은 호텔에서 아주 가까웠다.

"내 말 듣고 있는 거니?"

아버지가 물었다.

"네. 소피아는 어때요?"

"건강해. 아주 큰일을 했지. 내일이면 집에 갈 수 있을 거야."

"루카는 어디 있어요?"

"주방에서 아이스크림을 만들지."

소피아가 분만한 직후에 곧장 일터로 간 것이다. 가능한 일이었다. 그때 아이스크림 가게에는 무선전화기가 없었다.

"루카에게는 나중에 제가 전화할게요. 지금은 아이스크림을 많이 만들어야 할 테니까요."

"그래. 봄철에 이렇게 오랫동안 게으름 피우는 법은 없지. 아이스크림 제조자는 말이다."

이튿날 나는 일에 대해서는 신경을 껐다. 국제 시 축제 조직위원들에게 나는 참석하지 않을 것이라고 말했고 문고리에 방해하지 말라는 팻말을 걸었다. 햇빛이 커튼 사이로 떨어졌다. 먼지 입자들이 기다랗게 뻗은 한 줄기 밝은 햇빛 속에서 소용돌이쳤다. 소피아의 손이 생각났다. 그녀의 손을 떠올리고 싶지 않았다. 병원 침대, 엄마 곁에서 평화롭게 누워 벨벳 같은 자궁을 꿈꾸는 어린 아들을 떠올리고 싶었다. 그 둘은 오늘 집으로 갈 것이다. 아무튼 내 마음과는 달리 그녀의 손이 머릿속에서 떠나지 않았다. 그 생각은 머릿속에서 계속 돌아가는 한 편의 영화와 같았다. 오일, 양손을 꼰 손가락, 기복 있는 움직임. 동생도 그런 기쁨을 누렸을까? 늘 나는 돌아가는 필름을 정지시키고, 침대 옆 캐비닛에서 그녀가 꺼낸 오일이 얼마나 남았는지 보려고 애썼다. 신묘하고 달콤한 기분이었다. 열 달이나 지난 지금도 그녀의 손이 생각나고 그 손을 원한다. 그저 그녀의 손을 원한다. 순수하고 단순한 욕망이었다.

늦은 아침, 열쇠가 자물쇠에 꽂혔고 곧 문이 확 열렸다. 들어선 이는 검정색의 쪽 찐 머리에 하얀 앞치마를 두른 객실 청소부였다. 그녀는 스페인어로 죄송하다는 말을 하고 황급히 문을 닫았다.

나중에는, 그러니까 어린 주세페를 본 이후에는 상실감이 찾아왔다. 하지만 그 전에 나는 역에서 내려 곧장 아이스크림 가게로 향했다. 5월의 맑은 어느 날이었다. 태양은 하늘 높이 떠 있었다. 나는 온몸이 땀에 젖어 베네치아에 도착했다. 어머니는 카운터 뒤에 서 있었다. 루카는 주방에서 일하고 있었고 아버지는 에스프레소 머신 뒤에 숨어 있었다.

"소피아는 쉬고 있다. 아마 곧 내려올 거야."

어머니가 말했다. 나는 고개를 가로저었다. 아기를 보러 당장이라도 위층에 올라가고 싶었다.

"소피아는 자게 놔둬라."

아버지가 말했다. 하지만 나는 부모님 곁을 지나 곧장 위층으로 올라갔다. 부모님은 내가 소피아를 임신시키기 위해 위층으로 올라갈 때는 단 한마디도 하지 않았지만 이제는 범죄자를 보듯 나를 봤다.

비행기를 탔을 때, 검은 눈에 머리카락이 거의 없는 3개월 된 여자아이를 품에 안은 한 젊은 여성이 내 앞줄에 앉았다. 그녀는 아기를 달래서 재우려고 품에 안은 채 통로를 오갔다. 하지만 아기는 나를 포함한 승객들을 멀뚱멀뚱 바라보기만 했다.

집으로 돌아오는 길에서도 어디서든 아기들이 보였다. 바르셀로나에서도, 스히폴 공항의 탑승 수속 창구에서도 아기들이 보였다. 그리고 아주 잠시 동안, 나는 공항에서 장미와 풍선을 든 사람들 사이에 주세페를 품에 안은 소피아가 있을 거라는 바람을 품었다. 하지만 네덜란드의 공항에서는 누구도 만나본 적이 없다.

주세페는 아주 작은데 반해서 녀석이 입은 젖먹이용 원피스는 너무 컸다. 녀석은 작은 주먹을 꽉 쥐고 팔을 쭉 뻗은 채 옆으로 누워 자고 있었다. 녀석이 그처럼 거기 있었다. 나는 녀석을 들어 올려 꼭 안고 싶었다.

소피아가 눈을 떴다.

"오늘 올 줄 몰랐어."

아직 잠을 완전히 떨쳐내지 못한 소피아가 속삭였다. 그녀는 팬티만 입은 채 침대에 누워 있었고, 시트는 밀쳐져 있었다. 고미다락은 찌는 듯이 더웠다. 그녀는 옷을 걸치지 않았지만 신경 쓰지 않았다.

"녀석을 보고 싶었어."

그녀는 얼굴에 미소를 띠고 주세페를 바라보았다. 우리 둘은 녀석을, 녀석의 납작한 작은 귀를, 부드러운 머리를 바라보았다.

"정말 눈부시지 않아?"

나는 눈물이 눈에 고이는 걸 느꼈다. 샘솟는 눈물을 멈출 수 없었다. 결국 눈물이 뺨을 타고 흘렀다.

"녀석이 곧 깨어날 줄 알았는데. 두 시간이나 잤거든."

소피아가 말했다. 녀석은 볼수록 경이로웠다. 한창 봄철일 때, 작은 손과 장밋빛 팔로 아이스크림 제조기의 작동을 멈추게 한 꼬마였다. 녀석을 향해 몸을 숙여 아기의 얼굴을 유심히 살펴보았다. 눈썹은 섬세한 붓으로 그린 것 같았다. 순간 녀석의 손이 움직였다. 꼭 쥐었던 주먹이 열렸다. 하지만 여전히 곤히 잠들어 있었다. 이다 게르하르트가 시에서 썼듯 "부드럽고 깃털처럼 가벼운 숨"P이었다. 들이마시고 내뱉고. 아주 부드럽고, 거의 감지할 수 없는.

소피아는 옆으로 돌아누워 몸을 아기 쪽으로 향했다.

"난 좀 더 쉬어야겠어."

그녀가 말했다.

"자리 비켜줄까?"

그녀는 머리를 가로저었다.

"그럼 좀 더 있을게."

그녀는 그러라고 소곤거렸다. 바로 그때서야 이다 게르하르트가 자신의 짧은 시에서 기술한 향기가 마음에 와닿았다. "갓난아기의 / 벌꿀 향기 / 그리고 신선한 젖 / 곤히 잠드네."

소피아의 젖꼭지는 더 커졌고 더 검어졌다. 거대한 가슴이었다. 너무나 강하고 너무나 아름다워 보였다. 그녀만이 아니었다. 둘 다 아름다웠다. 어머니와 아들이 한 몸처럼 있는 모습이 아름다웠다. 나체인 그녀의 모습은 자연스러웠다. 그 자연스러움이 둘을 보호했다.

루카는 아래층에서 일하고 있었다. 저녁 늦게까지는 올라오지 않을 것이다. 나 역시도 정말로 여기에 속해 있는 것은 아니었다.

소피아는 눈을 감고 있었다. 두 다리를 엇갈리게 포갠 채 잠든 듯 보였다. 나는 주세페의 머리에 부드럽게 입술을 맞추고 녀석의 향기를 들이마셨다. "벌어진 일의 향기 / 출생, / 비밀." 녀석은 입맞춤을 눈치채지 못한 듯했다. 나의 첫 번째 터치는 그렇게 녀석을 지나쳐갔다. 나는 녀석을 보았다. 녀석은 나를 보지 못했다. 그래도 좋았다.

주세페가 태어나고 얼마 지나지 않아 나는 텔아비브에서 열리는 '샤아르 국제 시 축제'에 처음 참석하기 위해 떠났다. 그런 이유로 로테르담에 기껏해야 일주일밖에 머무르지 못했다. 나는 주세페를 안았고 녀석은 이마에 한 줄기 주름을 잡고 내 얼굴을 빤히 쳐다보았다. 내 얼굴을, 내가 환하게 웃을 때 드러낸 반짝이는 이빨을, 사흘 동안 촘촘히 자란 까칠한 턱수염을 도통 이해할 수 없다는 듯이 보았다. 나는 내 코를 녀석의 코에 대고 밀어보기도 했다.

아침저녁마다 루카는 주방에서 일하면서 서른 가지 맛 아이스크림을 준비했다. 그리고 오후에는 카운터 뒤에서 어머니를 도왔다. 그는 단골손님들에게도 인사를 하지 않을 정도로 무뚝뚝했다. 그 주에 나는 루카가 주세페를 품에 안은 모습을 단 한 번도 못 봤다. 그에 반해서 소피아는 깨어 있을 때는 늘 아들과 함께 시간을 보냈다. 만약 내 사무실에서 야외 테라스에 앉은 그녀의 모습을 발견했다면 당장에 계단을 뛰어내려 갔을 것이다. 대부분의 시간에 녀석은 한 손을 자기 엄마의 가슴에 얹고 잠을 잤다.

소피아는 아기들이 출생 직후에는 체중이 조금 줄지만 얼마 지나고부터는 매일 조금씩 체중이 늘어나는 경향을 보인다고 말했다. 보건 간호사는 주세페가 정말 잘 자라고 있다고 진단했다. 하지만 로테르담에서 일주일을 보내면서 나는 어떠한 변화도 감지하지 못했다. 주세페는 여전히 작았고, 녀석이 입은 젖먹이용 원피스는 너무 컸다. 머리카락은 좀 더 가늘어졌지만, 그러한 미세한 차이는 기억의 필터 틈으로 빠져나갔다. 그러나 루카에게 일어난 변화는 분명했다. 그의 눈은 작았고, 눈 밑의 다크서클은 날이 갈수록 짙어지는 것 같았다.

"형 아들이 잠을 못 자게 해."

그가 어느 날 오후에 말했다. 농담이었지만 루카는 끝내 미소를 짓지 못했다.

내가 주세페를 안았을 때 녀석이 이마에 주름을 잡으며 본 것은 바로 미소였을 것이다. 두 얼굴은 닮았지만, 한쪽은 부드러운 볼을 가졌고 다른 쪽은 미소를 가졌다. 한쪽은 찌푸린 얼굴이고 다른 쪽은 볕에 그을린 얼굴이었다.

텔아비브의 국제 시 축제 주최 측은 나를 위해 브뤼셀 출신의 통역자를 데려왔다. 시인들은 모국어로 시를 낭송했지만, 현대 히브리어로 통역되기도 했다. 나는 영어 통역을 요구했기 때문에 스카프를 목에 두른 작은 남자를 동반하고 축제를 누비게 됐다. 그는 유럽의회에서 일한 경험이 있으나 시와는 전혀 관련이 없는 사람이었다. 내가 어디에 가서 앉든 그는 자신의 입을 내 귀에 가져다 댔다. 그는 시를 글자 그대로 동시통역하면서 논평까지 더했다.

"또 망할 장미야. 안 돼, 더 이상은 안 돼! 좆 까라, 장미. 좆 까라, 장미."

그는 이미지에는 별 관심이 없었다. 한 프로그램은 이스라엘 시인과 팔레스타인 시인이 서로의 작품을 통역하는 것으로 짜였다. 모든 시는 갈등을 다루었기에 작품을 통역하기 위해서는 시인들이 자기 동료들의 관점을 이해해야만 했고 상대방의 머릿속으로 들어가 봐야 했다. 그 일은 필연적으로 논쟁을 불러일으켰다. 내 오른쪽 귀에 입을 대고 있던 통역자는 스포츠 경기 리포터처럼 말했다. 시인들은 좀처럼 동의하지 않았지만, 적어도 이야기의 다른 측면에 귀를 기울이기는 했다.

로테르담에 돌아오고부터 나는 6월 중순에 열릴 예정인 세계 시 축제를 준비하는 일에 온 정신을 쏟았다. 인터뷰 진행자와 예비 담화를 나눴고 영어 번역을 바로잡았고 다른 편집자들과 스케줄에 대해서 협의했다. 며칠 동안은 밤 열 시까지 사무실에만 있었다. 긴 시간이었지만 아이스크림 가게의 일만큼 긴 시간은 아니었다. 루카는 금속 용기를 나르기도 했고, 테라스에 앉은 소년과 소녀 들에게 콘과 밀크셰이크를 가져다주기도 했다. 그는 등이 아픈 것 같았다. 걸음걸이를 보면 알 수 있었다. 그는 아버지의 걸음걸이를 그대로 물려받았다.

소피아는 얼굴이 활짝 폈다. 그녀는 유모차를 끌고 나와 니우어마스강 주변을 오랫동안 산책했다. 가끔 벤치에 앉아 내륙으로 들어오는 배들을 바라보며 주세페에게 젖을 먹였다. 그녀가 집게손가락으로 주세페의 윗입술을 어루만질 때마다 녀석은 킥킥 웃었다.

얼마 전부터 소피아는 날씬한 몸매를 회복해서 다시 여름 드레스를 입을 수 있게 됐다. 보기에 딱 좋았다. 몸매는 날씬했고 가슴은 놀라웠다. 나는 축제 후원자와 미팅을 가질 예정이었던 장소인 파클란에서 그녀와 우연히 만났다. 포플러 나무들이 꽃차례를 잃어가던 시기였다. 마을 여기저기에서 셀 수 없이 많은 작은 씨앗들이 공중을 떠 다녔다. 그것은 마치 눈 같았다.

"조반니!"

나는 뒤돌아보았다. 그녀는 6월의 눈 속을 걷고 있었다. 그녀는 유모차를 끌고 나를 향해 다가왔다. 그녀의 머리에 하얀 꽃차례들이 묻어 있었다. 주세페는 말똥말똥하게 깨어 있었다. 등을 대고 반듯하게 누운 채 반짝이는 눈으로 우리를 바라보았다. 모든 것이 경이로웠다. 녀석은 작은 팔을 휘두르며 행복한 소리를 냈다.

뭔가가 기억의 필터에 걸렸다. 나는 녀석의 양볼이 다소 토실토실해진 것을 알아챘다. 처음으로 녀석의 달라진 모습을 인식했고, 조금 자란 것을 확인했다.

"당신, 아직도 사랑에 빠져 있어?"

소피아가 물었다.

"그래."

나는 그녀와 사랑에 빠졌던 것처럼 주세페와 사랑에 빠졌다. 주세페는 작은 발을 걷어찼다. 소피아가 배를 간질이자 좋아서 까르륵 소리쳤다.

"밤에는 어때?"

내가 물었다.

"루카는 작은 소리에도 매번 깨."

"녀석이 많이 우나 보네?"

"배고프면 우는 거지."

그녀는 잠시 생각에 잠겼다.

"루카가 그러는데 주세페가 밤새 자기를 발로 찬다더라고."

"그렇게나 활기가 넘쳐?"

"한시도 가만히 못 있는 꼬마야. 그리고 보통 우리 둘 사이에서 자. 혹시 침대에서 굴러떨어질까 봐."

그녀는 소용돌이치는 꽃차례들을 바라보았다. 우리가 처음 그녀를 봤을 때 내렸던 눈 같았다. 그때 그녀는 머리를 뒤로 젖히고 입을 활짝 벌리고 있었다. 그때와 지금은 모든 것이 달라졌건만.

"당신도 혀로 이것들을 잡을 수 있어. 하지만 아무 맛도 안 나. 정말 더러워."

우리는 별말 없이 아이스크림 가게로 함께 들어갔다. 가끔 우리는 유모차에서 나는 소리를 듣고는 젊은 부모가 그러듯이 주세페를 쳐다봤다. 녀석은 행복한 듯 검은 두 눈으로 요리조리 쳐다보았다.

세계 시 축제가 열리기 이틀 전에 나는 베네치아의 테라스에 앉은 소피아를 발견했다. 쌀쌀한 아침이었지만 해는 나와 있었다. 그녀는 황적색 옷을 입고 있었다.

"에스프레소 한잔할까?"

"일해야 해. 정말이야."

"에스프레소 한 잔만 해."

나는 그녀에게 굴복하고 맞은편에 앉았다.

"할 일이 많아?"

"1차로 오는 시인들이 오늘 도착하거든."

나는 그녀의 팔에 돋은 닭살을 보았다. 그녀는 산악 지방에 있는 그녀의 어머니처럼 추위 따위는 무시했다.

"스히폴 공항에 갈 거야?"

"응. 오늘 오후에 가서 저녁에 돌아올 거야."

베피가 밖으로 나와 손자를 향해 손을 내밀었다.

"요 귀여운 꼬마 녀석을 넘겨준다면 너희는 커피를 얻어 마실 수 있을 거다."

"조심조심. 이제 막 젖을 먹었어요."

주세페는 자신과 같은 이름을 가진 할아버지의 품에 안겨 기쁜 듯 까르륵 웃었다.

"우리 서로의 코를 또 꼬집어볼까?"

아버지가 그렇게 묻고는 녀석을 안은 채 가게 안으로 들어갔다. 아버지는 아이스크림 장수보다는 할아버지로서 더 재미있는 분이었다. 잠시 우리는 지나가는 사람들을 쳐다보았다. 출근하는 점원들이 보였다. 그들의 구두 뒤축은 규칙적으로 똑똑 소리를 냈다.

"가슴 때문에 미치겠어. 이틀 동안 바위처럼 단단해졌어. 당장이라도 폭발할 것만 같아."

나는 볼 수 없었다. 지금의 모습이 내가 눈을 감고 보게 될지도 모르는, 영원히 나와 함께할지도 모르는 이미지들 중 하나인지 궁금했다. 붉은 드레스에 감춰진 젖이 꽉 들어찬 그녀의 가슴 말이다. 나는 그 이미지가 기억의 필터 밖으로 빠져나가길 바랐지만 최악의 사태가 일어날까 봐 두려웠다.

아버지가 에스프레스 두 잔을 들고 돌아왔다. 주세페는 이제 어머니 품에 안겨 있었다. 어머니는 주세페와 함께 아이스크림의 빛깔—피스타치오 아이스크림의 연녹색, 망고 레몬 아이스크림의 노란색, 석류 비트 아이스크림의 놀라운 색—을 바라봤다. 잠시 후, 루카가 둘 곁에 다가와 섰다. 그는 아들의 작은 머리에 입을 맞추고는 우리를 향해 손을 흔들었다. 소피아도 손을 흔들었다.

"이리 와!"

그녀가 소리쳤다.

"잠깐만 있을게."

루카가 주세페와 앉으며 말했다.

"할 일이 더 많아졌어."

주세페가 루카의 무릎에 앉아 서툴게 손가락을 빨았다. 입에서 침이 질질 흘렀다.

"더워질 거야."

루카가 말했다.

"형이 아이스크림 가게 손님만큼 사람들을 끌어모을 수 있을는지 궁금해."

그는 시 축제를 말하고 있었다. 우리는 하루에 평균 500명의 방문객을 끌어들였다. 하지만 더운 날은 그보다 훨씬 못 미쳤다. 여름의 더위는 축제의 아킬레스건이었다. 그에 반해 아이스크림 가게는 언제든 수십 명에 이르는 사람들이 줄을 섰다. 긴 줄은 거리로 구불구불 이어졌다. 우리 식구들은 고객의 수를 결코 세지 않았다. 그럴 여유가 없었다.

루카가 웃었다. 그가 이겼다. 아마도 그가 모든 것에서 이겼을 것이다. 열여덟 살 때 나는 선택했다. 분별없는 선택은 아니었다. 하지만 나는 그 선택의 함축적 의미가 너무 크고 점점 더 커져가기만 할 거라는 사실을 예상하지 못했다.

주세페는 가만히 있지를 못했다. 녀석은 자기 손가락을 찾지 못하고 울기 시작했다. 루카는 녀석의 머리를 어루만지며 달랬지만 별 효과가 없었다. 나는 동생의 눈에서, 아기를 품에 안은 미숙한 젊은 아빠의 눈에서 당혹감을 보았다. 바로 그 순간, 나는 그의 무릎에서 주세페를 들어 올려 품에 안았다. 루카의 얼굴이 몹시 화난 표정으로 돌변했다. 내가 주세페를 흔들며 가볍게 녀석의 엉덩이를 토닥였더니 금방 울음을 그치고 잠잠해졌다. 하지만 이내 머리를 세차게 흔들기 시작하더니 다시 목청껏 소리쳤다. 소피아가 주세페를 건네받았다.

"아직도 배가 고픈 모양이네."

그녀는 그렇게 말하고는 왼쪽 어깨끈을 내렸다. 하얀 가슴을 주세페의 얼굴에 내밀었다. 녀석은 젖을 쪽쪽 빨아 마시며 행복감에 젖었다. 녀석의 두 아버지는 일어나 일터로 향했다.

그날 저녁, 나는 한 시인을 차에 태워오기 위해서 다시 스히폴 공항으로 갔다. 그 시인은 짐바브웨에서 직항으로 왔다. 한 아프리카 시 축제의 프로그래머가 그 시인을 추천했는데, 추천서에 따르면 그는 한 작은 마을에서 목사와 광산의 다이너마이트 전문가로 살고 있었다. 그는 저녁이면 난롯가에서 자필 시를 낭송했다. 꾸밈없는 시는 그의 소박한 삶을 대변했다. 우리가 들은 시들 중 한 편은 하루 중 가장 번잡한 시간에 교차로에서 몸을 웅크리고 앉아 있던 한 남자에 관한 이야기였다. 그는 차가 휠 캡을 잃기만 기다리고 기다렸다. 오랜 시간이 흘러 다섯 대가 휠 캡을 잃을 때까지 기다렸다. 그건 음식을 담아 먹을 수 있는 다섯 장의 접시였다.

그 시인은 달랑 작은 여행 가방 하나만 가지고 왔다. 공항에 들어가면서 보니 주변을 두리번거리고 있었다. 차 안에서 나는 그와 대화를 나눠보려 했다. 그는 내게 짐바브웨 남부의 한 작은 마을에서 이틀 전에 출발한 여정에 관해 아주 기초적인 영어로 말했다. 그는 지금껏 조국을 벗어난 적이 없었다.

시 축제가 벽지의 시인들을 초청한 것은 이번이 처음은 아니었다. 우리는 사헬[90]에 움막을 짓고 사는 시인과 칠레의 한 시골에서 거대한 양떼들과 더불어 사는 시인을 초청한 적도 있다. 마찬가지로 이번 축제에도 산꼭대기에 살며 암벽, 돌, 나무에 시를 썼던 중국 시인 한산寒山처럼 스스로 고독한 삶을 선택해서, 자연 원소들에 둘러싸인 자연 한가운데에서 시를 쓰는 시인들을 초청했다. 가끔 우리는 자연 서식지에서 그런 시인들을 채집하는 기분이 들기도 했다. 로테르담에서 그들은 저녁을 밝히는 조명과 고층 건물들을 스쳐 지나가는 바람에 익숙해져야만 했다.

나는 짐바브웨 출신의 목사이자 다이너마이트 전문가에게 음식 및 음료 쿠폰의 개념에 대해서 설명해야 했다. 그의 마을에서는 사람들이 충분한 물을 확보하기 위해 늦은 밤까지 온종일 일해야 할지도 몰랐다. 쿠폰이 무슨 용도로 쓰이는지를 이해하자 그는 술집에 가서 술병들을 살폈다. 술을 마셔본 적은 없지만 많이 들어본 모양이었다.

술은 아이스크림보다 몸에 해롭지만 그에게 술을 마시는 경험은 아이스크림을 처음 맛보는 것과 같았다. 그 시인은 수중에 있는 쿠폰을 몽땅 써서 술을 마셔대기 시작했다. 결국 술집 문을 열고 나설 무렵에 그는 몹시 취했다. 프로그램이 진행되는

---

90 Sahel. 아프리카 사하라 사막 남쪽 가장자리의 지역.

동안 그는 잠에 곯아떨어져 조지아의 한 시인이 시를 낭송하는 내내 코를 골았다. 이윽고 그의 차례가 되었고 그는 무대 감독의 도움을 받아 겨우 무대에 올랐다.

우리는 모든 시인들에게 첫날 저녁에 시를 한 편씩 낭송해달라고 요청한다. 일부 시인들은 그런 일은 얼토당토않다고 생각했다. 개막식 밤에만 참석한 방청객들은 단 한 편의 시를 낭송하라고 지구 반대편에서 시인을 비행기로 모셔온 모양이라고 생각하기도 했다. 하지만 만취한 다이너마이트 전문가가 마이크 앞에서 두 마디 이상 말을 잇기란 불가능했다.

축제가 시작된 지 사흘째 낮에 그가 위스키를 발견하고서 만취했을 때 나는 그를 호텔로 데려가서 객실에 가뒀다.

가끔은 공정성에 앞서 엄격할 필요가 있다. 나는 오랫동안 시 축제를 위해 일하면서 세계 전역에서 온 500여 명의 시인들을 만나야 했다. 매년 까다로운 성품을 지닌 시인이 몇 명은 있기 마련이다. 어떤 시인들은 다른 시인들보다 더 좋은 방을 요구하는가 하면, 어떤 시인들은 디렉터하고만 식사를 하려고 했고, 어떤 시인들은 제작 팀 여성들과 악수하기를 거부했다. 그밖에 어떤 행태를 보이든 까다로운 시인들이 항상 있다.

스트루가에서 주빈은 저녁이면 항상 축제 디렉터와 호텔 드림의 레스토랑에 마련된 특별석에서 저녁 만찬을 들었다. 그 축제가 있고 몇 년 후, 베를린 예술원의 대기실에서 나는 자신들이 두바이에서 열린 시 축제에 참석했지만 서로 만난 적이 없다는 걸 알게 된 두 시인에 관한 이야기를 들었다. 둘 중 한 시인은 호텔 펜트하우스에서 묵으며 1만 달러의 사례금을 챙겼던 반면에 다른 시인은 창문이 없는 방에서 묵으며 방청객이 거의 없는 작은 공간에서 시 낭송회를 가졌다.

세계 시 축제를 개최할 때 우리는 모든 시인에게 동일한 사례금을 지불했고 누구에게도 특혜를 주지 않았다. 이것은 리처드 하이만이 세운 원칙이고 빅토르 라르센이 수용했으며 내가 계승하는 전통이었다.

짐바브웨 출신 시인이 잠으로 숙취를 떨쳐낸 후 나는 호텔에서 그를 차에 태워갔다. 내가 객실 문간에 나타나자 그는 나를 포옹했고 대기실에 준비된 쿠폰은 사양했다. 그날 밤 그는 한국 시인 고은과 함께한 이벤트에서 시 낭송을 했다. 특별한 밤이었다. 야외 테라스는 훈훈했고 노상 카페는 사람들로 꽉 찼다. 아이스크림 가게 앞에는 여전히 줄이 길었다. 모든 사람들이 주문을 하고 느긋하게 잡담을 나눴다. 실내에서 극장 내 작은 강당의 시원한 어둠 속에 있던 다른 사람들은 시 낭송에 귀를 기울였다. 객석은 절반만 찼다. 방청객 대부분은 주로 열성 팬들로 이루어진 단체 관람객들이다. 하지만 일부는 도시 전역에 있는 광고판에 게시된 몇 개의 시구의 뒤를 이어 낭송될 시어가 듣고 싶어서 마지막 순간에 티켓을 구입한 사람들이었다.

시인은 낭송대 앞에 서서 단어 하나하나를 마치 그것을 쓸 때만큼이나 조심스럽게 발음하며 낭송했다. 고은은 시어를 하나하나 속삭였다. 마치 자신의 시가 숨으로 만들어진 듯이 속삭였다. 가끔 박수갈채가 뒤따랐지만, 어떤 시의 낭송이 끝난 뒤에는 침묵이 흘렀다. 교향곡의 마지막 화음이 끝난 직후에 몇 초간 흐르는 침묵과 같은 침묵이었다. 그 순간 시인은 전혀 동요하지 않고 가만히 있었다. 정말 잊지 못할 순간이었다. 고대 로마의 시인 호라티우스Quintus Horatius Flaccus가 자신의 시에 대해 표현했던 말처럼 "청동보다도 오래 지속될 금자탑을 쌓았노라."

축제 나흘째는 이윽고 닷새째 밤으로 이어졌다. 우리는 한 무리를 이루어 중국 음식점에 가서 소금과 후추로 양념한 오징어를 먹었다. 바깥은 이미 조명이 밝혀지고 있었다. 한 우크라이나 시인은 젓가락을 응시하더니 결국에는 손으로 먹기로 결정했다. 내 옆에는 손톱에 핑크색 매니큐어를 칠한 통역자가 앉았다. 그녀는 자신의 남편이 자신에게 소개받은 한 시인과 눈이 맞아 달아났다고 말했다.

축제의 나날은 휙 지나간다. 그 진로를 놓치지 않고 따라가기란 쉽지 않다. 팀원들과 나는 다양한 룸과 강당 곳곳에 배치됐지만, 때로는 시인이나 다른 축제의 프로그래머와 이야기를 나누는 바람에 해당 프로그램의 일부를 빼먹을 수밖에 없었다. 추천, 즉 필독 시집들, 유망한 신인들에 대한 추천이 계속 들어왔다. 결국 서너 시간밖에 잠을 못 자고 밤을 보냈다. 집에 돌아올 때면 하늘은 엷은 푸른색을 띠었다.

마침내 축제가 막을 내렸다. 무대 소품들은 창고로 갔고 출입구에 내건 큰 현수막은 철거됐으며 시인들은 비행기를 타고 돌아갔다. 주세페가 생후 열흘을 맞은 날이었다.

나는 아이스크림 가게에서 주세페를 다시 보았다. 녀석은 금전 등록기 옆에 세워놓은 유모차 안에서 잠들어 있었다. 소피아는 앞치마를 두른 채 카운터 뒤에서 주걱을 들고 있었다. 잠시 나는 주세페가 못 본 사이에 많이 크고, 머리숱이 많아지지 않았을까 걱정했지만 녀석은 마지막에 봤을 때처럼 여전히 작고 머리숱이 없었다.

"아직도 자?"

소피아가 물었다. 녀석은 여전히 잠든 채였다. 입은 벌리고, 왼손은 자기 가슴에 달린 불가사리처럼 쫙 벌리고 있었다. 나는 전과 달라진 점을 찾아보려고 애썼다. 손가락에 약간 살이 올랐나? 눈썹 주변의 솜털이 사라졌나? 한쪽 뺨에 뽀루지가 있었던가? 나는 녀석이 지금까지 산 삶의 3분의 1에 해당되는 열흘 인생을 놓쳤다.

"뭘 그렇게 봐?"

소피아가 다가와 물었다.

"모든 걸 다. 코, 귀, 속눈썹, 손가락 마디마디에 있는 손금."

"긴 속눈썹이 너무 아름다워."

나는 녀석을 바라보며 내 기억 속의 이미지를 찾아보았다.

"조금 컸지?"

"물론이지."

주세페는 양손을 움직이고 몸서리치더니 두 눈을 떴다. 일순간 검은 홍채가 보였다가 모습을 감췄다. 아마도 우리의 목소리를 들었던 모양이었다.

"품에 안고 얼마나 컸는지 느껴봐."

잠시 후에 소피아가 속삭였다. 그럴 수만 있다면 당장 녀석을 들어 올려 내가 볼 수 없는 걸 느끼고 싶었지만 깨울까 봐 두려웠다. 나는 몸을 기울여 녀석의 냄새를 맡았다. 변함없이 꿀처럼 달콤했다. 녀석의 옆에서 깨어나는 기분은 어떨까? 녀석이 자는 동안에 얼굴을 쳐다보는 기분은, 코를 비벼댈 때의 기분은 어떨까? 나는 루카가 아침에 그럴 시간을 갖는지 궁금했다. 루카는 보통 다섯 시 반에, 어떤 때는 그보다도 일찍 일어났다.

"언제부터 다시 일을 시작했어?"

내가 소피아에게 물었다.

"지난 수요일부터. 정말 더운 날이었어."

"그날은 어땠어?"

"녀석은 거의 세 시간밖에 못 잤어."

"깨면 어떻게 해?"

"잠깐 안아서 엄마는 일하러 가야 한다고 말해주지."

"그러고 일을 해?"

"응."

"울지 않아?"

"그건 당신 어머니도 당신들 둘을 데리고 했던 일이야."

그녀는 여전히 속삭이고 있었지만 부드러움은 사라졌다.

"요즘이 한 해 중에서 가장 바쁠 때야. 나만 게으름을 피울 수는 없잖아."

나는 그녀가 아이스크림 가게의 일원이라는 걸, 나와는 다른 진영에 속한다는 걸 깜빡 잊었다. 햇볕에 그을린 구릿빛 피부와 원래의 광택을 회복한 금발 머리 때문이었다. 착각했다. 사실 나는 외부인이었다. 어쩌면 현재는, 앞으로 몇 년 동안은 주세페도 외부인일지 모른다. 녀석과 나는 여름을 맞아 자유롭게 밖을 돌아다녔다. 가족의 눈에 나는 열흘을 열심히 일하고 이제 다시 빈둥거리는 한량이었다. 우리 가족은 세계 시 축제에 와본 적도, 단 한 편의 시 낭송도 들어 본 적이 없다. 사실 축제가 6월에 열리기 때문에 시 낭송을 듣는 것은 불가능했다. 모든 시민이 밖에 돌아다니는 시기였으니 말이다.

"좋다면 녀석과 함께 산책해도 돼."

소피아가 권했다.

"사무국으로 돌아가 봐야 해. 점심시간에 잠깐 들른 거거든."

진짜였다. 책상 위에는 서류 더미들이 널브러져 있었다. 답장해야 할 편지들, 브르타뉴와 터키와 태즈메이니아에서 열릴 축제의 초대장들이었다.

소피아가 나를 쳐다보았다. 그녀는 웃지 않았다.

"주말에는 시간이 날 거야. 그때 함께 산책할 수 있으면 행복할 거야."

내가 말했다. 끔찍한 소리처럼 들렸다. 나는 한 아이의 아버지 행세를 하면서 고작 주말에야 산책할 시간을 내겠다는 소리였다. 하지만 이처럼 시간이 없다는 것은 표면적인 이유였다. 전후 사정을, 복잡하고 깨뜨릴 수 없는 관계를 숨기고 내보인 사실일 뿐이었다.

소피아는 아이스크림 카운터로 돌아갔다. 나는 그녀가 화가 났는지 아니면 그냥 일을 해야 해서 그런 것인지 알 수 없었다. 어쨌든 그녀는 한마디도 하지 않았다. 하지만 내가 저녁에 사무실에서 나왔을 때 그녀가 내 이름을 부르며 나보고 빨리 건너오라고 재촉했다. 주세페가 일어났던 것이다. 그녀는 유모차에서 녀석을 들어 올려 내게 건넸다.

"그렇지? 더 무거워진 게 느껴지지? 더 큰 게 느껴지지?"

소피아가 말했다. 주세페는 깜짝 놀란 표정으로 혀끝을 입 밖으로 내민 채 나를 쳐다보았다. 그러고는 아주 짧은 순간 소리 없이 웃었다. 웃는 녀석의 입은 타원형에 적분홍색이었다.

나를 알아본 건가? 녀석이 내 얼굴에서 루카의 얼굴을 봤나?

"아기의 체중은 첫 달 동안에는 매주 150그램씩 늘어. 보건 간호사가 말해줬어."

소피아가 말했다. 그 말은 내가 마지막으로 주세페를 안았을 때보다 지금 약 200그램이 더 늘었어야 한다는 뜻이다. 그 무게 는 아이스크림 네 스쿠프에 불과했다. 나는 무게를 느끼려 애썼 지만 녀석은 너무 가벼워서 내 품에 떠 있는 것만 같았다.

"간호사가 녀석이 너무 작다는 말은 하지 않았어?"

소피아가 고개를 저었다.

"루카도 아기 때는 작았다지. 어머니께서 말씀하시기를 루카 는 2.27킬로그램밖에 되지 않았다고 하셨어."

나는? 내 체중은 얼마나 됐을 것 같아? 나는 이 말을 입 밖 으로 내뱉을 뻔했다. 어머니가 주세페와 루카를 비교하는 것은 이해하지만 소피아가 왜 그러는지는 이해되지 않았다.

나는 주세페를 꼭 껴안고 녀석의 부드러운 뺨을 내 코에 대 고 눈을 감았다. 우리는 테이블과 손님들로 둘러싸인 아이스크 림 가게 한가운데에 있다. 베피와 어머니가 나를 보고 있을 거 라고 확신했다. 아마 부엌에 있는 루카도 나를 볼 것이다. 루카 는 무슨 생각을 할까? 그는 누구를 볼까? 자신의 아들과 아들 의 삼촌을? 자기 아들과 함께 있는 자기 형을?

어깨에 손이 닿았다. 주세페의 불가사리 같은 손도, 소피아의 가냘픈 손도 아니었다. 그것은 아버지의, 아이스크림 장수의 발톱과 같은 손이었다. 아버지는 내 어깨에 얹은 엄지손가락을 비볐다. 아무런 말도 하지 않았지만 아버지가 무슨 생각을 하는지 들렸다. '조반니, 이제야 네가 잘못된 선택을 했다는 걸 알겠니?' 이 모든 것은 내 것이 될 수도 있었다. 아이스크림 가게도, 소피아도, 천사처럼 순수한 아들도 내 것이 될 수 있었다. '이제야 알겠니?' 아버지의 엄지손가락이 내 살 속으로, 내 근육 속으로 깊이 파고들었다.

나는 어린 주세페를 쳐다보았다. 녀석도 나를 쳐다보았다. 녀석이 다시 웃었다. 마치 웃기에는 입이 너무 작은 듯 입술이 파르르 떨렸다. 이제 떨어져야 할 때가 다가왔다. 이미 떨어졌어야 할 시간이었다. 내가 해야 할 일은 녀석을 녀석의 어머니에게 돌려주고 뒤돌아 지하철 역으로, 거기서 린넨 냅킨이 놓인 튼튼한 목재 테이블에서 미팅이 있을 예정인 레스토랑으로 걸어가는 일뿐이었다.

소피아는 내게서 주세페를 받았으나 나는 그냥 물러날 수 없었다. 딱 한 번 더 부드럽고 포동포동한 다리를 봐야만 했다. 긁힌 자국도, 상처도, 흠집 하나조차 없었다.

세계 시 축제가 끝나고 2주가 지난 뒤 나는 아르헨티나로 날아갔다. 빅토르 라르센은 부에노스아이레스에서 열리는 작은 축제에 초청받았지만 출발하기 사흘 전에 병에 걸리고 말았다.

열이 펄펄 났고 피부는 붉은 발진투성이였다. 결국 수두로 판명 났다. 그는 어릴 적에 수두를 앓은 적이 없다고 한다. 결국 라르센은 남은 여름 내내 병원 신세를 지게 됐다. 나는 얼른 짐을 꾸리고 비행기 안에서 축제의 프로그램을 검토했다. 모든 라틴아메리카 국가에서 온 시인들이 참석할 것이다. 레도 이보[91]와 같은 명사들도 일부 있을 테지만 대부분은 외국에는 알려지지 않은 무명 시인들일 것이다.

나는 공항에 마중 나온 무뚝뚝한 자원봉사자의 차를 타고 호텔로 향했다. 내 방은 홀리데이 인 217호였다. 회색빛 커튼, 회색빛 타월, 회색빛 주전자. 벽에 그림은 없었지만 텔레비전 위에 놓인 4개 국어—스페인어, 포르투갈어, 영어, 프랑스어—메모가 환영해주었다. 나는 침대에 드러누워 30여 분 동안 천장에 묻은 노란 얼룩 하나를 응시했다.

개막식 밤은 옛 극장에서 시인들과 다른 손님들을 위한 공식 만찬으로 구성됐다. 무대 전체에 많은 테이블이 있었다. 나는 축제 디렉터와 마지막 순간에 참석을 취소한 시장의 한 측근 사이에 앉게 됐다. 이날 저녁에는 시 낭송은 없었다. 음식과 음료만 있었다. 시 낭송을 들을 시간은 충분할 터였다. 초청받은 열여덟 명의 시인들이 도시 전역에 걸쳐 다양한 장소에서

---

91 Lêdo Ivo(1924~2012). 브라질의 시인이자 소설가.

시를 낭송할 예정이었다. 축제는 엿새 동안 진행됐다.

만찬 후에 나는 부에노스아이레스 출신의 젊은 시인 몇 사람과 대화를 나눴다. 남자들은 모두 반소매 셔츠를 입은 반면에 여자들은 면 드레스를 입었다. 얼굴이 젊음으로 빛났다. 그들은 화이트 와인을 마셨고 성냥으로 담배에 불을 붙인 후 바닥에 버렸다. 이제 그들의 시간이었다. 그들은 많은 공연에서 시 낭송을 했고, 잡지에 시를 발표했고, 격정 어린 연애를 즐겼다. 이 나라에서 시는 유럽에서처럼 가볍게 받아들여지는 것이 아니었다. 시는 그 나라의 문화에서 중요한 역할을 했다. 시의 힘은 결코 약해지지 않았다. 사람들은 보르헤스가 여전히 살아 있기라도 한 듯이 그에 관해서 말했다. 마세도니오 페르난데스[92]는 숭배의 대상이었다. 두 인물의 시구는 젊은 시인들의 혈관에 흘렀고, 그들의 운율은 젊은 시인들의 고동이었다. "과일의 맛, 물의 맛 / 꿈이 우리에게 돌려준 바로 그 얼굴 / 11월에 핀 첫 재스민 / 나침반의 무한한 동경."ᵟ

자정 무렵이 되자 젊은이들은 인근의 칵테일 바로 향했다. 길가 노천에 높은 테이블 두 개가 있었다. 등받이 없는 높은 술집 의자는 없었다. 다른 이들—친구들, 밤을 지새는 사람들—도 술자리에 끼었다. 바 위쪽에는 숙박 시설들이 있었는데, 불이

---

92 Macedonio Fernández(1874~1952). 아르헨티나의 시인이자 소설가.

환하고 창문은 열린 채였다. 도시 전체가 깨어 있는 것처럼 느껴졌다.

내 맞은편에는 한 젊은 여성이 스탠딩 테이블에 한 팔을 받친 채 담배를 피우고 있었다. 모델처럼 가냘픈 그녀는 한 파티에 관해 말하기 시작했다. 우리가 마치 오랜 친구 사이인 양 행동했다. 하지만 이름은 좀 시간이 지나서야 알려주었다. 엘비라였다. 그녀는 이탈리아계 후손인 사진작가였다.

"조상이 이탈리아 어디 출신이예요?"

"베니스에서 멀지 않은 북부예요."

그녀가 말했다. 그것이 그녀가 아는 전부였다. 그녀는 이탈리아에, 유럽에 단 한 번도 가본 적이 없었다. 나는 그녀에게 내가 베니스의 북부 지방인 벨루노현 출신이며 이탈리아 이주민의 첫 물결이 그 지방에서 비롯됐다고 말했다.

"이주민들은 더 나은 미래에 대한 희망을 품고 북아메리카와 남아메리카로 떠났어요. 하지만 일부 이주민들은 경우에 따라 아내와 아이들을 비롯해 모든 것을 남겨두고 떠난, 말 그대로 모험가들이었죠."

내가 말했다. 엘비라는 자신의 조상은 모험가였을 거라고 확신했다.

"아마도 우리는 친족일 거예요."

그녀가 웃으며 말했다.

"제 증조부님은 아메리카로 갔지만 정착하지 못했어요."

"어설픈 모험가셨군요."

"그렇게 볼 수도 있겠군요. 증조부님은 아메리카 원주민의 머리 장식을 가지고 돌아오셨죠."

"뭘 가지고 왔다고요?"

"깃털 머리 장식이요. 증조부님은 그걸 머리에 쓰시고는 아메리카 원주민인 척하셨어요."

반응이 없었다. 내가 자신을 놀린다고 생각하는 게 분명했다.

"누구도 이 이야기를 믿지 않더군요. 하지만 증조부님은 블랙풋 인디언들과 사시면서 그들의 문화를 받아들였던 걸로 보여요. 우리 고향집에는 아직도 깃털 머리 장식이 있어요."

내가 상세히 설명했다.

"신화처럼 들려요."

"그럴 거예요."

"그분에 대해 더 아는 게 있나요?"

"많지는 않아요. 증조부님은 정말로 정착하지 못하셨어요."

그녀는 담배 한 대에 불을 붙이고 내게도 건넸다. 나는 고개를 저었다.

"여기 시인들을 알아요?"

내가 물었다.

"거의 다 알죠. 몇몇 시인은 내가 사진을 찍기도 했는 걸요."

"엘비라 씨도 그 시인들의 시를 읽었나요?"

그녀가 웃었다.

"그 시인들이 읽어줬어요."

그녀의 이마에 조그맣게 움푹 들어간 부위가 있었다. 머리선 바로 아래였다. 그것 말고는 결점이 없었다. 눈썹은 사랑스러웠고 머리칼은 작은 식물 줄기처럼 고왔다.

"저 시인이 나를 위해 시를 썼어요."

그녀가 내가 만찬 후에 이야기를 나눴던 시인들 중 한 사람을 지목했다.

"그러고는 또 다른 시를 써줬어요. 실은 여러 편을요."

"엘비라 씨가 뮤즈인가요?"

그녀가 내 얼굴 가까이 담배 연기를 뿜었다. 나는 몸을 취하게 하는 약물 따위는 필요 없었다. 그런 것 없이도 이미 취하고 있었다.

나는 샤를 보들레르의 뮤즈는 물론이고 테오필 고티에와 귀스타브 플로베르의 뮤즈이기도 했던 아폴로니 사바티에[93]를 머릿속에 떠올렸다. 그 세 사람이 모두 그녀에게 에로틱한 편지를 보냈지만 보들레르의 편지만이 강렬하고 극심한 고통의 심정과

---

93 Apollonie Sabatier(1822~1890). 뛰어난 미모와 교양으로 파리 사교계를 사로잡았던 고급 창부.

최고의 로맨티시즘을 보여주었다. 보들레르는 일곱 편의 시를, 고티에는 네 편의 시를 그녀에게 헌정했고, 플로베르는 소설에서 그녀를 모티프로 한 인물을 그려냈다. 셋 중 보들레르만이 그녀와 밤을, 단 하룻밤을 보냈다. 그 이후 보들레르는 그녀에게 편지를 썼다. "당신은 아름다운 영혼을 가지고 있지만, 그것은 궁극적으로 여자의 영혼입니다."

엘비라가 웃었다. 그러고는 말했다.

"난 뮤즈가 되기 싫어요."

그녀의 아버지는 화가였다. 그의 작품은 레콜레타의 웅장한 건물들뿐만 아니라 도시 전역의 갤러리에서도 볼 수 있었다. 하지만 집의 수도꼭지에서는 물이 샜고 마룻바닥은 발자국, 물감, 단단히 굳은 붓 들 때문에 늘 더러웠다. 그녀의 어머니는 소박한 여자로 남편을 위해서라면 어떤 일도 마다하지 않았다. 심지어 남편의 그림을 위해서 차가운 타일 바닥에서 누드로 포즈를 취하기도 했다. 자신의 야망은 없었다. 그는 그녀의 첫사랑이었다. 그녀는 열여섯 살 때 한 카페에서 그를 만났다. 그는 때묻은 셔츠를 입고 있었고 그녀보다 스무 살이나 연상이었다. 그는 수도 없이 바람을 피웠지만 그녀는 그의 곁을 차마 떠날 수 없었다. 그의 곁을 떠나는 것은 배신과 같았던 것이다. 엘비라는 독립적으로 자유롭게 살고 싶었다. 바로 그것이 그녀가 시인들만이 아닌 자신을 숭배하는 젊은 남자들의 삶을 헤쳐 나아가는 길이었다. 그녀는 뮤즈가 아니었다. 그러나 그녀는 잊기 어려운 존재였다.

"몇 살이죠?"

그녀는 스물두 살이었고 몸은 넥타르[94] 같았다. 그녀는 내 직업을 묻지 않았듯 내 나이도 묻지 않았다. 아마도 그녀는 나를 쳐다보기만 해도 모든 것을 아는 여자들처럼 질문할 필요성을 느끼지 않는 모양이었다.

길 건너 바에서 누군가가 볼륨을 높였다. 검은 피부의 한 여자가 도로에서 유혹적으로 엉덩이를 흔들며 춤을 추기 시작했다. 모두 그녀를 바라보았다. 우리는 더 이상 말할 게 아무것도 없는 듯했는데 갑자기 엘비라가 불쑥 말을 꺼냈다.

"아내가 있죠?"

"왜 그렇게 생각하죠?"

"글쎄요. 아내가 있잖아요?"

"아뇨, 없어요."

"못 믿겠어요. 결혼반지를 방에 놓고 나왔겠죠."

"난 결혼도 약혼도 하지 않았어요."

잠시 후 그녀가 담배 연기를 빨아들였다가 내뿜으며 나를 계속 쳐다보았다.

---

94 nektar. 그리스 신화에 나오는 신의 음료.

"아들이 있어요. 이제 두 달 됐죠."

내가 말했다. 그 사실을 누군가에게 말한 건 이번이 처음이었다. 고백처럼 느껴졌다. 기분은 좋았다. 엘비라는 처음에는 아무 말도 하지 않았다. 아마도 좀 더 자세히 이야기해주기를 기다리는 모양이었다.

"아기 이름이 뭐예요?"

그녀가 마침내 물었다.

"주세페."

"보고 싶죠?"

"네."

난 부에노스아이레스의 어둠 속에서 다시는 볼 일이 없을 한 젊은 여자에게, 단 하룻밤 동안만 알게 될 누군가에게 그렇게 말할 수 있었고, 그걸 시인할 수 있었다.

이제 칵테일 바에 있는 여자를 포함해 더 많은 여성들이 춤을 추기 시작했다. 그들은 손에 잔을 든 채 거리를 가로질렀다. 그러고는 활기찬 음악에 맞춰 몸을 움직였다. 그 음악이 흘러나오는 곳은 '바 마이애미'라 불리는 술집이었다. '아이스크림 가게 베네치아'보다 더 듣기 좋은 이름이었다. 만일 내 증조부가 아르헨티나로 왔었더라면 우리는 밖에서 사람들이 춤을 추는 바를 소유했을지도 모른다. 하지만 증조부는 북아메리카로 갔다가 몇 년 후에 고향으로 돌아왔다. 그처럼 나 또한 어설픈 모험가였다.

로테르담에 돌아온 나는 주세페에게 부에노스아이레스 공항에서 선물로 산 봉제 인형을 주었다. 복숭아만큼이나 매끄러운 회색빛 돌고래였다. 녀석은 신이 난 듯 인형을 잡더니 작은 양손으로 꼭 쥐었다. 돌고래는 녀석의 변치 않는 친구가 됐다. 녀석은 어디를 가든 돌고래와 함께였다. 주둥이를 빨기도 했다. 녀석은 종종 그것을 꼭 끌어안고 잠에 들었다.

나는 어느 나라를 방문하든 그곳에서 주세페의 선물을 샀다. 인도에서는 대리석 코끼리, 러시아에서는 마트료시카, 세네갈에서는 주석 장난감 자동차를 사다 주었다. 루카는 내가 주세페를 망친다며 선물 사주는 짓 좀 그만두라고 말했다. 어느덧 세월이 흘러 주세페가 좀 더 나이를 먹었을 때 나는 세계 곳곳의 시인들이 쓴 시집을 가져다주기 시작했다. 아들에게 시집을 선물하는 것도 루카는 좋아하지 않았다. 내가 얇은 직사각형 꾸러미를 들고 아이스크림 가게에 들어서면 아버지도 불평을 늘어놓았다. 아버지는 "그건 주세페 또래의 아이에게 어울리는 선물이 아니야" 혹은 "녀석은 시인이 아니라 아이스크림 장수가 될 거다!"라고 소리쳤다. 하지만 주세페는 호기심 어린 눈으로 내가 준 시집을 읽기 시작했다.

녀석은 자랐다. 나는 양손에 돌고래를 들고 녀석 앞에 서는 순간 그것을 알았다. 믿을 수 없는 일이었다. 마치 감지할 수 없을 정도로 미세하게 자란 부분들이 한데 모아져 감지할 수 있는 전체가 된 것만 같았다.

"너, 더 컸구나. 내가 없는 사이에 몰래 컸군. 하지만 내 앞에서는 숨길 수 없어."

내가 말했다. 녀석은 양팔을 마구 흔들며 웃었다.

"당신을 봐서 행복한가 봐."

소피아가 말했다.

"나도 녀석을 봐서 행복해."

녀석이 잠에 들었을 때 나는 그의 얼굴을 유심히 살펴보면서 손가락으로 녀석의 피부를 쓰다듬었다. 녀석의 무릎 근처에서 긁힌 자국을 처음으로 하나 발견했다. 상처는 마치 하나의 점선과 같아 보였다. 며칠 후 그 자국은 사라졌다.

녀석의 머리칼은 더 굵어졌고 색깔은 엷어졌다. 양팔과 다리 피부에 난 주름들은 더 깊어졌다. 녀석은 날이 갈수록 민첩해졌다. 몇 분 동안 하나의 대상을 응시할 수도 있었다. 이제 유아복 소매를 더 이상 말아 입지 않아도 됐다. 이윽고 아이스크림 시즌의 마지막 날이 찾아왔다. 자정이 조금 지난 뒤 어머니는 문에 안내문을 붙였다. "3월에 돌아옵니다!"

이튿날 아침이 되면 아이스크림 가게는 문을 닫을 것이다. 냉동고를 텅 비우고 냉장고와 찬장도 말끔히 치워질 것이다. 아버지는 아이스크림 제조기들을 분해해 청소할 것이다. 진열창을 북북 문질러 닦아 깨끗하게 만들 것이다. 가스, 물, 전기는 끊긴다. 차양이 반듯하게 접히고 나면 열쇠가 자물쇠에 꽂힌다. 그 열쇠가 세 번 돌아가면 가족들은 차를 몰고 독일과 오스트리아를 지나 브렌네르 고개를 가로질러 이탈리아로 향할 것이다. 마침내 이탈리아에 들어서면 도비아코와 코르티나담페초를 지나 카도레 골짜기로 향할 것이다. 다른 아이스크림 장수들과 마찬가지로 나의 아버지도 마을 대로에 들어서면서 경적을 울릴 것이고, 그러면 사람들은 창밖으로 고개를 내밀어 마을로 들어오는 차를 향해 손을 흔들 것이다.

이번이 주세페가 처음 맞는 겨울이 될 것이고, 베나스 디 카도레에서 처음 보내는 시간이 될 것이다.

베네치아의 주방에서

주세페의 금발 머리, 치아, 첫 걸음마. 기억의 필터에서 황금처럼 반짝이는 것들이다. 국제 이스탄불 시 축제에 참석하고 돌아왔을 때 주세페가 처음 한 말을 들었던 기억이 아직도 생생하다.

"엄마."

말을 하기 전까지 녀석은 대상을 정확한 말이 아닌 어떤 소리와 연결하곤 했다. 엄마라는 말을 들은 소피아는 무척 뿌듯해하며 주세페에게 그 말을 거듭 말해보게 했다. 나는 녀석에게 이탈리아어로 삼촌이라는 말을 가르쳐보려 애썼다. 치오^{zio}. 하지만 녀석은 'z' 자 발음을 어려워해서 '나'라는 뜻을 가진 "이오^{io}"라고 말했다. 내가 아이스크림 가게에 들어와 주세페의 눈앞에 나타나면 녀석은 기쁜 듯 "이오!"라고 소리쳤다. 그럴 때마다 소피아가 웃었다. 그녀는 아들의 가슴을 집게손가락으로 콕 찌르며 "이오"라고 하고 나서 나를 가리키며 "치오"라고 말했다. 녀석에게는 너무 어려운 말이었다.

루카는 주세페가 처음 한 말을 기억하지 못한다. 녀석이 처음 그 말을 한 당시는 한 살 때인 여름이었다. 녀석은 걸을 수 있었지만 능숙하지는 않았다. 의자에 부딪치기도 하고, 포석이 깔린 길을 걷다가 자기 발에 걸려 넘어지기도 했다. 우리는 모두 녀석이 넘어질 것 같으면 얼른 잡아주려고 종종걸음으로 뒤를 쫓았다. 손님들도 벌떡 일어나 아장아장 걷는 아기를 안전하게 지켜주었다.

"아기가 달아나려고 해요."

테라스에 앉은 한 단골손님이 말했다.

"저기 봐요, 또 그러잖아요."

나는 그 소리를 들을 때마다 웃으며 말했다.

"녀석이 벌써 아이스크림 가게에 싫증이 났나 보네요."

"아냐, 아냐. 서빙을 연습하는 거야. 내년에는 쟁반을 들고 서빙할지도 몰라."

아버지가 말했다. 루카는 이때의 일 또한 기억하지 못한다. 내가 그에게 왜 기억하지 못하냐고 물으면 이렇게 말할 것이다. "난 주방에서 아이스크림을 처닝하고 있었어." 사실 그 말이 주세페에 관한 대부분의 질문에 관한 대답이었다. 며칠 동안 계속 비가 와 손님들이 줄어들자 그때서야 루카는 아들과 시간을 보낼 수 있었다. 하지만 아이스크림 장수로서 비 오는 날은 결코 행복할 수 없는 날이다.

"아빠"라는 말은 주세페가 여섯 번째 혹은 일곱 번째로 한 말이었다.

"넌 주세페가 처음 먹은 아이스크림은 기억하지?"

"내가 처음 아이스크림을 먹였지. 그런데 울고 말았어. 너무 차갑다고 느낀 거지."

나는 그 자리에 없었다. 나중에 어머니로부터 그 이야기를 들었다. 루카는 갓 만든 바닐라 아이스크림 한 통을 들고 주방에서 나왔다. 주세페는 유모차에서 관심을 끌려고 투정을 부렸지만 소피아는 일하는 중이었다. 생후 10개월이 된 녀석은 가끔 꼭 한 시간만 잠을 자기도 했다. 바로 그럴 때 동생은 아이스크림을 한 스푼 떠서 녀석에게 내밀었다.

"이건 세계 최고의 바닐라 아이스크림이란다. 우연히도 네 아빠가 만든 거지."

주세페는 입을 벌려 아래에 난 두 개의 작은 이를 드러냈다. 동생은 스푼을 아들의 입에 넣었고 아들은 입술로 그것을 감쌌다. 차가운 것이 미뢰의 감각을 잃게 했다. 그것은 모든 감각의 기세를 꺾어버렸다. 아마도 그 순간은 단 1초였을 것이며 곧

단맛이 느껴지면서 파동이 거세게 일 것이다. 하지만 주세페에게 그 1초는 너무나 길었다. 녀석은 다른 모든 식구들이 아이스크림 맛을 처음 느끼는 찰나처럼 두 눈을 질끈 감았지만 동시에 눈물이 가득 고였다. 녀석은 깩깩 울었다. 마치 누군가가 자신을 해치기라도 한 듯이 울어댔다. 혀의 감각을 마비시킨 바닐라가 입 밖으로 쏟아져 나왔다.

"나도 아이스크림을 먹지 못했었지."

쟁반을 든 베피가 말했다.

"하지만 사람들이 최악이야. 그걸 사는 사람들 말이다. 그자들은 참을성이 없고, 시끄럽고 너무나 게으르지. 앉아서 뚱뚱한 배를 긁고 방귀를 뀌어대며 아이스크림이 몇 초 안에 테이블에 도착하기를 기대하거든."

"베피! 당신의 유해한 생각을 손자에게 강요하지 마."

어머니가 고함쳤다.

"아니타, 제발 당신의 남편을 가만 놔두지 그래?"

아버지가 유모차로 고개를 숙였다.

"네 할미는 지독히 까다로운 여자란다. 기억나니? 내가 너한테 작은 필립스 드라이버를 사줬을 때 네 할미가 덤벼들었던 거 말이야."

주세페는 할아버지가 하는 소리를 알아듣지 못했다. 녀석은 계속 고함쳤다. 결국 녀석은 다음 아이스크림 시즌이 될 때까지 두 번 다시 아이스크림을 물지 않았다. 아이스크림은 다음 해 여름이 돼서야 녀석의 혓바닥에서 살살 녹았고 녀석은 미뢰로 그 기분 좋은 맛을, 엄습하는 달콤한 맛을 느꼈다.

"한 입 더."

녀석이 소리쳤다.

"더!"

녀석은 그 순간까지 자신이 배운 모든 말을 내뱉었다.

"그토록 아름다운 공구를 줬는데 네 할미가 뺏어버렸지."

베피가 중얼거렸다. 어느 조용한 아침, 아버지는 손자와 함께 산책에 나섰다. 아버지는 유모차를 끌고 철물점으로 향했다. 할아버지처럼 주세페도 공구들을 뚫어지게 쳐다보았다. 둘은 공기 드릴을 가장 오랫동안 바라봤다.

"저거. 저, 저."

어린 주세페가 말했다.

"저거. 저거 좋지?"

큰 주세페가 말했다. 하지만 결국 아버지는 손자에게 손을 놀리기 힘든 공간에서 쓰는 주먹 드라이버를 사주었다. 어머니는 아버지에게 당장 그걸 반품해오라고 말했다.

"그게 아기에게 얼마나 위험한 건지 알기나 해? 딸랑이가 아니라고!"

어머니가 말했다.

"맞아. 이건 필립스 주먹 드라이버야."

"주세페가 그걸 가지고 뭘 할 것 같아?"

"녀석은 그걸 좋아해."

"그 애는 모든 걸 다 좋아해. 그 애가 좋아한다면 경주용 자전거도 사줄 생각이야?"

"아니, 물론 그건 안 되지."

"당장 그 드라이버 반납했으면 해."

"싫어."

"싫다고."

"그럼 내가 환불할 거야."

"그래, 그래. 알았다고. 그러니까 당신 말은 인생을 즐기면 안 된다는 거지? 어릴 때도 안 되고, 늙어서도 안 되고."

아버지는 주세페를 다시 철물점으로 데려가서 주먹 드라이버를 반납했다. 하지만 이번에는 공기 드릴을 충동적으로 샀다.

"저거."

아버지가 점원에게 말했다.

"저거."

손자가 메아리처럼 말했다. 베피는 공기 드릴을 담은 유모차를 끌고 다시 아이스크림 가게로 향했다. 주세페는 베네치아 상공으로 먹구름이 몰려든다는 사실을 전혀 모른 채 할아버지의 어깨 위에 걸터앉아 함박웃음을 지었다.

423

어머니는 베피에게 주걱을 집어던지고 싶었지만 잘못했다가 손자를 맞힐까 봐 그만두었다. 소피아는 아무리 어처구니없는 일이더라도 이러한 상황에 익숙했다. 그녀는 둘을 중재해야 한 다는 걸 알았다.

"뉴웨 비넨베흐 거리에 목재 장난감 가게가 있어요. 아름다 운 공구도 같이 팔죠. 오늘 오후에 들러보시는 게 어때요?"

그녀는 어떤 손짓도 없이 침착하고 조용히 말하면서 자신의 말이 최대한 중립적으로 들리도록 신경 썼다. 베피는 유모차에 있는 공기 드릴을 쳐다보며 그것을 산 게 얼마나 어리석은 일이 었는지 깨달았을 것이다. 짧은 순간이었지만 충분한 시간이었 다. 그날 오후에 주세페는 나무 톱과 나무 드릴이 담긴 커다란 직사각형 박스를 건네받았다. 녀석의 할아버지는 그 도구를 사 용하는 방법을 손수 보여주었다.

소피아는 평화를 지켰고 화해를 도모했으며 가족을 단단히 결속시켰다.

"그게 정말 공기 드릴이었어?"

동생이 묻는다. 우리는 베네치아의 주방에 있다. 아이스크림 제조기 하나가 처닝 작업을 하는 중이다. 밤 열한 시다. 소피아 는 침대에 있고 베피와 어머니는 이탈리아에 있다. 사라는 아이 스크림을 서빙한다. 보도 디 카도레 토박이인 사라는 가게에서 2년 동안 일했다. 어머니가 더 이상 베피를 베나스에 혼자 놔두고 싶지 않아 하면서 사라가 일을 시작했다. 아마도 이제는 어머니 역시 늙어가는 것이리라. 20대 초반인 사라는 예쁜 얼굴은 아니지만 아주 믿음직하다. 그녀는 아이스크림 시즌 내내 가게에 머물며 고미다락에서 잠을 잔다. 루카와 소피아는 그 아래층에 있는, 예전에 부모님이 썼던 방에서 잔다.

"그 이야기는 엄마한테 들은 거야."

내가 말한다.

"나는 가끔 형이 이야기를 꾸며댄다는 느낌이 들어. 아니면 빈틈을 채우려고 내용을 왜곡하거나 완전히 바꾸거나."

"그건 네가 벽을 뚫을 때 사용하는 것과 같은 종류의 드릴이었어. 10개월짜리 아기가 가지고 놀기에는 어울리지 않는 거대한 공구였지. 엄마가 들려준 이야기야."

"난 드릴 이야기를 하는 게 아니야."

동생이 말한다. 순간 우리는 침묵한다. 스크레이퍼 칼날이 액체 덩어리 속에서 거의 소리 없이 회전하는 사이에 카타브리카 모터의 윙윙거리는 소리가 주방을 채운다. 아이스크림이 완성되려면 아직 멀었다.

가끔 우리는 테라스에 앉기도 한다. 그러다가도 카운터 앞에 누군가가 서면 루카가 일어나 주문을 받아야 한다. 사라는 일주일에 두 번, 저녁 시간에 쉬는데 그때는 루카가 서빙을 맡는다. 하지만 이때쯤 루카는 대체로 테라스에 앉아 있곤 한다. 이제 더운 시기는 지났다. 10월, 아이스크림 시즌의 마지막 달이다. 열 시가 넘으면 손님은 거의 없다.

우리는 말하고, 침묵하고, 서로를 바라보고, 눈길을 돌린다. 주세페가 집을 떠난 지 거의 세 달이 됐다. 그에게서 두 번 다시 전화가 걸려오지 않았지만 우리는 아름답고 색상이 화려한 머리 장식물을 쓴, 한 아메리카 원주민 사진이 있는 엽서를 받았다. 소인을 보니 메리다에서 일주일 전에 붙인 것이다. 주소는 주세페의 글씨체가 아니었다. 주세페의 것보다 훨씬 더 세련된 느낌의 글씨체였다.

"여자애 필체야. 녀석이 사랑에 빠졌군."

루카는 내 말을 믿지 않는다. 그는 그 엽서를 고객이 보냈다고 믿는다. 아이스크림 가게에 외국에서 온 엽서가 도착하는 것은 드문 일이 아니다.

"하지만 그 엽서에는 내용이 없잖아."

내가 말한다.

"앞에 있어. 멕시코에서 인사를 드립니다!"

가끔 우리는 손님을 보면 기쁘다. 그래서 루카는 안으로 들어가 한 외로운 남자를 위해서 커피 혹은 아이스크림콘을 준비하거나 밀크셰이크를 만든다. 주방에서라면 손님의 등장처럼 대화를 끊어줄 것이 없다. 루카의 몸을 숨겨줄 기계만 있을 뿐이다. 그는 지금도 아이스크림이 준비되면 나를 쫓아낸다. 동생

426

은 혼자 일하고 싶어 하므로 나는 집에 간다. 그리고 이튿날 저녁에 다시 만난다.

우리는 대화를 나눈다. 서로에게 자신이 아는 것을 전부 말하고 절반의 이야기, 즉 내가 기억하는 사건과 루카가 기억하는 사건을 하나로 엮는다.

"가끔 나는 네가 기억을 억압한다는 생각이 들어. 네가 기억나지도 않으니 말해봐야 소용없다고 이야기하는 일들 말이야."

"내가 뭘 기억해야 되는데? 주위를 둘러봐. 타일, 캐비닛, 아이스크림 제조기, 조리대를 보라고."

동생의 목소리가 점점 더 높아진다. 그는 화가 나 있다. 베피처럼 그도 배신감을 느낀다. 모두가, 심지어 형조차도 자신에게 등을 돌렸다는 것이다.

"기다란 형광등과 금속 용기들을 봐. 이게 내가 허구한 날 보는 거야. 이게 내 기억이라고."

내 동생은 여기서 얼마나 많은 여름을 걸렀을까? 동생은 얼마나 희생해왔을까?

"그리고 만일 내가 여기 없다면 에스프레소 머신 뒤에 있거나 아이스크림을 서빙하고 있는 거야."

아버지가 가게에서 물러난 후 2년 동안 동생은 두 사람 몫의 일을 해야만 했다. 그는 아침저녁에는 아이스크림을 만들고 나머지 시간에는 내내 서빙을 했다. 어머니는 소피아와 함께 카운터 뒷자리를 지켰다. 베피와 함께 산악 지방에 남기로 결심하기 전까지 5년 동안 어머니는 그 자리를 지켰다. 거의 일흔 살이 될 때까지 일한 어머니의 머리칼은 이미 무화과와 아몬드 아이스크림 색깔로 변했다. 다음 아이스크림 시즌에는 사라가 왔지만 여전히 한 사람이 부족했다. 주세페가 열여섯 살이 될 때까지는, 다시 말해 그 녀석이 더 이상 학교에 가지 않아도 될 나이가 될 때까지는 여전히 한 사람이 부족하다.

"형은 내가 형보다 주세페에 대해 많이 안다고 생각할 테지만 내 생각에는 정반대야."

나는 주세페가 아이스크림 가게에 출근한 첫날을 기억한다. 그날은 이탈리아의 학교가 학기를 마친 6월 중순이었다. 주세페는 배낭을 메고 헤드폰을 쓴 채 혼자 기차 여행을 했다. 전형적인 십 대 소년이었다. 옷에는 밀라노에서 여행할 때 자리를 잡았던, 통풍이 안 되는 객실의 냄새가 배었다. 1000킬로미터가 넘는 여행이었다. 바로 그날 저녁 늦게 주세페는 아이스크림 가게에서 일을 시작했다.

나는 애처롭게 양미간을 찡그린 주세페의 표정을 보고 그가 아이스크림 가게의 일을 조금도 좋아하지 않는다는 걸 알았다. 이탈리아에 있는 그의 친구들은 훈훈한 저녁을 자유롭게 즐겼다. 하늘은 그들 앞에 펼쳐진 기나긴 날들만큼이나 푸르고 막막했다. 하지만 그는 테라스를 오르내리며 주문을 받아야만 했다. 이번 아이스크림 시즌이 그가 빼앗긴 첫 번째 여름이었다.

그는 전에도 아이스크림 가게에서 일을 도운 적이 있다. 아주 어렸을 때 동생과 함께 아이스크림을 만들었다. 달걀의 노른자와 흰자를 구분하고 과일 퓌레를 만들고 견과류를 갈았다. 주세페는 새로운 맛을 찾아냈다. 살구, 복숭아, 망고, 자두, 약간의 오렌지로 만든 자기만의 아이스크림을 발견했던 것이다. 그는 루카과 함께 자기 키보다 거의 두 배나 큰 국자 손잡이를 엄지손가락으로 두르고 카타브리카에서 아이스크림을 퍼냈다. 그리고 나중에는 테이블을 닦고 화물 트럭의 핸들을 잡듯이 양손으로 쟁반을 잡았다. 마침내 카운터 너머를 볼 수 있을 만큼 크자 자기 어머니 곁에서, 때로는 스프링클을 간식으로 먹으면서 주문을 받기도 했다.

하지만 주세페는 일이 지겹거나 놀고 싶으면 언제든 나가도 좋다는 허락을 받았다. 가게 밖으로 나서면 그는 보통 스키다므세 베스트에 있는 광장으로 달아나 그곳에서 친구들과 축구를 했다. 그는 믿을 수 없을 정도로 민첩했다. 누군가가 공을 패스해주기를 원할 때면 소리쳐 친구들의 이름을 불렀다. 가끔 주세페는 양 볼이 붉게 상기되고 땀으로 흠뻑 젖은 10여 명의 어린 소년들을 데리고 아이스크림 가게로 돌아오기도 했다. 그들은 모두 아이스크림콘을 하나씩 받아들고는 하늘 높이 뜬 태양 아래서 아이스크림을 핥았다. 그때만 해도 그에게 여름은 여전히 여름이었다.

주세페가 아이스크림 가게에서 더는 빠져나갈 수 없는 나이가 되자 나는 녀석이 가여웠다. 그는 기분이 언짢고 몹시 지쳐 워하는 듯 보였지만 루카는 그걸 자꾸 망각하는 것 같았다. 루카는 그 사실을 부정했고 지금은 그 기억을 계속 억압한다.

주중에는 극장에서 주세페를 발견했다. 처음에는 잘못 봤을 거라고 생각했다. 똑같이 천진한 얼굴에 길고 검은 머리칼을 가진, 주세페를 빼닮은 젊은이라고 생각했다. 하지만 정말 주세페였다. 주세페는 세계 시 축제에 처음으로 온 가족이었다. 나는 그와 눈을 맞추려 애썼지만 주세페는 나를 쳐다보지 않았다. 그의 두 눈은 남아프리카공화국의 시인 거트 블록 넬Gert Vlok Nel이 시를 낭송하는 무대에 꽂혔다. 그 시인은 강한 팔을 가진 거구의 사나이였고 낭송하는 시는 카페에서 그가 서툰 솜씨로 기타를 치며 불렀던 노래처럼 사색적인 자기 이야기를 담고 있었다. 그는 벨벳처럼 부드러운 목소리를 가진 선원처럼 보였다. 시인은 몇 년 동안 보지 못한 한 여인을 바라보듯 청중을 바라보았다.

시 낭송회가 끝나고 나는 주세페를 놓치고 말았다. 휴게실과 바를 들러봤지만 그는 없었다. 어디에서도 그를 볼 수 없었다. 나는 그에게 시 냄새를 풍기는, 회오리바람과 유칼립투스 나무 냄새를 풍기는, 함석으로 만든 카누 냄새를 풍기는 거트 블록 넬을 소개해주고 싶었다. 우리 셋이 함께 맥주나 뭐 그런 것을 마실 수도 있을 거라고 생각했다.

주세페는 아이스크림 가게에서 자기 아버지와 언쟁을 벌인 후에 나온 것이었다. 나는 그 이야기를 주세페가 아닌 루카로부터 들었다.

"녀석은 일을 그만하길 바랐어. 온종일 했거든. 저녁에는 쉴 자격이 있다고 생각했던 모양이야."

루카는 주세페의 생각을 받아들일 수 없었다. 그의 아버지는 57년 동안 아이스크림 가게에서 세월을 보냈고, 그사이에 루카는 30여 년의 세월을 쌓았다. 그런데 주세페는 고작 나흘 일하고서 불평을 늘어놓은 것이다.

"넌 여덟 달 일하고, 네 달은 놀아. 그게 우리 가게가 돌아가는 방식이자 아이스크림 장수의 삶이야."

루카가 아들에게 한 말이었다.

"난 아이스크림 장수가 아니에요."

"아니, 넌 아이스크림 장수야. 우리 가족 모두 아이스크림 장수인 것처럼."

"조반니 삼촌은 아니잖아요."

동생은 폭발했다.

"조반니 삼촌은 배신자야!"

"삼촌은 배신자가 아니에요."

"아니, 네 삼촌은 배신자야. 삼촌은 우리를 버렸어."

"삼촌은 자기가 하고 싶은 일을 할 뿐이에요."

"우리는 하고 싶은 일만 할 수는 없어. 우리 중 누군가는 일을 해야만 해!"

둘은 주방에 있었다. 문은 닫혔지만 모두가 두 사람의 언쟁을 들었다. 소피아와 사라는 물론 가게에 앉아서 유리 용기에 담긴 과일과 휘프트 크림을 곁들인 아이스크림을 먹던 손님들의 귀에도 들렸다.

"조반니 삼촌은 세계 시 축제를 열어요."

"그건 일도 아니야. 아무튼 진짜 일이라고는 할 수 없어. 넌 그 축제에 누가 돈을 대는지 아니? 축제 방문객이 아니라 직업을 가진 사람들, 세금을 내는 사람들이 대는 거야. 네 삼촌의 봉급을 비롯해 그 축제에 후원되는 보조금은 전부 세금으로 충당된다고. 나는 네 삼촌을 위해서 일하는 거야."

"아버지는 그냥 질투하는 거예요."

"아니, 절대 그렇지 않아."

"질투하는 거예요."

"넌 고작 열여섯 살이야. 알아야 할 걸 다 알지 못해. 이제 입 다물고 일이나 해."

아버지가 아들에게 최후통첩을 했다. 주세페는 이마를 잔뜩 찡그린 채 일하러 갔지만 여덟 시가 되자 앞치마를 풀고 아무런 말도 없이 가게에서 빠져나왔다.

"소피아가 녀석을 불렀지만 돌아보지 않았어."

"주세페를 봤어. 축제에 왔더라고. 청중들 사이에서 녀석을 발견했어."

"뭐라고?"

"한 시인의 시 낭송을 듣고 있었어."

이 말이 루카의 신경을 여전히 건드렸다. 그래서 지금 우리는 그날 저녁 일에 대해서 계속 이야기하는 중이다.

"녀석이 나를 조롱하려고 거길 갔군."

"그냥 호기심으로 들은 거야."

"아냐. 내게 상처를 주고 싶었던 거야. 내가 그걸 얼마나 싫어할지 잘 아니까. 그렇지 않았다면 영화를 보러 가거나 공원에 갔겠지."

우리는 서로의 견해에 동의하지 않는다. 루카는 주세페가 남아프리카공화국 시인의 낭송을 어떤 태도로 들었는지 모른다. 아들이 집중하고 감동하는 모습을 그는 보지 못했다. 주세페는 결코 복수심 때문에 시 낭송을 경청한 게 아니었다.

"그때 녀석이 맥주를 마시고 있었어?"

"왜 그걸 물어?"

"알아야 하니까."

루카는 주세페가 어떤 눈으로 거트 블록 넬을 바라봤는지 모른다. 나는 주세페가 그때 술을 마셨는지 모른다. 우리는 이야기의 빈틈을 메운다.

"아마 그랬을 거야. 이제 열여섯 살이잖아. 겨울에 나는 녀석을 바 포스타에 데려간 적이 있어. 집에 돌아갈 때는 우리 둘 다 지쳐 있었지. 그래, 지금도 기억나. 주세페는 맥주 두 잔에 취했지. 나는 녀석을 다시 보는 기쁨에, 녀석과 함께 바에 앉은 기쁨에 취했고. 녀석과 함께 바에 간 건 그때가 처음이었어."

다른 사람이 자신만이 아는 이야기를 들려주면 우리는 주의 깊게 귀를 기울이기 마련이다. 이틀 전에 내가 루카에게 주세페가 광장에서 축구하는 걸 보았다고 말했을 때 그가 내 말에 귀를 기울였듯이 말이다.

"그 녀석이 가장 잘하던데."

내가 뿌듯한 표정으로 말했다.

"모든 아이들이 주세페와 한 팀이 되고 싶어 했어."

"녀석이 골을 넣는 걸 봤어?"

"주세페는 환호했고, 다른 아이들은 녀석에게 달려들어 펄쩍 펄쩍 뛰었어. 프로 선수들처럼 녀석을 끌어안았지."

"형은 거기서 뭘 했어?"

루카의 목소리는 화가 난 것처럼 들렸다. 대화 중에 그가 그런 모습을 보이는 것은 특별한 일이 아니었다. 하지만 그가 얼른 다른 질문을 덧붙인 걸로 보아 자신도 그 사실을 깨달은 게 분명했다.

"녀석을 보려고 일부러 그 광장에 갔던 거야?"

나는 고개를 끄덕였다. 그때 나는 일단의 네덜란드 시인들과 함께 고틀란드섬 시 축제에 참석차 방문했던 스웨덴에서 방금 돌아온 상황이었다. 토마스 트란스트뢰메르는 휠체어에 앉아 네덜란드 시인들의 낭송에 귀를 기울였었다. 나는 돌아와 여행 가방을 들고 곧장 아이스크림 가게로 왔지만 주세페는 없었다. 그는 어느 광장에서 축구를 하고 있었다. 소피아가 베스트블락 방향을 가리키며 말했다.

"저기 어디 있을 거야."

나는 그 장소를 기억했다. 루카와 나는 어릴 적에 거기서 축구를 하곤 했었다. 그때부터 그 광장에는 흰색 선들, 즉 사이드라인, 골라인, 센터서클이 그어졌다. 골은 엄청난 일이었다.

"녀석은 경기에 완전히 몰입했어. 내게 곁눈질조차 거의 하지 않았지. 하지만 골을 넣자 내게 달려와 하이파이브를 했어. '삼촌, 발뒤꿈치로 골 넣는 거 봤죠?'라고 하더군. 그러고는 다시 광장으로 돌아갔고, 아이들은 전부 녀석 머리 위로 뛰어올랐어. 그해 두 달 반을 네덜란드에서 보냈지만 녀석은 그 아이들에 속해 있었던 거야."

"난 그 아이들이 축구하는 걸 본 적이 없어. 테라스에 앉은 걸 본 적은 있지. 주세페가 주방으로 달려와 숨을 죽이고 말했지. 자기 친구들이 왔는데 그 애들에게 아이스크림을 대접하고 싶다고. 엄마가 내게 부탁해보라고 말했다고. 솔직히 말해서 그러고 싶지 않았지만, 허락해주면 녀석이 무척 기뻐하리라는 걸 알았지. 그 미소. 그걸 볼 수 있다면 못 할 일이 뭐가 있겠어."

그 미소는 내가 언젠가 베니스 디 카도레에서 본, 기쁨 가득한 소년의 미소였다. 주세페를 보러 녀석의 외할머니 집에 내가 찾아갔을 때 녀석은 여섯 살이었다. 처음 5년 동안 녀석은 루카와 나처럼 매년 아이스크림 시즌이면 네덜란드에 왔지만, 어느덧 학교에 다녀야 하는 나이가 되면서 이탈리아에 남았다. 소피아는 그것을 힘겹게 받아들였다. 그녀는 아들과 떨어지는 걸 막지 못했다. 루카는 속마음을 털어놓지 않았다. 그는 아이스크림을 준비했다. 아침 일찍 일어났고 한밤중이 돼야 잠자리에 들었다. 옛날에 그의 부모님 역시 그를 데려올 수 없었다. 그것이 아이스크림 가게가 돌아가는 방식이었고, 그것이 아이스크림 장수의 삶이었다.

소피아는 주세페를 기숙학교에 보내고 싶지 않았다. 그 학교에서 나와 루카는 수녀들에게 두들겨 맞았고 루카는 밤마다 내 침대로 기어 올라왔다. 소피아의 어머니는 주세페를 학교에 데려다주고 요리해주고 옷을 세탁해주며 돌보겠다고 각오했다.

내가 처음 그를 보러 간 날은 봄날이었다. 4월의 하늘은 청명했고 산꼭대기는 눈부신 눈으로 덮여 있었다. 나는 베니스 공항에서 금속성의 자동 변속 장치가 장착된 SUV를 빌렸다. 내가 차에서 내리는 순간 주세페가 뛰어나왔다. 소피아의 어머니는 문간에 서 있었고 잠시 후에 그녀의 남편도 나타났다. 주세페가 예고도 없이 내 품에 뛰어들었다. 갑작스럽게 녀석의 무게에 압력을 받은 내 팔이 등 근육과 함께 크게 긴장했다.

"치오! 치오!"

주세페가 소리쳤다. 나는 트로피처럼 주세페를 번쩍 들었다. 그리고 속으로 '넌 내 거야, 넌 내 거야'라고 생각했다. 소피아와 루카가 일을 하러 네덜란드로 떠나면 녀석은 정말로 내 것이 될 터였다. 주세페가 웃었다. 녀석은 젖니가 늦게 빠졌다. 젖니는 순백색이었다. 녀석의 웃음은 몇 년이 지나도록 환하게 빛난다. 배경에 있는 차의 도료 빛깔과 저 멀리 눈을 비추는 햇볕과 더불어 녀석의 미소는 빛의 메아리를 창조한다.

"치오!"

빛나는 추억이다. 우리는 황금 꼭대기에 살지만, 황금에 다가갈 순 없다.

*

"물론 녀석이 그리웠어."

어느 날 저녁에 동생이 주방에서 말한다.

"아이스크림 장수가 아이스크림 심장을 가지고 있다면 그런 감정이 없을 테지만 말이야. 다른 모든 사람들처럼 아이스크림 장수도 어린 아들을 끌어안고 싶고, 허공으로 높이 던졌다가 받고 싶어 하는 두 팔을 가졌어. 물론 형이야 바쁘고 항상 정신 없이 돌아다니면서도 생각을 그칠 줄 모르지. 아이스크림을 처닝할 때도, 원통을 비워야 할 때도, 아이스크림 제조기에 재료를 다시 채워야 할 때도."

루카는 입을 다물더니 파인애플이 가득한 조리대를 빤히 본다. 파인애플 껍질을 벗기고 퓌레를 만들어야 한다. 그 퓌레를 시럽에 넣어 끓인 다음 체로 짜내고 식혀야 한다. 나는 동생이 셔벗의 기본 재료에 무엇을 더 첨가할지 모른다. 어쩌면 좀 더 크림 같은 질감을 내기 위해서, 입안에 들어갔을 때 구름 같은 느낌이 드는 아이스크림을 만들어내기 위해서 소량의 레몬주스나 으깬 달걀흰자를 첨가할지도 모른다. 하지만 아마도 그는 평범하지 않은 재료를 첨가할 것이다. 내 눈에는 약간의 생강과 신선한 박하 한 다발이 보인다. 이는 연금술이다.

"이 형광등 불빛 아래서 나 또한 우리가 엄마와 베피와 헤어졌던 때를 회상했어. 우리가 쓴 편지를 읽던 수녀들이 부모님이 그립다고 한 형의 편지를 보고는 무척 화를 냈었잖아."

"그리고 편지를 다시 쓰게 했지."

"우리는 착한 소년처럼 식기를 전부 비우고 매일 기도한 일을 써야 했지. 아이스크림 가게에서 보내는 나날은 길지만 기숙학교에서 보내는 날들은 끝없이 계속됐어."

풀밭이 푸른색으로 변하고 민들레가 쑥쑥 자라는 날들이었다. 태양이 온기를 가져오고 피부에서 겨울의 순백을 털어낸 날들이었다.

주세페가 외할머니 집에서 머무는 동안 나는 여러 날을 그와 함께 보냈다. 그때 베피와 어머니와 소피아와 루카는 모두 로테르담에 있었다. 나는 주세페와 손을 잡고 마을을 걸었다. 우리는 빵집과 정육점까지 걸어갔고, 소피아의 어머니에게 줄 신문이나 잡지를 샀다. 사람들이 많지 않았기 때문에 어디서든 줄을 설 필요가 없었다. 저녁이면 마을은 쥐 죽은 듯이 고요했다. 주말에는 피자 가게만 문을 열었다. 바 포스타에서는 지친 영감들이 중경을 응시했다. 그들의 아내는 부부가 함께 쓰는 침대에서 외롭게 잠들었을 터였다. 빨랫줄은 텅 비었고 덧문은 닫혔다. 발코니 곳곳에는 새 쥐손이풀이 갓 자라났다. 베나스 디 카도레의 봄이었다.

나는 학교를 마친 주세페를 차에 태워 숲속으로 데려갔다. 우리는 솔방울을 찾고 오두막을 지었다. 나뭇가지로 치명적인 검을 만들어 싸움을 벌였다. 농부들이 보이지 않을 때는 들판에서 뒹굴기도 했다. 더없이 행복한 날들이었다. 그때 나는 주세페에게 1000가지의 질문을 받았다. 앞에 앉아도 될까? 내가 운

전해도 될까? 삼촌, 활과 화살을 만들어줄 수 있어? 오늘 밤 할머니에게 팬케이크 좀 만들어달라고 해줄래? 내가 이 나뭇가지에서 뛰어내리면 잡아줄래? 축구할래? 제발, 나를 빙빙 돌려줘! 또 한 번만! 돌고 돌고 돌고. 휘돌고 휘돌고 휘돌고. 그러고 나서 현기증을 느낀 우리는 풀밭에 함께 누워 빙빙 도는 하늘을 지켜봤다. 이윽고 빙빙 돌던 모든 것이 멈추자 또 다른 질문들이 이어졌다.

"삼촌은 얼마나 더 베나스에 머물 거야?"

"나흘 더. 주말이 지나면 로테르담으로 돌아갈 거야."

"그다음에는?"

"그다음에는 산티아고에 가."

"거기가 어딘데?"

"칠레에 있어."

"나도 함께 갈 수 있을까?"

"안 돼, 그럴 순 없어."

"왜?"

"넌 학교에 가야지."

"학교 가기 싫어. 삼촌과 함께 가고 싶어."

주세페가 내 몸 위로 기어올랐다. 녀석의 얼굴은 내 얼굴 위로 불과 몇 센티미터 떨어져 있었다. 나는 녀석의 가늘고 연약한 눈썹과 검은 눈동자를, 부드러운 피부를, 내 얼굴에 닿은 금발 한 타래를 바라보았다. 나는 여전히 사랑에 빠져 있었다.

"왜 삼촌이랑 같이 가면 안 돼?"

"어른이 되면 여행을 많이 할 수 있을 거야."

삼촌이 조카에게 말했다. 주세페가 끙 하는 신음 소리를 냈다. 녀석이 듣고 싶었던 대답이 아니었다.

"난 언제 로테르담에 가?"

"여름이 시작되는 6월에."

녀석은 아무런 말도 하지 않았지만 섬세한 이마에 주름이 잡혔다.

"넌 누가 가장 그리워?"

"엄마."

"아빠는?"

"아빠도 보고 싶어."

"삼촌은?"

"삼촌은 지금 여기 있잖아."

"하지만 내가 떠나고 외할머니랑 외할아버지와 함께 지내게 되면?"

녀석은 잠시 생각하더니 말문을 열었다.

"내가 우리 집에 있게 되면, 겨울에, 삼촌이 보고 싶을 거야."

내가 머물던 집, 내가 없을 때는 텅 비는 집, 모든 것―주방 식탁 밑의 의자들, 찬장의 식기들, 지하실의 공구들―이 사람들을 기다리던 집. 나는 수년 동안 그 집에서 살지 않았다. 내 자리는 없다. 이제 주세페가 내 침실에서 잤다.

언젠가는 녀석이 자기 집에 데려다달라고 자꾸 보채서 그러기로 했다. 녀석은 소피아의 부모님 집에 가져가는 걸 깜빡 잊은 장난감 자동차를 챙기고 싶어 했다.

"삼촌은 내 침대에서 자."

우리가 녀석의 방에 있을 때 주세페가 말했다.

"넌 내 침대에서 자."

내가 되받아 말했지만 주세페는 알아듣지 못한 듯했다. 녀석은 다른 장난감들 사이에서 자동차를 찾고 있었다. 녀석은 내가 침구를 바꾸지 않은 사실과 내가 자기 홑이불을 덮고 잔다는 걸 몰랐다. 또한 녀석은 집안의 정적을, 자신의 부모와 조부모가 돌아오기만을 기다리는 물건들과 가구의 침묵을 알아채지 못했다. 녀석은 행복하게 빨간색 경주용 자동차를 운전하며 층계참을 오르락내리락했다.

"치오, 이것 봐! 이 차를 뒤로 당기면 앞으로 쏜살같이 나가."

경주용 차는 층계참 저쪽으로 질주하더니 벽에 부딪쳤다. 하지만 주세페는 그것을 쫓아가지 않았다. 그는 몸을 돌려 방으로 돌아갔다.

"옷을 갈아입고 싶어."

"왜?"

"이 옷은 불편해."

녀석은 옷장을 열고 바지 한 벌과 스웨터와 티셔츠를 꺼냈다. 처음에 나는 그가 무엇을 하려는지 짐작할 수 없었다. 일단 녀석이 옷을 갈아입은 후 뭘 하려는지 깨달았다. 녀석은 소피아의 어머니가 입힌 옷을 전부 벗었다. 그 옷은 아주 깔끔했다. 칼날 같은 주름이 잡힌 바지와 빳빳한 흰 셔츠였다. 나들이옷, 교회에 갈 때 입는 옷이었다.

내가 주세페를 보러 온 첫날, 녀석은 매우 말쑥해 보였다. 지금 생각해보니 소피아의 어머니는 특별히 내게 보여주려고 녀석에게 그런 옷을 입힌 거였다. 어릴 적에 손님을 맞이할 때면 나와 동생이 몸에 딱 맞는 바지와 몸을 근질근질하게 하는 잠바를 입어야 했듯이 말이다. 하지만 소피아의 어머니는 손자에게 일주일 내내 나들이옷을 입혔다. 그녀 자신이 반짝이는 하이힐을 신지 않은 모습을 남들에게 보인 적이 없는 것처럼.

"이 바지는 더럽혀도 돼."

주세페가 말했다.

"다른 옷은 안 되고?"

"다른 옷을 더럽히면 외할머니가 좋아하지 않아."

"외할머니가 널 무척 사랑하는 것 같던데."

"외할머니는 아침마다 내 머리에 가르마를 내줘."

우리는 이처럼 다음 세대에 많은 것을 전하고 싶어 한다. 아이스크림, 시, 공구 같은 삶의 양식을 전하려 한다. 단 하나라도 잃어버려서는 안 된다. 뭐든 잃었다가는 자신의 본성을 배반한 기분이 들 것이다.

내가 주세페를 데리고 집으로 돌아가니 그의 외할머니는 마치 잡종개를 바라보듯 손자를 바라보았다. 그녀는 이제 온종일 집에 있는 남편에 대해서도 그다지 우호적인 것 같지 않았다. 그 지역에 남은 안경 공장은 이제 거의 없었다. 경쟁에서 중국인들에게 밀리고 말았다. 소피아의 아버지가 공장장으로 있던 공장도 폐쇄됐다. 그는 이직과 은퇴를 놓고 선택할 수밖에 없었다. 결국 그는 은퇴하는 쪽을 선택했다. 이제 부부는 결혼 생활의 힘든 국면—서로 물어뜯을 듯이 구는 국면—에 들어섰다. 소피아의 어머니는 여전히 좋아 보였지만 더 이상 몇 년 전만큼 자유분방해 보이지는 않았다. 그녀는 지극히 냉담해졌다. 얼굴은 굳어 있었다. 그리고 그녀는 자주 와인 잔을 손에 들었다. 그녀는 아마도 주세페 때문에 모데나로 돌아가지 못하고 있을 것이다. 아니, 어쩌면 그녀는 그저 모든 것을 다시 시작할 용기를 잃었는지도 모른다.

우리 넷은 함께 저녁을 먹었다. 고르곤졸라 치즈를 곁들인 폴렌타[95]였다. 소피아의 아버지는 가끔 손자를 보며 미소를 지

---

[95] polenta. 옥수숫가루 등의 곡물 가루로 만드는 이탈리아식 죽.

었지만 주세페는 크게 신경 쓰지 않았다. 주세페는 배가 고팠고 친할아버지를 더 좋아했다. 친할아버지와 손자는 겨울이면 지하실로 숨어들어 기계들을 윙윙, 획획 돌아가게 했다. 어머니는 그런 짓을 몹시 싫어했지만 말릴 방법은 전혀 없었다.

식탁이 말끔히 치워지고 주세페가 잠이 들자 소피아의 어머니가 말했다.

"녀석이 당신의 눈을 닮았어요."

우리는 와인을 한 잔 마시고 있었다. 그녀의 남편은 소파에 앉아 텔레비전을 봤다. 그의 입장에서 보면 내가 자신의 아내와 사귈 수도 있었다.

"주세페는 루카보다 당신을 닮았어요."

그녀가 말했다. 그녀는 와인을 한 모금 크게 삼켰다. 돌처럼 굳은 표정이었다. 그녀는 두세 가지 사실을 알았다. 소피아는 임신하는 데 오랜 시간이 걸렸고, 내가 자기 딸을 늘 좋아했다는 사실이다. 어린 시절, 루카와 내가 소피아의 주변을 파리처럼 맴돌며 거의 매일 그녀의 집 문간에 나타날 때면 그녀의 어머니가 문을 열고 나왔다. 그리고 그녀는 어느 시점에서 자기 딸에게 우리 둘 중 하나를 선택하라고 일렀다. 마지막으로, 그녀는 내가 음탕하다는 사실을 안다.

"햇볕 때문에 그래요. 주세페와 바깥에서 오랜 시간을 보냈거든요. 하지만 루카는 항상 실내에 있죠. 그러니 햇볕 볼 일이 없어요."

주세페는 태양을 쫓았다. 중앙아메리카의 상공에 뜬 눈부시게 빛나는 태양을 사랑했다. 그는 아이스크림 가게에서 세 번째 여름을 맞이하지 못했다. 그가 주방에서 아버지를 돕기로 한, 두 번째 여름은 최악에 치달았다. 루카는 주세페가 온갖 종류의 상이한 맛을 내는 아이스크림을 만드는 법을 배우기 바랐지만 주세페는 전혀 관심이 없었다.

"여기서 더는 일 못 하겠어요."

주세페가 루카에게 말했다.

"이제 아버지는 저까지 주방에 가두려고 하잖아요."

"아이스크림 장수는 아이스크림 만드는 법을 배워야 해."

"전 아이스크림을 만들고 싶지 않아요."

"나도 한때는 그걸 배워야 했어."

"전 아버지가 해야만 했던 일을 저까지 해야 하는 이유를 모르겠어요."

"그게 전통이니까. 네 할아버지와 증조할아버지도 그걸 배워야 했어. 이 아이스크림 가게는 우리 가문 소유고, 아버지로부터 아들에게 전해져야 해."

동생은 주세페에게 자신이 그의 아버지가 아니라는 사실을 절대로 말하지 않았다. 진실이 혀끝에서 수십 번 맴돌다 튀어나오기 직전까지 갔지만 늘 간신히 자제했다. 그는 주세페를 내

446

쫓아버리고 싶었고, 의절하고 싶었고, 국자로 머리를 후려치고 싶었다. 내가 시를 읽기 시작하자 절망하다시피 했던 베피처럼.

가끔 주세페는 위로를 받으려고 어머니에게 눈을 돌렸지만 그녀는 일주일 내내 아이스크림을 서빙했다. 봄과 여름에는 위로를 받을 시간이 거의 없었다. 한번은 주세페가 세계 시 사무국으로 찾아와 벨을 눌렀다. 나는 그를 들어오게 했고 우리는 도서실의 커다란 테이블에 앉았다. 그는 아무런 말도, 한마디도 하지 않고 그저 테이블만 빤히 응시했다.

나는 주세페를 바라보면서 나 자신을 보았고, 내 동생은 아들을 바라볼 때 배신자이자 적인 나를 보았을 것이다.

"시인들만이 우울감에서 혜택을 보나 봐."

나는 하이만이 언젠가 내게 말한 것처럼 주세페에게 말했다.

"우리 같은 보통 사람은 행복할 의무가 있어."

주세페는 나를 바라보았지만 반응은 하지 않았다. 나는 그의 두 눈에 눈물이 글썽이는 모습과 입술이 파르르 떨리는 모습을 보았다. 돌연 수많은 시구가, 위안을 줄 수백 개의 단어가 머릿속에 떠올랐지만 대신 나는 하이만은 결코 하지 않은 행동을 했다. 양팔로 주세페를 꼭 감싸 안은 것이다.

"녀석에게 절대 말하지 않았지?"

내 동생이 지금 묻는다.

"절대 말하지 않아."

"다른 누구에게도 말하지 않았지?"

"누구에게도 말하지 않았어."

에노스아이레스의 젊은 여자에게는 말한 적이 있었지만 셈에 넣지 않았다. 그녀는 과거에 묻혀 시간에 삼켜졌다. 나는 그 비밀 때문에 고심한 적이 없다. 그 비밀이 혀끝에서 맴돈 적도 없다. 나는 주세페의 아버지였지만, 주세페는 루카와 소피아의 아들이었다. 나는 그의 삼촌이었다. 그를 사랑하고, 봄에 만나러 오는 삼촌. 세계 곳곳에서 선물을 사다 주는 삼촌. 가끔 그를 몹시 그리워하는 삼촌이었다.

"겨울은 가장 혹독했어."

내가 말한다.

"겨울은 가장 좋았어."

루카가 말한다. 아이스크림 장수들에게는 겨울이 여름이다. 짧고 어두운, 굴뚝에서 연기가 피어나는 추운 나날이지만 겨울은 카도레 골짜기에서는 주된 계절이자 화려한 계절이었다. 산악 지방에서 있을 때는 어깨의 짐을 덜 수 있었다.

"나는 녀석과 함께 눈송이를 지켜보곤 했어. 우리는 혀로 눈송이를 잡으려 애쓰며 누가 먼저 한꺼번에 두 개를 잡나 경쟁했지. 주세페가 늘 이겼어. 왜냐하면 녀석은 자기 엄마처럼 혀가 길었거든."

나는 내리는 눈 속을 걸어가는 그들의 모습을 상상한다. 내 동생과 그의 아들은 절대 끊어질 수 없는 하나의 고리인 양 서로의 손을 꼭 잡고 걷는다.

"녀석이 좀 더 나이가 들었을 때 나는 고미다락으로 올라가 베피가 우리를 위해 만들어준 썰매를 찾아냈어. 소피아도 따라나서서 우리 셋은 함께 비탈을 내달렸어. 하지만 첫 번째 굽이에서 떨어져 나가고 말았지. 주세페는 처음에는 울었지만 엄마와 아빠가 웃는 걸 보고는 자기도 폭소를 터뜨렸어. 내가 '칼라 안에 눈이 들어왔어'라고 소리쳤고, 이어 소피아가 '브래지어 안에 눈이 들어왔어!'라고 소리쳤지. 그랬더니 주세페가 '팬티 안에 눈이 들어왔어!'라고 고함치는 거야."

나는 세 개의 다른 호텔 방에서 짐 모리슨과 함께 잠에서 깨어났던 어느 겨울을 기억한다.

"녀석은 온종일 밖에서 시간을 보내면서 친구들과 눈싸움을 했어. 형이 저녁 먹으라고 녀석을 불렀다면 빗나간 눈 뭉치를 조심해야 했을걸. 이번에 우리는, 그러니까 베피, 엄마, 소피아, 나는 밖에 나가 숨어서 녀석을 기다리다가 눈 폭격을 퍼부었지. 그만하라고 사정할 때까지 멈추지 않았어. 물론 녀석은 화를 내며 흥분했지만 오소부코[96]를 준비했다고 하자 모든 걸 용

---

96 ossobuco. 송아지의 뒷다리 정강이 부위를 와인, 양파, 토마토 등과 함께 찐 이탈리아 요리.

서했어. 잠시 후 우리 다섯은 김이 모락모락 나는 접시가 놓인 따뜻한 주방에 앉았지."

동생은 최근 며칠 동안 저녁이면 내가 하는 이야기나 카타브리카의 윙윙거리는 소리에 기꺼이 귀를 기울였다. 하지만 오늘 저녁만큼은 추억들이 아주 자연스럽게 줄줄이 떠오르는 모양이다. 페르난도 페소아[97]가 1914년 3월 8일, 자기 책상 앞으로 걸어가서 종이 한 장을 꺼내 30편이 넘는 시를 연달아 썼듯이 이야기를 풀어놓는다.

모든 것을, 모든 이야기를 다 말하는 건 불가능하다. 우리는 이야기를 정확히 알지도 못한다. 모든 이야기의 현장에 있지는 않았으니 말이다. 우리는 우리가 아는 것을 서로에게 들려준다. 그러고는 수수께끼를 풀려고 애쓴다.

어느 날 저녁에 우리가 테라스에 앉았을 때 루카가 불쑥 말했다.

"가끔 나는 형이 녀석에게 '멕시코로 가. 돌아올 필요 없어. 네 삶을 살아. 어서'라고 말했을 거라는 생각이 들어."

"책임을 떠넘기는 거냐?"

그는 손님을 핑계로 빠져나가고 싶은 듯 주위를 둘러보았지

---

97 Fernando Pessoa(1888~1935). 포르투갈의 모더니즘 문학 운동을 주도한 포르투갈 최고의 시인.

만 그런 운은 없었다.

"그래. 가끔 형에게 책임이 있다는 생각이 들어. 하지만 그보다 자주 나 자신을 책망해. 주방에서 주세페를 심하게 나무랐던 게 계속 떠올라. 우리는 녀석의 머리를 놓고 몇 번째인지도 모를 정도로 수도 없이 언쟁을 벌이고 또 벌였어. 내가 머리를 묶거나 깎아버리라고 백번은 일렀는데도 녀석은 항상 머리를 길게 내려뜨렸어. 그런 모습으로 처닝 중인 카타브리카를 지켜보는 건 정말 위험해. 형도 그러다가 목 졸려 죽은 아이스크림 장수 이야기를 들었을 거야. 넥타이가 걸렸잖아. 나는 주세페의 머리가 거기에 엉킬까 봐 겁이 났어. 게다가 그런 머리는 비위생적이기도 해. 머리카락이 아이스크림에 들어갈 수도 있잖아. 우리는 이미 바나나 아이스크림에서 머리카락이 나왔다는 불만을 들은 적이 있어. 주세페 것이 분명해. 길고 거무스름했거든. 사실 검은색이었지. 내 눈으로 직접 봤어.

소피아는 항상 녀석을 너무 엄하게 대하지 말고 좀 더 자유를 주라고 말했지만 함께 주방에 있어본 적이 없어서 뭘 몰라. 소피아는 그저 시간이 필요할 뿐이라고, 시간을 주면 다 좋아질 거라고 생각했어. 문제는 아이스크림 가게에는 시간이 없다는 거야. 뭐, 겨울에야 시간이 남아돌지만 여름에는 그렇지 않잖아. 처닝 중인 아이스크림 제조기들을 갖추고 천장까지 과일 상자들이 쌓인 2미터 폭에 3미터 길이의 주방에서는 시간이 없어.

사정이 그래서 나는 녀석을 위해 미용실을 예약했지. 저 모퉁이를 돌면 있는 데야. 거기 고객들은 전부 해군에 어울릴 만한 멋진 상고머리를 하고 나왔어. 어릴 적에 우리는 항상 거기 가고 싶었지만 엄마는 너무 비싸다고 했잖아? 내가 주세페에게 그 미용실에 예약해놨으니 가서 머리를 깎으라고 했지만 녀석은 거절했어. 야생마들이라도 녀석을 거기로 끌고 갈 순 없었을 거야. 그래서 내가 직접 깎아주겠다고 했지. 더 이상 참을 수 없었거든. 녀석의 머리는 점점 자라서 항상 눈을 가렸지. 나는 가위를 찾았지만 주방에 있을 리가 없었지. 아이스크림을 만드는 데 가위는 필요 없거든. 하지만 혹시 있을지도 모르니 계속 찾아봤어. 그러고 있는데 녀석이 뭐라고 말했는지 알아? 왜 아들을 하나 더 낳지 않았냐는 거야. 아이스크림 장수가 되고 싶어 할 아들, 짧게 머리를 깎을 아들을 왜 낳지 않았냐고. 그 말에 깊이 상처받은 나는 화가 치밀었어. 그때 내 눈에 멜론을 자른 칼이 들어왔지. 나는 그걸 움켜잡고는 손잡이를 꽉 쥐었어. 녀석의 머리를 잘라버리고 말겠다고 속으로 생각했지. 그러고는 녀석에게 다가갔어. 하지만 내가 칼을 들어올리기도 전에 녀석이 주방을 뛰쳐나갔어."

"그 일이 언제 있었는데?"

"녀석이 멕시코행 티켓을 샀다고 말하기 일주일 전."

다음 순간, 마침내 누군가가 아이스크림을 사러 왔다.

솔직히 말해 나는 자주 자책했다. 주세페에게 내 직업에 대해서 너무 많은 말을 한 것 같다. 아마도 그게 주세페에게 예비되지 않은 삶으로 걸어가라고 유혹하지 않았을까? 나는 그가 아이스크림 가게에서 일할 운명이며 언젠가는 그 가게가 주세페의 것이 될 것이라는 걸 알았다. 그의 운명을 대신할 그의 형제는, 루카의 다른 아들은 없었다.

나는 주세페에게 몽골, 스트루가, 텔아비브에 관해서 들려주었다. 수도뿐만 아니라 여러 마을에서도, 고비사막의 둥근 천막—펠트와 양털로 만든—에서도 개최된 몽골의 시 축제에 대해서도 들려주었다. 또한 내가 마셨던 낙타 레닛 보드카와 시인들이 떨리는 목소리로 불렀던 노래에 대해서도 들려주었다. "유르트[98] 위로 밤이 내리네. / 밤의 어둠이 / 그림자들을 응결시키네. / 기나긴 어느 겨울의 / 모든 밤보다도 어두운 그림자들을."R

시카고에서, 즉 루스 릴리Ruth Lilly의 유산을 관리하는 단체인 '시 재단'의 본부가 있는 매그니피션트 마일의 고층 건물들 중 한 곳에서 열렸던 회의에 대해서도 말해주었다.

"루스 릴리가 누구예요?"

---

98 yurt. 몽골, 시베리아 유목민들의 전통 텐트.

"평생에 걸쳐 많은 시를 『시』라는 작은 문예지에 투고했지만 한 편도 출간되는 걸 보지 못한 여인이야. 하지만 그 여자는 늘 조셉 패리시라는 편집자로부터 짧은 편지를 받았어. 실은 그 편집자는 투고에 떨어진 모든 이들에게 투고를 수락할 수 없게 됐다는 내용의 친서를 보냈지. 아무튼 그런 연유로 루스 릴리는 87세 나이에 2억 달러를 그 문예지에 기부했어."

"그럼 시카고에서 삼촌은 뭘 했어요?"

"나는 시카고의 엘리트 출신 임원 20여 명으로 구성된 시 재단 이사회 측에 기획안을 설득하고 있었어. 그들이 2억 달러를 관리하거든. 회장은 참석하지 않았지. 그 회장은 비행기를 타고 뉴욕에 가는 중에, 영화에서 보던 것처럼 객실 한가운데에 있는 작은 사각 스피커로 통화를 했어. 그들은 기획안을 흥미로워했지만 예산안에 대해서는 냉담하더구나."

일주일 내내 와인을 마시며 시를 쓰던 네 명의 친구들이 개최한 중국 황산의 시 축제에 관해서도 들려주었다. 그처럼 술을 마시며 시를 쓰는 삶의 양식이 지나치게 낭만적일 뿐 전혀 돈벌이가 되지 않자 그들은 일주일에 사흘만 술을 마시며 시를 쓰기로 결정했다. 나머지 시간에는 각자 사업을 했다. 한 친구는 택시 회사를, 한 친구는 레스토랑을, 한 친구는 오페라하우스를 세웠다. 그러고는 그렇게 번 돈을 들여 세계 전역의 시인들과 함께 자신들만의 시 축제를 개최했다. 재정적으로 독립성을 갖췄기 때문에 중국 정부는 그 축제에 전혀 관여하지 않았다. 사실 그들은 그 점에 대해서는 전혀 몰랐을 것이다. 비행기 티켓, 번역 팸플릿, 고대 도시 유람 등의 비용은 물론이고 심지어 발 마사지 비용까지 축제 조직 협회가 지급했다. 인터넷에는 이 축제에 대한 언급이 전혀 없었다. 청중도 없었다. 시인들은 유명한 정원의 한 그루 소나무 앞에 서서 혹은 황산의 절벽에 매달려 자신의 작품을 암송했다. 그 네 명의 친구들은 더없이 행복한 웃음을 지으며 낭송에 귀를 기울였다.

"어떤 호텔에서 묵었어요?"

"신안 컨트리 호텔."

책상 위에 놓인 티슈에서는 장미 향기가 났고 채색된 커다란 화병은 의자 용도였다. 호텔 창밖으로는 정성껏 가꾼 나무들이 늘어선 고전적인 정원과 작은 다리가 놓인 연못이 보였다. 매일 아침 여덟 시 반이면 한 여성이 갈대들을 엮어 만든 빗자루로 잔디밭을 말끔히 쓸었다.

메데인에서 열린 시 축제 이틀 뒤에 바랑카베르메하에서 열린 시 낭송에 대해서도 주세페에게 들려주었다. 네 명의 시인과 함께 나는 운전사가 자동소총을 무릎에 얹은 채 모는 장갑차를 탔다. 우리 뒤에서는 자동화기로 무장한 남자들이 우리보다 두 명 더 탄 또 하나의 차량이 쫓아왔다. 우리는 그 나라의 가장 큰 정유 공장으로 향했다. 새벽 다섯 시였다. 노동자들은 온종일 벌판에 모여 있었다. 600명에 1200개의 검은 손이 있었다. 시인들이 주머니에서 꺼낸 종이에 적힌 시를 낭송하기 시작했고, 그 후 몇 초가 지나자 대지 위로 태양이 떠올랐다.

자신이 마치 그 노동자들 중 한 명인 듯이, 또한 시인들의 시어가 귓속으로 쏟아져 마음을 마구 휘젓는 사이에 햇빛에 휩쓸리기라도 한 듯이 주세페의 눈이 이글거렸다.

오스카 와일드는 콜로라도주 레드빌의 광부들에게 글을 낭독한 적이 있다. 자신의 유일한 장편소설 『도리언 그레이의 초상』을 선택하지는 않았다. 벨벳 슈트를 차려입고 나선 그는 교황들과 군주들을 모욕했고, 매춘부들을 빈번히 찾았고, 정부들을 품었고, 여러 번 살인을 했다고 알려진 16세기 이탈리아 예술가 벤베누토 첼리니Benvenuto Cellini의 자서전을 낭독했다. 광부들은 오스카 와일드의 낭독을 무척 좋아했고 이듬해에 첼리니의 이야기와 함께 다시 찾아와 줄 것을 요청했다. 주세페는 더 많은 이야기를 들려달라고 했다.

최근 몇 년 사이에 루카와 나는 그리 많은 이야기를 나누지는 못했다. 루카는 내가 아이스크림 가게에 잠깐 들르면 가끔 함께 자리에 앉거나 나를 주방에 초대했다. 나는 주세페는 어떻게 지내는지, 학교생활은 잘 하는지, 여자 친구는 있는지 묻곤 했다. 루카는 계속 일하거나 급히 에스프레소를 마시면서 대답했다. 가끔 루카는 주세페와 통화를 했다고, 녀석이 안부를 전했다고 자진해서 말하기도 했다. 우리는 다른 문제에 대해서는 이야기하기를 피했다. 사실상 제대로 된 대화를 피했다. 우리의 대화는 12년 동안 그가 내게 거의 한마디 말도 하지 않았던 것에 비하면 나쁜 편은 아니었지만 오가는 말이 그리 많지는 않았다. 우리는 상대의 이야기에 귀를 기울이고 싶어 하지 않았다. 질투심 때문이었다. 우리는 주세페가 베니스에서 보낸 겨울 이야기, 루카가 로테르담에서 아이스크림 제조기 위로 등을 구부리고 일하는 동안에 내가 주세페와 함께 들판을 거닐었던 봄 이야기에 귀를 기울이려고 하지 않았다.

이제 지금껏 입 밖으로 드러내지 않았던 이야기들이 우리를 한자리에 모이게 하고 우리는 모든 말을 놓치지 않고 귀담아 듣는다. 거기에는 동생이 여전히 듣고 싶어 하지 않는 이야기들도 있다.

열다섯 살 때 내 마음을 뒤집어놓은 셸리의 시를 주세페에게 소개해준 것은 말할 것도 없다. "해협 / 하나의 대상을, 하나의 형상을 / 사랑하는 심장, 숙고하는 두뇌, / 걸치고 있는 인생, 창조하는 정신 / 결국 그 덕분에 / 해협은 자신의 영원성의 무덤을 세운다." 열다섯 살 때와 마찬가지로 여전히 짧게 머리를 깎은 주세페는 멀거니 나를 쳐다보았다. 아마도 처음 그 시를 들었을 때, 나도 똑같은 눈빛으로 바라보았을 것이다. 마침내 그가 응답했다. 단 한마디 말이었다. "좋아요." 하지만 루카는 그런 건 알고 싶어 하지 않는다. 루카라면 이렇게 말할 것이다. "제발 시로 날 성가시게 하지 마" 혹은 "시는 생략해줄 수 있지?" 그래서 나는 루카에게 주세페가 즐겨 읽은 시인들과 외우고 있는 시구에 대해서는 언급하지 않는다. 또한 쥘 델더^{Jules Deelder}가 테라스에 앉았을 때 주세페가 그에게 사인을 부탁했다는 사실도 말하지 않는다. 그는 주세페가 내민 시집에 이렇게 썼다. "주세페에게. 커피는 블랙이고 아이스크림 맛은 한 방 날립니다."

프란스 포겔^{Frans Vogel}은 가끔 아이스크림 가게를 지나쳤지만 결코 테라스에 앉은 적은 없다. 아마도 나의 아버지가 언젠가 그를 쫓아낸 적이 있을 것이다. 그는 부랑자처럼 보였다. 항상 가지고 다니는 비닐봉지를 보면 그를 알아볼 수 있다. 그 안에는 그가 도시 곳곳의 서점에 팔려는 시집들이 가득했다.

나는 주세페에게 세계 시 축제가 중국 출신 시인들을 처음 맞이했을 때의 이야기를 들려주기도 했다. 때는 1970년대였다. 그 이전까지만 해도 엄격한 공산주의 국가 출신 작가들이 국외로 여행을 한다는 것은 상상조차 할 수 없었다. 통역은 없었지만 그 축제가 특별한 행사라는 걸 안 청중은 인민공화국 출신의 시인 세 사람이 들려주는 낭송에 공손히 귀를 기울였다. 그러던 중 프란스 포겔이 자리에서 벌떡 일어서더니 무대에서 중얼중얼 낭송을 하던 시인들 중 한 명에게 소리쳤다. "더 크게 해! 목소리가 들리지 않아!"

주세페는 포겔의 가장 최근 시집에 대해서 물어보고는 특히 그 책의 제사題詞로 쓴 브레이튼 브레이튼바하[99]의 말―"시의 기능은 말들을 훌륭히, 모질게 속이는 것이다"―에 깊은 인상을 받았다.

또한 나는 루카에게 보리스 리지에 대해서 단 한마디도 하지 않는다. 주세페는 나한테 시집 『E 위에 드리운 구름』을 받은 이후에 술 취한 매춘부처럼 노래하고 싶었던 러시아의 젊은 시인 보리스 리지에 관한 모든 것을 알고 싶어 했다. 그의 시는 우울과 절망으로 가득했다. 그는 시인이자 거리의 싸움꾼이었다. 주세페는 직설적이고 명료한 언어, 그의 시에 흔히 등장하는 술고래들과 마약쟁이들에 반하고 말았다. 리지의 얼굴에는 커다란 흉터가 있었다. 그는 싸움을 벌이다가 입은 상처라고 주장했지만 사실은 어릴 때 심하게 넘어지는 바람에 생긴 자국이었다.

세계 시 축제에 그가 참석한 일은 치욕이었다. 대부분의 시간 동안 술에 취해 있던 그는 완전히 제멋대로 행동했다. 게다가 그의 영어 실력은 끔찍했기 때문에 의사소통도 불가능했다. 청중은 실망했다. 리지는 자기 순서가 아닌데도 비틀거리며 낭송대로 올라가서 자신의 시를 낭송했다. 그렇다 보니 그의 시는

---

99 Breyten Breytenbach(1939~). 남아프리카공화국의 시인.

영상에 나온 네덜란드어 및 영어 번역어와 일치하지 않았다.

그 후 1년도 안 돼 그는 황량한 예카테린부르크에 있는 부모님의 집에서 목을 매 죽었다. 책상 위에서 발견된 종이에 그는 이렇게 썼다. "모두 사랑했어요. 진심으로! 그대들의 보리스." 그때 그의 나이는 레르몬토프가 심각하게 생각하지 않은 한 결투에서 총에 맞아 사망한 나이와 같은 스물여섯이었다. 나는 동생에게 보리스 리지가 폐막식 밤에 낭송한 애절한 시를 들려주지는 않을 것이다. 자신의 아들을 위해 쓴 그 시는 이렇게 시작한다.

네덜란드에서 돌아가면 너한테 레고를 줄 거고
우리, 너와 나는 아름다운 성을 지을 거야.
넌 다시 돌아오게 할 수 있어, 세월과 사람들을,
또한 사랑을.
– 내 말을 잊지 마, 두고 보면 알 거야.[5]

이 시를 읽을 때마다 내 눈은 "우리는 눈이 내리기 전까지 살고 빈둥거릴 거야"라는 후반부에서 머뭇거린다. 그 순간 나는 주세페가 쫓는 태양을 생각한다. 아이스크림 장수는 보기 힘든 태양을.

루카에게 그 시를 들려주는 대신에 나는 차를 몰고 코르티나와 도비아코 사이에 있는 도로를 오르다 보면 1.5초 동안 보이는 트레치메 디 라바레도에 대해서 말한다.

"녀석을 트레치메에 데려갔었어?"

나는 고개를 끄덕인다. 우리 둘은 어느 맑은 날 트레치메까지 걸어 올라갔다. 나는 어깨에 배낭을 맸고 주세페는 벨트에 음료수 병을 찼다.

"언제?"

나는 잠시 그때를 생각해낼 시간이, 세월을 역산할 시간이 필요했다.

"주세페가 일곱 살 때."

동생이 침묵한다. 그도 주세페가 일곱 살이었던 봄까지 세월을 역산한다. 당시에 베피와 어머니가 일하던 아이스크림 가게로, 그가 그 계절에 만들어냈던 아이스크림 맛까지 세세히 추적해간다.

"녀석이 그걸 보고 어떻게 생각했어?"

루카가 묻는다. 그는 시기하지 않기가 힘들지만 계속 묻고 더 많은 이야기를 알고 싶어 한다. 내 기억에 트레치메에 가까이 다가갈수록 주세페의 발걸음이 점점 더 빨라졌다. 그 봉우리로 오르는 등산로는 여러 길이 있다. 그중 하나는 정상에서 15분 거리에 있는 대형 주차장에서 시작되지만 우리는 일찍 일어나 아침 내내 걸었다. 주세페는 어디선가 발견한 막대기를 오른손에 쥐었다. 왼손으로는 내 손을 잡고 있었다. 우리는 스웨터를 벗었다. 따뜻한 5월이었다. 우리 주변의 봉우리에는 눈이 거의 없었다.

트레치메는 어느 쪽에서든 불쑥 나타나지 않는다. 그것은 멀리서부터 보이다가 발걸음을 옮기면서 점점 더 크고 눈부신 장관으로 변해간다. 틈만 나면 여름 계획을 쉴 새 없이 떠들던 주세페는 그 암석층들 사이에 난 좁은 길을 따라 걸어가자 더는 말하지 않았다. 녀석은 우리 앞에 우뚝 선 산에 혼이 빠진 듯했다. 녀석의 아버지와 할아버지는 본 적이 없는 산이었다. 어쨌든 그들은 우리처럼 가까이 온 적은 없었다.

이윽고 우리는 걸음을 멈추고 2억 7000만 년 전에 태곳적 열대의 바다에서 솟아난 삼지창인 거대한 세 봉우리와 날카로운 윤곽의 암석을 올려다보았다. 화석이 된 산호초였다. 주세페는 그것에서 눈을 떼지 못했다. 주세페와 함께 여기에 서다니 소름이 끼치도록 좋았다. 보고, 침묵하고, 녀석이 숨 쉬는 소리를 듣다니. 내 모든 사랑을 담아 녀석의 손을 꼭 쥐고 있다니.

"치오!"

주세페가 갑자기 소리쳤다.

"저기 봐! 사람들이 있어."

나는 주세페가 가리킨 지점, 그런데 치메의 북쪽 중간에 돌출한 벼랑으로 시선을 돌렸다. 잠시 바라보고 있자 마침내 두 개의 작은 점이 보였다. 등반가들이었다.

"삼촌도 저렇게 올라가 볼래?"

"아니."

"난 올라가 볼래."

다음 순간 주세페가 바위 탑의 기슭을 향해 바위 비탈을 걸어 올라가려는 듯 내 손을 잡아당겼다.

"녀석이 그란데 치메에 오르고 싶어 했어."

내가 동생에게 말했다. 루카는 처음에는 반응하지 않았지만 조금 뒤 마치 조숙한 자기 아들이 삼촌의 손을 거세게 잡아당기는 모습을 상상하기라도 했듯 웃음을 지었다. 우리 둘은 주세페가 거세게 잡아당기는 모습을, 사슬에서 풀려나려고 분투하며 사슬 고리가 끊어질 때까지 계속 잡아당기는 모습을 상상했다.

가을이 되자 밤은 점점 더 길어졌다. 아이스크림 가게는 앞으로 며칠 동안만 열 것이다. 사람들은 다시 외투를 입었다. 나뭇잎은 노랗다. 여전히 이따금씩 사람들이 줄을 섰다. 하지만 주말에만 그랬다. 가을치고는 나쁘지 않았다. 비가 많이 오지 않아서였다.

"우리는 마치 녀석이 죽은 것처럼 이야기하고 있어."

동생이 말한다.

"녀석은 죽지 않았어."

"어떻게 알아?"

나는 대답하지 않는다.

"묻잖아."

루카가 말한다. 나는 처음으로 침묵을 지키고 싶다. 내가 그에게 뭔가를 물어보면 동생이 아무런 대답도 하지 않는 것처럼. 하지만 루카는 포기하지 않는다. 그는 계속 질문을 반복한다. 그의 말이 동생과 주세페 사이의 빈번한 말다툼을 증폭시켰던 주방의 타일, 바로 그 하얀 타일을 맞고 튀어 오른다.

"내가 녀석의 아버지니까."

순간 모든 것이 조용해진다. 심지어 아이스크림 제조기조차 침묵에 빠진 듯하다. 이윽고 소리가 천천히 다시 돌아온다. 스크레이퍼의 칼날은 아이스크림을 긁어모으기 시작하고 아이스크림은 다시 소곤거린다. 그리고 루카가 입을 연다. 나는 그가 폭발하리라 예상했지만 그는 화를 내지 않는다.

"난 형이 그런 말을 하지 않을까 두려웠어. 정말 형 말이 옳았으면 좋겠어."

루카가 두 눈에 눈물을 글썽이며 나를 바라봤다.

"난 주세페 없이는 못 살아. 소피아도 그렇고."

나는 항상 주세페와 떨어져 지내왔으니 아마 그 없이도 살아갈 수 있을 것이다. 처음부터, 주세페가 태어난 날부터 쭉 그랬다. 그는 항상 작고 멀리 떨어진 점이었지만 오랫동안 골똘히 집중하면 그를 볼 수 있었다. 내가 어머니와 전화 통화를 할 때면 아이스크림 가게에 있는 동생이 보이는 것과 같았다. 그를 보는 것은 자동적으로 일어나는 일이다. 내 기억이 그것을 실현시킨다.

루카는 내가 옛날 일들을 꾸며대거나 기억에 없는 빈틈, 거대한 빈틈을 메우기 위해 여러 가지 이야기를 뒤섞는다고 말한다. 그가 어떻게 생각하든 나는 멕시코의 미초아칸이나 콜리마의 거리를 걷거나, 펠리컨들이 파도 속으로 뛰어들었다가 부리에 물고기를 물고 솟아오르는 백사장을 따라 걷는 그를 눈앞에서 본다. 작은 점은 점점 멀어진다. 영원한 여름을 찾아 떠나는 아이스크림 장수다.

내가 그의 진짜 아버지이기 때문에 더 많이 알 수 있을까? 아니면 우리 둘 다 그에 대해 일부만 알기 때문에 그의 모든 것에 대해서는 잘 모르는 것일까?

"가끔 나는 녀석이 떠나기 전에 이미 그를 잃은 것이 아닐까 하는 생각이 들어."

루카가 말한다. 나 역시 같은 말을 할 수 있다. 주세페는 항상 내가 잃은 존재였다. 나는 주세페가 그 사실을 알았다는, 알게 됐다는 생각이 들 때가 있다. 소피아의 어머니가 알았듯이 말이다.

루카와 나는 40대 후반에 들어섰다. 얼굴은 주름지고 머리카락은 점점 가늘어지고 이에는 치관을 씌웠다. 우리는 20년 전에 비해 덜 닮아 보인다. 동생은 내게는 없는 근육을 가졌기 때문에 나보다 체중이 더 나가고 몸이 다부지다. 그의 어깨는 단단하고 떡 벌어졌다. 나는 루카에 비해 훨씬 가냘프고 바싹 야위었다. 시간은 우리 둘 사이의 차이를 점점 더 벌렸다. 우리의 피부 색깔은 더 이상 같지 않다. 동생의 걸음걸이는 달라졌고 등은 굽었다.

아이스크림 가게에서 그리 멀지 않은 웨스트 크라우스가드 거리에는 이슬람교 계율에 따라 도축한 고기를 파는 정육점, 벤알리가 있다. 늙은 모르코인 주인은 자기 아들들이 정육점을 물려받은 이후로 더는 일하지 않는다. 젊은 아들들은 아버지의 정육점에서 일해왔다. 하지만 큰아들은 작가다. 그는 한 권의 베스트셀러를 포함해 두 권의 소설을 출간했으며 지금은 암스테르담에서 산다. 책을 내고, 출판사에서 일하는 젊은 여성들과 전율을 동반한 연애를 하고, 늦잠을 자는 야망과 모험 가득한 삶. 때때로 그 작가는 기차를 타고 로테르담에 간다. 그래서 나는 가끔 그가 두 동생 중 한 명과 함께 베네치아의 테라스에 앉은 걸 본다. 정육점 주인은 그의 머리 위에서 비추는 형광등 불빛처럼 창백하고 머리는 막 벗겨지기 시작했다. 몸은 그가 하는 일의 가혹한 성질에 걸맞게 엄청난 힘을 지녔음을 보여준다. 아주 멋진 이탈리아 모자를 쓴 그의 형은 피부가 좀 더 가무잡

잡하고 마라톤 선수처럼 튼튼하다. 한쪽은 마치 죽을 몸인 듯 몹시 지쳤고 다른 쪽은 에너지와 계획 들로 가득 찼다. 둘은 수소와 종마 같다.

주세페는 테라스에 앉은 그 형제들에게 서빙을 한 적이 있다. 그들은 아이스크림을 주문했다. 주세페는 그 형제를 보고는 즉각 우리 형제와 비슷한 면을 알아보았다.

"저 두 사람 좀 봐요."

아이스크림을 푸는 동안 소피아 곁에서 주세페가 말했다.

"저기에 마치 아빠와 조반니 삼촌이 있는 것 같아요. 다른 거라면 저들이 더 젊고 모로코인이라는 사실뿐이에요."

소피아는 웃어 넘겼지만 주세페는 자기 생각을 숨기지 않고 말했다.

"제 생각에는 모자를 쓴 쪽이 엄마에게 추파를 던질 거예요. 그자가 엄마를 어떻게 보는지 봐요."

"잘생긴 남자네."

"동생은요?"

그녀는 아무런 반응도 하지 않았다. 적어도 직접적으로는 말이다. 그녀는 잠시 어떻게 대답할까 생각하다가 입을 열었다.

"수줍어 보이는구나."

"내가 누굴 닮은 것 같아요?"

"넌 저 사람들과 전혀 닮지 않았어."

"제 말 뜻은 그게 아니에요."

소피아는 아이스크림을 푸던 손을 멈췄다.

"그게 무슨 말이니?"

"제 말은, 조반니 삼촌과 아빠 중에 누구를 더 닮은 것 같냐
는 거예요."

그녀는 주걱을 꽉 쥐어야만 했다. 그렇지 않았더라면 손에서
떨어뜨렸을 것이다.

"넌 나를 닮았어."

그녀가 억지웃음을 지으며 말했다.

"사람들은 다들 삼촌을 더 닮았다고 생각해요."

주세페는 어머니를 빤히 쳐다보았지만 그녀는 진열창 안의
아이스크림에 시선을 던졌다.

"엄마는 그렇게 말하지 않는 거죠?"

소피아가 아들을 바라보고 입을 열었다.

"만일 네가 아침부터 밤까지 일한다면, 여름 내내 뼈 빠지게
일한다면, 주방에서 수년 동안 일한다면, 결국 너는 네 아버지
를 닮아갈 거야."

그녀는 정육점 주인과 작가가 주문한 아이스크림을 퍼 컵에
담으며 말했다.

"그런 건 걱정하지 마."

*

　나의 어릴 적 동화 속의 공주, 소피아. 휘몰아치는 눈보라 속
에서 나타나 나를 매혹한 소녀. 내 동생과 결혼했고 나와의 사
이에서 아이를 낳은 여인. 가족을 화해시키고 결속시키는 여인.
그녀는 지금 침대에 누운 채 일절 밖에 나오려 하지 않는다.

　주세페가 떠나고 일주일이 지난 8월 중순부터 그랬다. 잠자
리에서 늦게 일어나는 것이 시작이었다. 열한 시, 열한 시 반, 그
러다 정오가 한참 지나 일어나더니 언젠가부터는 일어날 줄을
몰랐다. 동생은 그녀가 임신만을 바랄 때 보였던 모습과 같은
패턴이라고 판단했다. 역사는 반복된다. 하지만 이번에 그녀를
대신할 사람은 아무도 없었다. 주세페가 없었기 때문에 루카는
이미 두 사람 몫의 일을 했다. 어머니 몫은 사라가 대신했다. 동
생은 남은 여름 내내 그리고 가을 저녁 시간 동안 어쩔 수 없
이 한 학생을 고용했다. 나는 간혹 아이스크림 진열창 뒤에 있
거나 서빙을 하는 그 학생을 보는데 그녀는 마치 이상한 가족,
이제는 더 이상 한 가족이라고 할 수 없는 가족에게 속아 넘어
간 길 잃은 아이처럼 보인다.

　아버지는 베나스의 지하실에 틀어박혀 새로운 심장을 다듬
었고 어머니는 주방에서 일기예보를 곰곰이 생각한다. 주세페
는 중앙아메리카 어딘가에 있다. 루카는 로테르담에서 아이스

크림 제조기 하나를 비운다. 나는 내일 에스토니아로 떠날 예정이다.

가족을 하나로 결속시켰던 여인은 영구히 닫힌 문 뒤의 어둠 속에 누웠다. 침실 안은 덥고 환기가 되지 않는다. 소피아는 이불 속에 얼굴을 묻었다. 그녀의 긴 머리는 윤기를 완전히 잃은 것 같다. 동생은 무엇으로도 잠의 저승 세계에서 그녀를 끌어낼 수 없다고 말했다. 그녀가 머무는 방은 퀴퀴한 냄새를 풍긴다. 루카가 커튼을 젖히고 창문을 열자 소피아가 이불 속에서 고함치기 시작한다. 하지만 마치 깊은 잠 속에서 소리치는 것처럼 들린다. 그녀의 외침은 거의 들리지 않는다. 그렇지만 그가 방을 나갈 때까지 그녀는 계속 소리친다. 그녀는 그가 어떤 질문을 하든 아무런 대답도 하지 않는다. 그녀는 그가 몸에 손을 대는 것을 허용하지 않는다. 그는 그녀를 위로할 수 없다.

나는 빨간색과 하얀색 줄무늬 차양 밑을 지나 아이스크림 가게로 들어간다. 그러고는 진열창과 금전등록기 옆을 지나 계단으로 이어진 문 안으로 들어선다. 누구도 내게 뭘 하려는지 묻지 않는다. 사라는 카운터 뒤에서 창밖을 내다본다. 루카는 주방 안에 있다. 나는 루카에게 위층에 올라가도 좋다는 허락을 받은 상태다. 그는 "형은 전에 기적을 행했잖아"라고 말했다. 그러고는 다시 일을 했다.

처음 소피아를 보러 계단을 오를 때는 두 계단씩 올랐고, 내

갓난아기를 보러 방문했을 때는 계단을 날아올랐다. 이번에는 고미다락으로 올라갈 필요도 없다. 그런데도 계단을 오르는 데 더 오래 걸린다. 나는 난간을 잡고 걸음을 옮길 때마다 구둣발 아래서 삐걱거리는 소리를 듣는다. 내가 왜 이러고 있지? 아직도 빚을 지고 있나? 나는 왜 발걸음을 돌려 차양 밑으로 걸어 나가 슬쩍 떠나지 않는 거지?

보리스 리지의 시가 머릿속에서 맴돈다. '넌 다시 돌아오게 할 수 있어, 세월과 사람들을.' 하지만 기적이 되풀이될 수 있을지 의문이다. 소피아가 모란 무늬 드레스를 입고 문을 열어 나를 맞을 일은 없다. 그녀의 양볼이 붉게 물들지도 않을 것이고, 금발 머리를 땋지도 않을 것이다. 이번에 그녀는 끝끝내 침대에 누워 있을 것이며, 입술은 트고 눈 밑에는 다크서클이 생겼을 것이다. 슬픔에 지칠 대로 지친 몸으로 틀어박혔으니 말이다. 그녀는 주세페를 기다린다. 주세페의 귀향만이 그녀를 비통함에서 끌어낼 수 있다.

나는 식당을 지나쳐 루카와 소피아의 침실로 향한다. 식탁에는 저녁 식사 때 내놓은 접시와 유리잔이 흩어져 있다. 파리들이 음식 찌꺼기를 게걸스레 먹는다. 주방 조리대는 잡동사니들로 가득 찼고 싱크대 안은 얼룩진 냄비들이 그득하다. 마치 버려진 것처럼 보인다. 동생은 소피아 없이는 제대로 살아갈 수 없고 아이스크림 가게는 주세페 없이는 제대로 굴러갈 수 없다.

루카는 추가된 직원의 도움으로 두 시즌 정도는 버틸 수 있을 테지만 결국에는 아들이, 상속자가 필요하다.

주세페가 태어난 날 아이스크림 제조기들은 작동을 멈췄다. 이제는 영원히 멈출지도 모른다.

나는 문손잡이에 손을 얹었지만 안으로 들어가지 못한다. 문 뒤에서는 아무 소리도 들리지 않는다. 뒤척이는 소리도, 기침 소리도, 코 고는 소리도 들리지 않는다. 소피아는 미동조차 없다. 그녀가 내 인기척을 들을지, 내 말이 그녀를 무기력 상태에서 깨울 수 있을지 나는 모른다. 우리는 마음이 어떻게 작동하는지 얼마나 알까? 어떻게 마음이 고통을 잊게 할 수 있을까? 어떻게 마음에 다시 희망을 줄 수 있을까?

마침내 나는 손잡이를 밀어 문을 연다. 경첩이 삐걱거리며 움직이자 열기가 내 얼굴을 때린다. 어둡고 쥐 죽은 듯 고요하다. 방 안으로 들어서자 머리가 빙빙 돈다. 모든 것이 휘돈다.

ICE-CREAM MAKERS

시작, 끝

혹독하게 추운 겨울이 두 번, 매미 울음소리가 진동하는 여름이 한 번 지나고 나서야 증조할아버지, 주세페가 돌아왔다. 푸른 하늘, 세인트존스워트[100]와 클로버와 물수세미의 나날이었다. 카도레 골짜기에서 시간은 계절들을 펼쳤다가 접기를 반복했다. 나무들은 베어졌고, 암소들은 새끼를 낳았고, 소년들은 남자로 성장했다. 마리아 그라치아는 자신의 몸을 쳐다보는 사람들의 시선을 느꼈지만 거리에서 누군가가 말을 걸며 다가오면 빠르게 발걸음을 옮겼다. 그녀는 방에 숨거나 숲으로, 주세

---

100 St John's wort. 측막태좌목 물레나물과의 여러해살이풀로 유럽과 아시아 등이 원산지인 허브.

페와 함께 갔던 장소들로 향했다. 그녀는 그 장소들을 전부 찾아다녔다. 하지만 안텔라오산만큼은 찾아가기에 너무 벅찼다.

주세페가 사라진 후 1년이 훌쩍 지났다. 모두가 당혹감을 감추지 못했다. 그의 어머니는 며칠이고 그의 방에 틀어박혀 그를 기다렸다. 마치 그가 당장에 돌아올 걸 예상하기라도 하듯 그가 기어나갔던 창문을 열어 놓은 채였다. 그는 이른 아침, 어스름을 헤치고 마을을 떠났었다. 짧은 편지도 남기지 않았다. 동생들에게도 한마디 남기지 않았다. 마리아 그라치아는 그 미스터리를 풀 수도 있었지만 그가 떠나기 전날 밤에 있었던 일, 그에게 사랑을 고백하며 아기를 갖게 해달라고 간청했던 일을 주세페의 어머니에게 감히 말할 수 없었다. 그녀는 그 비밀을 속에 담아두었다. 가끔 죄책감에 시달렸지만 어떤 날은 주세페가 자신 때문에 떠났다는 게 믿기지 않았다. 도대체 뭘 잘못했단 말인가? 그녀는 그에게 자기 몸을, 하얀 가슴과 호박 빛깔의 젖꼭지를 보여줬을 뿐이다.

누구도 주세페가 있을 만한 곳을 알지 못했다. 처음 이틀간 마을의 모든 남자들, 금속세공사, 열쇠공, 엔리코 장그란도, 그의 아버지가 수색에 나섰다. 돌아다닐 때면 항상 휘파람을 불던 그의 아버지는 이제는 그저 조용히 시골 마을 곳곳을 걸었다. 그들은 산악 지역을 오랫동안 돌아다니며 사방을 뒤졌고 안텔라오산의 빙하에 올라서기도 했다. 그들은 주세페가 눈을 수확하다가 추락했을지도 모른다고 생각했다.

두 달이 지난 가을에도—나무꾼이 스토브를 들고 시민정원의 모퉁이에 섰을 때도, 군밤 냄새가 빈 거리를 가득 채웠을 때도—사람들은 여전히 그를 찾고 있었다. 브루노는 주세페가 거리를 가로질러 가는 걸 봤다는 생각이 잠깐 들었다. 하지만 주세페를 부르는 순간 그는 다른 사람, 즉 주세페처럼 강한 어깨와 검은 머리를 가졌으나 얼굴이 다른 젊은이라는 걸 깨달았다. 그 젊은이는 섬세하고 근심 없는 얼굴이었다.

시간이 흘렀지만 마리아 그라치아는 주세페가 돌아오리라 굳게 믿었다. 그녀는 그가 어디에 있든 자신을 생각할 거라고 확신했다. 그녀는 긴 여름 내내 그를 기다렸다. 그사이 농부들은 한 번 더 건초를 거두었고 과일은 조리돼 단지에 보존됐다. 뇌우가 마을을 뒤흔들자 호두만 한 우박이 하늘에서 떨어졌다.

"주세페를 얼마나 기다릴 생각이니?"

어머니가 물었지만 마리아 그라치아는 대답하지 않았다. 먹구름을 내다볼 뿐이었다.

"혼기를 놓치고 그냥 늙어갈 생각이니?"

이번에도 대답이 없었다. 다만 그녀의 이마에 깊은 주름이 생겼을 뿐이다. 이틀 전, 그녀의 어머니는 딸이 치맛단을 쥐고 거기에 모은 솔방울들을 바라보며 숲에서 나오는 모습을 봤다.

"마리아 그라치아. 물어볼 게 있다. 너, 결혼은 안 하고 혼자

늙어 죽을 생각이니?"

"아뇨."

"그럼 이따금씩 주변을 둘러봐야 해. 언제까지 땅바닥만 내려 봐선 안 될 거다."

그녀는 딸을 바라봤다. 마리아 그라치아는 딸들 중에서 가장 예뻤다. 마을에서 가장 아름다운 소녀였다. 더는 참고 볼 수 없었다. 그녀의 입가에는 슬픔이 묻어났다. 그리고 두 눈은 침침했다.

"그 녀석은 돌아오지 않을 거다. 그 녀석은 잊어. 이제 떠나버리지 않을 남자, 아침에 일어나 출근하는 남자를 찾아봐. 알겠니? 녀석은 돌아오지 않을 거야!"

마리아 그라치아는 신경 쓰지 않았다. 어머니가 하는 말을 듣기는 했지만 마음에 새기지는 않았다. 그녀는 언젠가 주세페가 찾아와 문을 두드릴 것을 알았다. 그녀는 그가 마을로 걸어들어오는 걸 상상할 수 있었다. 더러운 옷을 걸치고 낡은 신을 신고서 마침내 그는 긴 여행에서 돌아올 것이다. 그녀는 눈앞에서 보듯 생생한 꿈을 꾸었다. 셸리의 시에 등장하는 마음처럼 한 대상만을 사랑하는 그녀의 마음은 옹색하지 않았다. 마리아 그라치아의 마음은 강하고 확고했다.

여름이 가고 그녀는 계속 그를 기다렸다. 뒤이어 찾아온 가을은 온화했지만 비가 자주 내렸다. 산과 산 사이에는 구름이 걸렸다. 연이어 닷새 동안 비가 내렸다. 거리는 빗물에 깨끗이 씻겼고, 피아베 강물은 갈색 흙탕물로 변했다. 뒤이어 두 번째 겨울이 찾아왔다. 지난겨울보다 훨씬 더 추웠다. 기온이 영하 20도로 뚝 떨어졌고 바람은 칼날처럼 매서웠다. 밖에 나갈 일이 없는 사람들은 집 안에 머물며 불타는 난로 앞에 있었다. 그렇게 난로를 피워야 했기 때문에 나무들은 베여나갔고 나무줄기들은 쪼개졌다. 그 때문에 한여름에는 막대한 장작더미를 미리 준비해놨다. 1월 전까지는 눈이 내리지 않았다. 대부분의 사람들은 눈을 예상했다. 눈 내릴 기운이 감돌면 그 냄새를 맡을 수 있었다. 그 냄새를 맡은 지 채 한 시간도 안 돼 벌판은 하얗게 변했고, 저녁 무렵에는 지붕마다 눈이 소복이 쌓였다.

이튿날 아침, 아이들은 집에서 나와 양볼이 발그레해져 눈 속을 달렸다. 태양이 빛을 뿌렸고 그 덕분에 온기가 느껴졌다. 하늘이 수레국화처럼 새파란 날이었다. 사람들은 현관 계단에 쌓인 눈을 치웠고, 거리는 축축한 콧구멍으로 작은 콧김을 뿜어대는 황소의 도움으로 말끔히 치워졌다. 마리아 그라치아만이 집에 틀어박혀 있었다. 그녀는 밖에서 들려오는 왁자지껄한 소음을 듣지 않으려고 담요를 머리 위까지 덮었다.

해바라기처럼 태양을 향해 있던 소녀, 민들레 즙으로 자기 팔에 원을 그리던 소녀, 단 한 해의 여름 동안에 여자가 된 소녀, 소년들을 똑바로 쳐다보며 입술을 살짝 떼는 것만으로 그들의 숨을 멎게 했던 소녀. 바로 그녀가 침대에 누운 채 밖으로 나올 줄을 몰랐다. 마을 사람들은 그녀가 너무 창피해서 그런다고 생각했다. 하지만 누구도 마리아 그라치아를 무기력 상태에서 깨어나게 할 수 없었다.

1월은 2월이 됐고 2월은 3월이 됐다. 안텔라오산 봉우리에 두른 목걸이, 즉 빙하에 쌓인 눈을 제외한 모든 만물이 녹았다. 주세페는 멀리서 그 목걸이가 반짝이는 걸 보고서야 집이 가까웠다는 걸 알았다. 그의 옷은 정말로 더러웠고, 신발은 낡아서 올이 다 드러나 있었다. 그는 거의 2년 동안 사라졌었다. 그의 코와 이마는 햇볕에 그을려 구릿빛으로 변했다.

카도레 골짜기에 들어선 주세페를 맨 처음 알아본 사람은 어안이 벙벙하고 너무나 기쁜 나머지 그 여행자의 말을 거의 알아듣지도 못했다. 그는 벽돌공 피에트로 재타였다. 그의 말에 따르면 주세페는 "안녕하시오, 페일페이스"라고 말한 것 같다. 하지만 그는 확신하지 못했다.

주세페가 돌아왔다는 소식은 그보다도 먼저 마을에 도착해 삽시간에 거리마다, 집집마다 퍼졌다. 그의 아버지, 어머니, 동생들은 모두 집 밖으로 뛰쳐나와 큰길로 달려갔다. 저 멀리 그가 있었다. 그 검은 점은 점점 더 커졌다. 조바심이 났던 그의 가족은 주세페를 끌어안을 시간을 기다릴 수 없었다.

마리아 그라치아는 담요를 걷어차고 침대 밖으로 나왔다. 그녀는 사람들이 외치는 소리를, 믿기지 않는다는 듯 고함치는 소리와 기쁨의 외침을 들었다. 아이들이 형과 오빠의 이름을 소리쳐 불렀다. 그라치아의 두 다리는 체중에 익숙해져야만 했고, 두 눈은 빛에 익숙해져야만 했다. 그녀는 주세페를 본 순간에도 꿈을 꾸는 기분이었다. 그는 떠날 때보다 더 크고 강한 거인이 돼 있었다. 그때는 몰랐지만, 그는 고향 골짜기를 떠난 이후에 마천루를 건설하고 철도선을 부설했다.

주세페는 어머니에게 이끌려 집으로 들어갔지만 그날 저녁에 이웃집의 문을 두드렸다. 그라치아는 그의 눈을, 대서양과 탁 트인 광활한 대평원을 보았던 그 짙은 파란색 눈을 뚫어지게 쳐다보았다. 주세페는 눈길을 피하지 않았다. 그는 더 이상 두렵지 않았다. 그는 그녀가 얼마나 아름다운지 바라보았다. 비록 그녀의 피부는 건조하고 머릿결은 생기가 없었지만 아름다운 미모는 다른 모든 것을 압도할 만큼 빛났다.

그가 가져온 여행 가방에는 아메리카 원주민의 머리 장식과 주머니에 사우스다코타 대초원의 붉은 모래가 잔뜩 든 청바지 한 벌이 있었다. 그는 불타는 태양 아래서 철도 침목을 부설했고 와이오밍에서 버펄로를 사냥했으며, 뉴욕에서는 그를 도취시키는 향수를 뿌린 실크 드레스를 입은 한 여인을 얼이 빠져 바라보기도 했다. 하지만 그는 결국 집으로 돌아왔다. 거미줄은 끊어지지 않았다. 거미집은 그대로였다. 그것이 주세페를 마리아 그라치아에게 데려왔다.

　이제 봄이었다. 가장 높은 산봉우리들은 눈으로 덮였고, 들판은 푸르게 변해갔고, 강변의 공기에는 베인 통나무 냄새가 짙게 뱄다. 주세페는 마리아 그라치아와 함께 안텔라오산에 올라 그 왕으로부터 눈을 훔쳤다. 둘은 모든 것을 새롭게 다시 경험했다. 그는 그녀의 콧등에 맺은 작은 땀방울을 보았고 그녀는 그의 옷에 댄 헝겊 조각이 축축하게 젖은 걸 보았다. 그들은 눈부신 빛 속에서 눈을 질끈 감아야 했다. 그의 맨팔에 맺힌 땀이 증발했다. 짚으로 엮은 바구니 안에 든 눈은 녹았다.

　골짜기 아래, 지하실에서 그는 아이스크림 제조기, 여태껏 오랫동안 가만히 존재해왔던 그 기계의 휠을 돌렸다. 두 사람은 함께 살구잼으로 셔벗을 만들어 한 스푼 맛보았다. 그 후로 여러 날들이 지나가는 사이에 주세페는 큰길가에서 다양한 맛의 아이스크림을 팔았다. 아이스크림은 날이 갈수록 더욱더 많은 사람들을 유혹했다. 마리아 그라치아의 피부가 꿀 빛으로 변하고 그녀의 긴 머리가 햇볕에 반짝이는 사이 그의 엄지손가락에 굳은살이 박였다.

　더 이상 두렵지 않았던 그는 이제 사랑의 언어를 말했다. 두 사람은 아기를 낳았다. 그 아기는 내 아버지의 아버지, 나의 할아버지였다. 그래서 아이스크림 제조기는 계속 휘돌아갔다.

감사의 말

나는 로테르담에 있는 아이스크림 가게 베네치아의 올리보 가족에게 많은 신세를 졌다. 올리버 가족은 늘 아이스크림, 밀크셰이크, 에스프레소를 대접하며 자신들의 가족사를 상세히 들려주었다. 또한 베나스 디 카도레를 찾은 나를 환영하며 대가족과 매우 귀중한 정보를 제공해준 다른 수제 아이스크림 장수들을 소개해주었다.

로테르담의 국제 시 축제 디렉터 바스 크바크만에게도 크나큰 감사를 드린다. 그는 자신의 일과 여행에 관한 폭넓은 이야기를 들려주었다. 또한 소장 중인 호텔 객실의 도면들을 보여주기도 했다. 그의 열린 마음에 진심으로 감사를 드린다.

끝으로 수도 없이 많은 에스프레소를 만들어주고 대단히 아름답고 평화로운 장소에서 이 책을 쓸 수 있도록 도움을 준 도리네 데 포스에게도 고맙다는 말을 전하고 싶다.

아래의 출처는 역할이 크든 작든 중요한 자료였다.

Bovenkerk, Frank et al., *Italiaans ijs. De opmerkelijke historie van de Italiaanse ijsbereiders in Nederland (Italian Ice-cream: the remarkable history of Italian ice-cream makers in the Netherlands)*, Meppel/Amsterdam: Boom, 1983.

David, Elizabeth, *Harvest of the Cold Months: the social history of ice and ices*, London: Michael Joseph, 1994.

Oltheten, Harry, *Elio Talamini. Entrepeneur en visionair (Elio Talamini: entrepreneur and visionary)*, Deventer, Netherlands: Fortis Age, 2005.

Reinders, Pim, *Een Coupe Speciaal. De wereldgeschiedenis van het consumptie-ijs (The scoop: A world history of gelato)*, Amsterdam/Antwerpen: L.J. Veen, 1999.

아이스크림과 시와 사랑과 삶*

- 아이스크림과 시와 사랑 -

지금까지 일곱 편의 작품을 내놓은 인도 뭄바이 출신의 네덜란드 작가 에르네스트 판 데르 크바스트는 2010년 다양한 유력 언론으로부터 유머 넘치고 감동적인 (이색적인) 작품이라는 평가를 받으며 대중적 비평적인 성공을 거둔 『마마 탄두리』를 발표한 이후로 점차 문학적 명성을 쌓아가며, 세간의 주목을 받는 작가로 발돋움했다. 특히 독일에서 큰 주목을 받은 중편 『조반나의 배꼽』(2012)에 이어 2015년에 발표한 『아이스크림 메이커』는 오랜 문학적 숙성 끝에 나온 작품이라는 점에서 그의

---

* 이 작품의 줄거리나 결말을 예측할 수 있는 내용이 담겨 있으니 독서에 방해가 될 것 같다면 소설을 먼저 읽기 바란다.

가장 원숙한 문학성을 갖춘 소설이라고 할 수 있다.

이 책은 시 애호가의 시선에서 삶과 욕망, 사랑, 가족, 전통, 전통과의 단절, 아이스크림과 시, 관계성 등등의 문제를 에로틱하면서도 유머러스하게 관조하는 이야기로, 이색적인 삶이 있는 아이스크림 세계와 매혹적인 시 세계가 순간순간 교차하는 흥미진진한 내러티브를 펼친다. 그러한 중심적인 내러티브의 흐름 속에서 조화와 균형을 잃지 않고 이어지는 특색 있는 에피소드마다 작가의 유머 감각과 문학적 상상력이 돋보인다.

이야기는 1인칭 화자의 아버지가 여든 살 생일을 코앞에 두고 83킬로그램의 해머던지기 선수에게 홀딱 반하는 일로 시작된다. 독특한 개성을 지닌 그는 현대 아이스크림의 탄생지인 이탈리아 최북단의 작은 골짜기 마을, 카도레 출신으로 몇 세대에 걸쳐 이어온 가업을 이어받아 네덜란드의 로테르담에서 아이스크림 가게를 운영한다. 그의 두 아들은 어릴 적부터 아이스크림 장수가 되는 것이 자신들의 운명이라고 생각한다. 하지만 자라면서 형제의 운명은 갈린다. 형인 조반니는 시를 사랑하게 되면서 가문의 전통과 절연하고 세계 시 축제의 디렉터가 되었다. 그리고 새로운 시인과 시를 찾아 자유롭게 국경을 넘나들며 여행을 다닌다. 그의 삶은 곧 여행이다. 그런 점에서 인생을 가장 잘 상징하는 말이 여행이라고 한 헨리 데이비드 소로 Henry David Thoreau의 말을 빗대면 그의 인생사는 어디에서 어디를 향해 가는 것이라고 할 수 있다.

반면에 가문의 전통과 절연한 형을 배신자로 여기는 동생 루카는 가업을 이어받아 아이스크림 가게를 운영하며 독특한 맛을 지닌 자신만의 아이스크림을 만드는 데 열정을 쏟는다. 그는 농부처럼 일정한 지역에 터를 잡고 아이스크림을 생산하고 수확하는 정주자다.

상반되는 두 형제를 연결하는 끈이 존재한다. 어릴 적부터 형제가 동시에 사랑한 여인 소피아다. 단 한 여자만을 사랑한 정주자 루카는 소피아와 결혼하고 그녀를 자기 세계로 끌어들였다면, 여행자 조반니는 낭만주의자 퍼시 셸리처럼 자유분방하게 연애를 즐기면서도 늘 소피아가 있는 아이스크림 가게로 돌아온다. 그 아이스크림 가게를 중심으로 벌어지는 이색적인 사건들과 그 사건들 속에서 맺어진 세 사람의 특별한 관계와 사랑은 야릇하다. 하지만 그들의 비관습적인 사랑은 에로틱하고 이상야릇하게 보일지라도 스탕달^{Marie Stendha} 소설의 광기에 가까운 열정적인 사랑과는 거리가 멀다. 그들의 사랑에 열정이 부족해서라기보다는 소설 속에서 그려지는 그들의 사랑이 바람에 이는 호수의 잔물결—조반니가 호텔 창밖으로 바라보는—처럼 자연스러워 보이기 때문이다. 또한 설사 소피아와 아들을 놓고 벌이는 끝없는 형제간의 질투와 욕망이 서로 부딪치더라도, 세 사람의 관계가 아무리 파격적이라고 해도, 프로이트

Sigmund Freud의 근친상간을 동반한 불안한 가족 로맨스와는 거리가 멀다. 윌리엄 포크너William Faulkner의 소설 속 가족에 내재된 병적인 관계와 비극적 악몽의 근원이 없기 때문이다.

차라리 그들의 기이한 사랑, 비범하지만 절제된 욕망의 리듬은 시와 아이스크림의 연금술이 미묘하게 이질적인 언어들과 질료들의 배합으로 독창적인 시와 아이스크림을 빚어내듯이, 새로운 관계와 삶을 창조해내는 연금술의 윤리학에 속한다. 그 내에서 유머러스하면서도 절제된 언어로 묘사되는 그들 사이의 갈등은 감정의 미묘한 변화를 일으키며 관계의 역동성을 조성하는 소음이나 잡음에 불과하다. 따라서 윌리엄 포크너의 소설 『소리와 분노』에서 보이는 음울한 파국은 없다. 세인의 눈에 파국 없이 그들의 삶이 계속된다는 게 이상하고 아이러니하게 보일지도 모르지만 우리는 그러한 삶에서 문학적 상상력이 제시하는 대안적인 윤리의 가능성을 엿볼 수 있다. 그 현실에는 두 형제처럼 어디에서 어디를 향한 여행 혹은 어제와 다른 차이의 축적만이 삶의 흐름으로 존재할 뿐이다. 바로 그런 이유로 독자 또한 불편함 없이, 오히려 애정을 가지고 그들의 삶에 공범으로 기꺼이 참여할 수 있다. 미묘한 삼각관계를 끝까지 지켜보는 것만으로도 무척 흥미롭다. 또한 우리에게 익숙한 인식과 사람들 사이의 관계를 허무는 새로운 윤리관을 지켜보노라면, 삶과 의식을 지배하는 보편적인 윤리 의식이나 가족관이나 관계성을 새로운 관점에서 사색하고 비판적으로 성찰하게 된다.

소피아는 먹이를 거미줄로 붙들어 끌어당기듯 조반니를 아이스크림 가게로 끌어당긴다. 그녀와 그의 관계가 포식자와 먹이의 관계라는 것은 아니다. 그녀는 두 형제를 연결시키는 고리이자 변화와 새로운 관계의 중심축이다. 그런 그녀에 대한 형제의 동시적 사랑이 상징하듯 형제의 상반된 두 세계가 근본적으로 일치하고 교감하는 지점이 존재할지도 모른다.

시 창작이 일상 단어들을 조합하고 편집해 새로운 언어를 창조하는 일종의 언어 연금술이라면, 아이스크림 제조는 다양한 질료들을 배합해서 새로운 음식을 창조하는 요리의 연금술이다. 그처럼 두 세계에는 교감 영역이 있기 때문에 형은 동생의 부탁을 받아들이고 소피아는 거부감 없이 또 다른 연인 조반니와 몸을 섞는다. 그들이 빚어낸 새 생명의 탄생 또한 연금술의 결과물인지도 모른다. 카뮈Albert Camus는 비밀 없이 진정한 창조는 없다고 했다. 연금술은 '비밀'을 뜻하는 라틴어 'occultus'를 어원으로 하는 오컬티즘Occultism, 즉 비학에 속한다. 궁극적으로 세 사람의 비밀 공유는 새 생명을 탄생시킨다는 점에서 소피아와 두 형제, 두 세계는 새로운 삶(생명)의 탄생과 새로운 관계―정해진 가족의 자리에만 묶이지 않은―조성의 공범이다. 고집스러운 아이스크림 장수들의 생각과는 달리 시와 아이스크림은 공존할 수 있다. 라르센의 농담에서 드러나

듯 두 형제의 아버지는 시인의 자질 혹은 시 애호가나 시인의 품격을 갖췄다고 해도 과언이 아니다. 독자의 입장에서 생각해보면 리노 가에타노의 노래를 진정한 시로 여기는 아버지에게도, 그 노래의 가사처럼 일터에서 서서히 죽어가는 아이스크림 장수인 그에게도, 삶의 애환에서 나오는 그의 넋두리에도 특유의 감성이 묻은 시성詩性이 존재한다. 나아가 어쩌면 그의 손자 주세페의 새로운 선택에 시와 아이스크림이 공존할 수 있는 가능성이 희망으로 존재할지도 모른다. 그렇다면 그들의 아들이 머지않아 가족의 딜레마를 풀지도 모른다.

셰익스피어William Shakespeare는 『햄릿』에서 (유령과 만나고 헤어질 때) 시간이 경첩에서 빠져 있다고 말한 바 있다. 작가는 정말 시간이 경첩에서 빠진 듯 고정된 시간에 얽매이지 않고 자유롭게 과거와 현재를 오간다. 어느 시점에서는 과거가 미래를 품기도 하다. 그처럼 경첩이 빠진 다양한 시간 속에서 작가는 수많은 시인들과 시에 얽힌 흥미로운 사연과 만년설에서 시작된 아이스크림의 역사와 그 제조 과정을 흥미진진하게 들려준다.

지금껏 풀어보고자 한 시와 아이스크림과 사랑, 그 미묘한 관계. 바로 이것이 이야기의 한 축이다. 또 다른 축은 아이스크림 가문의 시작점인 증조할아버지 주세페의 모험 이야기다. 이 이야기는 이색적인 민담이나 전설처럼 들리기도 하지만 대단히 현실감이 느껴지는 친근한 이야기로 들린다.

벌목꾼의 아들 주세페는 동네 어른으로부터 빈에서는 아이스크림이라는 얼음 음식을 판다는 소리를 듣고 아이스크림에 대한 환상을 품는다. 그러고는 매년 겨울이면 군밤을 파는 한 벌목꾼의 제안을 받고 빈에서 함께 군밤을 판다. 그러던 중에 알게 된 한 아이스크림 장수로부터 아이스크림 제조기를 구입하고 그것을 챙겨 고향으로 돌아온 그는 만년설이 덮인 안텔라오산에 올라 얼음을 수확해 첫 아이스크림을 만들어본 후 본격적으로 아이스크림 장수가 되기로 결심한다. 하지만 어릴 적부터 함께 자란 이웃 친구 마리아 그라치아가 털어놓는 사랑 고백에 당황스럽고 두려운 나머지 도피하고 만다. 그리고 긴 여행 끝에 돌아와 사랑과 삶을 찾은 그는 마리아와 함께 본격적으로 아이스크림 제조자(장수)의 길을 개척한다.

궁극적으로 벌목꾼 가문의 전통과 단절한 그는 여행자이자 만년설에서 얼음을 수확하고 아이스크림을 만드는 정주자다. 그러한 이야기는 몇 세대에 걸쳐 반복되면서 미묘한 차이를 낳는다. 그리고 그 차이는 이색적이고 아름답고 흥미진진한 이야기로 축적된다. 곧 그 이야기는 루카가 만드는 특별한 아이스크림처럼 부드러우면서도 강렬한 가문의 역사가 된다.

이 작품이 주는 가장 큰 미덕은 시에 대한 사랑이다. 데이비드 캐러딘David Carradine은 "시인이 될 수 없거든 시가 되라"라고 했다. 우리는 모두 아름다운 삶을 추구하고 자유를 꿈꾸는 한 시가 될 수 있다. 그렇다면 우리의 삶은 문학적 변주이며, 시다. 이 작품을 읽다 보면 어느 순간 시 없이는 살 수 없는 리처드 하이만과 조반니처럼 당장 시를 읽고, 쓰고, 시처럼 살고 싶다는 생각에 사로잡힌다. 책을 다 읽고 나면 쉽게 자리를 뜰 수 없는 긴 여운이 남는다. 교향곡이 끝난 직후의 순간처럼 감히 깨뜨리고 싶지 않은 긴장의 여운이 서린다.

- 시와 아이스크림이 공존하는 새로운 길 -

마르크스Karl Marx는 "나는 미래의 음식점을 위한 레시피는 쓰지 않는다"라고 말했다.

루카는 어릴 적에 이미 미래의 아이스크림 가게를 위한 레서피를 작성했다. 아버지로부터 가게를 물려받은 그는 지금까지 없었던 다양한 종류의 아이스크림을 만들어 가업을 더욱 발전시킨다. 그런데 하나뿐인 아들 녀석이 가문의 전통을 이어받기를 거부한다. 아이스크림이 없는 세계는 상상조차 할 수 없을 정도로 아이스크림 가게를 세계의 전부로 여기며 살아온 루카와는 달리 그의 아들 주세페는 그 세계 바깥을 욕망한다.

스피노자Baruch de Spinoza는 의식을 동반한 충동, 즉 욕망은 인간의 본질 그 자체라고 했다. 주세페의 욕망은 아이스크림 가게를 중심으로 도는 가문의 궤도를 벗어나려 한다. 그의 욕망의

자각을 상징적으로 보여주는 세계 시 축제 관람을 계기로 자신의 욕망이 진정 무엇인지 자각한다. 마침내 자기 삶의 주역이 되고자 마음먹은 그는 가문의 뜻을 거부하고 중앙아메리카로 떠난다. 그의 담백한 이상주의는 숭고한 느낌마저 든다.

한편 슬픔에 빠진 소피아는 스스로를 유폐하고 마르그리트 뒤라스Marguerite Duras의 소설 속 여인들처럼 잠을 잔다. 사랑 때문이다. 문의 역동성을 논한 독일의 사회학자 게오르그 지멜Georg Simmel에 따르면 인간은 문처럼 경계를 설정하는 존재인 동시에 그 경계를 벗어나 자유를 향해 발걸음을 내딛을 수 있는 가능성을 지닌 존재다. 주세페가 자유를 향해 나선 사이에 소피아는 저항이라도 하듯 아이스크림 세계와 단절한다. 우리는 문 안에 있는 소피아에게, 문 밖에 있는 주세페에게 무슨 일이 일어났는지 알 수 없다. 그 비밀은 이야기 바깥에 있기 때문이다. 누군가는 조반니의 눈앞에 드러난 소피아와 오랫동안 돌아오지 않는 주세페의 여정에서 불길한 비극을 예감할지도 모른다. 하지만 나는 희망을 예감하고 싶다. 이 작품은 근본적으로 허무주의나 회의주의 혹은 데카당스 문학과는 거리가 멀다. 『적과 흑』의 쥘리앵 소렐처럼 꼭 죽음을 앞두고서야 진실에 이르는 법은 아니다. 같은 이름의 고조할아버지가 그랬듯이 주세페가 여행 중에 깨달음에 이르렀다고 해도 이상할 게 없다.

소피아는 가족을 결속시키는 핵이고, 주세페는 가문의 전통을 배반했을지라도 가문의 축이다. 언젠가 주세페는 돌아오고 소피아는 침실 문 밖으로 나올 것이다. 그들의 운명은 고조할아버지 주세페와 고조할머니 마리아 그라치아의 변주다. 주세페는 고조할아버지가 그랬듯이 여행에서 돌아오는 대로 가문에 새로운 에너지를 부여하고 새로운 역사를 창조할 터이다. 혹은 조반니의 상상처럼 고조할아버지가 할 수도 있었던 일을 중앙아메리카에서 발견할지도 모른다. 이를테면 바를 운영하는 일말이다. 좀 특별하게 술과 함께 아이스크림을 팔며 시를 쓴다면 어떨까! 사색과 성찰이 있는 한 그 어떤 일이라도 좋으리라. 시인이자 문학 비평가 매슈 아널드Matthew Arnold가 말했듯이 시란 근본적으로 삶의 비평이니 말이다.

D. H. 로런스David Herbert Lawrence는 작가를 믿지 말고 이야기를 믿으라고 했다. 독창적이고 매혹적인 이야기만을 생각한다면 그 어떤 스타 작가나 명성 높은 작가의 작품보다도 흥미진진한 이 책을 유쾌하게 읽을 수 있을 것이다.

임종기

A Nurit Zarchi, translation by Lisa Katz, in Prairie Schooner, vol. 79, no. 1, Spring 2005, p. 62.

B 'What It Is' by Erich Fried, based on the translation by Anna Kallio, The Adirondack Review, vol. IV, no. 1, Summer 2003, available at http://www. theadirondackreview.com/ transfried.html.

C Percy Bysshe Shelley, Charles and James Ollier, London, 1821, available at http://www.poetryfoundation.org/poems-and-poets/poems/ detail/45119.

D Percy Bysshe Shelley, Charles and James Ollier, London, 1821, available at http://www.poetryfoundation.org/poems-and-poets/poems/detail/45112.

E J. C. Bloem, translation by Laura Vroomen.

F 'Ode to the Ice Cheese' by Yang Wanli, c. 1100, quoted at http://www.silkroadgourmet.com/the-origins-of-ice-cream.

G Maura Dooley, in Life Under Water, Bloodaxe Books, Hexham, 2008.

H 'A Martian Sends a Postcard Home' by Craig Raine, in A Martian Sends a Postcard Home, Oxford University Press, Oxford, 1979, p. 1.

I 'But the Sky is Always Bluer' by Rino Gaetano, translation based on that submitted by Riccardo, 2007, available at http://lyricstranslate.com/en/ma-il-cielo-e039-sempre-piu039-blu-sky-always-more-blue.html.

J 'I Would' by Antjie Krog, translation by Tony Ullyatt, 2012, available at http://versindaba.co.za/2012/01/12/antjie-krog-vert.

K 'Touch' by Manglesh Dabral, translation based on that by Sudeep Sen, 2008, available at http://www.poetryinternational web.net/pi/site/poem/item/12586/auto/0/TOUCH.

L 'Thinking of something, carelessly' by Marina Tsvetaeva, translation by A. S. Kline, 2010, available at http://www.poetryintranslation.com/PITBR/Russian/Tsvetaeva.htm#_Toc254018915.

M 'I was stolen by the gypsies...' by Charles Simic, in New and Selected Poems: 1962~2012, Houghton Mifflin Harcourt,

New York and Boston, 2003.

N 'The Unfaithful Wife' by Federico Garc a Lorca, translation by Lynn Margulis and Richard Guerrero, in The Massachusetts Review, vol. 44, issue 3, Autumn 2000, p. 338.

O 'The Unfaithful Housewife', translation by Conor O'Callaghan, in Poetry, June 2011, available at http:// www. poetryfoundation.org/poetrymagazine/poem/242108.

P 'Cradle' by Ida Gerhardt, translation by Laura Vroomen. Poem appears in Gerhardt, Collected Poems, Athenaeum– Polak & Van Gennep, Amsterdam, 1980.

Q 'Shinto' by Jorge Luis Borges, translation by Hoyt Rogers, in Selected Poems (edited by Alexander Coleman), Viking, New York, 1999, p. 457.

R 'Solitude' by Galsan Tschinag, translation (from the Dutch) by Laura Vroomen.

S 'When I return from Holland I'll give you Lego...' by Boris Ryzhy, translation (from the Dutch) by Laura Vroomen.

아이스크림 메이커

지은이	에르네스트 판 데르 크바스트
옮긴이	임종기
펴낸이	박숙정
펴낸곳	세종서적(주)

주간	강훈
기획	조동신
책임편집	김하얀
편집	이진아
디자인	전성연 전아름
마케팅	안형태 김형진 이강희
경영지원	홍성우 윤희영

출판등록	1992년 3월 4일 제4-172호
주소	서울시 광진구 천호대로132길 15, 세종 SMS 빌딩 3층
전화	마케팅 (02)778-4179, 편집 (02)775-7011
팩스	(02)776-4013
홈페이지	www.sejongbooks.co.kr
블로그	sejongbook.blog.me
페이스북	www.facebook.com/sejongbooks
원고 모집	sejong.edit@gmail.com

초판 1쇄 인쇄 2018년 6월 15일
　　1쇄 발행 2018년 6월 22일

ISBN 978-89-8407-718-8 03850

이 도서의 국립중앙도서관 출판시도서목록(CIP)은 서지정보유통지원시스템
홈페이지(http://seoji.nl.go.kr)와 국가자료공동목록시스템(http://www.nl.go.kr/kolisnet)에서
이용하실 수 있습니다.(CIP제어번호: CIP2018017536)

• 잘못 만들어진 책은 바꾸어드립니다.
• 값은 뒤표지에 있습니다.